ERIC GIACOMETTI
JACQUES RAVENNE

Eric Giacometti, journaliste dans un grand quotidien national, a enquêté à la fin des années 90 sur la franc-maçonnerie, dans le volet des affaires sur la côte d'Azur. Il n'est pas maçon. Jacques Ravenne est le pseudonyme d'un franc-maçon élevé au grade de maître au rite français.

LA CROIX
DES ASSASSINS

DES MÊMES AUTEURS

Aux éditions Fleuve Noir
La série Antoine Marcas

Le Rituel de l'ombre (2005)
Conjuration Casanova (2006)
Le Frère de sang (2007)

Chez Pocket

Le Rituel de l'ombre (2006)
Conjuration Casanova (2007)
Le Frère de sang (2008)

ERIC GIACOMETTI
et
JACQUES RAVENNE

LA CROIX DES ASSASSINS

Fleuve Noir

ISBN 978-2-266-08602-9

Avertissement

La Croix des Assassins est un ouvrage de fiction nourri d'éléments et de faits dont le lecteur pourra retrouver les références dans les annexes et le glossaire joints en fin d'ouvrage. L'appartenance d'un des auteurs à la franc-maçonnerie n'implique en aucune façon, même de manière indirecte, une obédience particulière dans la conception de ce récit ou dans les points de vue exprimés fictivement par les protagonistes de ce roman.

à Éva, ma fille
à Mathieu, mon fils

Mes histoires sont plutôt fantastiques, même si elles s'inspirent souvent de la réalité. Elles sont extravagantes et dépassent le domaine du probable mais pas, selon moi, celui du possible.

Ian Fleming, créateur de James Bond

Sur ce cher Marcas...

Si la franc-maçonnerie est présente dans les récits, nous avons très vite voulu y mêler aussi des champs de l'histoire et de l'imaginaire populaire, avec à la base un long travail nourri de documentation et de rencontres.

Dans *Le Rituel de l'ombre*, il s'agissait de faire découvrir, pêle-mêle, l'odyssée réelle des archives maçonniques volées par les SS pendant la Seconde Guerre mondiale, les persécutions des obédiences par Vichy et le rôle de la société ésotérique Thulé dans le nazisme.

Dans *Conjuration Casanova*, nous voulions développer un récit sur le pouvoir des sectes, basé sur les mécanismes de manipulation liés au fantasme du complot maçonnique. Nous voulions également évoquer la dimension du grand libertin et mettre en lumière le dernier mage, infernal, du siècle passé, Aleister Crowley.

Le troisième opus, *Le Frère de sang*, donnait l'opportunité de revisiter l'univers énigmatique de l'alchimie, autour de la figure légendaire de Nicolas Flamel. L'occasion aussi de décrire certains circuits financiers mondiaux liés à l'or, le précieux métal, ainsi que d'apporter un éclairage sur la franc-maçonnerie américaine, depuis la guerre d'indépendance, et sur la symbolique maçonnique de la statue de la Liberté et de la tour Eiffel. Et enfin, pour les profanes, d'entrer dans les coulisses des temples du Grand Orient à Paris.

Pour ceux qui voudraient aller plus loin dans l'univers de ces romans, il est possible de faire un saut sur le site polarfranc-macon.com ; on retrouvera par ailleurs en fin d'ouvrage les annexes et le glossaire maçonnique.

Bonne lecture avec ce nouveau Marcas. Il fallait bien qu'un jour il croise sur son chemin les énigmatiques chevaliers du Temple et quelques sicaires de la sinistre loge P2 italienne...

Eric Giacometti
Jacques Ravenne

Paris, Espagnac-Sainte-Eulalie, Salvador de Bahia

Le chevalier du Christ donne la mort
en toute sécurité et la reçoit avec plus
d'assurance encore. S'il meurt, c'est pour
son bien. S'il tue, c'est pour le Christ...

Éloge de la nouvelle milice
Saint Bernard de Clairvaux, 1128

Une chose amère, une chose lamentable,
une chose assurément horrible à penser,
terrible à entendre, un crime détestable,
un forfait exécrable, un acte abominable,
une infamie détestable, une chose tout à fait
inhumaine, bien plus, étrangère à toute humanité.

Ordre d'arrestation des Templiers
Philippe le Bel, 1307

PROLOGUE

Saint-Jean-d'Acre
18 mai 1291

Un bruit de métal résonna brusquement sous la voûte de la grand-salle. Guillaume de Beaujeu sortit de sa torpeur et devina, à travers la toile tendue, le corps en armure qui gisait sur une planche de bois. Depuis le début de l'assaut des Infidèles, la salle ne désemplissait pas. À tout instant, un corps mutilé ou agonisant venait s'échouer dans ce cloaque surpeuplé où les cris de douleur le disputaient aux odeurs de sang.

Malgré le rideau qui séparait la salle improvisée du Conseil des travées où s'entassaient les blessés, des relents putrides envahissaient tout l'espace. Guillaume de Beaujeu, Grand Maître du Temple, plongea sa tête entre les mains. Dehors, la bataille faisait rage. En fin de matinée, la Tour maudite était tombée aux mains des hommes du sultan. Jamais cette tour n'avait si bien porté son nom : à chaque siège de Saint-Jean-d'Acre, sa perte avait signifié la chute à venir de la ville. Tous savaient qu'il était impératif de la reprendre, quel que soit le prix à payer. Tous en étaient convaincus, tous sauf Guillaume de Beaujeu. Lui qui avait traversé tant de batailles, occis tant d'ennemis, versé son sang sur tous les chemins d'Orient, lui dont la gloire et le nom résonnaient des deux côtés de la Méditerranée, lui seul ne se sentait plus le courage désormais de monter à l'assaut.

Depuis que la décision avait été prise d'engager toutes les troupes disponibles dans une contre-attaque désespérée, il était resté là à attendre qu'un miracle se produise, que sa volonté reprenne le dessus, que la peur et la honte cessent de l'habiter. En vain, un ressort était brisé, il n'était plus Guillaume de Beaujeu, Grand Maître de l'ordre du Temple, mais un homme usé, un chevalier fini dont le corps se mettait à trembler au moindre cri d'un blessé.

L'odeur de mort devenait de plus en plus forte. Dans la salle principale, un hurlement monta, vrilla et s'évanouit brusquement, tandis qu'une prière s'élevait qui recommandait une âme de plus à Dieu. Enfer et Paradis seraient bien garnis aujourd'hui. Guillaume de Beaujeu se recroquevilla sur lui-même en gémissant. Ses entrailles le déchiraient, la sueur gouttait de son front, la peur le mettait à nu.

— Il est là !

Le rideau s'ouvrit. La silhouette osseuse de Caëtani, le confesseur, apparut, les mains croisées sous sa soutane. Le visage de Beaujeu, déjà tourmenté par l'épouvante, prit un teint cireux, comme si même le sang avait choisi de se retirer de ce corps sans espoir. Deux hommes portant un turban noir tirèrent précipitamment le rideau. Seuls leurs yeux se détachaient pareils à des braises incandescentes.

— Il est l'heure, Maître, annonça le confesseur.

Guillaume de Beaujeu eut un mouvement de recul.

— Non, Caëtani, non, je préfère encore la honte à…

— Hassan, Brahim, saisissez-le !

Les deux Infidèles se précipitèrent sur lui. En un instant, Guillaume de Beaujeu fut cloué au sol.

Dans sa tunique, Brahim prit un compas dont il posa l'une des extrémités sur la tempe du Grand Maître.

— J'ai placé la main de Dieu sur cet homme. Donne-moi le premier chiffre qui est saint…

— … et qui n'appartient qu'à Dieu et à son véritable Prophète, compléta Hassan.

Maintenu au sol par le second Infidèle, Guillaume de Beaujeu tenta de se débattre. En vain.

— Allah a confié à son Prophète les chiffres justes, continua Hassan, là où s'ouvre la porte du Paradis, là où se dévoile le Temple secret, là où nul homme ne pénètre sans avoir perdu toute humanité : ce péché, cette faiblesse qui le sépare de Dieu.

— Forme le premier chiffre pour que s'élève la colonne du Nord, ordonna Brahim.

Posément, Hassan sortit une équerre de sa poche et s'en servit pour régler l'écartement du compas.

Aussitôt la pointe posée sur la tempe du Grand Maître incisa horizontalement la chair.

— Nous avons le premier chiffre, dit Brahim. Forme le second et que l'angle soit parfait.

De nouveau, Hassan prit l'équerre et régla l'écartement.

Le compas changea de position et la pique acérée s'ouvrit un chemin vertical dans l'épiderme.

Une croix de sang apparut sur la tempe de Guillaume de Beaujeu. D'un geste précis, Brahim enfonça l'extrémité du compas au centre de la croix.

— Et maintenant, Guillaume de Beaujeu, jamais plus tu ne connaîtras la peur.

La pointe d'acier transperça le crâne.

PREMIÈRE PARTIE

Je peux tuer et rire en même temps.

William Shakespeare. *Richard III.*

De nos jours, un patron doit être révolutionnaire pour pouvoir survivre.

Vladimir Boukovsky, poète russe.

Le blason du 30e degré, Chevalier Kadosh, illustre la vengeance des Templiers

Collection Du Seuil

1

Paris
Musée de Cluny
De nos jours

Les gigantesques baffles placés aux quatre coins de la cour du musée de Cluny déversaient un massacre techno de *L'Hymne à la joie*. La foule se pressait. Un ballet de femmes en robe du soir et d'hommes en smoking ondoyait sous les flashs des appareils photo qui crépitaient en rafales. Le service d'ordre semblait débordé. Actrices en vue, mannequins anorexiques, faune sophistiquée et délétère squattant les dernières pages des revues people, tous se pliaient aux sollicitations, dans une mécanique rodée, en même temps qu'ils essayaient d'atteindre la porte d'accès.

De grandes bannières vert émeraude ornées d'un *S* noir stylisé drapaient les murs de la cour intérieure. Comme si un nouveau châtelain avait pris possession de la place et tenait à le rappeler aux invités qui venaient lui rendre hommage.

Les cris qui jaillissaient de toutes parts augmentaient l'irritation du responsable de la sécurité. Debout sur un banc situé à l'un des angles de la cour, il en inspectait d'un œil acéré chaque recoin. Les voix de ses collaborateurs éparpillés dans la foule lui arrivaient par saccades dans son oreillette. Il consulta avec nervosité la liste vertigineuse des invités qui s'étalait sur une feuille volante. À ses côtés, une femme d'une quarantaine d'années en tailleur bleu nuit observait avec amusement l'agitation autour d'eux. L'homme en complet noir maugréa.

— Il reste encore quarante-trois VIP à faire rentrer. On n'arrivera jamais à canaliser tout ce monde. On aurait pu organiser la soirée dans une dizaine d'autres musées plus grands, non ? Et il a fallu venir dans ce truc moyenâgeux ! Qui est le crétin qui a choisi ce musée ?

La femme détourna son regard de la foule et sourit.

— Vous le savez bien. Dieu lui-même. Et quand le big boss de la Stone Corporation France prend une décision, on a tout intérêt à trouver ça génial. Donc cet endroit est le lieu parfait pour organiser la soirée VIP de l'année. Soyez positif. Admirez plutôt la silhouette de Monica Bellucci dans sa robe de satin noir. Rien qu'à la voir si parfaite, je la hais déjà.

— J'ai pas le temps de me rincer l'œil ! J'avais prévenu qu'on était border line sur l'occupation du musée. N'importe quel taré peut venir nous faire chier.

— Vous m'ennuyez, Carlo, avec vos remarques défaitistes. Faites votre job. Ah, voilà Victor !

La femme descendit aussitôt du banc et se fraya un chemin derrière le cordon de sécurité. Elle ne devait surtout pas quitter d'une semelle Victor Léandre, le patron de la Stone arrivé sept mois plus tôt. Car elle, Claire Bourdon, directrice de la communication du groupe, jouait gros ce soir. Au moindre raté, elle paierait le prix fort : la porte.

D'ailleurs, elle n'avait toujours pas compris pourquoi Léandre avait tenu à ce que cette soirée se passe à Cluny. Le Louvre, le Grand Palais ou Beaubourg auraient été beaucoup plus appropriés. Mais non, Léandre voulait

Cluny. C'était son truc, le Moyen Âge. Elle n'avait pas insisté. On ne s'oppose jamais à son patron.

Elle pressa le pas et aperçut la silhouette séduisante à une vingtaine de mètres. Elle ne se faisait pas à l'idée que cet original préside aux destinées de l'entreprise leader dans les réseaux informatiques, riche de quinze mille salariés. La quarantaine allègre, le verbe haut, les cheveux en bataille, allergique à la cravate, l'homme tranchait sur son prédécesseur, aux allures de grand fonctionnaire engoncé dans son costume gris. C'était peu de dire que toute la boîte avait été surprise par ce choix atypique. Énarque, sorti major de sa promotion, il aurait dû faire comme ses petits camarades, rejoindre un cabinet ministériel puis jouer de son réseau pour grimper dans un grand groupe industriel. Raté. Après un détour auprès du Premier ministre de l'époque, il avait choisi de passer deux ans dans une ONG à l'autre bout du monde. Un choix éthique, humanitaire, comme il l'avait précisé lors du cocktail de bienvenue pour sa prise de fonctions, au siège à la tour Montparnasse. Ensuite il avait complètement bifurqué, et fait carrière dans le privé. Chaque année, il se réservait au moins deux semaines pour faire du bénévolat humanitaire. Il avait même obtenu de la boîte près d'un million d'euros pour soutenir son ONG et incitait systématiquement ses salariés à aider les orphelins africains, les handicapés de Roumanie, quand ce n'étaient pas les rescapés du tsunami.

Une vraie perle médiatique, ce type, songea Claire qui ne le quittait pas du regard. Il s'était même payé le luxe de refuser une voiture de fonction et de venir travailler chaque jour à scooter, sous l'œil ébahi des cadres sups abonnés aux 407 chromées et autres Laguna de service.

Elle parvint à son niveau.

Il la regarda avec un sourire espiègle. D'un seul coup, elle le trouva encore plus craquant, presque un gamin. Il la prit par le bras comme s'il recherchait sa protection.

— Ma très chère Claire. L'avantage de ne pas être une star, c'est qu'on vous laisse tranquille. L'un des photographes m'a carrément demandé de dégager illico. Pensez donc, je gênais l'arrivée d'un présentateur de télévision.

Elle éclata de rire. En plus d'être attirant, il avait un humour très personnel. Une forme d'autodérision qu'il tournait toujours à son avantage.

— Vous plaisantez, mon cher Victor. C'est vous, l'hôte de la soirée. Vous serez dans tous les magazines. Le sémillant nouveau patron de la Stone Corporation France, entouré de tout ce qui compte dans Paris. D'ailleurs, j'ai déjà prévu de vous faire photographier avec quelques-unes des stars les plus en vue.

Une fois sous le porche, coincés dans une cohue indescriptible, il lui glissa à l'oreille :

— Je vais vous faire une confidence. Je suis venu cet après-midi repérer les lieux et le conservateur a eu la bonté de m'organiser une petite visite privée. N'est-ce pas sympathique ?

La dircom approuva tout en pensant aux cent mille euros déboursés par la Stone pour devenir un mécène privilégié du musée. À ce prix-là, le conservateur pouvait se permettre de perdre quelques heures à papoter avec son généreux bienfaiteur.

Ils saluèrent les groupes attroupés autour des buffets et s'arrêtèrent un instant face au photographe maison. Claire afficha son plus beau sourire en se collant contre son patron. Le cliché ornerait la page d'édito du mensuel de la Stone dont elle était rédactrice en chef, et toute la boîte verrait les liens étroits qui les unissaient. L'un des objectifs majeurs de la soirée était atteint. Il lui prit le bras pour se frayer un chemin dans la foule et lui montra discrètement un groupe d'hommes, qui n'avaient rien des habitués de *Gala* ou *Match*, occupés à bavarder entre eux.

— Quelques pontes du conseil d'administration sont là. Il ne faudra pas oublier d'aller les saluer.

— Avec plaisir, mon cher Victor.

Le directeur général de la Stone se rembrunit.

— Ce n'est pas du plaisir... Quelle bande d'emmerdeurs. Changeons de sujet. Vous savez, j'ai une vraie passion pour le Moyen Âge. J'ai passé des jours entiers dans ce musée quand je préparais l'ENA. Parfois, j'avais vraiment l'impression de vivre dans un autre siècle.

Elle écarquilla ses grands yeux comme s'il venait de lui révéler un secret prodigieux.

— Mais c'est merveilleux, Victor, répondit-elle d'une voix enjouée. Moi aussi, j'adore les... euh... armures et tout ça...

Il sourit.

— Ça ne m'étonne pas, vous paraissez tellement curieuse de tout. Au fait, approuvez-vous notre programme d'aide aux femmes irakiennes ?

— Une vraie trouvaille, Victor. La cause des femmes doit être défendue partout dans le monde.

Vraiment, elle pouvait se flatter d'avoir le sens de la banalité bien choisie, un don utile forgé au fil des ans auprès de grands patrons du CAC 40.

Ils étaient maintenant collés l'un contre l'autre, pressés par la foule autour d'eux. Elle sentit sa main contre sa taille. Elle n'osa imaginer qu'il allait lui faire des avances. Non pas qu'elle soit contre, mais l'endroit lui paraissait mal choisi. Personne ne ferait attention à eux. Trop de monde et pas un photographe pour immortaliser la scène.

Léandre se pencha vers elle, arborant son plus beau sourire.

— Puis-je vous faire une autre confidence ?

Claire était aux anges, subjuguée par ses yeux bleu vif.

— Bien sûr, mais attention à ne pas dire de bêtises, minauda-t-elle en remarquant qu'il portait des lentilles de couleur.

— Rassurez-vous, je veux seulement vous... tuer. Je peux ?

2

Saint-Jean-d'Acre
18 mai 1291

Le soleil disparut d'un seul coup. Un nuage de flèches obscurcit le ciel avant de s'abattre en une pluie de métal acéré sur les défenseurs des remparts. Depuis le matin, ces déluges de mort ne cessaient plus, ponctués par les tirs de catapultes qui s'écrasaient dans la vieille ville. Les musulmans visaient particulièrement le quartier vénitien qui donnait sur la mer. Une stratégie délibérée pour bloquer l'accès au port et éviter ainsi la fuite de la population. Les émirs qui commandaient les troupes arabes étaient friands d'esclaves, femmes et enfants, qui finiraient bientôt sur tous les marchés humains d'Égypte et de Syrie.

Une nouvelle pluie battante de flèches s'écrasa sur les créneaux. Guy d'Aynac se jeta au sol, espérant que son casque et sa cotte de mailles lui éviteraient de mourir transpercé. Les pointes effilées rebondissaient par centaines contre les pierres. Le Templier se plaqua contre la muraille alors qu'un tintement métallique continu bourdonnait à ses oreilles. Comme durant ses nuits d'enfant quand la grêle frappait les toits d'ardoise du manoir familial, et qu'il courait pieds nus sur les dalles glacées pour se blottir dans le lit de sa nourrice. La même angoisse terrible le saisit, à vingt ans d'écart. L'épouvante absolue de voir le monde finir, s'écrouler, disparaître à jamais.

Rampant entre les cadavres qui s'accumulaient depuis l'aube, il s'abrita dans l'encoignure d'un créneau qui ne s'était pas encore effondré. Le visage en sueur collé contre la pierre, il lança un regard par la meurtrière.

La terreur le prit à la gorge.

Le nom d'Allah résonna de la terre jusqu'au ciel. Un nuage de sable s'envola vers les défenses de la ville. Le sol commença à trembler sous l'élan invisible de l'armée musulmane, tandis que le fracas des tambours frappait le rythme de l'assaut. Quand le rideau de poussière se dissipa, un hurlement d'effroi jaillit des murailles.

Une marée humaine venait de dévorer l'horizon.

La Tour maudite avait été reprise et résistait toujours. Pourtant les musulmans ne se contentaient pas de déverser des myriades de flèches et de pierres sur la ville, ils creusaient aussi d'étroits et discrets boyaux jusqu'au pied des murs. Là, d'habiles ingénieurs sapaient les fondations et faisaient s'écrouler les remparts, juste avant l'assaut. Depuis le début du siège, quatre tours s'étaient ainsi effondrées livrant la première enceinte de défense aux assaillants.

Un unique rempart protégeait désormais la ville, commandé par la Tour maudite. Le dernier espoir des chrétiens, avant de voir leurs ennemis déferler dans la cité.

Le choc fut immédiat.

Une forêt d'échelles vint s'agripper aux défenses, des cordes, comme autant de lianes, ligotèrent en un instant la citadelle. Au sol, dans la poussière des combats, des béliers frappaient les murs et descellaient les pierres.

La garnison ne résista pas à l'assaut. Derrière les créneaux, Guy vit les défenseurs de la tour abandonner leurs positions et des corps disloqués tomber des fenêtres.

Bientôt, la plateforme seule servit de dernier refuge aux survivants : épuisés, hagards, une poignée de chevaliers attendaient là une capture certaine.

Mais ce fut la mort qui vint.

Sous les coups de boutoir des béliers, une brèche apparut à la base de la tour. Aussitôt des soldats s'y engouffrèrent, les épaules chargées de bois sec. Dans les étages supérieurs, les combattants arabes abandonnaient l'édifice et refluaient par les échelles. Un grand silence se fit sur le champ de bataille.

D'Aynac, désespéré, détourna le regard, mais déjà le crépitement du brasier se propageait inéluctablement. La tour se transforma en bûcher de sacrifice.

Une fumée âcre enlaça les murs éventrés, se répandit sur les remparts et pénétra dans la ville. Un parfum d'incendie qui plongea les habitants plus encore dans l'angoisse. Dans les églises où le tocsin sonnait, des femmes se frappaient la poitrine en signe de désespoir, des prêtres à genoux imploraient la grâce de Dieu. Mais partout la fumée se propageait, aussi inexorable que l'annonce de la marée de haine et de mort qui allait submerger la ville.

Une main s'abattit sur l'épaule de Guy d'Aynac. Il ouvrit les yeux et reconnut la croix rouge du Temple sur la poitrine du frère qui l'interpellait.

— Tu vas te faire tuer. Lève-toi et viens. On sera plus utiles auprès des blessés.

D'Aynac fit quelques pas en titubant.

— Qu'est-ce que tu attends ? Tu veux vraiment te faire percer la panse ou finir en viande fumée ?

Tout en courant, Guy vit l'incendie qui embrasait les murs et menaçait la plateforme de la Tour maudite. Devant lui, le Templier ralentit sa course. De nouveaux morts s'entassaient, rendant le passage quasi impossible.

— Foi de Roger Flor, que Dieu ait pitié de vos âmes et me pardonne ce que je vais faire.

Après une ébauche de signe de croix, le chevalier sortit son épée et commença de se tailler une trouée. Des cadavres roulaient sur le parapet, d'autres allaient s'écraser au pied des murailles. Guy d'Aynac crut qu'il allait vomir.

Le chemin de ronde franchi, ils descendirent l'étroit escalier qui menait à la grand-salle aménagée sous les remparts. La fumée avait désormais une autre odeur, celle de la chair brûlée. Guy s'arrêta, les jambes vacillantes et le cœur au bord des lèvres.

— Dépêche-toi ! Tu rendras tes tripes plus tard.

La porte de la grand-salle s'ouvrit. Guy se précipita. Il se figea et, tout d'un coup, son estomac lâcha.

3

Paris
Musée de Cluny
De nos jours

Claire Bourdon éclata de rire. Le sens de l'humour de son patron la ravissait.

— C'est la question la plus originale que l'on m'ait jamais posée. Vous en avez d'autres comme ça ?

Léandre plissa les yeux, un sourire au coin des lèvres.

— Vous ne me prenez pas au sérieux. Voyez-vous, c'est le drame de toute ma vie.

Elle éclata d'un rire plus cristallin encore que le précédent.

— Victor, vraiment vous êtes irrésistible !

Un serveur passa devant eux, il prit une coupe de champagne. Une clameur s'éleva depuis l'entrée. Claire jeta un coup d'œil dans cette direction. Quand elle se retourna, Léandre lui tendait une flûte. Elle le remercia et but une petite gorgée. La mauvaise qualité des bulles et le goût un peu acide n'avaient rien à voir avec le Roederer que le fournisseur leur avait facturé. Elle nota mentalement d'aller faire un tour rapide derrière les buffets.

— Alors, expliquez-moi pourquoi vous nourrissez des pensées aussi noires à mon égard.

Sans lui répondre, il l'entraîna devant une grande vitrine du musée où était exposée une longue cape blanche ternie par les siècles, frappée d'une croix pattée. Il posa un doigt sur la vitre et soupira.

— C'est le manteau d'un chevalier de l'ordre du Temple. Ces hommes ont été d'un courage incroyable, vous savez ? Ils ont conquis des royaumes, bâti un empire politico-financier, forgé le destin de multiples nations. Et au final, ils ont été balayés par le vent de l'histoire.

Claire contempla la vitrine, songeuse.

— Les Templiers... Pour moi, ce sont des souvenirs de télé quand j'étais ado. *Les Rois maudits*. Toute une époque. J'avais un faible pour Jean Piat qui jouait Robert d'Artois. Une canaille superbe. J'en rêvais la nuit.

— Cette époque était magnifique. Pas du tout aussi inculte et obscure qu'on le croit aujourd'hui. Pensez aux hommes de ce temps dans leurs armures et leurs châteaux. C'était un âge où le spirituel et le temporel luttaient à armes égales. Quand j'étais enfant, je m'imaginais, chevauchant au galop, pour délivrer une princesse prisonnière dans sa tour. Je me prenais pour un vrai chevalier.

— Vous êtes devenu le seigneur de la Stone France, c'est pas si mal comme progression de carrière !

Victor Léandre esquissa un sourire pendant que la dircom poussait son avantage.

— Et cette époque merveilleuse vous a aussi donné des envies de meurtre ? Vous vous rappelez que le chevalier ne tue pas sa belle, mais l'enlève et lui fait beaucoup d'enfants.

Son patron la fixa d'un air étrange. Son ton était devenu glacial.

— Oui, mais vous n'êtes pas une princesse. Vous êtes mon employée.

Elle n'avait pas vu venir l'attaque. Soudain, elle se sentit dépassée. Une bouffée de chaleur envahit son corps. Sa tête commença à tourner.

— C'est drôle...

Léandre croisa les bras en s'appuyant sur la vitrine. Il inclina légèrement la tête sur le côté. Ses lèvres se figèrent.

— Pauvre conne. Je ne plaisante jamais !

4

Saint-Jean-d'Acre
La grand-salle
18 mai 1291

D'une main tremblante, Guy d'Aynac chercha un mur pour se soutenir. Il avait fermé les yeux en pénétrant dans la grand-salle, les rouvrir lui semblait au-dessus de ses forces. Il avait connu l'horreur pure sur le chemin de ronde, avec ces morts transformés en pelotes d'épingles sanglantes par les flèches des Infidèles, et les cris des torches vivantes de la Tour maudite, pourtant il craignait le pire.

Une lourde claque dans le dos le rappela à l'horreur de la réalité. Sous le choc, il dévala les marches couvertes de suie, se rattrapa à une colonne et ouvrit les yeux.

Éclairée par des lumignons qui s'enfonçaient dans l'obscurité, la salle ressemblait à une forêt de pierre. Des rangées de piliers soutenaient une large voûte sillonnée de fines nervures et de multiples croisées. Une véritable toile d'araignée comme suspendue en équilibre par un miracle d'architecture. Un joyau dû aux frères maçons qui n'avaient pas ménagé leurs efforts pour faire de cette salle la pure démonstration de leur savoir-faire.

Ce n'était pas la première fois que Guy voyait de tels édifices où l'art fleurissait dans chaque détail. Dès leur installation en Terre sainte, les Templiers avaient fait venir des maîtres tailleurs de pierre débauchés sur les chantiers des cathédrales. En Orient, ils s'étaient initiés aux techniques éprouvées de constructions militaires des Byzantins comme aux subtiles arabesques de l'architecture musulmane. Et c'était une des fiertés des ouvriers du Temple que d'avoir parsemé la Terre sainte de châteaux imprenables et d'églises à la gloire de Dieu.

Pourtant, Dieu semblait bien loin en ce jour de défaite. Sous la voûte résonnaient les coups de bélier qui frappaient contre la porte Saint-Antoine. La ville, qui avait résisté à tant de sièges depuis des siècles, ne tenait plus qu'à une ligne édentée de murailles prêtes à céder à tout moment sous la violence des assauts.

Dieu était plus loin encore pour tous les blessés qui gisaient dans la salle commune. Un soldat appartenant à la milice de la ville tenait ses deux mains serrées sur le ventre sans pouvoir empêcher un sang noir comme la nuit de se répandre sur le sol. À ses côtés, un chevalier qui portait encore ses éperons gémissait, le genou fracassé par une masse d'armes. Tout le long du mur, des hommes hurlaient, le visage brûlé ou les mains tranchées.

Roger passa entre les colonnes, enjambant des flaques putrides et des cadavres abandonnés. Suivi de Guy, il avança vers la chapelle, séparée de la salle commune par un drap tendu, souillé de sang séché.

Là, deux blessés étaient couchés sur des tables bancales. Un homme vêtu d'une longue toge noire dénudait la jambe du premier. Ses gestes étaient précis et volontaires, mais son visage blêmit quand il contempla la cuisse du blessé. Une flèche brisée était fichée dans le muscle. Tout autour de la blessure, une auréole noire s'était formée qui virait au vert-de-gris.

— Chiens d'infidèles, jura Flor, ils ont empoisonné la flèche. C'en est fini de lui.

L'homme en noir leva ses yeux et se caressa la barbe avant de répondre.

— Certes, messire. Vous avez raison. Toutefois, il y a encore un espoir.

Et il fit un geste explicite juste au-dessus de la blessure.

Cette fois, ce fut au tour de Roger de blêmir. Le médecin reprit d'une voix lente :

— Si vous le tenez fermement et si l'un d'entre vous m'aide... à manier la scie.

À ces mots, un inconnu à la cotte de mailles noircie sortit de l'ombre. Il portait une cape déchirée, frappée de la croix du Temple, et semblait veiller le second corps enroulé dans une vieille couverture de laine grise.

— Moi, je suis prêt.

Roger Flor lui décocha un regard noir, mais se tut. D'un mouvement brusque, il saisit la tête du blessé entre ses gants de métal et fit un geste désabusé de la tête.

Le médecin se pencha sous la table, sortit une scie aux pointes édentées qu'il trempa dans un baquet d'eau sombre puis il se tourna vers Guy.

— Toi, tiens-lui les pieds.

5

Paris
Musée de Cluny
De nos jours

Claire recula sous l'injure. Léandre était le patron, mais cela ne lui permettait pas pour autant de se comporter ainsi. Elle eut envie de le gifler. Cependant elle devait réagir en professionnelle, ne pas tomber dans l'affectif et ne faire preuve d'aucune faiblesse. Elle regarda autour d'elle, personne ne faisait attention à eux. Elle lissa sa robe d'une main nerveuse. Pour qui se prenait-il ? Elle avait été la confidente de patrons autrement plus prestigieux que ce parvenu. Si ses menaces étaient destinées à lui signifier qu'elle était virée, il était mal tombé.

— Je pense que vous avez trop bu, monsieur Léandre. Et si par hasard, vous utilisez cette méthode pour me signifier mon renvoi de la Stone, je suggère d'en parler dans un cadre plus approprié afin que je puisse contacter mon avocat. Un grand spécialiste des prud'hommes. En attendant, je vais m'occuper de nos invités.

Son patron serra ironiquement les lèvres.

— Quelle intimidation ! Je regrette vraiment le Moyen Âge. À l'époque, tout était si clair. Le seigneur commandait, le serf se soumettait. Mais pour revenir à votre destinée, les mondanités seront brèves, je le crains. Il ne vous reste plus que deux minutes avant de mourir et...

Elle le coupa brutalement :

— Je n'aime pas votre humour douteux, monsieur Léandre.

— Comme vous voudrez. J'allais juste vous expliquer comment vous allez mourir.

— Vous n'êtes plus drôle.

— Dans quelques instants, le poison que j'ai mis dans votre coupe paralysera progressivement vos muscles puis votre cœur. Votre conscience, elle, restera lucide une vingtaine de secondes. Le temps de vous voir agoniser.

— Vous êtes abject, balbutia Claire en reculant.

— Enfin... c'est ce que m'a dit la personne avec qui j'ai fait ce... pari. Un des premiers symptômes, semble-t-il, consiste en des vagues de bouffées de chaleur suivies d'une distorsion de la vue. Après, les jambes lâchent, les bras tombent... Mais l'ouïe demeure intacte jusqu'à l'instant fatal.

Comme dans un cauchemar, Claire sentit son corps bouillonner. Une chaleur vive irradiait sa chair. Elle déglutit.

— Vous êtes un... taré. Qu'est-ce qui m'arrive...

— Je viens de vous le dire. Vous devriez m'écouter.

Sa coupe de champagne éclata sur le sol. Le visage de Léandre paraissait se rapprocher puis s'éloigner à toute vitesse, comme si elle le voyait à travers le zoom de son portable. Elle devait s'enfuir. Rejoindre le responsable de la sécurité à tout prix. Il lui fallait de l'aide immédiatement. Ce salaud l'avait vraiment empoisonnée. Elle fut prise de panique. Elle recula, bousculant deux femmes en robe noire. Les invités autour d'elle la regardaient comme une bête curieuse. Elle hurla.

— Au... au secours...

Ses jambes lâchèrent d'un seul coup comme si ses muscles étaient devenus de la pâte à modeler. Elle s'effondra.

Ses genoux se brisèrent sur la pierre dallée. Elle sut qu'elle sombrait. Inexorablement. Sa main accrocha le bas du pantalon d'un des invités telle une bouée de sauvetage. Des cris résonnaient autour d'elle. Elle balbutia, sa langue devint dure comme de la pierre. Ses paroles s'étouffèrent dans sa gorge.

Elle aperçut Léandre penché au-dessus d'elle. La lumière du plafond formait une aura incandescente autour de sa tête.

— Claire a un malaise. Un médecin, vite !

Son visage se rapprochait comme pour l'embrasser.

Elle voulut le repousser, mais ses bras restèrent cloués au sol. Sa nuque se raidissait, ses lèvres se figeaient, ses cils même avaient cessé de battre.

Elle vit son bourreau lui sourire en s'inclinant au-dessus d'elle. Elle n'était plus qu'une poupée de chiffon qu'on pouvait manipuler en tous sens. Léandre parlait, mais ses paroles étaient déformées comme au travers d'un tunnel.

Il se pencha vers son oreille.

— Pourquoi moi ? C'est la question que tu te poses, n'est-ce pas ? Eh bien, je vais te répondre. Tu es un cobaye idéal pour une expérience qui te dépasse.

Une expérience. C'était trop stupide. Son angoisse décupla. La fin approchait.

Juste avant de mourir, elle sentit le baiser de Léandre.

6

Saint-Jean-d'Acre
La grand-salle
18 mai 1291

Le bruit de la scie avait cessé et le bois usé de la table buvait les dernières gouttes de sang suintant du moignon à vif. Lentement, le médecin ferma les yeux de l'homme qu'il n'avait pu sauver. L'amputation n'avait pas suffi et le poison était remonté jusqu'au cœur, boursouflant les chairs et ravinant le visage.

Autour du corps, Roger Flor, Guy d'Aynac et le Templier à la scie se tenaient par la main, murmurant une prière aux paroles hachées. Derrière le drap qui les séparait du reste de la salle, les hurlements de douleur s'intensifiaient, scandés par les pleurs et les implorations. La mort rôdait entre les murs et prélevait son tribut.

Flor brisa le premier la chaîne de prières et s'avança vers l'autre blessé enroulé dans sa couverture. Il bougeait encore. Roger lui prit la main droite. À l'annulaire brillait une bague portant un sceau gravé.

Flor l'examina avec attention. La surprise décomposa son visage. Il murmura un juron avant de regarder vers ses frères en désignant la bague.

— Toi, tu sais ce que c'est ? interrogea Roger.

Guy se pencha et vit, ciselée dans le métal, une image qu'il ne connaissait pas. Sur un plat ouvragé était posée une tête aux cheveux hirsutes fermant les yeux sur un cou tranché net.

— Non, je l'ignore.

Et toi ?

Flor venait de se tourner vers le chevalier à la cape.

— Je l'ignore aussi, répondit l'inconnu après avoir observé le sceau de la bague. J'étais avec des frères en train de combattre au pied de la Tour maudite quand on nous a donné l'ordre de transporter ce blessé à la grand-salle. Mes frères sont morts et je l'ai traîné seul jusqu'ici.

Roger Flor ôta la couverture et découvrit le visage blessé.

— C'est le sceau de Guillaume de Beaujeu. Le Grand Maître du Temple.

Aussitôt le médecin commença à tâter le corps. L'affolement faisait trembler ses mains. Dans la position désespérée d'Acre, la mort du Grand Maître des Templiers pouvait transformer la défaite militaire en un massacre de la population civile. Chacun savait bien que les émirs musulmans entretenaient des relations privilégiées avec l'Ordre du Temple, et qu'en cas de chute de la ville, seul le Grand Maître aurait l'autorité morale nécessaire pour négocier avec les Infidèles et empêcher un bain de sang.

Pour le transporter plus aisément, on lui avait retiré son armure. Sous la chemise tachée de sueur, les doigts du praticien parcoururent fébrilement la surface du corps. Le Grand Maître était toujours inconscient, mais nulle blessure, nulle fracture ne se laissait deviner.

Le médecin s'éloigna du corps pour aller chercher des ustensiles sur la table voisine. D'Aynac le suivit. Sa curiosité avait été piquée par ces objets de métal sombre disposés en arc de cercle. La plupart possédaient un tranchant droit ou courbe, sans doute pour inciser des zones précises du corps. D'autres ressemblaient à des grattoirs de différentes tailles. Guy crut entendre le bruit de rongeur de ces outils quand ils atteignaient l'os.

Le médecin venait de choisir son instrument : un maillet de métal poli. Il redressa un des genoux du Grand Maître et frappa d'un coup sec. Il répéta l'opération à plusieurs reprises, tandis que le doute puis l'indécision se marquaient sur son visage.

— Je ne comprends pas. Il est vivant, mais...

Alors que le blessé remuait la tête, le médecin aperçut un hématome bleuté au-dessus de la tempe droite. Au centre, une plaie purulente se creusait.

Le visage de Flor se creusa d'un coup. D'Aynac, lui, ne frémit pas. Depuis qu'il avait vu la scie en action, son cœur et son esprit lui paraissaient trempés dans du plomb.

— Il peut encore être sauvé, affirma le médecin. Mais ici, dans ce cloaque, je ne réponds de rien. Il faut l'emmener loin des combats.

Roger Flor reprit ses esprits, d'autant plus que les coups sourds des béliers contre la porte Saint-Antoine se rapprochaient.

— Il n'y a qu'un endroit où le Grand Maître sera en sécurité. C'est la citadelle du Temple.

Le médecin opina de la tête avant d'objecter :

— Oui, mais il va falloir traverser toute la ville. Et dans les circonstances actuelles...

Tous comprirent. Il y avait au moins trois quartiers à franchir avant d'atteindre la forteresse du Temple adossée à la mer. Un véritable dédale de ruelles étroites, envahies par une population paniquée convergeant vers le port. Transporter un blessé dans ces conditions était de la pure folie.

— Il n'y a pas le choix, trancha Roger Flor, il faudra que vous passiez. Saisissez-vous du corps.

Guy d'Aynac et son mystérieux compagnon obéirent. Escortés de Flor, ils traversèrent la grand-salle sans un regard pour les blessés qui tendaient vers eux des mains implorantes.

Dehors, sur le parvis, Roger Flor s'arrêta net.

— Rappelez-vous bien. Le Grand Maître doit être amené à la citadelle. À n'importe quel prix. Vivant ou mort.

Les deux Templiers eurent un moment d'hésitation puis hochèrent la tête ensemble.

— Et vous que comptez-vous faire ?

Flor fit un signe de tête vers l'entrée de la grand-salle.

— Il y a des frères ici, je ne peux pas les quitter.

Guy n'eut pas le temps de protester. Une clameur immense enfla comme un coup de tonnerre. Un écho assourdissant lui répondit.

La Porte Saint-Antoine venait de tomber.

Avant de s'élancer, d'Aynac se tourna vers son compagnon d'infortune et lui tendit la main.

— Tant qu'à faire, j'aimerais bien savoir avec qui je vais mourir.

Un nom lui parvint à travers le fracas des combats.

— Jacques. Jacques de Molay.

7

Paris
Musée de Cluny
De nos jours

Victor Léandre s'était écarté du corps sans vie de Claire Bourdon pour laisser passer les secours. Ordre avait été donné de ne pas perturber la réception. Seul un petit groupe d'invités avait assisté au malaise de la directrice de la communication. Léandre prit une autre coupe de champagne et recula au fond de la salle.

Il était fier de son œuvre. L'assassinat s'était déroulé à merveille, un travail d'orfèvre, personne ne pourrait remonter jusqu'à lui, d'autant que le poison disparaîtrait rapidement. Une banale crise cardiaque.

Il restait songeur. En fait, il n'avait éprouvé aucun plaisir particulier à tuer cette femme pour qui il avait même une certaine sympathie. Depuis qu'il était arrivé au siège de la société, elle faisait partie de sa garde rapprochée et objectivement il la trouvait aussi séduisante qu'efficace. Mais hélas, c'est elle qui avait été choisie. Il jeta un œil à la foule pour tenter d'apercevoir le témoin de l'épreuve, mais il ne distingua que des visages anonymes.

Victor Léandre posa sa coupe sur une chaise et vit s'avancer le chef de la sécurité suant à grosses gouttes.

— C'est une tragédie, monsieur Léandre. Claire était d'une santé de fer. Je ne comprends pas. J'ai appris que vous aviez donné la consigne de continuer la fête ?

— Tout à fait, mon ami. Je suis aussi triste que vous, mais nous devons être plus forts que la douleur. La Stone Corporation passe au-dessus de tout. Il ne faut pas gâcher cette grande soirée pour laquelle Claire avait mis toute son énergie. Continuer la réception est le plus bel hommage que nous puissions lui rendre. Vous ne croyez pas ?

Carlo acquiesça sans être convaincu.

— Oui, monsieur. Je vais voir où en sont les secours si vous le permettez.

— Bien sûr.

Léandre vit s'éloigner la silhouette massive du responsable de la sécurité, il consulta sa montre.

À peine 22 h 40.

Il avait envie de faire la fête, c'était bon signe.

Les derniers pique-assiettes quittaient les abords du musée pour rejoindre d'autres soirées aussi vaines qu'indispensables pour leur existence. Les serveurs pliaient les tréteaux et remplissaient d'énormes sacs-poubelle qui finiraient sur le trottoir humide. Dans quelques heures, toute trace de l'intrusion de la Stone Corporation aurait disparu. Les bannières de la compagnie seraient remisées pour une autre soirée. L'occupation des lieux n'avait au final duré qu'à peine vingt-quatre heures, comme un mauvais rêve pour les fantômes de Cluny.

Victor Léandre était assis au premier étage du musée, seul, contemplant une magnifique tenture. Le conservateur l'avait autorisé à rester pour profiter de la nuit. Le veilleur était, lui, chargé d'inspecter avec ses collègues le moindre recoin du musée pour voir s'il n'y avait pas eu de dégâts lors de la soirée.

Le patron de la Stone avait l'esprit étonnamment clair. Il n'avait bu qu'une coupe de champagne, avait très peu mangé, et s'était hydraté régulièrement, suivant en cela les conseils de son psy. Il sourit. On ne lésinait pas sur la dépense, un analyste pour l'aider à bien vivre son premier meurtre, quelle sophistication !

Il prit son portable et composa son numéro. Il pouvait l'appeler à n'importe quelle heure, surtout ce soir.

— Victor, comment allez-vous ?

— Bien, très bien. Je ne pensais pas que ce serait si... facile. Avez-vous eu le rapport du témoin ?

— Oui. Parfait en tout point, sauf sur un détail. Il vous a vu murmurer quelque chose à l'oreille de la victime. Que lui avez-vous dit ?

— Une légère taquinerie avant qu'elle ne parte pour son grand voyage.

— Il ne fallait pas. L'exercice, le rituel pour être exact, est basé sur une absence totale d'affect, que ce soit de la compassion, du sadisme ou de la... taquinerie. Vous le saviez, n'est-ce pas ?

Léandre soupira.

— En effet. Je suis désolé. Je me suis laissé emporter.

— Ça arrive parfois. Voulez-vous passer me voir à mon cabinet ? Disons demain en fin de journée ?

— Entendu. J'ai un comité d'entreprise avec des représentants syndicaux à 15 heures, je peux donc être chez vous vers 18 heures.

— Mettons 20 heures. On ne sait jamais avec les syndicats. Nous continuerons notre séance et nous en profiterons pour analyser ce petit dérapage. Tuer est un acte purificateur et constructif, mais encore faut-il avoir l'esprit clair et débarrassé de toutes les imperfections et faiblesses que l'on nous a inculquées. Bonne nuit, Victor.

— Bonne nuit à vous aussi, docteur.

8

Paris
9e arrondissement
De nos jours

La librairie paraissait quelque peu incongrue dans la grande rue passante. Coincée entre une boutique de téléphones portables et un marchand de kebabs, plantée face à une grande supérette de hard discount, elle résistait vaillamment depuis des années aux tentatives de rachat des murs par un franchisé de vêtements espagnols et une chaîne de jeux vidéo. Le propriétaire se serait fait trancher la gorge plutôt que de céder face à l'invasion barbare qui menaçait un peu plus chaque jour. Il était le dernier libraire indépendant du quartier, son ultime concurrent ayant jeté l'éponge au bout de quarante années d'activité.

Marcas entra avec son fils. Cela faisait deux mois qu'il n'était pas venu et il fut surpris du changement de décor. L'intérieur avait été repeint en orange, les présentoirs changés, les travées dégagées, des plantes tropicales ajoutées çà et là. Il mit sa main sur l'épaule de son fils et sortit sa formule habituelle :

— Tu as droit à deux bouquins. Le premier…

— Oui, je sais, coupa Pierre, un livre classique et un autre de divertissement. Tu pourrais peut-être te renouveler, papa.

— Un quart d'heure pas plus. Balade-toi, je vais saluer Laurent.

Il aimait agacer son fils, c'était plus fort que lui. Pourtant il en était fier. C'est lui qui avait voulu le baptiser Pierre, non pas en hommage au premier pape de la chrétienté, mais en référence à la pierre brute que tout maçon se doit de travailler. Il aperçut le libraire, une barbe de trois jours, le crâne lisse et blanc comme une balle de ping-pong, assis sur son tabouret islandais, en train de boire sa tasse de thé rituelle. Il avait devant lui un quotidien du soir.

— Salut, Laurent. Je cherche un livre…

— Ça tombe bien, t'es pas dans une boucherie, grogna-t-il. Quel abruti !

Marcas n'avait jamais entendu son frère de la loge de l'Espérance manier l'insulte.

— Je te demande pardon ?

— Non, pas toi. Le comique, l'écrivain à deux balles, qui a rédigé sa tribune sur les salauds de libraires qui s'engraissent sur le prix des livres. Il veut baisser notre part.

Il lui montra l'article dans le journal.

— Putain, je me demande comment j'arrive à tenir avec toutes les factures. J'ai investi tout mon bénef dans le changement de déco. Ce mec n'a jamais mis les pieds dans une librairie, c'est pas possible. Si je le chope, je l'assomme avec les œuvres complètes de Barbara Cartland avec une couverture gaufrée. Si on faisait fortune avec le livre, ça se saurait, bordel.

Le libraire releva le nez du journal et fronça les sourcils.

— T'aurais pas changé de tronche, toi ?

Marcas se gratta le menton. Le petit bouc noir lui semblait comme un corps étranger, une excroissance inconnue dont il mesurait chaque jour la pousse. Pendant des années, il avait refusé de se laisser pousser la barbe, mais depuis que l'une de ses collègues de bureau lui avait suggéré d'essayer, il s'était lancé avec curiosité dans cette épopée bulbaire. Mince, les cheveux noirs ondulés et parsemés de quelques fils blancs, les sourcils arqués, les lèvres minces entourées de l'arc de la barbe, sa physionomie s'était subtilement modifiée. « Un spadassin italien », « un pirate », « le cousin de Ben Laden », les commentaires avaient fusé selon les références culturelles de ses interlocuteurs. Son fils adorait, son ex détestait. Un partout.

— Ça fait plus sérieux, c'est mieux pour les enquêtes, répondit-il d'un air qui se voulait supérieur.

En fait, il s'était fait charrier par ses collègues de l'OCBC, Office central de lutte contre le trafic de biens culturels, où il officiait en tant que numéro deux depuis son retour de New York[1]. Le libraire eut une moue amusée.

— J'ai un pote, responsable des livres dans une grande enseigne, qui a très envie de lui arranger le portrait à cet écrivaillon. Toi qui es dans la police, t'aurais pas l'adresse d'anciens clients à toi, genre Serbe de cent vingt kilos, qu'on pourrait embaucher pour lui faire de la pédagogie musclée ?

Marcas sourit.

— Je n'ai rien entendu. Dis-moi, je cherche *Les Mystères de Channel Row*, d'Alain Bauer et Roger Dachez, tu as ça en stock ?

— L'ancien grand manitou de la rue Cadet ? Bien sûr. Encore une histoire de franc-mac… Mais celle-là est bien documentée. En échange, tu me trouves l'adresse du signataire de l'article dans ton fichier de la police ?

— Tu sais bien que c'est illégal.

— Je déconnais.

Il vit arriver son fils trottinant d'un air satisfait, tandis que le libraire fouillait dans une pile de livres à la recherche de l'exemplaire demandé. Le môme brandit d'un air

1. Cf. *Le Frère de Sang*.

triomphant *Nana* et *Fullmetal Alchemist*. Marcas prit les bouquins.

— Rien à dire sur le premier choix, mais le manga entre-t-il vraiment dans la catégorie divertissement ?… Tu n'essaierais pas de m'entuber, par hasard ?

— Le manga est un mode d'expression qui a acquis ses lettres de noblesse, papa, répliqua son fils d'un ton qui se voulait docte et sans appel. Ça vaut bien les Strange et les Marvel de ton enfance que tu gardes en haut de ta bibliothèque.

Le libraire glissa les ouvrages dans un sac plastique.

— Ton fiston a raison. Zola et Arakawa, c'est le choc des civilisations.

— Mouais, répondit Marcas, pas convaincu.

Il consulta sa montre. 19 heures. Il avait juste le temps de ramener son fils chez son ex et de partir à la tenue maçonnique. Il paya et salua le libraire.

— Je te laisse, je dois assister à une tenue un peu spéciale tout à l'heure.

— Tu me raconteras. Au fait, un Croate, ça serait pas mal non plus.

— Quoi ?

— Pour la grande croisade du livre. Pour casser les tibias du mec du journal. Si ça se trouve, dans six mois, il y aura un superbe fast-food à ma place. Je te ferai des prix sur les frites.

— Tu ne sais même pas cuire un œuf. À plus.

Marcas et son fils sortirent de la librairie. La nuit commençait à tomber. Marcas héla un taxi pour déposer son fils dans le 17e et revenir ici ensuite. Son portable vibra. L'icône des sms clignotait.

Urgent. Je sais que tu assistes à la tenue Campion tout à l'heure. Dois te voir après. C'est très important. Andrivaux.

9

Saint-Jean-d'Acre
Quartier génois
18 mai 1291

La marée des guerriers musulmans submergeait les dernières défenses de la ville. Par chaque brèche de la muraille surgissaient des groupes de combattants hurlant le nom d'Allah. Un cri de victoire qui se répercutait dans les ruelles, rebondissait sur les murs des maisons, frappait les églises et ébranlait les palais. Le cri d'une multitude, ivre de pillages et de vengeance, venue secouer le joug de deux siècles d'invasions et d'humiliations.

Guy d'Aynac accéléra sa course. La citadelle, ultime refuge des Templiers, était encore loin. Si lui et son compagnon ne l'atteignaient pas, le Grand Maître finirait sa vie sur un pavé boueux, piétiné par une population en proie au délire. Déjà des habitants paniqués s'éparpillaient dans les rues. Beaucoup craignant pour leur personne et leurs biens accusaient les croisés de trahison ou de lâcheté. Certains montraient même d'un doigt menaçant les deux Templiers métamorphosés en simples brancardiers, alors que les combats devenaient acharnés autour de la porte Saint-Antoine.

Bientôt ils vont nous arrêter et nous insulter, pensa d'Aynac. Nous aurons de la chance s'ils ne nous lapident pas sur place.

Déjà, des hommes au regard noir se rapprochaient, l'invective aux lèvres et les poings rageurs. Du haut d'une fenêtre, une femme hurla des obscénités. Un attroupement se formait.

Tout d'un coup le nom d'Allah retentit de nouveau et résonna à tous les échos. Aussitôt le chaos gagna la moindre ruelle. Chacun cherchait à s'enfuir. Certains couraient vers les églises dont les cloches sonnaient le glas, d'autres se réunissaient en grappes humaines et fonçaient au hasard, emportés par une peur panique. D'Aynac ralentit le pas. Il aurait suffi d'un seul faux mouvement pour être broyé par ces masses humaines en folie.

— Ça ne sert à rien de continuer par les rues, dit Molay. Nous serons morts écrasés bien avant d'atteindre la citadelle.

— Brillante analyse, mon frère, mais tu as une solution de rechange ?

Molay leva une main vers le ciel obscurci par la fumée des premiers incendies. Malgré le drame ambiant, Guy éclata de rire.

— Tu veux passer par les airs ?

— Non.

Tout autour, c'était un sauve-qui-peut général. Si certains, terrifiés, fuyaient en abandonnant tout derrière eux, d'autres s'acharnaient à sauver leurs biens les plus précieux. Au milieu de l'affolement, une femme vêtue d'un manteau fourré d'hermine traînait un ballot d'où s'échappaient des robes de soie écarlate. Le visage hagard, un religieux courait les bras chargés de calices, un encensoir d'or pendu à sa robe de bure.

À l'angle d'une rue, un artisan sortit une charrette chargée de hardes. Il tenta de s'engager sur le pavé, quand un flot de fuyards paniqués surgit en hurlant. En un instant, l'homme et la charrette disparurent, écrasés, broyés contre le mur.

Inquiet pour leur blessé, d'Aynac jeta un œil sur sa poitrine. Il respirait encore. Molay, lui, scrutait toujours les hauteurs.

— Tu veux passer par les toits, alors ? Si nous étions seuls, je ne te dirais pas non, mais avec un blessé… C'est une affaire à se rompre le cou.

— Non, par les greniers. Nous sommes dans le quartier génois. Leur principal commerce, ce sont les draps fins, les tissus précieux, la soie qui vient d'au-delà des mers. Où crois-tu donc qu'ils les conservent en sécurité ?

À son tour, Guy leva les yeux. Les Génois vivaient du commerce avec les Infidèles. Et ils en vivaient bien si on en jugeait par les façades délicatement ouvragées de leurs demeures. Une aisance qu'ils partageaient avec les Vénitiens et les Pisans. Chacun était établi dans un des quartiers de la ville et avait le monopole d'un négoce spécifique. L'appât du gain, cependant, pouvait faire voler en éclats l'accord qui les liait, et parfois même de manière violente tant le trafic avec l'Orient générait d'opulents bénéfices. C'est pourquoi, pour se protéger de la concurrence, chaque communauté fonctionnait en famille. Chaque famille possédait une rue et, bien sûr, les greniers communiquaient entre eux pour faciliter le transport et la surveillance des marchandises.

— Par le sang de Dieu, tu as là une riche idée, mon frère ! Qu'attendons-nous, alors ?

Molay dégaina sa dague et fracassa la serrure d'une porte voisine. Le verrou brisé tomba dans le corridor et rebondit sur les dalles. Le bruit parut assourdissant aux deux chevaliers qui jetèrent des regards effarés dans la rue. Mais le tumulte et la peur étaient trop grands pour que quiconque ait pu les remarquer. Ils s'engouffrèrent dans le couloir et montèrent l'escalier de bois qui grimpait le long des murs. À chaque palier s'ouvrait une porte finement sculptée donnant sur les appartements. Tout en montant les marches, d'Aynac songeait au destin de cette ville, européenne depuis des siècles et qui allait bientôt tomber sous le joug des Infidèles. Quel péché les chrétiens avaient-ils donc commis pour que Dieu les abandonne à la fureur et à la mort ?

Bientôt apparut la porte du grenier, fermée par un simple loquet. En temps normal, une ribambelle de serviteurs et de familiers circulaient jour et nuit entre le magasin ouvert sur la rue et la réserve sous les toits. Mais là, ce fut le silence qui accueillit les deux Templiers.

Ils avancèrent d'abord à tâtons, le temps que leur regard s'habitue à l'obscurité ambiante. Molay, les yeux écarquillés, soufflait bruyamment. Le bruit de sa respiration se répercutait sur les hauts murs le long desquels s'entassaient tous les trésors d'Orient.

Les marchandises étaient intactes. De lourds rouleaux d'étoffes étaient suspendus à des câbles qui couraient d'une poutre à l'autre. De la soie, aux reflets chatoyants était délicatement pliée sur des étals de bois poli. Un parfum d'épices stagnait sous la chaleur des tuiles.

Épuisé par la montée de l'escalier, Guy s'adossa contre une pile de tissu. Délicatement, ils déposèrent le corps de Guillaume de Beaujeu sur le plancher.

Essoufflé, Molay s'assit à ses côtés et toucha la main du blessé.

— Elle est glacée. Il n'en a plus pour longtemps. Bientôt son âme ira rejoindre Dieu.

— Dieu... commença Guy... Dieu. Il aurait mieux fait de nous protéger des Infidèles.

Jacques ne répondit pas. Il n'était pas de ceux qui doutaient de la justice divine. Guy poursuivit :

— Je me demande bien pourquoi ce maudit Roger Flor nous a confié pareille mission. Dès que nous avons quitté la grand-salle, il était évident que nous allions convoyer un mort au risque de notre vie. Un véritable suicide.

— Une mission est une mission, le coupa Molay. Nous n'avons pas à discuter. Nous sommes des soldats de l'ordre du Temple.

— Obéir ne nous dispense pas de réfléchir. Je ne vois vraiment pas l'intérêt de transporter ce qui ne sera bientôt plus qu'un cadavre.

— Tu voudrais qu'on le jette dans la rue comme un chien ? s'indigna Molay.

D'Aynac se raidit brusquement. Il craignit que la peur qui le rongeait, depuis son départ de la grand-salle, ne se révèle aux yeux de son compagnon.

— Dussé-je en mourir, jamais je n'abandonnerai le corps de notre Grand Maître !

Molay reprit d'une voix plus douce :

— Je ne t'accuse de rien, mon frère ! Simplement je ne comprends pas ce que tu veux faire.

Comme s'il risquait d'y avoir des oreilles indiscrètes, Guy se pencha vers Molay et parla d'une voix basse :

— À ton avis, pourquoi doit-on à tout prix le ramener ?

— Parce que c'est le Grand Maître ! Et s'il vient à trépasser, nos frères doivent lui rendre hommage en lui offrant des funérailles dignes de son rang.

Un sourire amer sur les lèvres, d'Aynac eut un geste désabusé vers la rue. Une cavalcade désespérée faisait trembler le pavé.

— Parce que tu crois que nos frères en auront le temps ? La ville est déjà prise. Dans quelques jours, la citadelle sera tombée. Alors quel intérêt ?

Jacques allait répondre, quand un bruit sourd retentit sur le toit. Une tuile brisée chuta sur le plancher. Un brandon enflammé suivit. Le feu crépita sous la table où reposaient les rouleaux de tissu.

Les deux Templiers se précipitèrent pour saisir le corps de leur chef. Les tuiles s'écrasaient une à une, ouvrant des brèches de lumière dans la toiture. Affolé, d'Aynac leva les yeux avant de se mettre à courir. Une pluie de feu tombait du ciel.

10

Paris
Boulevard Raspail
De nos jours

Le scooter gris se gara sagement sur l'un des trois emplacements de parking réservés aux clients du docteur Yarker. Victor Léandre enleva son casque qu'il rangea dans le top case, puis il se dirigea vers l'ascenseur. Il avait mal dormi, perturbé par des mauvais rêves, des images de cadavres mutilés, de têtes décapitées. Il s'était réveillé en sursaut, regrettant qu'une femme ne soit pas près de lui pour se lover entre ses bras. À la vérité, ce manque n'avait duré qu'un instant. Depuis quelque temps, il se désintéressait de beaucoup de choses. La vie quotidienne lui paraissait d'une banalité de plus en plus insupportable. D'ailleurs, il avait été d'humeur maussade toute la journée et avait fini par bâcler la réunion avec les syndicalistes.

Cinq minutes plus tard, il était couché sur le divan du cabinet exigu du docteur Yarker. Le thérapeute arborait une tignasse rousse et drue. Calmement, il s'assit dans un fauteuil de cuir et déboutonna sa veste de tweed avant de saisir un calepin déjà hachuré d'une écriture volubile.

— Alors ?

— Rien. J'ai passé une mauvaise journée.

— Avez-vous pensé à votre victime ? Eu des sentiments de remords ? Du chagrin, de la culpabilité ou quelque chose d'approchant ?

— Non. Claire Bourdon n'existe plus, c'est aussi simple que cela. J'ai décidé de mettre sa photo en couverture du prochain numéro de notre magazine interne. Ç'a été le seul moment drôle de la journée.

— Pourquoi ?

— Je dois rédiger moi-même sa nécro pour le journal. Mes conseillers me l'ont demandé. L'assassin chargé de l'éloge funèbre ! Quelle douce ironie, vous ne trouvez pas ?

Le praticien enleva ses lunettes et se massa les paupières, l'air ennuyé, puis il regarda la grande toile sur le mur représentant le combat de deux hommes en costume du XVIIIe siècle, fleuret au poing, intitulée : *Le Duel du comte Espérandieu et du maréchal de Villeneuve, dans la salle d'honneur du château d'Amaury*. Ce tableau d'un certain Oliver Ransom l'aidait à se concentrer.

— Attention, Victor. Votre discours est paradoxal. Faire preuve de cynisme à propos de cette femme relève encore de l'affectif. Votre victime n'est rien qu'une *chose morte*. Et je souligne cette expression.

— Vous avez raison.

— Autre chose ?

— Non. Juste un début de mal de tête. Et des…

Victor Léandre se tourna sur le divan, regarda la fenêtre et reprit :

— Des rêves étranges. Des morts par dizaines dans des positions curieuses, des décapitations.

— C'est bon signe. Votre inconscient a tout enregistré et commence à se libérer des conséquences morales de votre acte. Par expérience, je peux vous dire que ces cauchemars s'espaceront rapidement. Le contraire d'ailleurs aurait été ennuyeux.

— C'est-à-dire ?

— Des rêves agréables et au réveil des remords qui vous rongent. Il arrive parfois, chez certaines personnes, que le processus ne fonctionne pas automatiquement. Du coup, un autre travail d'analyse est nécessaire avant de tuer de nouveau.

Victor Léandre se leva.

— Quand est prévue la prochaine réunion du groupe ?

— Dans trois semaines. Ne soyez pas impatient. Vous tuerez votre seconde victime très bientôt.

11

Paris
Siège de l'obédience
9e arrondissement
De nos jours

Un à un les frères et les sœurs entraient dans le plus grand temple maçonnique de Paris. Les travées étaient bondées, et le vénérable avait dû refuser du monde tant le bouche à oreille s'était révélé efficace. « Le Chêne libre » et « Campion », deux loges des plus libertaires, avaient concocté avec délectation cette tenue depuis plus de six mois.

Antoine Marcas ne boudait pas son plaisir. On avait rarement vu ça au siège de l'obédience : une tenue entièrement en argot, selon le rite PDA, *Pierre Dac Actualisé*, dit aussi « le Rite des voyous ». La tenue était organisée en hommage au frère Léo Campion, un chansonnier qui avait connu son heure de gloire au siècle dernier, autant pour son humour corrosif que pour sa profession de foi anarchiste.

Marcas ajusta son tablier et se plaça au milieu des rangées de fauteuils. Il reconnut une dizaine de frères, dont l'un des patrons d'un syndicat de police et le représentant du Grand Maître de l'obédience. À côté d'eux, un prof de l'école de son fils, aux opinions politiques diamétralement opposées aux siennes, rajusta son nœud papillon noir avec le plus grand sérieux. Juste à leur droite, une fringante journaliste d'un hebdo féminin jeta un clin d'œil au vénérable représentant de l'académie Alphonse-Allais. Bref, le mélange habituel des genres et des générations.

Marcas éprouvait toujours le même sentiment de calme et de sérénité quand il rentrait dans un temple maçonnique, qu'il se trouve à Paris, en province ou à l'étranger. Tous les symboles étaient en place. Les deux colonnes du temple de Salomon, à l'entrée, l'une marquée d'un J, pour Jackin, l'autre d'un B, pour Boaz. Deux termes hébraïques dont la signification ambiguë alimentait les discussions d'agape. Au plafond, la voûte étoilée, et au sol, le pavé mosaïque : le damier noir et blanc qui montrait l'alternance éternelle de l'ombre et de la lumière. Chaque élément du décor était un signe qui parlait à tout initié. Sur l'un des murs, la lettre G qui, selon les rites évoquait Dieu, *God*, ou la géométrie pour les frères athées et au fond du temple, le siège du vénérable surplombé de l'œil sacré, l'absolu de la connaissance. Antoine observa les deux pierres au sol, la brute et la taillée, montrant le chemin que tout maçon se devait de parcourir.

Le vénérable ouvrit la tenue.

— Mes sœurs et mes frères, lorsque les surveillants passeront entre les colonnes, à la place du traditionnel signe de reconnaissance, je vous demanderai de faire un bras d'honneur.

Marcas n'en crut pas ses oreilles. Le vénérable, surnommé pour l'occasion le Taulier, finit son discours d'introduction et une musique emplit l'immense salle aux colonnes. Marcas reconnut les premières mesures.

— Non mais j'hallucine. C'est *L'Internationale*.

Il tendit l'oreille, c'était bien la même musique, mais les paroles avaient été passées à la moulinette par un auteur halluciné. Il consulta le petit livret qui lui avait été remis et entonna le couplet avec une voix de fausset.

Il avait de belles moustaches
Le sourcil noir, le regard clair
Un peu bourru, un peu bravache
Pour nous, c'est presque un père
Joli cœur sous une peau d'vache
Grand cœur sans en avoir l'air
Révolutionnaire sans taches
Oui, Staline est exemplaire !

Le vénérable sortit une matraque de sa poche et frappa d'un coup sec le pupitre.

— Frangin premier maton, es-tu de la crèche ?

— Des vrais de vrais m'ont affranchi, répondit le frère.

— Frangibus fait gaffer par le bignole de la casbah.

Amusé, Antoine regardait les frères et les sœurs autour de lui. Il n'avait jamais vu ça de sa vie de maçon. Il pensa à certains frères d'une obédience réputée pour son traditionalisme, qui auraient avalé leur tablier en entendant pareil langage dans une enceinte maçonnique. Le maître de cérémonie se leva et arpenta les travées. Le vénérable reprit d'une voix forte :

— Chef et sous-chef maton, au turf. Biglez s'il n'y a pas de loquedus, si vous en chopez un, vous l'argougnez et le bonirez aussi sec. Debout, tas de fainéants, face au bourguignon !!!

Un chœur s'éleva. Antoine reconnut de nouveau un air tristement célèbre.

— Pétain ! C'est pas vrai, ils y vont fort. *Maréchal, nous voilà.*

L'hymne chanté pendant l'Occupation en hommage au « Sauveur de la France », celui-là même qui haïssait les francs-maçons encore plus que les juifs et qui avait fait interdire et mis à l'index toutes les obédiences. Les paroles bien sûr avaient été sainement parodiées.

Vénérable, nous voilà
Salut à toi et aux frères de loge
L'anarchie pour combat
Communards, nous marchons sur vos pas
Vénérable, nous voilà
Fils d'Allais, de Léo et de Desproges
Fraternité et joie
Vénérable, vénérable, le voilà.

Antoine n'arrivait pas à garder son sérieux et observait à la dérobée les joyeux drilles s'époumonant sous la voûte étoilée du temple. Les surveillants passaient dans les travées et, à tour de rôle, les frères et les sœurs faisaient de grands bras d'honneur avec entrain. Puis tout le monde s'assit pour écouter la biographie haute en couleur de Léo Campion par un frère au visage jovial.

La tenue parut fort courte à Marcas, tant les interventions brillantes et pleines de malice le ravissaient. Il regretta presque d'entendre les paroles de clôture.

— Au nom de la grande truanderie de la rue C., la cabane est bouclée. Les frangins tapent dans leurs pognes. Liberté. Égalité. Fraternité. Salut, les aminches.

L'heure des agapes était venue. Marcas traversa la foule et tapa dans le dos du frangin qui l'avait invité. Le représentant du « Chêne libre » conversait avec le frère belge Jiri Pragman, grand architecte du blog maçonnique Hiram.

— Alors, comment tu as trouvé ce rite ? demanda le colosse belge aux yeux pétillants de malice.

— Très drôle. Mais je ne suis pas sûr que ce Campion fasse la joie des frères, comment dirais-je, plus spiritualistes. Ils s'étrangleraient même.

Le frère leva les yeux au ciel.

— Allons ! Nous sommes spirituels nous aussi. Comme disait Léo : « Il faut faire avec humour les choses graves et avec sérieux les choses drôles. » À tout à l'heure. À propos, l'obédience va recevoir bientôt les cinq principaux candidats aux élections présidentielles, tu veux y assister ? Il va y avoir du monde sous la voûte étoilée.

Au moment où Marcas allait répondre, une main se posa sur son épaule. Il se retourna et reconnut le secrétaire général de l'ordre, Guy Andrivaux, qui lui souriait.

— Cher Antoine, as-tu reçu mon sms ? Aurais-tu un petit moment à m'accorder ?

Marcas le dévisagea. L'autre frère s'était éclipsé avec un sourire complice.

— C'est que je suis pressé. Je dois me rendre à un rendez-vous et...

— Je te rassure, ça ne prendra que quelques minutes. Nous avons un problème.

— Pas de nouveaux meurtres dans les loges, j'espère ? La dernière fois, ça a commencé comme ça[1].

— Non. Rien de grave, enfin j'espère. C'est une histoire un peu ténébreuse.

— La lumière de l'Orient maçonnique n'est-elle pas censée dissiper les ténèbres de l'ignorance ? interrogea Antoine.

— Pas quand la raison obscure implique les... Templiers.

1. Cf. *Le Frère de sang*.

12

Saint-Jean-d'Acre
Quartier génois
18 mai 1291

Le quartier génois était en flammes. Dans les rues, les hommes fuyaient en se tordant les mains de rage devant leur existence anéantie. Une à une les maisons aux balcons de bois brûlaient telles des torches trempées dans de la résine de pin. L'incendie se propageait par rues entières. Des femmes hurlaient de colère, maudissant non pas les Infidèles, mais les croisés qui mettaient eux-mêmes le feu à la ville. Car c'était de la citadelle que tombaient des volées de flèches transformant le centre de la cité en un vaste brasier.

Dès la chute de la porte Saint-Antoine, l'ordre avait été donné d'incendier les quartiers commerçants. Une décision dont les chefs croisés avaient déjà prévu les avantages stratégiques. Une foule paniquée allait se répandre dans les rues en feu bloquant ainsi l'accès à la citadelle et au port. Un moyen cynique d'empêcher les soldats combattant sur les murailles de fuir devant les assauts répétés des musulmans. Derrière eux, un mur de flammes leur interdirait dès lors toute retraite. Il ne leur resterait plus d'autres choix que celui de mourir en héros.

Quant aux musulmans, s'ils parvenaient à franchir cette défense de feu, il leur faudrait progresser dans une ville en ruine et se tailler un passage, l'arme au poing, à travers la masse des fuyards. Un massacre obligé, mais qui les retarderait pendant quelques heures.

En tout cas, un calcul à court terme pour les assiégés et très risqué pour Jacques de Molay et son compagnon.

Les pas des Templiers résonnaient sur les planchers. À chaque instant, il leur fallait zigzaguer entre des monticules de tissu luttant contre le temps et la peur.

Dans chaque maison traversée, une langue avide de feu les poursuivait. Un bûcher ambulant qui ne cessait de les talonner. Guy d'Aynac assurait le difficile rôle de guide dans un dédale de greniers tous semblables. Parfois, une minuscule fenêtre donnait sur la rue. Guy cherchait alors la masse sombre de la citadelle, mais elle paraissait avoir disparu. Un nuage de fumée et de cendres masquait l'horizon. Toute orientation était devenue impossible. À plusieurs reprises, d'Aynac avait pensé rebrousser chemin, mais le crépitement des flammes qui avançaient et dévoraient tout sur leur passage lui avait vite fait changer d'avis. Ils n'avaient de choix que de poursuivre, ballottant un moribond dans l'écroulement des charpentes et l'apocalypse d'une ville.

— Tu es sûr de ton chemin ?

Malgré le poids du corps qu'il transportait et qui lui sciait les bras, Guy haussa les épaules de colère.

— C'est bien toi qui as voulu passer par les greniers, non ?

Le souffle court, Jacques ne répondit pas. Il était trop tard pour se plaindre. D'un coup de talon, il tenta d'accélérer pour échapper à une mort certaine.

Peu à peu, les passages se rétrécirent. Les portes devinrent de plus en plus basses. Guy, d'abord, se réjouit de l'étroitesse des accès, car cela ralentissait le feu dont le grondement semblait s'atténuer. Mais sa joie fut de courte durée quand un mur de pierre taillée, sans aucune ouverture, les arrêta net.

Une impasse.

Molay s'effondra le premier, la gorge en feu, les poumons brûlés par l'effort. Son compagnon ne réagit pas. Lui aussi avait le cœur qui sautait dans la poitrine et les muscles tétanisés. Mais la peur qui le balayait par vagues régulières était pire que la douleur physique. Il devait faire quelque chose pour se sortir de ce cul-de-sac. Sinon c'est de lâcheté qu'il allait mourir.

Accolée au mur de gauche, une pyramide de tissu montait jusqu'au toit. Guy s'approcha et donna un coup de botte dans la première pile. Tout l'édifice branla comme paille sous le vent.

Il contempla la paroi de pierre. C'était une vieille construction. Le mortier s'effritait par endroits, laissant des espaces libres où glisser une main et s'assurer une prise. Sans compter les pierres légèrement en saillie où il était possible de poser le pied.

Enfant, il avait passé des heures à escalader les murs disjoints du vieux donjon. Ça ne devait pas être impossible. D'abord grimper pierre par pierre, interstice par interstice, puis le sommet atteint, se glisser sous les tuiles.

Fasciné, le chevalier d'Aynac fixa le faîtage du toit qui se perdait dans l'obscurité.

Il n'avait plus qu'à oser.

Une fois arrivé sur le toit, d'Aynac comprit qu'ils avaient atteint la limite du quartier. Il jeta un regard vers les murailles de la citadelle. Un lourd nuage de fumée bouchait l'horizon. Les combats devaient continuer car on ne voyait pas encore de soldat fuir dans les rues. Seuls des habitants couraient en groupes ou isolés. Le Templier les contempla un instant. Vus d'en haut, ils ressemblaient à des mannequins ballottés par des flots invisibles. Guy se sentit étrangement calme, comme si la tension accumulée depuis des heures venait brusquement de céder. D'un seul coup, il sut ce qu'il devait faire.

La maison donnait sur l'esplanade des Italiens. Une large place ornée de fontaines à l'ombre des cèdres. Une des rares places de la ville qui séparait le secteur des Génois de celui des Pisans.

D'Aynac sourit enfin.

La haine entre les deux républiques maritimes était telle que jamais un Génois n'aurait voulu avoir un Pisan comme voisin. Ainsi quand les quartiers s'étaient développés, les deux communautés avaient-elles pris la sage précaution d'aménager une place publique dont la largeur inhabituelle témoignait avec force de leur antagonisme réciproque. Une rivalité qui allait peut-être sauver la vie des deux Templiers.

— Allons-y !

Molay, qui surveillait l'incendie, fit volte-face, le visage noir de suie. Couvert de chaux et de mortier, Guy venait de sauter d'une poutre à mi-hauteur du grenier. La chute avait été rude. Le plancher vibrait encore.

— Tu es dément ! La foule dans la rue est comme possédée, tu veux finir piétiné ?

L'argument ne déconcerta pas Guy. Depuis son escalade, la peur l'avait comme oublié. Il épousseta ses vêtements et répondit avec calme :

— Écoute-moi. La grand-place des Italiens est juste au-dessous de nous. L'incendie ne la franchira pas. Du moins pour l'instant. Si on la traverse, on gagnera le quartier des Pisans. Et de là, on pourra atteindre la citadelle.

Son compagnon le regarda, incrédule.

— Et on descend comment ? Tu nous vois dans la rue avec tout ce chaos, en train de charrier un...

D'Aynac se retourna vers le corps de Guillaume de Beaujeu, adossé contre des ballots de tissu. Son visage était blême, ses yeux clos. Il posa la main sur sa poitrine, attendit et se releva avec lenteur.

— Cette fois, on va devoir transporter un vrai cadavre, annonça Guy.

Son frère fit le signe de croix et lui tendit la main. Depuis le début du jour, c'était la deuxième fois qu'ils formaient la chaîne d'union. Après s'être recueillis, ils récitèrent la prière rituelle pour les morts.

Molay avait les yeux brillants.

— Nous avons juré sur notre honneur de ramener le Grand Maître. Mort ou vivant. Je tiendrai ma parole.

Les lèvres serrées, d'Aynac acquiesça. Jacques mit sa main sur son épaule.

— Quant au meilleur chemin à prendre, tu as sûrement raison. Mieux vaut éviter les lieux trop fréquentés. Les fuyards ne doivent guère s'attarder sur cette place, non ?

— Ils la traversent juste pour aller vers le port où ils espèrent trouver un navire pour quitter cet enfer.

— Alors, ils doivent courir comme s'ils avaient le diable à leurs trousses ! Tant mieux pour nous, nous aurons plus de chance de passer inaperçus.

— Je me demande quand même de quoi il est mort.

Surpris, Molay haussa les épaules.

— Tu as bien vu la blessure à la tempe ! On réchappe rarement d'un pareil coup d'épée.

— Si ça, c'est un coup d'épée, je veux bien être pendu haut et court ! lança d'Aynac.

Un craquement subit lui coupa la parole. Une langue de feu pénétra dans le grenier, léchant les murs et allumant les premiers brasiers.

D'un geste rapide, Molay roula le cadavre dans une étoffe de laine grise. Guy en saisit une des extrémités et commença l'escalade des ballots de tissu posés en équilibre contre le mur.

Soit ils atteindraient le toit, soit ils brûleraient vifs.

13

Paris
Siège de l'obédience
9ᵉ arrondissement
De nos jours

Les deux hommes étaient confortablement assis dans les fauteuils moelleux du bureau du secrétaire général. De la fenêtre, on apercevait l'ouest parisien et, plus au nord, le Sacré-Cœur, basilique bâtie par les bien-pensants pour expier les péchés de la Commune de Paris.

Le Grand Secrétaire prit une cigarette et l'alluma avec lenteur.

— On a le droit de fumer ici ? questionna Marcas en sortant un étui en acier mat, décoré d'un compas vert émeraude.

— Personne ne viendra te le reprocher. Comment vas-tu ?

— Bien. Tu avais un air mystérieux tout à l'heure...

Andrivaux se cala dans son fauteuil.

— C'est que j'ai une drôle d'affaire sur les bras. Je vais te la raconter, mais d'abord dis-moi ce que tu sais des Templiers.

Antoine hésita avant de répondre. Il venait de voir une pile de livres sur le bureau, dont beaucoup portaient sur la couverture la croix pattée du Temple.

— Ma foi, ce qu'en sait tout le monde. Un ordre de chevalerie créé pour protéger les pèlerins au XIIe siècle, il me semble. De la protection des chrétiens, ils sont rapidement passés à la conquête de la Terre sainte, en même temps qu'ils devenaient les banquiers de toute la chrétienté.

— Concernant ce rôle de banquiers, tu sais que de plus en plus d'historiens contestent cette représentation d'usuriers. Pour eux, elle a délibérément été forgée par le pouvoir royal de l'époque pour pouvoir abattre les Templiers.

— Déjà de la propagande d'État ! En tout cas Philippe le Bel les a fait arrêter en masse en 1307. Tu vois que je me rappelle au moins une date.

Le téléphone sonna, mais Andrivaux ne décrocha pas.

— Le 13 octobre exactement. Un coup de filet magistral. Moins d'une dizaine de Templiers en réchappèrent. En revanche, dans toutes les commanderies, les caisses étaient vides. Même ici, à Paris, dans la forteresse du Temple, il n'y avait pas un sou dans les coffres.

— De quoi alimenter le mythe d'un trésor, soupira Antoine, et faire délirer tous les chercheurs de bonne fortune. J'espère au moins que tu ne m'as pas fait venir pour me parler du trésor des Templiers.

— Non, rassure-toi. Tu connais l'histoire de leur procès ?

— Je sais qu'ils ont été torturés et qu'ils ont fini par avouer tout ce que les tourmenteurs du roi leur soufflaient.

— En quelques semaines d'interrogatoires, on les a transformés en hérétiques sur mesure et on leur a collé les pires abominations sur le dos, répliqua le Grand Secrétaire.

Marcas se souvenait de l'acte d'accusation qui apparaissait dans tous les livres d'histoire.

— Si ma mémoire est bonne, ils reniaient le Christ durant leur rite d'initiation, crachaient sans vergogne sur la Croix et pratiquaient allégrement la sodomie.

— Sans compter qu'ils adoraient aussi une idole à la tête tranchée.

— Le célèbre Baphomet... glissa Marcas, qui se prenait au jeu des questions réponses.

Andrivaux leva la main.

— Tu en sais autant que moi ! Dernière précision. Leur Grand Maître, Jacques de Molay, qui refusait de reconnaître les fautes de son ordre a péri sur le bûcher en 1314. Sur l'île de la Cité. C'est d'ailleurs à cette occasion qu'il aurait proféré sa fameuse malédiction condamnant la descendance royale de Philippe le Bel à la damnation par-delà les siècles.

La porte du bureau s'ouvrit et une femme en tailleur gris s'avança discrètement.

— Le Grand Inspecteur est arrivé, monsieur.

— Dites-lui que j'ai encore besoin de quelques minutes.

Son visage se ferma quand il reporta son attention sur Marcas.

— Et si je te disais que les Templiers sont de retour ?

14

Saint-Jean-d'Acre
Quartier génois
18 mai 1291

Encore quelques rangées de ballots de tissu à gravir et ils parviendraient jusqu'à la charpente. Dans le grenier, l'incendie se répandait par vagues successives transformant l'entrepôt en fournaise. Déjà des pierres éclataient sous la chaleur. D'Aynac fit un bond pour éviter un pan de mur qui s'écrasait au sol. D'un geste sec, il tira le drap souillé de mortier qui servait de linceul au Grand Maître. Face à lui, Molay répéta le même mouvement. Ils avançaient en parallèle, le visage ruisselant de sueur, jetant des regards anxieux aux flammes qui dévoraient déjà les premières épaisseurs de tissu. D'ici peu, tout s'effondrerait.

Guy venait d'atteindre les premières poutres. À coups de dague, il écarta quelques tuiles. Un ciel rouge sang apparut, tandis qu'un nuage de cendres vola sous la toiture. Une odeur âcre les saisit à la gorge. Tout le quartier n'était plus qu'un brasier.

Molay, lui, s'attaqua aux liteaux du toit. Lors des combats, il avait récupéré une masse d'armes musulmane dont il se servait avec ardeur. À chaque coup, un pan de toiture entier tremblait. D'Aynac, lui, enroula une corde autour du suaire de Guillaume de Beaujeu. S'ils parvenaient à se frayer un passage, ils tracteraient ainsi le cadavre plus vite. C'était la seule chance de sauver leur peau tant l'incendie gagnait en intensité.

Une pluie de tuiles s'abattit dans le grenier. L'orifice était désormais assez large. Jacques se hissa sur le toit, Guy lui lança la corde. La dépouille du Grand Maître s'éleva au-dessus des flammes.

Des deux mains, d'Aynac poussa le cadavre vers la trouée bordée de tuiles branlantes. Molay abandonna la corde, saisit l'extrémité du corps et hissa le fardeau.

Aussitôt Guy se précipita sur une poutre plus haute, mais que léchait déjà le feu. Il accéléra, les flammes à ses trousses. Puis, il sauta et se rattrapa à un des bords du toit qui menaçait de s'effondrer. La peur ne le quittait plus, mais elle agissait désormais comme une force qui, au moment crucial, lui donna une impulsion décisive. Il avait réussi à s'en faire une alliée.

Sitôt qu'il eut fait glisser le corps du Grand Maître sur une rangée de tuiles, Molay se précipita pour aider son compagnon. D'un coup d'épaule, il tira d'Aynac hors de la fournaise.

— Un peu plus et je finissais rôti comme un hérétique. Je te dois la vie, mon frère, hoqueta Guy.

Jacques de Molay ne lui laissa pas le temps de poursuivre.

— Entre chevaliers du Christ, nous ne nous devons rien. Chacun de nous remplit son devoir de fraternité. Sans toi, je serais mort combien de fois ?

Guy ne sut que répondre. Si son esprit ne le tourmentait plus, son corps, lui, venait de l'abandonner. Il s'assit, le sang battant aux tempes.

Quand il leva enfin les yeux, ce fut pour contempler Saint-Jean-d'Acre en train de disparaître. La moitié de la ville était recouverte d'un voile de fumée que trouait parfois l'incendie. Des créneaux renversés, des chemins de ronde effondrés, bientôt Saint-Jean-d'Acre serait pareille à ces cités perdues du désert balayées par le vent et l'oubli.

Des quartiers entiers semblaient avoir disparu. Guy énuméra leurs noms ; cela sonnait comme une litanie funèbre. Quand il arriva à Montmusard, qui était tombé parmi les premiers, un brusque pincement au cœur lui rappela sa dure condition de Templier. C'est là, au bout de la rue de l'Or, qu'il avait vu la frêle silhouette d'Orontia. Une jeune femme dont le père traitait les lettres de change du Temple. Un commerce lucratif, mais risqué. Chaque fois que le trésorier du Temple d'Acre venait pour affaires dans le quartier de Montmusard, on l'escortait d'un chevalier de confiance. Ainsi d'Aynac s'était-il souvent enfoncé dans la rue étroite où les changeurs menaient leur négoce. Orontia avait surgi un jour en bas de l'escalier qui menait à sa chambre. Des cheveux couleur aile de corbeau, des yeux semés d'or et un corps ondulant sous une robe de soie. Guy en avait été bouleversé.

Un craquement sinistre le fit brusquement sortir de ses pensées. La majeure partie de la charpente, rongée par le feu, s'écroulait avec fracas.

L'image d'Orontia s'effaça aussitôt. D'ailleurs son destin tragique était tout tracé. Si elle avait survécu aux pillages, désormais elle n'était sans doute plus qu'une esclave.

Un autre pan de la toiture s'effondra dans une gerbe de flammes.

Déjà Molay avait descendu le corps du Grand Maître à l'aide de la corde et s'apprêtait à suivre le même chemin. D'Aynac n'hésita plus. Il s'élança à son tour.

Le quartier pisan était désert, pris entre deux clameurs grandissantes : le bruit des combats qui se rapprochaient de la vieille ville et la rumeur bruissante du port où se précipitait en masse la population.

Les rues semblaient vides. Certaines boutiques n'avaient même pas fermé leur porte. On voyait encore des étals où brillait le reflet de l'ivoire et des bijoux. Dans leur panique, les commerçants avaient abandonné tous leurs biens.

Molay ralentit le pas. Des ombres venaient d'apparaître le long des façades.

— Des pillards, murmura Guy se saisissant de sa dague.

Un cliquetis d'éperons résonna entre les murs.

— Des chevaliers, affirma Guy en posant délicatement sa charge sur le pavé.

Un groupe de croisés surgit, toute épée dehors. Guy poussa un soupir de soulagement. Un léopard ornait leurs cottes de mailles. Des Anglais. Des soldats du roi d'Angleterre.

— Templiers ! Nous sommes des Templiers ! s'écria Molay. Nous transportons...

— ... Un camarade blessé, intervint d'Aynac en défaisant le nœud qui fermait le linceul. Le visage du Grand Maître apparut, souillé de suie.

Les Anglais n'y accordèrent même pas un regard. Ils fixaient d'un air inquiet les venelles qui débouchaient sur la rue principale.

— Vous avez vu des Infidèles ? demanda un sergent.

— Pas depuis que nous avons quitté les murailles de la ville. C'est là que se concentraient les combats.

— Et dans le quartier génois ?

— Dans ce brasier, vous voulez rire ? rétorqua Guy.

Le sergent fit un geste de la main. Un soldat jaillit du rang et jeta un sac de toile qui tomba sur le pavé.

— Puisque vous aimez rire, ouvrez donc !

— Intrigué, Jacques se pencha. Le sac était fermé par un simple nœud et fit un bond en arrière. Il tira dessus.

Son propre hurlement le tétanisa.

Une tête roula sur le sol.

De tout temps, dans les compagnies anglaises, réputées pour leur cruauté, la tradition, après le combat, était de couper les têtes des adversaires pour en récupérer les dents et les vendre. Un commerce très lucratif. Surtout en orient.

La gorge avait été tranchée net. Un ruban de papier pendait encore entre les muscles et les nerfs sectionnés. D'Aynac s'avança, étonné. Le long de la bande gorgée de sang, on distinguait encore quelques mots arabes délicatement calligraphiés.

— C'est comme ça qu'on les reconnaît.

Jacques interrogea le sergent du regard.

— Ils portent une sorte de message autour du cou. Chaque fois qu'on en tue un, on trouve ça.

— Une invocation au diable, ajouta un des soldats. J'en ai gardé une.

Fouillant dans sa besace, il sortit une longue bande de papier couverte d'inscriptions.

— Je me demande pourquoi tu conserves pareil objet de Satan. Ça va nous porter malheur !

Effrayé, le soldat jeta le papier au sol.

— Mais que font ces hommes dans la vieille ville ? s'inquiéta Molay.

— Ce sont peut-être des éclaireurs ? suggéra Guy.

— Drôles d'éclaireurs ! Dès qu'on les voit, ils engagent le combat, même quand ils sont inférieurs en nombre. On dirait que la mort ne leur fait pas peur. De vrais chiens du diable ! affirma le sergent.

Les deux Templiers se regardèrent. Si des Infidèles sillonnaient le quartier, mieux valait ne pas perdre de temps.

— Nous devons rejoindre la citadelle et nous n'avons que trop tardé. La route est-elle dégagée ?

— Le sergent ramassa la tête du Sarrasin et la remit dans le sac.

— Si vous ne passez pas par le port, vous avez des chances, mais votre camarade, dit-il en désignant le corps de la main, me semble bien mal en point.

Inquiet, Molay se saisit du drap et recouvrit le visage de Beaujeu.

— Raison de plus pour nous presser. Par où passer pour atteindre la citadelle au plus vite ?

— Après le quartier pisan, traversez le secteur vénitien et, si vous ne faites pas de mauvaises rencontres, vous arriverez à la porte de la forteresse.

Jacques se pencha pour relever le corps et le charger sur ses épaules.

— Merci, sergent et que Dieu vous garde !

La cohorte s'ébranla.

— Que Dieu vous ait aussi en sa sainte garde !

D'Aynac fit le signe de croix, regarda la troupe s'éloigner et discrètement, ramassa le ruban de papier abandonné par terre.

15

Paris
Siège de l'obédience

Marcas venait de consulter sa montre. On l'attendait et l'entretien avec Andrivaux menaçait de s'éterniser. Son hôte tira une longue et voluptueuse bouffée de tabac, juste avant de reprendre.

— Pour tout te dire, je t'ai fait venir afin de connaître ton avis sur une bien curieuse affaire. Je vais essayer d'être court. Sache d'abord que cette histoire m'a été rapportée par notre Grand Inspecteur. Tu connais sa mission. Il visite les loges de province pour s'assurer de leur régularité maçonnique. Un travail plutôt agréable. On rencontre de nouveaux frères, on assiste à des planches, on participe aux agapes... La semaine dernière, après une tenue dans le Sud-Ouest, il a fini la soirée dans un manoir hôtel appartenant à un de nos frères.

— Ne me dis pas que le cognac était trop jeune, les cigares trop secs ou que le confit de canard n'était pas au point ?

— Pas d'ironie facile : notre frère Grand Inspecteur, Pierre Saragosse, en est revenu très inquiet. D'ailleurs, tu le verras tout à l'heure, il attend dans l'antichambre.

Le front d'Antoine se plissa d'une ride d'impatience. À ce train-là, la fête serait terminée quand il arriverait.

— Et si tu me racontais cette histoire ?

Le Grand Secrétaire ne se fit pas prier. Il avait l'art de transformer n'importe quel récit en épopée.

Cette nuit-là, le Grand Inspecteur, après sa visite des loges de la région, savourait sa soirée au château de l'Aube dorée, d'autant plus qu'une pluie torrentielle s'abattait sur la campagne. La pendule venait de sonner les derniers coups de minuit. Le Grand Inspecteur était fourbu, il n'avait qu'une envie, aller se coucher dans la chambre du haut. Ses yeux commençaient à se fermer, mais il devait faire preuve d'un minimum de courtoisie. Le patron de l'hôtel posa un verre bombé devant lui, qu'il remplit d'un armagnac à la douce couleur ambrée.

— Tu vas m'en dire des nouvelles, mon frère.

Le Grand Inspecteur trempa ses lèvres dans l'eau-de-vie.

— Fameux, vraiment.

Le patron, un barbu, taillé comme un bûcheron, avait l'air hésitant.

— Le véné de ma loge m'a dit que tu étais Grand Inspecteur. C'est bien cela ?

— Oui, répondit sobrement Pierre Saragosse, qui n'aimait pas s'étendre sur ses activités.

Le patron le regarda droit dans les yeux.

— Il m'arrive quelque chose de bizarre. Je ne sais pas quoi en penser.

— Si je peux t'aider…

Le barbu se versa à son tour un verre d'armagnac.

— Bon. Il y a un mois, un frère est venu passer quelques nuits ici. Il a voulu visiter le domaine et les caves. Il était historien et faisait des recherches sur l'implantation des Templiers.

— Les Templiers ?

— Oui, le manoir a été bâti au XVIe *siècle sur une ancienne commanderie de l'ordre, elle-même construite trois siècles plus tôt. Les caves sont immenses et datent de cette époque. Le frère avait l'air satisfait et m'a demandé s'il pouvait les louer pour faire une tenue de sa loge.*

Pierre Saragosse hocha la tête.

— Ça arrive. J'ai déjà assisté à des tenues hors des temples. Dans des endroits souvent symboliques. À Jérusalem, là où se trouvait l'ancien temple de Salomon et en Grèce, dans une grotte non loin de Delphes.

Le patron le fixa.

— Oui, je sais. Seulement voilà, le soir de la tenue, j'ai vu arriver une quinzaine de frères... plutôt bizarres.

— Comment ça, bizarres ?

Saragosse réprima un sourire, il se sentait comme Louis Jouvet dans le film de Carné, Drôle de drame.

À la place des tabliers, ils portaient tous une cape frappée d'une croix templière rouge. Et ils n'ont pas voulu que je me joigne à eux pour la tenue. Le plus âgé m'a expliqué que c'était un rite particulier et qu'ils préféraient rester entre eux. Je n'ai pas joué les effarouchés, ils m'ont versé pour un soir l'équivalent d'une semaine de repas. Ils sont allés s'enfermer pendant deux heures dans la cave et un frère couvreur contrôlait l'accès, mais je n'ai pas pu résister.

— Résister à quoi ? demanda Pierre Saragosse, intrigué.

— Eh bien, à écouter aux portes. Après tout, c'est chez moi et je fais quand même partie de la famille. Tu aurais fait pareil à ma place !

— Je n'en suis pas si sûr.

— Enfin, la grande cave en jouxte une autre, plus petite. Je me suis installé sur un tabouret et j'ai descellé une pierre.

— Personne ne t'a entendu ?

— C'est un ancien conduit d'aération bouché à la va-vite. J'ai fait sauter le mortier et...

— Et...

— J'ai pu entrevoir leur rituel, mais franchement, c'était bizarre.

— Cela ressemblait à quel rite ?

— À aucun que je connaisse, pourtant je suis déjà allé visiter des frangins de la GLF, du Droit Humain et même de la GLNF.

— Même de la GLNF, c'est pas peu dire, ironisa Saragosse.

— Ils tournaient autour d'une sorte d'autel sur lequel s'était allongé l'un des leurs. Ils avaient plaqué sur le mur un delta lumineux, mais avec une croix du Temple en dessous. On entendait comme des incantations entrecoupées de petits cris étouffés. Ça m'a foutu la trouille. Je me suis dit que c'étaient peut-être des tarés comme ceux de l'ordre du Temple solaire.

Saragosse hocha la tête. Ce n'était pas la première fois que des frères tentaient de ressusciter de vieux rituels, quand ils n'en inventaient pas de nouveau. En général, c'était plutôt bon enfant, mais on ne savait jamais.

— Et ensuite ?

— Au bout de deux bonnes heures, ils sont ressortis et sont allés dans le salon qui leur était réservé pour les agapes. J'ai reconnu au moins trois des participants.

— C'était qui ?

— Que du beau monde ! Un millionnaire que l'on voit partout. Un présentateur de télévision, un ancien ministre. Et c'est pas fini. J'ai fait le service pendant leurs agapes. Ça volait haut ! Un ponte de la police discutait le bout de gras avec un militaire, et il y avait même des étrangers qui parlaient avec un accent italien. Beaucoup étaient de Paris. Mais le plus fort, d'après ce que j'ai compris, c'est qu'ils venaient d'initier le député du coin et un chef d'entreprise local.

Pierre Saragosse fronça les sourcils. Il n'aimait pas ce qu'il entendait. Ça lui rappelait trop de mauvais souvenirs. Des tabliers avec un symbole templier, des frères hauts placés, ça ne lui disait rien de bon. Le fait d'organiser une tenue dans un lieu hors du temple sentait la loge sauvage à plein nez.

— As-tu relevé un nom, que je puisse au moins voir s'il y avait quelqu'un de chez nous ?

— Oui, un certain Jean Di Licio qui est venu me voir la première fois. Il avait laissé un chèque.

— On va vérifier ça. Que t'ont-ils dit après ?

— Qu'ils payeraient la même somme pour se réunir le mois prochain. Mais qu'ils comptaient sur ma discrétion. J'ai accepté. On est en basse saison en ce moment. J'espère qu'ils ne font rien de répréhensible ?

Le Grand Inspecteur finit son verre.

— Je n'en sais absolument rien.

Guy Andrivaux venait de terminer son récit. Discrètement, Antoine réprima un bâillement. Franchement il n'y avait pas là de quoi fouetter un chat. Une bande de gugusses qui se la jouaient Templiers d'opérette et en profitaient pour plumer quelques naïfs fortunés. Un classique du genre.

Le Grand Secrétaire appuya sur le bouton de l'interphone.

— Vous pouvez faire entrer le Grand Inspecteur.

Un homme aux cheveux coupés en brosse apparut.

— Bienvenue, mon frère Saragosse, je te présente Antoine Marcas, à qui j'ai raconté ton histoire.

Le commissaire se leva et lui donna l'accolade rituelle. Le Grand Inspecteur s'installa à côté d'Andrivaux.

— Tu as vérifié l'identité de l'organisateur de cette tenue ? l'interrogea Marcas.

— Oui, quand je suis revenu sur Paris, j'ai consulté notre base de données et j'ai trouvé ce frère, un certain Di Licio. Il a déjà fait l'objet d'une enquête au moment de l'affaire de Thèbes, cette loge où traînaient pas mal de politicards en mal d'ésotérisme radical. Il s'en était sorti de justesse.

— Et il fait quoi dans la vie ?

— C'est un historien du Moyen Âge, spécialiste de… Je vous le donne en mille…

— Des Templiers, je parie ?

— Bravo ! Le bonhomme a été initié chez nous, il y a vingt ans. Très versé dans l'ésotérisme, il a parcouru les hauts grades. Aussi bien du rite français que des différents rites écossais. On le retrouve aussi comme membre intermittent de loges qui pratiquent le rituel égyptien.

— Autrement dit un fin connaisseur de la maison.

— Sans aucun doute et le fait que ce monsieur organise des cérémonies privées dans son coin ne me plaît pas du tout.

— Pourquoi ? Il peut faire ce qu'il veut avec ses frères, non ? demanda Marcas, un peu étonné.

— Absolument pas et pour une simple et bonne raison : les autres participants de la tenue dans le château de l'Aube dorée ne faisaient pas partie de la famille. J'ai vérifié chez nous et passé quelques coups de fil aux autres obédiences, même à nos cousins les moins nombreux. Vous savez que depuis quelques années nous nous communiquons certains noms pour éviter de faire rentrer les brebis galeuses. Aucun, que ce soit le millionnaire, le présentateur, ou l'ancien ministre, ne vient de chez nous. Ça veut dire que le frère Di Licio pratique des initiations à notre insu.

Le Grand Secrétaire se leva et fit le tour de la pièce, les mains nerveusement agitées dans le dos.

— Nous pourrions exclure le frère Di Licio, il suffirait de le prendre la main dans le sac lors de la prochaine tenue. Mais...

— Mais, ajouta Marcas d'une voix basse, vous risqueriez de ne pas connaître le fin mot de l'histoire.

Saragosse hocha la tête en signe d'assentiment.

— Tout à fait. D'un autre côté, on ne peut pas se permettre de tolérer une loge sauvage pilotée par l'un d'entre nous. Vu les gros poissons, ça pue l'affairisme à plein nez et si ces gens sont mêlés à des affaires troubles, on risque un nouveau scandale comme celui de la loge Écho, dans le Sud-Est. L'obédience aurait du mal à s'en remettre. Voilà pourquoi nous avons besoin de ton aide.

Méfiant, Antoine fronça les sourcils.

— Je ne vois pas en quoi. Je ne suis pas détective privé et...

Andrivaux l'interrompit :

— Non, mais tu nous as rendu un sacré coup de main en neutralisant le Frère de sang.[1] Tu as de la ressource et ton métier est un atout.

— Je ne vois toujours pas en quoi.

Les deux hommes échangèrent un regard furtif.

— Nous si.

— Alors, pourquoi ?

D'un coup sec, Andrivaux fit craquer ses phalanges.

— Pour infiltrer cette loge sauvage.

1. Cf. *Le Frère de sang.*

16

Saint-Jean-d'Acre
Quartier vénitien
18 mai 1291

Le quartier vénitien était le plus petit, mais le plus animé de la ville. Si ce n'était le ciel de cendre et la rumeur incessante qui venait du port, jamais on n'aurait pensé qu'un combat à mort se déroulait au pied des murailles. À l'inverse des autres Européens, les Vénitiens ne semblaient guère pressés de quitter les lieux. Au contraire, les échoppes d'artisans étaient ouvertes, les étals des commerçants débordaient sur la rue et les habitants du quartier discutaient paisiblement de la situation. Certains arboraient même un large sourire de satisfaction. Pour eux, la défaite des Occidentaux sonnait comme une revanche politique.

Guy d'Aynac s'arrêta net. La tranquillité affirmée des Vénitiens lui parut une offense insensée.

Le visage en sueur, les habits en loques, les Templiers, depuis leur entrée dans le quartier, attiraient les regards désapprobateurs. D'Aynac explosa :

— C'est complètement insensé ! On dirait qu'ils attendent les Infidèles comme leurs sauveurs !

— C'est tout à fait ça ! confirma Molay.

La colère de Guy s'effaça d'un seul coup, remplacée par l'incompréhension la plus totale.

— Mais pourtant, ils sont chrétiens comme nous !

— Ce sont d'abord des commerçants, répliqua Molay en s'arrêtant devant le porche d'une chapelle. Maintenant, assieds-toi, il faut qu'on se repose. Ne fais pas de scandale et surtout cache ta dague.

— Je suis un Templier, commença d'Aynac et...

— Et mieux vaut pour notre mission qu'ils nous prennent pour des loqueteux.

Comme s'il s'agissait d'un chargement de vieux tissus, Molay fit glisser le corps sur le pavé et le cala contre le mur. Puis, il sortit de sa poche une bourse de cuir usé et la posa au sol, avant de se tourner vers son compagnon.

— J'ai l'impression, mon frère, que les subtilités de la politique en Orient te sont choses inconnues.

D'Aynac marmonna un juron.

— Les Vénitiens font du commerce avec les musulmans depuis des siècles. Un monopole presque exclusif et un trafic très opulent, de surcroît garanti par des traités d'amitié et des échanges d'ambassadeurs.

— Des traîtres, oui !

— Des gens d'affaires plutôt, avides et avisés, mais auxquels la croisade a fait perdre beaucoup. La guerre, surtout quand elle est sainte, est l'ennemi absolu du commerce.

— Mais nous sommes venus ici pour délivrer le tombeau du Christ, ouvrir la route aux pèlerins, et non pour nous enrichir grâce à des trafics avec les Sarrasins.

— Va expliquer ça aux Vénitiens ! En quelques décennies, ils ont perdu beaucoup de leur influence au bénéfice d'autres Italiens, comme les Génois...

— ... Ou les Pisans, c'est ça ?

— Tout à fait. Il suffit de voir la taille respective de leur quartier pour s'en convaincre. Bafoués depuis des années, aujourd'hui ils assistent à la ruine de leurs adversaires. Pour eux, c'est un jour de revanche.

Le front plissé de colère, Guy ricana.

— Sauf que quand les Sarrasins vont arriver, ils ne feront pas de différence. Tous passeront au fil de l'épée !

Molay étendit sa jambe et enleva la botte de cuir qui montait jusqu'à son genou. Une plaie boursouflée serpentait tout autour du mollet. Il avait dû se blesser en descendant du toit. Une gêne certaine pour continuer sa mission, mais une aubaine pour demander la charité.

— Si ce n'est qu'il s'agit des troupes du sultan d'Égypte et que les Vénitiens ont signé un traité de paix et de commerce avec Le Caire. Maintenant tu comprends mieux leur sourire.

— Les chiens, murmura Guy. Qu'ils crèvent tous en enfer !

Une pièce de monnaie tinta sur le pavé. Une femme venait de leur faire l'aumône. Fidèle à son rôle, Jacques se précipita pour empocher la pièce et baiser le bas de la robe brodée. Méprisante, l'élégante le repoussa du pied.

Ulcéré, Guy saisit sa dague. Molay l'arrêta d'un geste.

Au fond de la rue, guidés par un Européen, deux hommes en turban venaient de surgir. Un ruban de papier se balançait sur leurs tuniques noires.

17

Paris
Siège de l'obédience
9e arrondissement
De nos jours

Marcas se sentit subitement mal à l'aise. Il n'avait pas vu venir le coup.

— C'est très sympathique de votre part, mais je décline la proposition. La dernière fois, j'ai failli y passer. C'est non. Vous trouverez quelqu'un d'autre.

Il se leva brusquement pour clore l'entretien. Le Grand Inspecteur prit un air contrarié.

— Le devenir de l'obédience ne t'intéresse pas ?

Marcas le toisa.

— Que les choses soient claires, le chantage fraternel ne marche pas. J'ai suffisamment payé de ma personne pour ne pas entendre ce genre d'insinuation. Démerdez-vous avec vos frangins templiers.

Andrivaux essaya de le retenir par la manche.

— Je n'ai pas fini mon récit, Antoine. Il y a autre chose d'inquiétant qui s'est produit. Le...

Le commissaire se dégagea d'un geste ferme.

— Je n'écoute même plus. Bonsoir, lança-t-il en se reculant.

La porte claqua derrière lui. Antoine n'était pas mécontent de cette sortie assez théâtrale d'autant qu'il avait une bonne raison de s'éclipser. Sa soirée l'attendait et il avait besoin de se distraire. Au diable les problèmes, et cette histoire de loge sauvage sentait les ennuis.

Il salua le gardien posté à l'entrée de l'immeuble et se retrouva dans la rue piétonne. S'étant assuré que sa carte Vélib' fonctionnait toujours, il décrocha un vélo à une borne. Il n'était qu'à un quart d'heure du nouvel appartement d'Anaïs dans le Marais.

Anaïs. La belle Anaïs. Leur relation n'avait pas duré très longtemps après leur aventure avec le redoutable Dionysos[1]. Il avait éprouvé un sentiment très vif pour elle, mais le sortilège s'était rompu à leur retour à Paris. Trois mois après leur escapade à Biarritz, ils se séparaient. Il n'en éprouvait aucun remords, d'autant que la jeune femme s'était aussi lassée de leur liaison et avait préféré reprendre sa liberté. Elle menait une vie sentimentale volage, parfois libertine. Elle avait quitté son métier d'origine dans la banque pour travailler dans les relations publiques. Ils s'appelaient de temps à autre pour prendre des nouvelles et, s'il ne l'aimait plus, Antoine gardait pour elle une tendresse, mêlée d'amertume.

Il ne s'était pas fait prier pour accepter l'invitation à sa pendaison de crémaillère. Peut-être même trouverait-il une compagnie agréable pour finir la soirée, histoire de voir si son nouveau look produisait son effet. Il traversait une période de relations éphémères. Contrecoup de ses dernières enquêtes, il avait besoin de futilités, de divertissements aussi légers que des bulles. Sa plongée dans des univers sombres avait fait vaciller certains de ses principes les plus ancrés.

1. Cf. *Conjuration Casanova*.

Il ralentit devant l'immeuble d'Anaïs et entendit de la musique qui s'échappait du dernier étage. Il contourna le pâté de maisons pour filer vers la borne Vélib' voisine. Coup de chance, il restait une place. Au moment où il allait mettre pied à terre, un homme au crâne rasé le dépassa en coup de vent, lui fit une queue de poisson et avança son vélo devant la place vacante. Marcas jura, c'était la première fois qu'on lui faisait ce coup-là. Il avait pourtant lu quelque part que les utilisateurs de Vélib' étaient des bobos bien gentils.

— Dites donc, c'est pas très sympa.

L'homme le toisa.

— Premier arrivé, premier servi, c'est ma devise.

Marcas grinça des dents. Il allait donner une petite leçon au malotru. Un peu d'abus de pouvoir ne faisait pas de mal. Il sortit sa carte de police et la brandit sous le nez du type.

— Et ça, c'est ma devise : papiers en premier.

L'autre ne se démonta pas.

— Vous êtes en service ?

— La police est au service du citoyen vingt-quatre heures sur vingt-quatre. Vos papiers.

L'homme éclata de rire.

— Un deux trois et hop, voilà mes papiers, cher collègue. Brigade de répression du banditisme, dit-il en brandissant sa plaque d'identification. Et toi ?

— OCBC.

Marcas se trouva stupide. Un autre flic et, de surcroît, gradé comme lui. L'homme se campa devant lui, les mains sur les hanches.

— La guerre des polices rallumée pour un Vélib'... L'étape suivante serait logiquement qu'on se balance nos Glock sous le nez.

— Je ne me balade pas avec mon arme de service, grommela Marcas, qui prenait conscience du ridicule de la situation.

— Je m'en doute, passer son temps à aller voir *La Joconde* et prendre le thé avec les antiquaires ne nécessite pas d'être armé comme un porte-avions. Bon, je plaisante. Je te rends ta place. J'en trouverai bien une autre.

— Non, rétorqua Marcas, affreusement vexé.

Il était trop tard, l'homme avait décroché son vélo et l'enfourchait. Il lui fit un signe de tête ironique et fila dans la nuit.

Quel con je fais ! maugréa Marcas. Alors qu'il garait son vélo, la curieuse histoire que lui avait racontée Andrivaux lui revint à l'esprit.

18

Saint-Jean-d'Acre
Quartier vénitien
18 mai 1291

— Surtout ne bouge pas !

Le ton de Molay était sans réplique. Tout en faisant semblant de frotter sa jambe blessée, il surveillait du coin de l'œil les deux Infidèles qui descendaient la rue. Leur tenue le surprenait. Ils étaient vêtus d'une simple tunique noire et ne portaient aucune arme visible. En revanche, leur turban serré ne laissait distinguer que l'éclat mat de leurs yeux.

— L'homme qui les accompagne, demanda Guy, c'est qui selon toi ?

— Un Vénitien, vu ses habits. Sans doute un des bourgeois du quartier. D'ailleurs les commerçants le saluent comme une connaissance.

Un à un, les riverains sortaient de leurs boutiques et s'approchaient du groupe. Ils serraient la main de l'Italien et s'inclinaient devant les musulmans qui restaient impassibles.

— Des porcs, siffla d’Aynac. Ils se prosternent sans honte devant des hérétiques !

— Tais-toi et regarde plus discrètement.

Le notable qui servait de guide venait de s’arrêter devant une échoppe. Il parlait avec animation. Le commerçant l’écouta et fit un geste de dénégation.

— Ils cherchent quelque chose, souffla d’Aynac.

— Ou quelqu’un, répliqua son compagnon, et ils comptent sur les Vénitiens pour les aider.

— Des chiens de traître, voilà ce qu’ils sont ! Qu’ils soient maudits, eux, leurs familles, leurs progénitures…

— Garde tes malédictions pour toi, le coupa brutalement Jacques. Et au lieu de jurer, prie le Ciel que l’on continue à nous prendre pour de vrais mendiants !

Le visage baissé, d’Aynac examina avec inquiétude ses vêtements. Mais ils étaient tous deux sales, puants et déguenillés. De vrais miséreux.

À chaque boutique, le même rituel recommençait. Le guide, une fois les saluts échangés, posait ses questions et obtenait, semble-t-il, la même réponse. Les marchands secouaient la tête ou levaient les yeux vers le ciel. Quant aux Infidèles, ils lissaient sans mot dire l’étrange torsade de papier suspendue à leur cou.

— Par tous les saints, il leur demande quoi ?

— Aucune d’idée, mais en tout cas, c’est un interrogatoire en règle.

D’un coup, d’Aynac s’écarta du mur. Sous le linceul, une tache de sang noir s’épaississait, coulant lentement du drap en laine.

— Une des blessures a dû se rouvrir, gémit Molay. Tout le monde va se rendre compte qu’on transporte un cadavre.

Affolé, Guy se radossa contre le mur, tentant de masquer l’hémorragie qui lui poissait ses vêtements, mais ses mouvements brusques avaient attiré l’attention.

Un des deux Infidèles tendit la main dans sa direction. Le guide les contempla un instant et interrogea le marchand qui se tenait devant sa boutique. Ce dernier fit un geste d'incompréhension.

Molay agrippa le pommeau de sa dague.

Une violente détonation ébranla le sol. Aussitôt un nuage de poussière s'éleva derrière les maisons. Un instant, la vie du quartier se figea. Chacun regardait en direction de l'impact. Une autre déflagration fit trembler les murs. Soudain la panique gagna les rues.

— La grande catapulte des Infidèles, murmura Guy. Je l'ai vue en action contre les murs de la ville. Une œuvre du diable. On dit que les Sarrasins ont dû abattre une forêt entière pour la construire.

Molay fronça les sourcils.

— Si maintenant, elle tire sur les quartiers du centre...

— C'est que les remparts sont définitivement tombés. La ville n'en a plus pour très longtemps.

— Il faut atteindre la citadelle. Vite.

Furtivement le regard d'Aynac se dirigea vers le haut de la rue. Les deux Sarrasins s'éloignaient de l'échoppe et marchaient vers eux.

Guy se leva d'un bond.

— Oui, mais d'abord, il va falloir se débarrasser de ces deux-là.

19

Paris
Quartier du Marais
De nos jours

Après avoir abandonné son Vélib', Antoine marcha le long de la rue du Temple, tourna sur la droite et arriva devant l'immeuble d'Anaïs. La voix haut perchée du chanteur des Dirty Flowers résonnait dans toute la rue. Il leva la tête et aperçut une rangée de fenêtres éclairées au dernier étage, un groupe d'hommes et de femmes discutant sur les balcons. Il entra rapidement et prit l'ascenseur de droite dans le hall d'entrée. À l'étage d'Anaïs, la musique était assourdissante. Il se demanda comment elle avait convaincu ses voisins de ne pas appeler les flics. Sans doute en invitant tout l'immeuble.

Il poussa la porte à moitié ouverte, des rires fusaient de tous les côtés. L'appartement était beaucoup plus vaste que le précédent, visiblement les relations publiques rapportaient. L'entrée était bondée. La soirée battait son plein.

Au premier coup d'œil, il ne reconnut personne. Anaïs avait dû renouveler son stock de connaissances. Une fille lui sourit. Il lui rendit son sourire et admira le balancement syncopé de ses hanches. Voilà qui augurait d'une bonne soirée. Dire que, moins d'une demi-heure plus tôt, il était en plein rituel maçonnique. Il goûtait ce contraste avec délice.

Il aperçut la salle de bains au fond d'un couloir. Si Anaïs n'avait pas changé ses habitudes, elle avait certainement rempli sa baignoire de glace et de bouteilles de champagne. Il évita soigneusement un couple en train de s'embrasser furieusement dans le couloir et tomba sur ce qu'il cherchait. Avoir une bouteille à la main était toujours un excellent sésame dans une soirée. Il fallait maintenant trouver un verre.

Et je monte le son, et je baisse le son.

Louxor, j'adore.

La voix de Philippe Katerine râpait les murs tandis qu'il pénétrait dans le salon immense aux larges baies vitrées donnant sur la rue. Il s'adossa contre un mur, fit sauter le bouchon et se versa une coupe en jetant un œil à la bibliothèque remplie de livres sur la divination, l'astrologie et le tantrisme. Elle n'avait pas décroché de ces foutaises.

Des lèvres effleurèrent son cou. Une voix murmura à son oreille :

— Mon adorable Antoine.

Le corps d'Anaïs se colla contre son dos, une main caressa sa poitrine. Il se retourna. La jeune femme avait changé. Il eut presque du mal à la reconnaître avec ses cheveux teints noir corbeau, coupés court à la Louise Brooks. Elle portait une jupe longue, moulante, et un haut noir qui laissait entrevoir ses épaules délicates. Son maquillage, quoique discret, la vieillissait légèrement. Marcas dut admettre qu'elle était devenue beaucoup plus femme. Plus séduisante, plus sûre d'elle.

Elle l'embrassa tendrement sur la joue. Un baiser long, chaud, presque apaisant. Il se laissa faire. Puis elle recula et détailla son visage. Elle passa une main dans ses cheveux.

— Ça y est, tu as quelques cheveux blancs. Pas si mal. Et ce petit bouc te donne un air… diabolique à souhait.

— Et toi ? Je vois que ça marche plutôt pas mal, les relations publiques.

Elle éclata de rire.

— Antoine Marcas. Père divorcé, flic à ses heures perdues, caractère buté, trop mignon pour ne pas rester seul, trop maladroit avec les femmes pour trouver celle qui lui conviendra. Généreux et égoïste, manies de vieux garçon dans son vieil appartement. Franc-mac qui délaissera même la plus belle des femmes pour assister à ses putains de tenues. Le jeudi autant que je me souvienne. J'oubliais aussi les chaussettes qui traînent, les DVD et les CD jamais rangés dans leurs pochettes, les pots de confiture de fraises périmée, la manie du frigo plein à ras bord pour une famille entière, les parures de lit dépareillées…

— Bien vu… Au fait, pourquoi on s'est séparés ?

Elle caressa son visage.

— Tu t'en souviens très bien. Nous sommes allés, à ma demande, dans un club libertin parisien très chic. Nous avons rencontré un couple magnifique et folâtré tous ensemble. Tu avais un peu bu. Et en plein milieu de nos ébats, tu m'as fait une énorme crise de jalousie. Violente, passionnée. J'ai pleuré. Tu n'avais rien compris. Cela a été notre première crise, il y en a eu d'autres par la suite. On est trop différents tous les deux.

— En effet, je suis resté un peu vieux jeu dans ce domaine.

— Y a-t-il une nouvelle femme dans ta vie ou te contentes-tu de mater les deux femelles assises sur la Déclaration des droits de l'homme, sur ton poster à côté de ta bibliothèque ?

Marcas commençait à en avoir assez de cette conversation. Il décida de ne pas répliquer. Il était venu pour s'amuser, pas pour converser avec une ex.

— Ma vie est un désert sentimental. Tu n'aurais pas une femme à me présenter, genre pas échangiste, ni fétichiste, ni sado, encore moins maso ? Quelqu'un de banal. Tu feras au moins une bonne action dans ta vie. Et surtout pas quelqu'un qui me prenne la tête avec les élections et qui me demande pour qui je vais voter.

Anaïs lui prit la main.

— J'ai peut-être ce qu'il te faut. Elle est étrangère et se fout de notre futur président. Tu aimes les sorcières ?

20

Saint-Jean-d'Acre
Citadelle des Templiers
18 mai 1291

Deux coups secs retentirent contre la lourde porte de la salle capitulaire. Les dignitaires du Temple, assis sur des marches de pierre, tournèrent la tête vers Thibaut Gaudin. Une marque d'hommage pour celui qui assurait le remplacement de Guillaume de Beaujeu, le Grand Maître dont on était sans nouvelles. Cette déférence unanime irrita Pierre de Sivrey, le gouverneur de la citadelle. En lui-même, il doutait des capacités de Thibaut si celui-ci devait un jour accéder à la maîtrise suprême. C'était un être irréfléchi dès qu'il devait prendre une décision, et sans ressources dès que les événements tournaient en sa défaveur. En revanche, la Providence l'avait doté du don de la parole et nombre de frères tombaient sous le charme de sa voix profonde et assurée. Depuis le début de la réunion, d'ailleurs, il avait monopolisé la discussion, multipliant les affirmations viriles et les déclarations à l'emporte-pièce. À l'entendre, l'ordre du Temple, qui subissait les assauts répétés des Sarrasins, allait se couvrir de gloire et sauver la ville d'Acre. À croire qu'il ne percevait pas les chocs sourds des catapultes musulmanes ébranlant jusqu'aux murs de la citadelle.

Un sergent du Temple annonça qu'un messager venait d'arriver de la zone des combats.

La voix puissante de Thibaut Gaudin retentit sous les voûtes.

— Que le messager entre et qu'il nous apporte enfin d'heureuses nouvelles de nos valeureux frères qui combattent pour la Gloire du Très Haut.

L'emphase de ses paroles fit grimacer Pierre de Sivrey.

La porte à deux battants s'ouvrit sous la poussée d'un Templier dont l'habit était souillé de crasse et de sang. Tous les dignitaires se levèrent aussitôt, mais le nouvel arrivant leva la main pour réclamer la parole.

— Mes frères, je suis Roger Flor.

Un murmure de surprise roula à travers l'assemblée. Tous connaissaient le Catalan Roger Flor, mais nul ne l'avait reconnu sous ses haillons couverts de cendre qui témoignaient, mieux qu'un discours, de la violence désespérée des combats.

Sur les bancs de pierre, la rumeur s'installa. Chacun avait les yeux fixés sur le visage maculé de Flor qui semblait revenu par miracle de l'enfer. Les plus anciens du conseil du Temple s'étaient rassis sous le choc de cette apparition, tandis que d'autres se précipitaient vers Roger Flor pour le serrer dans leurs bras et l'assurer de leur fraternité.

Pierre de Sivrey était sans doute le plus ému. Son cœur s'était serré quand il avait vu partir Guillaume de Beaujeu, Flor et l'élite des chevaliers du Temple pour mener une contre-attaque depuis la Tour maudite, là où se concentraient tous les assauts arabes. D'autant que les plus avertis des stratèges croisés savaient déjà que cette opération de la dernière chance ne donnerait rien, si ce n'était un sacrifice inutile au prix de pertes humaines considérables.

Ainsi Sivrey en avait-il grandement voulu à son ami de s'être porté volontaire pour cette mission suicidaire.

Pierre soupira. Il connaissait le frère Roger depuis des années et l'avait soutenu dans nombre de ses projets dont le plus insensé prenait aujourd'hui figure de coup de génie. En effet, c'est Flor, esprit en perpétuelle réflexion, qui avait proposé que le Temple se dote d'une flotte de transport et de combat. Jusque-là, l'ordre utilisait les services des navires vénitiens ou génois pour transporter ses troupes et son trésor de guerre. Une proposition qui avait d'abord déchaîné un tollé lors du Grand Conseil, tant le conservatisme institutionnel était de règle, mais qui avait fini par être acceptée quand certains dignitaires, dont Thibaut Gaudin, y avaient subitement vu un intérêt personnel : écarter Roger Flor du chemin de la Grande Maîtrise.

De fait, grâce à la sourde et calculatrice ambition de ses frères, le Catalan avait pu réaliser son projet : une flotte de plusieurs navires modernes qui mouillait en ce moment même dans le port d'Acre.

L'ultime moyen pour le Temple de fuir à la chute de la ville.

— Mes frères, j'ai traversé la cité pour vous apporter de bien mauvaises nouvelles. Les murailles ont été franchies et l'on se bat corps à corps dans les différents quartiers. D'ici la tombée du jour, Acre sera sarrasine.

Thibaut Gaudin se leva aussitôt. L'annonce de la défaite lui portait un coup sévère, il lui fallait rapidement détourner l'attention des dignitaires.

— Frère Flor, toi qui reviens des combats, toi qui t'es couvert de sang, qui portes la gloire de tous nos frères, un mot, un seul pour répondre à notre plus vive angoisse : « Notre Grand Maître Guillaume de Beaujeu est-il toujours vivant ? »

Le cri de surprise de Roger Flor frappa tous les dignitaires.

— Comment, son corps n'est pas déjà ici ?

21

Paris
Quartier du Marais
De nos jours

Les enceintes crachaient à pleine puissance les paroles syncopées d'*Enur*. Des couples dansaient collés les uns contre les autres. Anaïs entraîna Antoine à travers la masse des fêtards.

— Viens, je vais te présenter quelqu'un qui va te plaire et… t'agacer.

Ils contournèrent les danseurs et poussèrent la porte d'un petit salon baigné d'une lumière subtilement rougeoyante. Ils refermèrent derrière eux. Une métisse d'une trentaine d'années était assise, tenant les mains d'une femme plus jeune assise en face d'elle. Elle fixait de ses yeux vert émeraude un point sur le mur en face d'elle tout en chuchotant. Anaïs pressa le coude d'Antoine.

— C'est une amie, Orixa. Elle vient du Brésil. Là-bas, c'est une grande prêtresse de candomblé, une sorte de vaudou. Encore que le terme soit inexact. Orixa est aussi chanteuse. Je m'occupe de sa tournée en France.

Marcas émit un petit sifflement.

— Belle femme, mais j'ai déjà donné avec mon ex et ses tarots. Tu sais bien que les trucs divinatoires, ça me fait fuir.

Anaïs ironisa.

— Je croyais que les francs-maçons aimaient l'ésotérisme, l'occultisme, les têtes de mort et les triangles magiques ?

— Tu sais très bien ce que j'en pense. Je me fous de l'occultisme.

— Fais-moi plaisir. Reste cinq minutes avec elle. Et après, en échange, je te présente la deuxième plus belle fille de la soirée.

— La plus belle fille *seule* de la soirée ?

Elle sourit et le poussa vers le centre de la pièce. La jeune femme s'était levée et s'en alla rapidement en saluant Anaïs. Avant qu'il ne puisse résister, Antoine se retrouva assis devant la superbe Brésilienne. Elle lui prit les mains et plongea ses yeux dans les siens puis les ferma à moitié.

— Comment t'appelles-tu ?

— Euh... Antoine.

— Je vous laisse, vous avez sûrement plein de choses à vous raconter, dit Anaïs en sortant à son tour.

Orixa était vêtue d'une magnifique robe blanche qui épousait ses formes. Ses cheveux étaient relevés en arrière en une sorte de chignon retenu par un ruban de couleur crème, piqueté de croix. Ses pommettes hautes étiraient ses yeux. Marcas sentit la chaleur de ses mains irradier ses poignets. Elle obliqua légèrement la tête sur le côté.

— Je vais te parler de ton destin, Antoine.

— Ce n'est pas nécessaire. On pourrait plutôt aller prendre une coupe et parler du Brésil.

Elle secoua la tête en signe de dénégation.

— Après, après. Saint Antoine était un très grand saint. C'est Ogum chez nous. Le dieu de la guerre et des chemins. Son jour est le mardi, sa couleur le bleu de la nuit. Tu es protégé.

Il espéra que cette comédie n'allait pas durer longtemps. Il avait plutôt envie de passer à quelque chose de plus charnel. Elle poursuivit d'une voix curieusement saccadée et se balança doucement d'avant en arrière en murmurant des paroles inaudibles. Le manège dura cinq bonnes minutes. Marcas commençait à trouver le temps long. Soudain, la voix d'Orixa se fit plus forte. Il faillit sursauter.

— Ogunyê... je te salue. Je vois des croix, beaucoup de croix autour de toi.

— Ça m'étonnerait, je ne suis pas catho pour un sou, lâcha-t-il sèchement.

— Je vois des hommes en cape et... Tu es déjà allé au Brésil, n'est-ce pas ? dit-elle en crispant ses mains sur les siennes, ses yeux révulsés.

Marcas se sentit subitement mal à l'aise. Tant pis pour la Brésilienne, il y avait plein de filles mignonnes dans le salon, il lui fallait sortir de ce guêpier. Il répondit :

— Non. Jamais mis les pieds là-bas. Je crois que je ne vous inspire pas. Je vais vous laisser avec d'autres personnes plus intéressantes.

Il fit mine de se lever, mais elle maintenait ses mains sur la table d'une poigne de fer. Il avait l'impression que deux étaux les enserraient. Orixa semblait possédée. Elle avait sûrement dû se faire un shoot ou s'enfiler un rail de coke.

— Ogum... Ogum. Tu es sur notre terre. *Todos os santos...*

La femme transpirait à grosses gouttes, ses mots étaient hachés. Elle était terrorisée. Marcas ne savait plus où se mettre. Anaïs avait disparu, le laissant seul avec cette folle, dotée d'une force incroyable.

— Je vois Lansa, la déesse de la nuit. Elle t'a vue aussi, Antoine... Son manteau de ténèbres t'enveloppe. Tu vas perdre ton cœur. Comme eux.

— Ça suffit, je m'en vais. Lâchez-moi.

— Ils vont arracher ton cœur, pour que tu sois comme eux... Antoine, et ils te mettront dans...

— Dans quoi ? Putain, c'est quoi, ce délire ?

— Dans un cercueil. Ogum et Lansa conduisent tes funérailles… Ils t'enterrent au milieu de tous les saints.

Elle criait maintenant et se débattait comme une démente. Des gens entrèrent à cause des cris. La prêtresse se cambra brutalement comme si une décharge électrique parcourait sa colonne vertébrale.

— Tu mourras, Antoine. Tu mourras d'ici la fin de la deuxième lune.

22

Saint-Jean-d'Acre
Quartier vénitien
18 mai 1291

Un pan de mur vola en morceaux, faisant siffler des éclats de pierre dans un nuage de fumée. Le quartier vénitien, jusque-là épargné, était désormais la proie des projectiles qui s'abattaient en rafales aveugles et destructrices. Les catapultes des assiégeants pilonnaient la vieille ville. Les tirs étaient continus. Sitôt qu'une lourde pierre s'écrasait sur un toit, une autre frappait le sol, dévalait la rue, emportant tout sur son passage.

— Il y en a au moins deux, cria d'Aynac en se collant contre la porte de la chapelle. Deux catapultes. Ils veulent en finir dès aujourd'hui. Les troupes régulières ne vont pas tarder.

— Raison de plus pour foutre le camp !

— Tu vois nos deux sbires avec leurs rubans de papier autour du cou ?

Tout en saisissant le corps, Molay tenta de les repérer à travers le rideau de poussière qui piquait la gorge. Il ne vit rien. De toute façon, il fallait être fou pour rester en pleine rue. Ils avaient dû se réfugier dans une boutique.

— Non. Ils ont disparu. Une vraie purée de poix !

— Alors, on en profite ! On rase les murs en direction de la citadelle. Elle ne doit plus être très loin.

Une pierre fracassa le clocher de la chapelle et s'abattit au sol. Les deux Templiers entamèrent leur course sous un déluge de cailloux et de mortier.

Citadelle des Templiers

Le tumulte redoubla dans la salle capitulaire. Les dignitaires s'interpellaient. Certains, partisans de Thibaut Gaudin, réclamaient déjà une élection immédiate. Dans l'émotion de la nouvelle, ils pouvaient espérer une victoire sans appel. Pierre de Sivrey saisit Flor par la manche et hurla :

— Le Grand Maître est-il vraiment mort ?

Le silence se fit aussitôt. Peut-être avait-on enterré Guillaume de Beaujeu trop vite. Tous les regards se posèrent sur le Catalan.

— Quand je l'ai laissé sous la protection de deux de nos frères, il n'était que blessé...

Un soupir de soulagement s'échappa de la poitrine du gouverneur de la citadelle.

— ... mais ses blessures étaient mortelles. Et, à l'heure qu'il est, notre Grand Maître est sans doute déjà passé de vie à trépas.

Le chaos s'installa dans la salle. Guillaume de Beaujeu était un Grand Maître au caractère parfois ombrageux, mais au courage exemplaire. Sa disparition, en plein combat, augurait mal de l'avenir du Temple.

D'une voix qui se voulait puissante et grave, Thibaut Gaudin s'exclama :

— Mes frères, formons la chaîne ! Que le destin et la mort qui l'ont brisée ne nous abattent pas !

Les frères répondirent d'une seule voix :

— Que notre fraternité se ressoude autour du chaînon manquant.

Tous les dignitaires descendirent les marches pour former un cercle autour de la colonne centrale qui soutenait la voûte. Chacun croisa les mains sur sa poitrine en signe de deuil puis les tendit à son voisin.

Le rituel des morts pouvait commencer.

Quartier vénitien

Ils avançaient à tâtons dans un brouillard de débris et de cendre. À chaque pas, il leur fallait toucher le mur à main gauche pour vérifier qu'ils remontaient bien la rue. À chaque inspiration, un flot de poussière leur entrait dans la gorge et leur brûlait les poumons. Jacques de Molay ralentit. Sa bouche était pâteuse. Il aurait donné n'importe quoi pour entendre le chant limpide et glacé d'une fontaine. Mais pour l'instant, dans la fumée qui les environnait, c'était le souffle rauque de son compagnon qui rythmait leur marche dans le néant. En principe, au bout de la rue devaient se trouver les bâtiments de l'Intendance. Un long édifice qui marquait la limite entre la vieille ville et le domaine des Templiers. Derrière, il y avait la citadelle.

— Tu vois quelque chose ? interrogea Guy.

— Rien, mais on est sur la bonne voie. J'en suis sûr. Dieu nous guide.

Un grognement lui répondit.

— Si Dieu nous guide, demande-lui pourquoi on ne voit pas déjà les tours d'entrée.

— Ne blasphème pas ! C'est à cause de la poussière. On ne peut rien apercevoir encore.

— Tu plaisantes ? Tu connais l'entrée de la citadelle comme moi. Les deux tours sont surplombées chacune d'un lion d'or. On les voit à dix lieues à la ronde !

— Parle moins fort ! Tu vas nous faire repérer.

Le martèlement des catapultes s'arrêta brusquement. Peut-être les Infidèles allaient-ils viser un autre quartier, à moins qu'ils n'aient lancé l'offensive finale ? Maintenant que le sol ne tremblait plus, le voile de poussière se dissipait peu à peu, dévoilant le bout de la rue. Dans le fond se dessinait une masse continue et sombre, percée de fines fenêtres rectilignes.

L'Intendance était là, à quelques pas.

Jacques de Molay allait se retourner pour en avertir Guy, mais un bruissement l'en empêcha.

Comme celui d'un bout de papier qu'on froisse entre les doigts.

23

Paris
Quartier du Marais
De nos jours

Marcas claqua la porte derrière lui, furieux de la comédie dont il avait été l'acteur involontaire. Pourquoi était-ce tombé sur lui, il l'ignorait, mais sa soirée était gâchée. Il voulait juste passer un bon moment et cette folle lui prédisait une mort certaine. Il ne croyait pas à toutes ces conneries et il n'était plus d'humeur à plaisanter. Anaïs l'aperçut alors qu'il enfilait son manteau. Elle se plaqua contre la porte d'entrée.

— Attends, reste. Je suis désolée. Orixa s'est réveillée de sa transe et ne se souvient de rien.

Il se détacha brutalement.

— C'est génial, je viens pour m'amuser et une tarée m'annonce que je vais mourir bientôt et avec le cœur arraché. Sympa tes soirées !

— Arrête ! Je t'ai dit que j'étais désolée. Ne pars pas comme ça. Elle est d'une grande clairvoyance, je...

Marcas se retourna. Il ne savait pas pourquoi mais il avait envie de lui faire mal. Il dit froidement :

— Stop. Je me casse. Une madame Irma de Rio, c'est le bouquet. Tu es toujours aussi crédule, ma pauvre. Une parfaite petite adepte des sectes, comme avant. Retourne voir cette connasse, je sens que tu as besoin d'un nouveau gourou.

Les yeux d'Anaïs s'embuèrent.

— Casse-toi, pauvre con !

Il lui tourna le dos, ouvrit la porte et se trouva nez à nez avec l'abruti qui avait voulu lui piquer sa place de vélo. Les deux hommes se jaugèrent. Le nouvel arrivant tendit un bouquet de fleurs à Anaïs et la prit dans ses bras.

— Que se passe-t-il, ma belle ? Ce monsieur te fait des histoires ?

Il l'embrassa sur le front puis sur la bouche et regarda durement Marcas. Anaïs sécha une larme au coin de son œil et s'agrippa à son coude.

— Rien. Ce n'est rien. Ce… monsieur nous quitte.

Marcas voulut s'excuser, hésita quelques secondes, mais renonça à ajouter quoi que ce soit. Il quitta l'appartement sans se retourner.

Antoine n'avait pas envie de rentrer chez lui tout de suite. La perspective de se retrouver seul dans son appartement le rendait de plus mauvaise humeur encore. Il n'eut pas le temps de se perdre dans ses réflexions. Son téléphone sonna. Il reconnut immédiatement la voix grave d'Andrivaux.

— Je voulais juste te donner le dernier élément de cette histoire. Le frère hôtelier a été retrouvé pendu dans une chambre de son manoir.

24

Saint-Jean-d'Acre
Citadelle des Templiers
18 mai 1291

La chaîne funèbre s'était à peine rompue que les discussions reprirent, aussi vives que lors de l'entrée spectaculaire de Roger Flor. Le ton montait entre les frères. Fallait-il procéder tout de suite à de nouvelles élections ou bien attendre le corps de Guillaume de Beaujeu ? La discussion battait son plein entre les tenants d'une élection immédiate et ceux qui souhaitaient d'abord donner une sépulture à feu le Grand Maître. Le nombre des partisans de Thibaut Gaudin avait, lui, sensiblement diminué. Ces déclarations à l'emporte-pièce lui avaient aliéné des partisans qui désormais doutaient de ses capacités à diriger l'Ordre dans cette période délicate. Beaucoup souhaitaient à présent gagner du temps pour trouver un candidat de compromis.

— Regarde-les, souffla Sivrey à Roger Flor, ils se disputent comme des chiffonniers, alors que l'ennemi est à nos portes. C'est affligeant. Tu devrais te présenter et mettre d'accord tous ces bavards !

Son frère grimaça :

— Se présenter pourquoi ? Acre est perdue. Et demain ce sera le tour de Sidon. Nos jours en Terre sainte sont comptés, mon frère.

— Il nous reste encore les forteresses de Tortosa et de Pèlerin, elles sont imprenables et...

Le Catalan haussa les épaules.

— Tortosa ne tiendra que quelques jours. Seul Pèlerin peut encore résister. Et c'est là que nous devrons aller dès que nous aurons récupéré le corps du Grand Maître. J'espère seulement que les deux frères auxquels je l'ai confié parviendront jusqu'ici. Sinon, c'en sera fini de l'ordre du Temple.

La surprise se marqua sur le visage de Pierre de Sivrey.

— Mais je ne comprends pas ! Quel est le rapport entre le cadavre de Guillaume de Beaujeu et la forteresse de Pèlerin ?

Un éclat de voix les interrompit. Thibaut Gaudin venait de monter sur la plus haute marche. La main levée, il réclama le silence.

— Mes frères, j'ai conscience que l'heure est grave. Il faut prendre des décisions. Je vous propose donc d'attendre le retour de la dépouille de Guillaume de Beaujeu pour décider de l'élection.

Un murmure d'approbation parcourut l'assemblée. Gaudin venait de marquer un point, il en profita aussitôt.

— Je vous demande aussi de me confirmer dans ma fonction temporaire de Grand Maître et de me suivre sur les remparts. Au moment où souffle un vent mauvais, nous devons tous faire front, tous donner l'exemple !

Dans un vacarme indescriptible, les dignitaires se précipitèrent vers la porte voûtée. Chacun brûlait d'une ardeur nouvelle, celle du sacrifice en commun. Thibaut Gaudin avait fait appel à leur sens chevaleresque et il avait réussi. Même Sivrey devait reconnaître que son courage et son honneur de templier avaient vibré à ce discours.

Il se leva à son tour, quand Roger Flor le retint.

— Ne fais pas la bêtise de te faire tuer comme toute cette bande d'imbéciles. Crois-moi, nous avons une mission à accomplir. *J'ai vu ce que je ne devais pas voir et mes yeux se sont ouverts...*

Sivrey se figea. Jamais il n'avait vu Flor si grave.

— ... Et tu vas m'aider.

25

Paris
9e arrondissement
Siège de l'obédience
De nos jours

— L'ex-président des États-Unis, Bill Clinton est un chevalier templier !

Marcas s'arrêta dans son exposé pour faire monter le suspense. Il savait qu'aucun frère ne pouvait poser de questions tant qu'il n'avait pas terminé sa planche.

— Clinton mais aussi le créateur de Mickey, Walt Disney, l'acteur John Wayne, l'astronaute John Borman, tous ont fait partie d'une organisation templière américaine : la DeMolay Organisation, qui se veut garante de l'héritage spirituel de Jacques de Molay, dernier Grand Maître du Temple. Une association destinée aux jeunes élites, implantée dans le monde entier et créée en 1910 par des maçons américains de la loge Ivanhoé. Elle a pignon sur rue et organise des campagnes de recrutement agressives auprès des jeunes de la bonne société américaine.

Il marqua une nouvelle pause.

— La DeMolay Organisation est l'une des cinquante organisations modernes qui s'érigent en descendantes des chevaliers templiers. Ordre du Temple rénové, ordre des Veilleurs du Temple, chevaliers du Temple cosmique, confrérie des Veilleurs templiers, commanderie des Templiers du IIIe millénaire… Je ne compte pas les groupuscules éphémères qui pullulent çà et là, mais seulement à des groupes organisés qui ont des excroissances internationales, des sièges légaux, des sites Internet et des comptes en banque tout à fait officiels.

Marcas s'interrompit et regarda ses frères assis dans les travées du temple. Ils l'écoutaient attentivement. Il repéra Di Licio dans la deuxième rangée, le visage fermé. La soixantaine, les cheveux poivre et sel ramenés en arrière, le nez long et aquilin au-dessus d'une bouche aux lèvres minces. Il cultivait à l'évidence un air hautain qui se voulait aristocratique, assurément le genre de frère à qui on ne tape pas sur l'épaule pendant les agapes.

Marcas tourna les pages du petit cahier où étaient consignées ses notes sur les survivances de l'ordre du Temple dans le monde contemporain. C'était son premier travail dans l'enquête sur la loge supposée sauvage de Di Licio.

Il ne s'était écoulé qu'une journée avant qu'il n'accepte finalement de se pencher sur la mort du restaurateur. Comme il s'ennuyait au sein de l'OCBC, il pouvait se permettre de consacrer un peu de ses loisirs à cette affaire. Un collègue de la direction centrale de la police lui avait fait passer une copie du dossier établi par la gendarmerie locale. L'autopsie concluait à un suicide banal, rien de suspect.

Il fallait maintenant qu'il séduise à tout prix le fameux Di Licio en lui montrant au cours de cette tenue tout son intérêt pour les chevaliers du Temple. Le secrétaire général de l'obédience s'était arrangé pour faire inviter Marcas dans cette loge que fréquentait régulièrement le spécialiste des Templiers. Marcas reprit la parole.

— La plupart de ces groupes templiers affirment perpétuer un idéal chevaleresque, et leurs rites recourent à toute la panoplie d'usage : cape frappée de la croix templière, épée, cérémonies d'adoubement. Les responsables de ces groupes se parent de titres plus ou moins prestigieux : Commandeur, Hiérophante, Sénéchal ou Imperator.

Il tourna la page. Il allait aborder la partie cruciale de son discours. Jusqu'à présent il s'était contenté de dresser un tableau des groupes templiers, désormais il allait s'engager.

— On peut se moquer de ces associations, se gausser de l'absence de preuves historiques concernant leur affiliation réelle, voire crier à l'escroquerie. Le tragique exemple de l'ordre du Temple solaire marque encore les esprits, mais... nous aurions tort de jeter l'opprobre sur l'idéal templier. Je suis persuadé que, parmi ces groupes, il y en a qui nourrissent une pureté de sentiments indéniable. Nous-mêmes, frères, avons toujours cherché une filiation directe avec les chevaliers du Temple. Vous connaissez l'abondante littérature sur ce sujet. La fascination du Temple est bien vivace. Trésor mirifique ou secret initiatique perdu, je suis persuadé que l'énigme du Temple sera un jour élucidée.

Cette fois il vit distinctement quelques signes de réprobation. Beaucoup de maçons, surtout de son obédience, se foutaient éperdument des Templiers. Le frère de la loge Campion en particulier le foudroyait du regard. Marcas prit une serviette posée à ses côtés et en retira avec précaution un parchemin glissé dans une pochette en plastique.

— Je voudrais vous montrer quelque chose d'assez surprenant. Il s'agit d'un document inédit retrouvé dans une bibliothèque privée, à Espagnac-Sainte-Eulalie, dans le Lot. L'un de nos frères l'a découvert dans ses archives familiales et me l'a confié. J'en ai fait une transcription dont je vais vous présenter la synthèse.

Marcas balaya de nouveau l'assistance du regard. Di Licio demeurait imperturbable. Il continua :

— Le document est daté du 21 juillet 1719. Il a été écrit par un certain Aymar Jacques, baron de Ravaud-Viazac. Après quelques digressions sur les finances florissantes de ses fermages, il livre le passage suivant :

« J'ai grande joie à avoir participé à une cérémonie d'adoubement par le maître secret du Temple. Je dois désormais travailler à la voie de la perfection, suivre l'enseignement qui mène à la vérité du message du Christ. Et défendre jusqu'à ma mort l'idéal des pauvres chevaliers de Notre-Seigneur... »

Marcas se fit plus grave.

— Vous noterez que l'auteur de ces lignes, écrites je le rappelle plus de quatre cents ans après la dissolution du Temple, affirme que l'ordre se perpétue. Mais ce n'est pas tout. Le plus étrange est à venir.

« Je dois apprendre à me servir de mes outils, à laisser mes métaux sur le parvis du Temple. À me consacrer à la recherche de ce qui est épars et perdu... »

Antoine revoyait le conservateur de l'obédience, trois jours plus tôt, rédigeant avec délice ces passages sur un document authentique datant du début du XVIIIe siècle. En fait, l'original du baron de Ravaud ne présentait pas grand intérêt, mais l'ajout de ces quelques lignes à l'aide d'une encre jaunie au sèche-cheveux avait donné des allures de Graal à cette missive. Le conservateur avait choisi avec soin les expressions maçonniques qui parlaient à tous les frères et pris beaucoup de plaisir à fabriquer ce faux. À la fois pour la bonne cause, mais aussi, comme il l'avait avoué, pour jouer au faussaire une fois dans sa vie.

— Je pense que nous avons là une preuve nouvelle de la persistance de l'ordre du Temple après sa mise à mort et surtout de ses liens avec la maçonnerie. Certes, je sais bien que certains d'entre vous resteront sceptiques face à cette découverte, mais les esprits doivent évoluer pour progresser. En conclusion, et devant les réactions de rejet systématique à propos des Templiers, je serais enclin à dire que l'élitisme dont faisaient preuve ces chevaliers devrait mieux inspirer notre ordre dans le choix de ses recrues. J'ai dit.

Il savait qu'avec cette dernière remarque assassine il se mettait à dos une bonne partie de l'assemblée, mais il fallait à tout prix ferrer Di Licio.

Le vénérable remercia l'orateur et se tourna vers l'assemblée.

— Mes frères, avez-vous des questions ?

Marcas répondit à une dizaine de questions du mieux qu'il put, essentiellement sur le vrai faux manuscrit Ravaud, et éluda les critiques cinglantes sur ses propres commentaires. Di Licio n'avait rien dit, comme si la planche n'avait eu aucun intérêt pour lui. La tenue terminée, Marcas se dirigea vers la sortie. Il devait maintenant assister aux agapes.

Un frère de la loge, « L'Homme libre », réputé pour son anticléricalisme grivois, se précipita sur lui.

— C'est quoi ces conneries, Antoine ?

— Je ne comprends pas.

— Arrête ! Pureté de l'idéal chevaleresque, Notre-Seigneur Jésus-Christ... Et le couplet sur l'élitisme ! T'as reçu un coup d'épée sur la calebasse, mon pauvre.

— J'essaye de faire un travail d'historien. C'est tout. Et toi, tu devrais faire preuve de plus de tolérance, mon frère.

— Et dire que j'aurais pu assister à une dizaine d'autres planches beaucoup plus intéressantes ! L'homme brandit un livret qui donnait le programme des travaux maçonniques sur Paris et l'Île-de-France. Regarde, c'est dans le livret l'Edilrepi : « Surréalisme et franc-maçonnerie, la biométrie, la privatisation d'EDF racontée par son ancien président. » Ça, c'est des tenues ! Et pas des foutaises ésotériques sur les Templiers !

Son ami le regarda avec commisération et s'éloigna en secouant la tête. Une main se posa sur son épaule. Il se retourna. Di Licio lui souriait.

— J'ai entendu votre petit différend. Je ne partage pas l'avis de ce frère. Belle planche, vraiment !

— Merci, mais ses convictions très... libertaires expliquent sans doute sa réaction.

D'un revers de main, Di Licio épousseta sa veste.

— La maçonnerie est une grande maison et beaucoup de frères sont condamnés à rester au rez-de-chaussée. Ils ne comprendront jamais le sens véritable de notre travail.

— Il faut faire preuve de tolérance. Les Templiers font l'objet de bien des fantasmes et donc de méfiance chez certains d'entre nous.

Di Licio le fixa d'un air énigmatique.

— Et si je te disais que le secret des Templiers est bien une réalité ?

26

Saint-Jean-d'Acre
Quartier de la citadelle
18 mai 1291

Les deux hommes vêtus de noir attendaient en silence à proximité de la citadelle. Ni l'un ni l'autre ne semblaient troublés par les tirs de catapulte qui venaient de reprendre, frappant les proches ruelles descendant vers le port. Ils restaient immobiles, une main sur la poignée de leur sabre, l'autre éteignant la languette de papier qui tombait sur leur poitrine.

— Sûrement un chapelet, pensa d'Aynac. Ils doivent réciter des prières en même temps.

C'était la première fois qu'il observait cette coutume chez les Sarrasins, mais elle ne l'étonna pas. Combien de Templiers avait-il vus égrener un à un les grains de leur rosaire avant de monter à l'assaut ? Chacun se préparait à affronter la mort comme il pouvait.

— Tu as vu leurs yeux ?

La question angoissée de Molay le tira de sa méditation. Les deux Infidèles venaient d'avancer. Ils n'étaient plus qu'à quelques pas. Sous leur turban, leur regard était d'une fixité étrange. Ni la poussière, ni le bruit des tirs, ni les hurlements qui montaient de la vieille ville ne paraissaient les affecter. Leurs prunelles étaient définitivement rivées sur leur destin à accomplir.

Citadelle des Templiers

Arrivés sur les remparts, les dignitaires de l'Ordre prirent enfin conscience de l'ampleur du désastre. La ville entière était un champ de bataille.

Thibaut Gaudin prit la parole comme si, du haut des murailles, il livrait combat lui-même :

— Mes frères, depuis ce matin, nos troupes sont sur tous les fronts. Côte à côte, les troupes venues d'Occident, les milices de la ville, les Hospitaliers et nos propres chevaliers tentent de renverser le sort.

La voix aiguisée de Roger Flor coupa net la tirade de Thibaut Gaudin.

— Vénérables frères, nous ne sommes pas ici pour entendre des discours, mais pour prendre les bonnes décisions et, pour cela, nous devons connaître les positions et la nature exacte des combats. Pierre de Sivrey est le gouverneur de la forteresse, qu'il nous renseigne ! J'ai dit.

De Sivrey n'hésita pas.

— Deux brèches sont ouvertes. Le sultan y déverse ses troupes fraîches. Les Bédouins à l'est et les mamelouks à l'ouest.

Les dignitaires, effarés, observaient les vagues de combattants qui se répandaient dans la vieille ville. Déjà des étendards frappés du croissant flottaient sur les ruines du quartier général des Hospitaliers.

— Combien de temps pour que la ville entière tombe ?

— Tout dépend de ce que vous appelez la ville, répondit Sivrey. Montmusard est déjà tombé et les quartiers italiens vont suivre l'un après l'autre.

— C'est pour ça que les Bédouins attaquent à l'ouest. Des troupes légères, mais des pillards consciencieux, précisa Flor en montrant de la main des kyrielles de soldats vêtus de blanc qui commençaient à quadriller les artères principales de la vieille ville.

— Quant au port, il n'a pas de défense propre, ajouta le gouverneur. Il sera pris d'ici ce soir.

— Et nous ? demanda un dignitaire, dont la longue barbe blanche effleurait presque le rebord des créneaux.

— Nous ? rétorqua Flor. Ça dépendra de l'assaut des mamelouks ! Ce sont les troupes d'élite du sultan et ils n'ont pas encore participé à la bataille.

— Ce sont eux ? interrogea un autre dignitaire en pointant du doigt les deux silhouettes aux turbans noirs qui venaient de surgir dans les rues adjacentes.

La voix de Roger Flor s'étrangla aussitôt.

— Non ! Eux, ce sont les Assassins !

Quartier de l'Intendance

Le cadavre du Grand Maître gisait au sol, à quelques rues à peine de la citadelle des Templiers. Les Infidèles avançaient lentement. Pas à pas, mais sans hésiter.

Des créatures du diable, pensa d'Aynac, la dague au poing.

Un des Sarrasins sortit son sabre. Une lame claire et effilée. Elle tournoya en silence, zébrant l'air d'une arabesque rapide. À son tour, Molay saisit sa rapière. Ni lui ni Guy n'avaient pris leur épée de combat, trop lourde. Et puis, ils n'avaient pas prévu d'en découdre au pied de la citadelle.

À croire qu'ils nous attendaient, songea Jacques.

Un deuxième sabre surgit. Guy para le premier coup, mais recula. Molay se précipita, mais sa rapière porta dans le vide. Son adversaire, après avoir esquivé, frappa d'un coup rapide. Jacques roula par terre. Le sabre en heurtant le sol fit jaillir des étincelles du pavé. D'Aynac, pour se protéger, sauta par-dessus le corps du Grand Maître. Son adversaire s'arrêta et tendit sa main armée vers le suaire. La rage s'empara du Templier. Il fonça, dague en avant.

La chair s'ouvrit sous la lame. Guy la retira aussitôt. Un jet épais de sang rebondit en touchant le sol.

— Et d'un ! hurla d'Aynac en se ruant au secours de son frère.

Molay s'était relevé, mais son arme de poing avait de plus en plus de mal à se protéger des moulinets du sabre qui se rapprochaient à toute vitesse. L'exclamation de d'Aynac fit se retourner le Sarrasin. Jacques en profita. Sa rapière s'envola et vint se ficher au creux de la gorge de l'Infidèle. Celui-ci tomba sans un cri.

Guy s'écroula à terre, épuisé par la tension.

— Ce ne sont pas des hommes !

Les deux Templiers, terrifiés par l'écho, pivotèrent aussitôt. Roger Flor venait de surgir, l'épée à la main. Il se rua sur les corps des deux Sarrasins.

— Et je veux savoir pourquoi.

La lourde lame siffla dans les airs. Une première tête roula sur le pavé.

27

Paris
Boulevard Raspail
De nos jours

Sa main caressait le tissu moelleux du divan. Victor Léandre aimait cette sensation, c'était presque charnel. Il se sentait bien. Le soleil inondait la large baie, illuminant les vitres de la bibliothèque en noyer. La température douce le maintenait dans une torpeur agréable. L'horloge affichait 3 h 45. La séance allait finir.

Le psy le regardait avec bienveillance.

— Vous avez accompli votre premier meurtre. La victime était la directrice de la communication – l'une de vos proches. Tout s'est déroulé à la perfection et je vous sens pleinement épanoui. Le processus est en marche. Parlez-moi de votre prochaine étape sur le chemin de la connaissance ultime.

Léandre aimait la voix chaude et grave du psy. Une voix qui mettait en confiance, qui incitait à se laisser aller.

— Vous le savez bien. Je suis censé tuer un inconnu. Une personne, au hasard, choisie dans la rue ou croisée dans un bar. L'acte gratuit par excellence.

— Mais encore ? Que vous a demandé notre guide ?

— Je dois sympathiser avec l'inconnu, puis, au bout d'une semaine, l'éliminer. Entre nous, c'est une perte de temps. Autant en finir tout de suite. Vous comprendrez que j'ai d'autres tâches plus importantes.

— Vous êtes trop pressé. Si l'enseignement a été conçu selon des procédures rigoureuses, c'est parce qu'elles ont fait leurs preuves. Je vous propose de commencer à la fin de cette semaine. L'idéal serait qu'à votre prochaine visite vous ayez effectué votre geste et que nous puissions en parler.

— Vous avez une préférence, docteur, sur le choix de la victime ?

— Un homme. Il est bon d'alterner les sexes. Choisissez-le dans un bar, si possible quelqu'un qui est en souffrance. Un chômeur de longue durée, un type dont la femme a un cancer, ou qui vient de se faire plaquer. Vous voyez le genre ?

— Oui, quelqu'un qui attire la compassion.

— Tout à fait. Il faudra le consoler, l'aider, gagner sa confiance. Et au moment opportun, quand il sera le plus vulnérable, vous... ferez le nécessaire. La séance est terminée pour aujourd'hui.

Victor Léandre se leva, sortit un billet de cent euros de sa poche qu'il tendit au psychanalyste. Il enfila son manteau, s'apprêta à sortir, mais s'arrêta, la main sur la poignée.

— J'ai une question.

— Je vous écoute ?

— Pourquoi suis-je aussi obligé de vous payer ? Après tout, la thérapie fait partie de l'enseignement.

Il entendit le grincement caractéristique du fauteuil, signe que le psy se calait en arrière, plus confortablement. Il avait entendu ce bruit des dizaines de fois.

— Mon cher, c'est Freud lui-même qui a mis au point ce rituel. Le client paie à chaque fois et si possible en liquide. Voir le billet qu'il donne implique encore plus le patient. Vous ne voudriez pas remettre en cause les fondements de la psychanalyse, n'est-ce pas ?

Léandre sourit. Il s'attendait à ce type de réponse. La voix du docteur Yarker résonna quand il quitta la pièce.

— N'oubliez jamais la règle primordiale de notre Ordre. Tuez sans émotion. À la semaine prochaine.

DEUXIÈME PARTIE

Les Assassins ont un maître qui frappe de terreur
tous les princes sarrasins proches ou éloignés
ainsi que les seigneurs chrétiens voisins,
car il tue d'une manière étonnante.

Anonyme, 1175

Le pouvoir, de même que l'amour,
l'art ou la découverte,
prend ses racines dans la mort.

Maurice Druon

28

Saint-Jean-d'Acre
Citadelle des Templiers
19 mai 1291

Un premier roulement de tambour retentit dans la cour d'honneur. Les dignitaires, Thibaut Gaudin en tête, se levèrent, la main gauche sur le pommeau de l'épée et la main droite posée à plat sur le cœur. Tout le long des murs, des oriflammes frappées de la croix du Temple claquaient sous le vent venant de la mer. Sur les remparts, des soldats en tenue de parade attendaient, buccin aux lèvres, un signe du maître des cérémonies pour entamer la marche funèbre.

Pierre de Sivrey et Roger Flor contemplaient la scène du haut du balcon.

— Tu n'as pas été convié à prendre place parmi les dignitaires de l'Ordre ?

Le Catalan secoua la tête. Il observait l'estrade où les dignitaires et leur suite s'étaient installés.

— Non. J'ai comme l'impression que notre futur Grand Maître n'a pas apprécié la façon dont je lui ai coupé la parole, hier, sur les remparts.

— Je n'ai pas été invité non plus. Nous voilà donc tous les deux *persona non grata.*

Adossé à un pilier, le commandeur de la flotte scrutait un à un les visages des invités aux funérailles. Un chevalier, vêtu de noir et assis à gauche de Thibaut Gaudin, sembla retenir son attention.

— Dis-moi, demanda Roger en faisant un geste discret vers l'estrade, tu connais ce frère qui porte une cape sombre ?

Pierre se pencha avant de répondre.

— Caëtani, Alessandro. Il vient d'une commanderie de Vénétie. C'est un prêtre. Un prêtre d'ailleurs qui...

Intrigué, le Catalan tendit l'oreille.

— ... qui sent le soufre. La rumeur affirme qu'il a eu des problèmes avec l'Inquisition.

— Qu'est-ce qu'il fait parmi les dignitaires, alors ?

La voix de Sivrey baissa d'un ton.

— On dit que c'est lui qui a confessé le Grand Maître juste avant qu'il ne tombe au combat.

Une longue note sombre et grave s'éleva sur les remparts. Le cercueil du Grand Maître entrait dans la cour d'honneur. Un roulement de tambour battit la mesure pour accompagner le pas cadencé des chevaliers qui portaient le corps.

Pierre de Sivrey recula pour ne pas voir le catafalque enveloppé de l'étendard du Temple.

— J'ai l'impression que c'est tout un monde que l'on enterre ! Toute la Terre sainte. Parfois, je me dis que nous ne reviendrons jamais en Orient et que même nos morts ne trouveront pas la paix.

Roger Flor le regarda d'un air étrange, comme s'il sortait d'un songe, les yeux fixés sur ce prêtre qui se levait pour accompagner le cercueil de Guillaume de Beaujeu dans son dernier voyage. Il se tourna vers son compagnon. Une idée improbable venait de le traverser.

— Où va-t-on l'inhumer ?

— Dans la crypte de la chapelle. Les maçons ont travaillé toute la nuit pour monter les murs de son tombeau.

Un claquement de talons retentit dans la cour d'honneur. Avant de descendre dans la crypte, les porteurs du cercueil marquaient un dernier arrêt. Pierre reprit :

— Mais je doute que feu notre Grand Maître ait un jour un gisant digne de son rang.

— Et ce ne sont sûrement pas les Infidèles qui vont lui en tailler un, ricana Flor.

— Mon frère, tu blasphèmes ! C'est l'enterrement d'un grand chevalier !

La réponse du Catalan fusa aussitôt :

— Crois-moi, c'est le Temple tout entier que ces imbéciles enterrent. Et nous avec, si nous les laissons faire !

Dans la cour, le silence se fit. Un à un, les dignitaires s'agenouillèrent devant la dépouille du Grand Maître. Une ultime marque de respect pour leur chef qui, fidèle à sa vocation, avait choisi de mourir en chevalier.

Pierre de Sivrey s'était agenouillé lui aussi et récitait à voix basse la prière des morts.

— Si c'est comme ça que tu comptes sauver notre Ordre...

L'insulte fit bondir le gouverneur de la forteresse.

— Sauver notre Ordre ? Mais qui es-tu, toi, pour prétendre sauver ce qui sans doute n'est déjà plus ?

Le Catalan ne répliqua pas. Il se contentait de fixer le visage de Sivrey qui s'empourprait.

— Ah oui, bien sûr, c'est ce que tu m'as dit hier. Mais la fièvre t'habitait, mon pauvre Roger, tu déparlais ! Tu as été la proie d'une vision. Fais-moi confiance, le mieux que nous ayons à faire est de prier et de nous en remettre à la miséricorde de Dieu !

Sans se départir de son calme apparent, Flor répondit :

— Écoute-moi bien : *j'ai vu ce que j'ai vu !* Et ce n'était ni une vision diabolique ni une hallucination, crois-moi ! (Roger lança un bref regard inquisiteur sur les derniers dignitaires qui rentraient dans la crypte.) Et j'en suis encore plus convaincu aujourd'hui.

Son compagnon d'armes le contempla, perplexe et partagé.

— Simplement, je ne peux mieux m'expliquer pour l'instant. Alors je te demande de me faire confiance… et de m'aider.

Pierre de Sivrey vit passer devant ses yeux vingt ans d'une amitié débridée, de combats partagés, d'idéaux en commun.

— Que veux-tu ?

Flor prit son ami par le bras.

— D'abord que tu me mènes rapidement auprès de ce frère érudit qui étudie les mœurs et les langues des Infidèles. Comment s'appelle-t-il déjà ?

— Othon Gauffridy. Il passe ses jours dans la bibliothèque. Ce sera facile. Et quoi d'autre ?

Le Catalan se pencha entre les colonnes du balcon. Dans la cour, les porteurs du cercueil venaient de passer la porte du sanctuaire. Bientôt ils descendraient dans la crypte.

— C'est toi qui es responsable de la sécurité de la forteresse, ce soir ?

— Oui, bien sûr.

— Alors cette nuit, oublie de mettre un garde devant la porte de la chapelle.

29

Paris
9e arrondissement
Restaurant Corso
De nos jours

La serveuse apporta les deux flûtes de champagne. Antoine se cala confortablement dans son fauteuil, attendant que Di Licio revienne des toilettes. Il avait accepté avec plaisir son invitation à dîner et tous deux étaient remontés à pied vers le square d'Anvers où Marcas connaissait un restaurant italien de premier choix. Pour patienter, il posa ses yeux sur les silhouettes agréables des deux jeunes femmes qui se tenaient près du comptoir. L'une d'elles lui adressa un sourire qui lui fit regretter de ne pas être seul. Il caressa son bouc avec satisfaction. À côté de lui, Arthur, le jeune patron du Corso, était en grande conversation avec un autre habitué des lieux, Karim, le patron du service des sports d'un quotidien populaire.

— Non, et non, je ne vendrais pas mon affiche de la demi-finale du mondial 82 à Séville. France-Allemagne, c'est mythique.

Au moment où le journaliste allait répondre, Di Licio revint à leur table et s'assit. Marcas lui sourit.

— À quoi levons-nous nos verres ?

— Aux pauvres chevaliers du Temple, naturellement.

Di Licio leva sa coupe à hauteur des yeux et prononça avec lenteur :

— *Non nobis domine, non nobis...*

Marcas sourit, la perche était assez grosse. La phrase latine était la devise de l'ordre du Temple, il la termina :

— *Sed Nomini Tuo da gloriam.* À la santé de ces preux. De quel secret voulais-tu me parler tout à l'heure, en fin de tenue ?

Di Licio posa sa coupe et ouvrit la carte, passant les plats en revue avec son index.

— J'y viens, mais choisis d'abord ton plat, comme ça nous serons plus tranquilles. Pour ma part, je prendrai de la seiche grillée, excellent pour la ligne. Accompagnée d'un Mouton cadet d'une année respectable, ce sera parfait.

Marcas commanda des penne boscaiola, aux pleurotes dans une sauce de crème fraîche – son plat préféré, et attendit les explications de son interlocuteur qui, visiblement, prenait plaisir à ménager le suspense. Di Licio reprit la parole :

— Avant de répondre à ta question, je brûle de curiosité. Me permets-tu de jeter un coup d'œil au parchemin du baron de Ravaud ?

Marcas ouvrit sa serviette et en sortit le document qu'il posa sur la table.

— Fais attention, il est fragile.

Di Licio ajusta ses lunettes de presbyte et retira le parchemin de son étui plastifié. Il lut avec attention le texte puis le leva vers l'un des spots du restaurant.

— Extraordinaire. Quand cette découverte sera rendue publique, elle fera l'effet d'une bombe dans les milieux maçonniques. C'est le chaînon manquant de l'histoire de la maçonnerie. Je ne devrais pas te poser la question, mais es-tu sûr de son authenticité ?

— Absolument : l'ami qui me l'a confié, le descendant du baron de Ravaud, est lui-même amateur de manuscrits autographes. Il en possède une très belle collection, et j'ai toute confiance en lui.

Di Licio remit le papier dans la pochette et le tendit à Marcas.

— Au-delà des félicitations de rigueur pour cette découverte, je voulais te dire que j'avais aussi apprécié le passage sur l'élitisme des Templiers. Tu peux aller plus loin dans ta pensée ?

Marcas durcit son expression. Il fallait convaincre.

— Bien sûr, je ne crois plus que nous soyons tous égaux. J'en ai marre de me coltiner des frères bas du plafond. Les élites ont de tout temps guidé le monde, et ce devrait être pareil en maçonnerie. J'ai la désagréable impression de stagner dans ma loge et je me demande vraiment si je ne devrais pas rendre mon tablier. J'ai envie de rencontrer des frères d'une plus haute... tenue. Quant aux Templiers, je suis de plus en plus persuadé qu'ils possédaient un véritable secret.

Di Licio vida sa coupe d'un trait tout en marquant son approbation.

— J'ai une autre question. Ton ami est un collectionneur, son document serait-il à vendre ? Je connais des acheteurs qui paieraient très cher pour l'avoir en leur possession.

Marcas se redressa sur son siège, l'air offensé.

— Je suis déçu, mon frère. Je pensais que tu allais me parler du Temple et de son idéal, mais pas de ses marchands. Je n'ai rien à vendre.

Le visage de Di Licio s'éclaircit.

— Calme-toi, Antoine. C'était une petite ruse, certes malhabile, pour sonder la pureté de tes motivations. En fait, je voulais te proposer quelque chose de plus... personnel.

Le commissaire ne répondit pas, mais hocha la tête.

— À la vérité, j'ai été très sensible à tes analyses sur la survivance de l'Ordre. Si je te disais qu'il existe un groupe plus discret que tous ceux que tu as évoqués ? Un groupe voisin de la maçonnerie qui rassemble des hommes et des femmes unis par une même conception de la société et dans lequel l'idéal templier révèle sa pleine expression. Une confrérie où se retrouvent des frères brillants, mais frustrés par le faible caractère spirituel et symbolique des loges actuelles. Tous ont un point commun : ils s'intéressent de très près au secret perdu des Templiers. Pour des raisons que tu n'as pas à connaître pour le moment, nous avons en notre possession des éléments qui prouvent l'existence de ce secret.

— Quel genre de frères ?

— Le haut de gamme. Comme toi, des policiers, des membres de la classe politique, des intellectuels, des chefs d'entreprise. Des frères et des sœurs qui occupent de hauts postes dans ce pays et qui tous veulent… changer le cours des événements.

Marcas se contraignit à rester de marbre. Son interlocuteur sourit avant de reprendre :

— Voudrais-tu en faire partie ?

30

Paris
Quartier Saint-Merri
De nos jours

Il ne vit qu'au dernier moment les poubelles vertes qui obstruaient le coin de la rue. Son genou droit les percuta de plein fouet et, déséquilibré, il s'affala sur la chaussée poisseuse. Il sut que sa course avait pris fin. Le temps qu'il se relève, son tourmenteur serait sur lui. Il avait trop bu, sa tête tournait, il ne savait même pas pourquoi ce type le poursuivait. Étienne Cimesse leva les yeux. Le portail de l'église Saint-Merri était à deux pas. Il tenta de se traîner jusque-là. Au-dessus de la voûte d'entrée, éclairée par un réverbère, une sculpture grimaçait dans la nuit.

Il entendit les pas de l'homme qui l'avait pris en chasse et le cliquetis de la chaîne d'antivol. Étienne ne comprenait pas ce qui lui arrivait. Il avait tout raté, sa vie, ses rares amours, ses boulots et même sa réinsertion d'alcoolique récidiviste. Et ce type, maintenant, qui lui payait des verres depuis deux jours. Il avait pourtant l'air sympa, il l'avait même invité à faire un bon gueuleton au Bouillon.

Un directeur de société. Il s'était pris d'affection pour Étienne qui lui rappelait l'un de ses cousins ayant sombré à cause d'une mauvaise histoire d'amour.

Je te laisse pas rentrer tout seul, mon gars. On prend mon scooter.

Étienne s'agrippa aux roulettes de la poubelle. Il fallait qu'il se tire d'ici avant que ce malade le frappe de nouveau. La dérouillée avait commencé quand le type l'avait fait descendre de son scooter.

Donne-moi ton casque, je vais le mettre dans le top case et je te raccompagne à ton appart.

Au moment où il avait enlevé son casque, le type l'avait frappé sans raison. En pleine figure. Le sang avait jailli du nez brisé net.

Étienne était tombé à terre. La voix de l'autre sortait du casque pareil à un écho.

— Je vais te tuer, mon ami. Avec ma chaîne d'antivol, c'est du solide, de l'Abus allemand. La meilleure marque au monde. Étienne, il faut que tu comprennes, je n'ai rien contre toi. Ça fait partie de l'enseignement.

Il s'était relevé et était parti en courant. L'autre l'avait pisté comme s'il connaissait les lieux depuis toujours.

— Attention aux poubelles, Étienne, tu vas te faire mal.

Le dingue avait raison. Il s'était vautré dedans. Il cracha du sang, son nez était une masse informe. Il entendit un raclement de gorge derrière lui.

Il tourna la tête et vit l'homme qui le toisait de toute sa hauteur. Son casque intégral vert aux étoiles rouges lui masquait entièrement le visage. Il avait trouvé ça drôle tout à l'heure au restaurant, un patron avec un casque d'ado. L'autre lui avait répondu en rigolant :

Le vert, c'est parce que je suis écolo et les étoiles, c'est pour les voyages dans l'espace que je fais dans ma tête.

Maintenant c'était lui qui voyait des étoiles, mais des étoiles de sang. Étienne aperçut un bout de tuyau qui dépassait de la poubelle et l'agrippa frénétiquement. Son bourreau l'attrapa par le revers de sa veste et le tira en arrière. Étienne se sentit soulevé dans les airs comme s'il s'était affranchi de la pesanteur. Un bruit métallique résonna à son oreille droite, il eut la sensation soudaine d'un cercle froid autour de son cou. Il en eut le souffle coupé. La pression devenait intenable.

Sans réfléchir, Étienne lança le tuyau rouillé en arrière, vers le tibia de son adversaire. La pression autour de son cou cessa de croître, mais son bourreau ne le lâcha toujours pas.

— Même pas mal ! C'est pas très gentil, Étienne, moi qui voulais faire ça proprement... Mon coach m'a dit de ne pas me mettre en colère.

À peine avait-il terminé sa phrase qu'il souleva de nouveau le malheureux avec la grosse chaîne, comme s'il tirait un animal vers l'abattoir. La vue d'Étienne se brouilla, l'air ne rentrait plus dans sa gorge, il ne pouvait plus résister. Il se laissa aller en attendant la fin. Personne ne le regretterait en ce monde.

Soudain, la voix de son agresseur retentit dans la ruelle.

— Ma tête...

La pression sur la gorge cessa brusquement. Étienne retomba à terre. Au-dessus de lui, l'homme vacillait et frappait son casque des deux poings. Étienne le vit se plier en deux.

Il cria.

31

Saint-Jean-d'Acre
Citadelle des Templiers
19 mai 1291

Le scriptorium était situé dans la partie la plus ancienne de la forteresse et donnait sur la mer. Une tour construite par les premiers Templiers à l'époque où Acre n'était encore qu'un gros bourg. Depuis, la ville s'était développée ainsi que la prospérité du Temple. Les bâtiments de l'Ordre occupaient désormais un vaste saillant rocheux qui s'enfonçait dans la Méditerranée. Des fenêtres du scriptorium, on pouvait, par temps clair, apercevoir les bateaux qui arrivaient de l'Occident. À l'époque de la splendeur d'Acre, on voyait presque chaque jour de lourds navires déposer leur contingent de pèlerins enthousiastes, et des vaisseaux de commerce dont les vastes flancs venaient s'emplir de tous les trésors de l'Orient. Un spectacle toujours fascinant, mais qui ne touchait guère le frère Othon Gauffridy sans cesse plongé dans la lecture d'un livre, la traduction d'un codex ou le déchiffrage d'un papyrus. Depuis des années, frère Othon s'était installé entre ces murs, au centre d'une bibliothèque dont lui seul connaissait la valeur et les mystères. Pour les dignitaires du Temple, Gauffridy était un original dont on ne pouvait que supporter les lubies : à commencer par son refus obstiné de sortir de sa tanière, sa passion monomaniaque pour les livres ainsi que sa propension aiguë à la susceptibilité. Malgré tous ces défauts d'intellectuel, chaque Grand Maître avait rapidement compris quel besoin crucial le Temple avait de cet érudit quand il fallait décrypter les subtiles nuances de la correspondance diplomatique échangée avec les princes musulmans. Lui seul savait lire entre les lignes et au-delà.

Conseiller écouté, savant reconnu, Othon s'était ainsi constitué au fil des ans une collection rare de manuscrits islamiques des confins de l'Arabie aux oasis du Nil. Chaque Templier d'Orient savait que, lors de la prise d'une ville ou la razzia d'une caravane, la moindre trace écrite, livre ou lettre, devait être impérativement conservée, préservée et transmise à frère Othon, en sa bibliothèque d'Acre. Gauffridy lisait tout, traduisait tout et avait à son service deux jeunes clercs ayant pour discrète mission de rassembler tous les renseignements politiques qu'une lettre ou un traité dérobé pouvait fournir. Un service de renseignement ignoré de tous, mais qui fournissait au Temple des éléments inestimables d'analyse pour mener au mieux sa politique en Terre sainte.

Pourtant en ce matin de mai, Othon Gauffridy n'était pas plongé dans la lecture rituelle d'un de ses manuscrits favoris, au contraire, il était debout et, à travers la fenêtre ouverte, observait la mer. Le ressac battait haut la ligne de récifs qui enserrait le promontoire. Les vagues submergeaient déjà les premiers rochers, bientôt elles viendraient s'abattre sur les murs et feraient trembler jusqu'aux bases de la forteresse. La tempête menaçait depuis des jours et elle allait éclater.

Gauffridy soupira. Il ne pouvait s'empêcher de faire un parallèle entre la mer qui montait à l'assaut de la citadelle et les troupes des Infidèles qui venaient de s'emparer d'Acre. D'ici peu, la présence des croisés en Terre sainte ne serait plus qu'un souvenir. Chaque peuple, chaque religion, allait s'enfermer dans ses certitudes, sa rancœur et sa haine.

Et s'ignorer pour des siècles.

Othon regarda ses livres. Toute la pensée de l'islam était là. Des premiers Corans aux commentateurs de la parole du Prophète, des mystiques soufis aux théologiens de Bagdad. Sans compter les écrits hérétiques des schismatiques et de toutes ces sectes qui se réclamaient d'un islam toujours plus pur et qui avaient disparu, emportées par le vent de l'histoire.

Des manuscrits sur peau de mouton dont les troupeaux arpentaient les pâturages de Judée, des papyrus cueillis dans le lit du Nil et qui s'enroulaient en fins rouleaux craquant sous la main, et même du papier dont on disait que l'invention venait de par-delà les mers.

Toute la civilisation musulmane était là. Dans cette bibliothèque dont Othon savait bien qu'elle ne survivrait pas à la prise violente de la citadelle du Temple.

Toute sa vie, frère Othon l'avait passée au milieu des livres. Il ne connaissait ni la colère envers autrui, ni la haine de l'ennemi, mais l'injustice cette fois était trop grande. Tout le travail d'une vie ne pouvait disparaître ainsi dans le pillage et l'oubli.

Rouge d'une colère qu'il ne parvenait plus à contenir, frère Othon frappa du poing le rebord de la fenêtre. Il ne pouvait tolérer pareil coup du sort. Sa voix s'enflamma :

— Jamais je ne laisserai ces livres partir en fumée. Dussé-je vendre mon âme au diable !

On frappa à la porte.

32

Paris
Place Beauvau
Ministère de l'Intérieur
De nos jours

Il n'eut même pas besoin de présenter ses papiers, le conseiller du ministre lui servant de sésame pour pénétrer dans la place. Quelques années plus tôt, Marcas venait régulièrement place Beauvau assister au point des conseillers ministériels sur les grandes affaires en cours. C'était sous une autre majorité, quand il occupait des fonctions plus importantes. Depuis, son étoile avait un peu pâli et il ne mettait plus que rarement les pieds dans la maison. Il consulta sa montre ; avec un peu de chance il en aurait pour une heure maximum – il remplaçait au pied levé son supérieur de l'OCBC, alité en raison d'une chute de scooter, place de l'Étoile.

Le conseiller lui fit signe de patienter dans l'un des salons donnant sur le jardin le temps que les autres participants arrivent. La vue de ce jardin lui parut plutôt cocasse quand on savait quels noirs secrets s'étaient échangés depuis plus d'un siècle dans cet écrin de verdure.

Il songea à la proposition de Di Licio de rejoindre sa loge énigmatique. À la fin du repas, il avait fini par accepter d'assister à une tenue organisée dans un château dans l'Oise. L'historien lui avait précisé les règles du jeu.

Tu ne pourras participer qu'à une tenue simple. Il te faudra prendre cinq jours de congé et emporter les affaires nécessaires pour ce court séjour.

Marcas ayant objecté que tout le monde ne pouvait pas obtenir une semaine de congé d'un simple claquement de doigts, Di Licio lui avait rappelé que la loge ne recrutait pas les employés de bureau en priorité. Après s'être séparés, Marcas avait appelé Andrivaux pour le tenir au courant. Ils étaient convenus de faire un point après la tenue.

Marcas observa le jardinier qui taillait les bosquets sous les fenêtres, avec une régularité de métronome. Rien n'avait changé, le prunus était toujours au milieu des massifs bien entretenus et des parterres de fleurs.

Marcas se souvenait d'un dîner impromptu, un soir d'été, dans le jardin avec le ministre de l'époque, connu pour son goût très sûr en matière féminine, deux conseillers et un responsable du FBI en visite à Paris. Ce dernier avait fait remarquer qu'il n'y avait que les Français pour avoir l'idée d'installer un ministère de la Police dans un hôtel particulier aussi romantique. L'Américain, désespéré de travailler toute sa vie dans son blockhaus de Washington, admirait cette touche *frenchie.* Il croyait que « mister Beauvau » avait été le premier ministre de l'Intérieur de la France et que la place du même nom lui rendait hommage. « *Not at all* », avait répondu l'un des conseillers. Le Charles-Just Beauvau en question était un maréchal du XVIIIe siècle qui s'était fait construire cet hôtel, tant il était épris d'amour pour sa seconde épouse, Marie-Charlotte de Rohan-Chabot. Il l'avait transformé en salon littéraire et… libertin. La muse d'un certain Jean-Jacques Rousseau venait y batifoler dans les chambres du premier étage sous l'œil bienveillant du neveu du maréchal, futur gouverneur du Sénégal. Ce n'est qu'en 1861 que l'hôtel avait changé de vocation profonde et abrité les services de ce qui était considéré comme le plus puissant ministère du pays.

Marcas sortit son étui à cigarettes avec lequel il jouait machinalement même quand il ne fumait pas. Il regrettait parfois ce temps où sa carrière avait progressé de façon fulgurante, en partie grâce à la franc-maçonnerie. La gauche au pouvoir, il était entré chez les frères par idéal républicain, mais il avait quand même bénéficié de leurs réseaux. Tout avait été trop vite d'ailleurs, depuis sa nomination aux renseignements généraux jusqu'au jour où il avait compris que sa loge d'adoption, à L'Haÿ-les-Roses, abritait la plus belle brochette de faux facturiers qui existait. De gauche naturellement, la droite ayant elle aussi ses officines douteuses mais dans une autre obédience. Choqué, il avait dénoncé ces pratiques, mais on lui avait fait comprendre que s'indigner n'était pas la meilleure qualité d'un bon flic. Il avait quitté la loge pourrie quelques années avant que le scandale n'éclabousse l'obédience à grands jets de boue profane.

Un raclement de gorge se fit entendre à l'autre bout de la pièce. Le secrétaire du conseiller lui montra la porte qui menait au salon Claude Érignac, où se tenaient les réunions stratégiques.

Il passa la porte du salon et observa que là non plus rien n'avait changé. Les portraits pompeux, les chaises inconfortables en bois doré, la couleur parme du tissu qui recouvrait la table longeant les quatre côtés de la pièce. Même la sensation d'étouffement restait identique, comme si les murs se refermaient sur les gens qui s'y réunissaient. Il salua les quatre participants assis du côté de la grande glace. Il reconnut l'un des sous-directeurs des douanes, avec qui il avait travaillé sur une interception de tableaux en provenance d'Anvers. Les autres lui étaient inconnus. Le conseiller du ministre avait distribué les dossiers en cours.

Le secrétaire lui remit un petit carton à l'en-tête du directeur de cabinet du ministre en personne, et sur lequel avait été griffonnée une seule phrase.

Passez me voir dans mon bureau après votre réunion.

Le message lapidaire ne laissait aucune échappatoire.

Marcas rangea le mot dans sa veste et attendit patiemment la fin de la réunion. Une demi-heure plus tard, il était dans le bureau de son hôte. L'homme, un quadragénaire aux cheveux rasés très court, lui serra la main avec force. Il affichait un sourire franc et direct.

— Mon cher Marcas, j'ai beaucoup entendu parler de vous.

— Vraiment ? Je ne savais pas que l'OCBC était aussi populaire.

Le directeur du cabinet éclata de rire.

— Non, j'ai lu les comptes rendus de mes prédécesseurs à propos d'affaires sensibles sur lesquelles vous avez travaillé. Le meurtre à l'ambassade de Rome et l'affaire des néo-nazis de Thulé[1], le complot de la secte de Dyonisos, et plus récemment le double meurtre dans votre obédience, félicitations.

— J'ai eu beaucoup de chance, monsieur le directeur.

— Pas d'humilité mal placée. Vous agissez hors des sentiers battus, mais vous êtes efficace. Je voudrais vous demander quelque chose.

Marcas se raidit sur son fauteuil.

— Je vous écoute.

Le directeur de cabinet avait perdu son sourire.

— Nous nous intéressons depuis quelque temps à l'un de vos frères, un certain Di Licio. Il se trouve que ce monsieur est sous la surveillance de nos services. Jetez un œil à cette enveloppe.

Marcas ouvrit la pochette en kraft qui contenait des photos en noir et blanc où il se reconnut tout de suite en compagnie de Di Licio au restaurant. On les voyait se ser-

1 Cf. *Le Rituel de l'ombre*.

rer la main devant l’entrée de l’établissement ; sur d’autres tirages ils étaient en train de dîner.

— Mon cher Marcas, vous allez me dire précisément de quoi vous étiez en train de discuter avec ce monsieur. En fonction de votre réponse, votre carrière va prendre un tour plus ou moins chaotique.

33

Paris
De nos jours

Il se réveilla en sueur. Le drap était trempé, comme s'il avait perdu des litres d'eau. Il ne reconnut pas la pièce minuscule dans laquelle il se trouvait. Les murs étaient blancs et nus comme dans une chambre d'hôpital. À côté de la porte capitonnée, une armoire métallique vitrée contenait des boîtes de médicaments. Face au lit, une caméra avec un œilleton rouge était braquée sur lui. Victor Léandre se redressa dans son lit. Il était vêtu d'une chemise blanche de malade, une perfusion avait été posée sur son avant-bras gauche.

Et son poignet droit était attaché par une menotte à l'un des barreaux métalliques du lit.

Il n'y avait pas que ça. Il sentait quelque chose de lourd sur sa tête. Une sorte de calotte souple reliée à des fils électriques avait été fixée sur son crâne. Une mince bande de caoutchouc passait sous son menton et sur son front en sueur. Il tourna la tête vers la gauche et aperçut sur un moniteur des tracés électroniques verts oscillant avec la régularité d'un métronome.

Des bribes d'images commencèrent à poindre dans son cerveau. La ruelle sombre, l'alcoolique qui se traînait à ses pieds, la chaîne qu'il faisait onduler le long de sa cuisse et puis… ce mal de crâne qui l'avait submergé comme un torrent de lave en fusion. La douleur insupportable au moment où il devait étrangler sa victime. Et le trou noir.

Il s'allongea dans le lit. À l'évidence, le SAMU avait dû le récupérer dans la ruelle et l'avait transféré dans un hôpital. Il essaya de remettre ses idées en ordre. Quelqu'un avait appelé les secours. Mais qui ? Il n'avait pas assassiné l'alcoolo. Donc… la police avait dû intervenir. Le fait qu'il soit attaché au lit en était la preuve. Son cœur s'accéléra. Les flics feraient leur enquête, le minable avait sans doute déjà tout balancé et raconté dans le détail son agression. Il tenta de se calmer. Il fallait réfléchir. La police allait le mettre sur le gril.

Quand il déclinerait son identité, Victor Léandre, directeur de la Stone Corporation, les flics le regarderaient avec un peu plus de considération. Il en était sûr. De toute façon, ils avaient déjà dû contrôler ses papiers puisqu'on l'avait déshabillé. Qui allait croire la parole d'un alcoolo contre celle du patron d'une des plus grosses entreprises américaines installées en France ? Il fournirait une explication plausible. Il passait à scooter dans le coin, il avait vu le type par terre et avait essayé de l'aider. En fait, c'était un guet-apens. Alors qu'il lui portait secours, le gars avait essayé de l'agresser et de le racketter. Ça se tenait.

Il se cala dans le lit et remonta la couverture jusqu'à son cou. Ce ne serait qu'un mauvais moment à passer. Il allait de toute façon contacter son avocat, maître Plantado, un ténor du barreau. Et puis il faudrait expliquer à son coach pourquoi il avait échoué à atteindre son objectif. Et cette douleur dans son crâne… Personne ne l'avait prévue. C'était peut-être une conséquence de l'enseignement. Depuis l'intronisation, il avait parfois des migraines persistantes. Le médecin lui fournirait des explications rationnelles et des médicaments adaptés. De toute façon, la prochaine cérémonie était programmée dans quatre jours, il lui en parlerait à cette occasion. Pour continuer sur la voie, il lui faudrait simplement trouver une autre victime et, cette fois, s'arranger pour faire ça plus proprement. Il n'aurait qu'à aller dans un autre bar pour choisir son cobaye.

Son cœur s'accéléra de nouveau. Le bar de la rue Jean-Pierre-Timbaud. Il y avait passé trois soirs avec ce type, Etienne quelque chose. Si ce minable persuadait les flics d'aller vérifier, le barman confirmerait. Quel imbécile ! Il avait été trop sûr de lui. Il fallait changer de version.

Oui, monsieur l'inspecteur, en dépit de ma position sociale, j'aime prendre un verre dans des cafés populaires. Et puis j'ai aussi mes soucis, l'une de mes proches est morte la semaine dernière, sous mes yeux, pendant une soirée de la boîte, ça m'a fichu un coup, vous savez.

Il voulut se tourner sur le côté, mais sa main droite entravée l'empêcha de bouger. Il remarqua que les flics avaient trop serré le bracelet d'acier. Le métal s'incrustait dans la chair, comprimant presque l'os.

Il fixa le petit point rouge brillant de la caméra. Les infirmières de l'hôpital avaient dû s'apercevoir qu'il était réveillé, il fallait qu'il se calme et joue la victime digne. Sans trop en rajouter non plus. Il se promit même de proposer que la Stone Corporation fasse un don à l'hôpital et aux bonnes œuvres de la police.

Il entendit des pas et des voix étouffées derrière la porte et se redressa légèrement sur son oreiller pour ne pas être trop en position d'infériorité face aux flics.

La porte s'ouvrit, laissant apparaître une infirmière poussant un petit chariot et un homme un peu corpulent en veste de tweed. Ce dernier se posta face à lui, une main sur les barreaux du lit l'autre tenant son portefeuille.

— Lieutenant Aubry, désolé de vous déranger. Vous êtes bien monsieur Victor Léandre, quarante-trois ans, directeur de la Stone Corporation, résidant 3 rue Baccusat à Puteaux ?

Il le regardait d'un air fatigué.

— Oui. Que m'est-il arrivé ? Où suis-je ? Pourquoi ces menottes ?

Léandre espérait afficher une expression sincère d'étonnement et de lassitude. L'infirmière vérifia la perfusion et ouvrit une petite trousse posée sur le chariot. Le lieutenant croisa les bras.

— On vous a récupéré du côté du métro Stalingrad. Vous étiez inconscient.

— J'ai été agressé. J'ai accompagné mon agresseur chez lui, il était saoul, enfin il faisait semblant...

Le flic le coupa :

— Ça suffit, Léandre. Vous mentez.

Un courant glacé lui parcourut l'échine. Au même instant, l'infirmière assise à côté de lui sortit un fin bistouri. Elle le posa sur l'avant-bras près de la perfusion. Elle était suffisamment proche de lui pour qu'il sente son parfum vanillé. Il essaya de garder son calme.

— Je vous demande pardon. Vous savez qui je suis ? Je...

Aubry leva la main pour le faire taire.

— Léandre. Nous perdons du temps. Regardez plutôt votre bras.

Au moment où il prononça ces mots, l'infirmière lui saisit le poignet gauche pour le bloquer et, d'un geste rapide, planta le bistouri dans son avant-bras. Un jet de sang rouge vif jaillit sur les draps.

34

Saint-Jean-d'Acre
Citadelle des Templiers
19 mai 1291

— Bonjour, maître Gauffridy, salua respectueusement Sivrey. Permettez-moi de vous présenter un de nos frères dont vous avez certainement entendu parler : Roger Flor qui dirige la flotte du Temple.

Le Catalan s'inclina tout en jetant un œil sur la bibliothèque. De toutes parts, les livres montaient à l'assaut de la voûte.

Intrigué, Othon répondit au salut d'un simple geste. Il observait ce frère, taillé en hercule, qui regardait, béat, les rayonnages croulant sous les volumes.

— Vous vous intéressez aux livres, maître Flor ?

Sivrey ne lui laissa pas le temps de répondre.

— Maître Gauffridy, je ne vous apprendrai pas la situation plus que difficile dans laquelle nous nous trouvons. Acre est aux mains des Infidèles et toute la Terre sainte est menacée. Notre frère Flor est ici en mission *spéciale* autant que *confidentielle* et il a besoin de vos lumières.

— Mes lumières ne sont que le maigre reflet des livres que vous voyez rassemblés ici, frère gouverneur, et c'est bien peu de chose en ces temps de ténèbres.

— Vous êtes trop modeste, maître, et je ne doute pas que vos connaissances ne soient d'un grand secours pour notre frère Flor. Maintenant, si vous voulez bien me permettre de prendre congé, la défense de la citadelle n'attend pas.

Pierre de Sivrey s'inclina de nouveau et sortit.

— Ainsi tu es le commandeur de la flotte ? demanda Othon.

— Pour vous servir, maître.

Les lèvres de Gauffridy se plissèrent d'un sourire narquois.

— Alors dis-moi, tes navires, à quoi vont-ils nous servir ?

— À évacuer les blessés et les combattants du Temple si Dieu nous en laisse le temps.

— Les hommes, toujours les hommes, grommela l'érudit, et bien sûr il n'y aura aucune place pour mes livres.

Interloqué, le Catalan balaya du regard la bibliothèque.

— Oui, mes livres ! Sais-tu qu'il y a là des trésors qui importent à l'humanité ? Un savoir qui demain finira en cendre et que jamais les hommes ne retrouveront ? Quelle perte, mon Dieu, quelle perte !

Roger Flor avait toujours été rapide à jauger une situation et plus encore à prendre une décision. Devant lui se tenait l'homme par qui transitaient nombre d'informations sur le monde musulman. L'homme dont il avait besoin.

— Vous savez que tous nos navires sont au port et réquisitionnés pour assurer le transfert de nos frères à Sidon.

Gauffridy tapota nerveusement le bois de la table.

— Toutefois...

La main du bibliothécaire accéléra la cadence.

— ... il me reste un navire. Celui qui doit convoyer le trésor du Temple. Et je ne crois pas que ses cales soient pleines.

Le visage parcheminé d'Othon s'illumina.
— Et tu crois que...
— Et je crois que nous pourrions nous entendre.
Une brusque exclamation lui répondit :
— Demande-moi tout ce que tu veux !
— Tout ce que vous savez sur les Assassins !

35

Paris
Place Beauvau
De nos jours

Le tic-tac de la pendule, de style Empire, dorée à l'or fin résonnait dans la pièce. Marcas n'avait pas encore répondu. À l'évidence, lui et Di Licio avaient été suivis, photographiés et peut-être même leurs conversations avaient-elles été enregistrées. Il ne fallait pas qu'il raconte n'importe quoi. Cette intrusion dans son enquête personnelle le mettait mal à l'aise. Le directeur de cabinet le regardait sans aménité.

— Nous avons parlé des… Templiers.

— Tiens donc. Vous avez découvert leur trésor sous l'une de vos loges ? Vous discutiez de la façon dont vous vouliez rendre cet argent à l'État, pour renflouer ses caisses, peut-être ?

Marcas ne releva pas l'ironie du haut fonctionnaire.

— Nous venions d'assister à une tenue au cours de laquelle j'avais fait une conférence sur l'ordre du Temple. J'avais évoqué un document très important retrouvé il y a peu. Di Licio, historien, spécialiste reconnu dans ce domaine, m'a invité à dîner pour en parler. Vous pouvez vérifier.

Le téléphone sonna. Le directeur de cabinet décrocha, tout en continuant à fixer Marcas.

— Dites à madame la ministre que j'arrive dans quelques minutes, une petite affaire à régler. Le parapheur est déjà sur son bureau.

Il raccrocha et se cala contre le dossier de son fauteuil.

— Les Templiers… Marcas, j'ai l'impression que vous me prenez pour un imbécile. Depuis des années, à chaque fois que vous apparaissez, toujours en solo, on se retrouve avec un tombereau de problèmes.

— Monsieur le directeur, je peux vous communiquer les numéros de portable d'une dizaine de personnes, d'excellente réputation, qui participaient à cette tenue. Ils confirmeront mes dires.

Le directeur de cabinet se leva et s'assit sur le rebord de son bureau.

— Je ne doute pas un seul instant que vos frangins me raconteront mot pour mot votre histoire. L'ennui, c'est que je n'appartiens pas à votre petite confrérie et qu'ils peuvent me débiter n'importe quelle connerie pour vous soutenir. Je vais être clair, Marcas. Je fais partie de ceux, de plus en plus nombreux dans ce gouvernement, à penser qu'il y a trop de francs-maçons dans la police et ailleurs. Vos salamalecs et vos réseaux, je m'en méfie comme de la peste.

— Monsieur le directeur, je ne m'engagerai pas dans une discussion sur ce sujet.

— Laissez-moi terminer, Marcas. Les renseignements généraux, une maison que vous connaissez bien, m'ont transmis, il y a trois mois, un dossier sur le frère Di Licio qui parcourt les quatre coins de la France. Pas pour repérer les prochaines étapes du Tour de France. Marseille, Toulouse, et à chaque fois, il y est vu en compagnie de notables importants.

— Le contraire serait étonnant, les RG le savent mieux que quiconque : la maçonnerie en province est un vivier de personnes toujours influentes.

Le directeur de cabinet grimaça.

— Pas qu'en province... Pour en revenir à Di Licio, les notes des RG pointent un détail curieux, ces notabilités ne sont pas maçons ou s'ils l'ont été, ils ont rendu leur tablier. D'autre part, on y retrouve une proportion importante de chefs d'entreprise et de politiques, tous bords confondus. Trop importante. L'un de mes adjoints m'a fait remarquer que cela sentait à plein nez la création d'un réseau d'influence. Je n'aime pas cela.

— Que voulez-vous que j'y fasse ?

— Je n'ai pas terminé. Les comptes bancaires de Di Licio ont fait l'objet d'une surveillance discrète et ses déclarations fiscales ont été épluchées. Il semble que ce monsieur bénéficie des largesses financières d'une fondation étrangère. Vous voulez connaître son nom ?

— Oui, mais par simple curiosité, bien que je ne voie pas très bien en quoi ça me concerne.

— Templar Fellowship Society...

— Tiens, comme Simon Templar, le héros du *Saint*, la série télé que je regardais quand j'étais petit, glissa Marcas avec un sourire narquois.

— Bien sûr... Toujours est-il que cette association s'est spécialisée dans la fouille de sites archéologiques médiévaux liés aux Templiers, le financement d'activités culturelles et l'entraide avec les pays du tiers-monde grâce à une ONG installée un peu partout. Mais leur source de revenus reste encore assez nébuleuse.

Le directeur de cabinet se leva du bureau et s'appuya contre la cheminée. Il poursuivit :

— Je voudrais que vous enquêtiez sur ce Di Licio et cette tentative de lobbying à grande échelle. Vous n'aurez de comptes à rendre qu'à moi. Bien sûr, on préviendra votre patron à l'OCBC pour qu'il vous accorde une disponibilité.

Marcas se doutait bien que le directeur du cabinet ne serait pas le seul sur l'affaire et que l'équipe qui avait pisté Di Licio continuerait son investigation.

— Je ne veux pas me retrouver avec une nouvelle affaire de loge P2 en France. Vous voyez à quoi je fais allusion.

Le directeur du cabinet ne pouvait pas s'empêcher de faire allusion aux maçons corrompus de la P2. L'affaire avait défrayé la chronique dans les années 1970 et 1980. La loge Propaganda Massonica Due, composée de militaires, policiers, journalistes, banquiers, hommes politiques, tous unis pour renverser la République italienne et mettre en place une dictature. La P2, mêlée à tous les scandales politico-financiers de ce pays pendant vingt ans. L'exemple parfait du dévoiement de la franc-maçonnerie dénoncé par tous les obsédés du complot franc-maçon. Son Grand Maître avait initié dans son coin une brochette de personnages douteux et puissants, sans en référer au Grand Orient d'Italie.

— Croyez-moi ou non, je hais encore plus que vous ces ripoux qui nous ont salis.

— Ne vous énervez pas, Marcas. Je connais vos états de service, je sais que vous êtes honnête. J'ai lu les rapports rédigés sur vos précédentes affaires, tous sont élogieux. C'est pour ça que je veux votre aide. En plus, vous avez un accès direct à Di Licio en tant que frère, ainsi il se méfiera moins.

— Ai-je le choix ?

— On a toujours le choix, Marcas. Surtout celui de faire le bon.

36

Paris
De nos jours

Léandre regardait couler son sang comme si ce n'était pas le sien. L'infirmière s'était reculée pour ne pas se tacher. Le policier lui souriait.

— L'épreuve du sang... Ça ne devrait pas faire mal.

Victor le regarda d'un air étonné. Il n'était pas dans un hôpital, l'homme qu'il avait en face de lui était membre de la confrérie.

— Pourquoi m'avoir joué cette comédie ?

L'inconnu avait sorti une clé de sa poche et lui enleva la menotte.

— Une idée du docteur Yarker. Il est assez taquin actuellement.

L'infirmière tamponna sa blessure avec une compresse imbibée d'un désinfectant orange puis lui appliqua un pansement.

— Où suis-je ?

— Dans sa clinique, à Paris. Tu es sous observation depuis une dizaine d'heures. Nous t'avons récupéré dans la rue cette nuit.

— Comment ?

— Nos amis t'ont mis sous surveillance. La procédure classique. À partir du moment où tu t'engages dans la voie sacrée, un dispositif de sécurité est nécessaire. Tous les postulants sont passés par là, moi aussi.

Le patron de la Stone Corporation se massa le poignet.

— Et que m'est-il arrivé ?

L'homme fit la moue et se dirigea vers la porte.

— Je laisse au médecin le soin de te l'expliquer. Il t'attend dans son bureau, deuxième porte sur la droite. Tu trouveras tes affaires dans l'armoire. Ton scooter est garé sur le trottoir devant l'entrée de la clinique, les clés sont à la réception. À bientôt, je ne serai jamais loin.

L'inconnu sortit et referma la porte derrière lui. Léandre regarda l'infirmière qui déposait son bistouri dans un petit bac de désinfectant. Elle ne faisait absolument pas attention à lui. Elle l'avait pourtant entaillé avec son scalpel.

— Je croyais qu'une infirmière, c'était fait pour soigner ? Pas très sympa de m'avoir charcuté.

La jeune femme se retourna et lui sourit. Elle était séduisante, des cheveux châtains coupés court, un visage expressif avec une bouche ironique.

— Vous savez très bien que cela fait partie du processus. Moi aussi, j'y ai eu droit. Ne bougez pas, je vais vous ôter les électrodes et la perf.

Elle se pencha sur lui. Il sentit de nouveau son parfum de vanille, remarqua les seins fermes sous la blouse tendue. Le fantasme de l'infirmière, un grand classique. Mais celle-ci était différente des autres. Elle faisait partie de la confrérie. Elle avait déjà tué.

— Si ce n'est pas indiscret, mademoiselle, combien de personnes avez-vous aidées à quitter ce bas monde ?

Elle rangea les électrodes le long de l'écran de contrôle.

— Neuf.

Léandre était bluffé.

— Je suis un débutant à côté de vous. Un seul meurtre à mon actif et je viens de rater le deuxième. Sans compter une migraine carabinée. Vous ne voudriez pas me donner des cours particuliers ? J'ai vraiment besoin d'une maîtresse qui me prenne par la main.

Elle le dévisagea en riant.

— C'est la première fois que je me fais draguer par un... compagnon. Ce n'est pas très convenable. Pour le mal de tête, c'est tout à fait normal au début. Mais le médecin vous expliquera, il est tellement pédagogue. Il m'a aussi suivie à mes débuts.

— Laissez-moi votre numéro de portable... Je vous promets d'être sage. Étant directeur de société, je suis un être responsable. Au moins une invitation à dîner. Si vous me trouvez ennuyeux vous m'enverrez balader.

L'infirmière mit son doigt sur ses lèvres.

— Si le médecin est d'accord, ce sera avec plaisir. Je lui poserai la question après votre départ. Laissez votre numéro à sa secrétaire en quittant son bureau, c'est une amie.

Elle poussa le chariot et quitta la pièce. Il n'avait pas de temps à perdre, il récupéra ses affaires et sortit à son tour dans le couloir. Il repéra la porte du médecin et frappa.

— Entrez, monsieur Léandre.

Victor pénétra dans une pièce plus grande que la précédente, mais tout aussi impersonnelle. Le docteur Yarker observait un panneau lumineux recouvert de radiographies. Un crâne apparaissait sous toutes ses coutures.

— Ceci est votre précieuse tête. On a peine à croire que ce soit celle d'un imbécile.

Léandre se figea.

— Pardon ?

— Je vous avais dit d'attendre quelques jours avant de tuer votre victime. Vous n'en avez fait qu'à votre tête. Résultat, vous avez perdu connaissance au moment le plus crucial. J'espère que cela vous servira de leçon.

Abasourdi, Léandre s'assit sur une chaise placée contre un mur. Personne ne lui parlait jamais comme ça. Ce toubib allait s'en apercevoir.

— Quand je suis rentré dans l'Ordre je savais parfaitement ce que je faisais. J'ai peut-être été un peu rapide pour le deuxième meurtre, et alors ? Je dirige une boîte de quinze mille personnes, j'ai des ministres qui viennent me bouffer dans la main pour que j'accepte de dîner avec eux. Cessez de me traiter comme un gamin. Expliquez-moi plutôt ce qui m'est arrivé.

Le médecin examina encore un instant les radios puis se tourna vers Léandre. Il soupira.

— Votre tirade ne m'impressionne pas. Je n'ai affaire qu'à des gens haut placés, monsieur Léandre, c'est justement la particularité de ma fonction. Alors ne montez pas sur vos grands chevaux. Pour faire simple, votre perte de conscience est due à une sorte de réorganisation de vos neurones. La libération de vos pulsions meurtrières entre en conflit avec tout ce que la société et vos parents vous ont inculqué. Chez la plupart des sujets, nous avons observé cette modification de l'état de conscience. C'est pour cela que nous exigeons un temps d'adaptation et que nous surveillons nos impétrants.

— Qu'est devenu le type que j'ai failli étrangler ?

— L'équipe qui vous a suivi a effacé toutes les traces. Vous avez de la chance, la victime était décédée d'une crise cardiaque quand nous sommes intervenus.

Léandre se détendit.

— Et maintenant ?

— Il ne vous reste qu'un troisième meurtre à commettre, et vous serez définitivement admis au stade... supérieur.

37

Saint-Jean-d'Acre
Citadelle des templiers
19 mai 1291

La sonnerie du buccin retentit. Guy d'Aynac se réveilla en sursaut. Le dortoir était désert, les paillasses vides. Tous les chevaliers devaient être sur les remparts à attendre l'assaut. Depuis la veille, les musulmans occupaient la ville, mais n'avaient commis aucun pillage. Ils quadrillaient chaque quartier avec des patrouilles itinérantes, et des unités spéciales s'efforçaient d'éteindre les incendies qui commençaient à faiblir. Cette stratégie étonnait les Templiers. D'autant que les troupes d'élite, les mamelouks, restaient l'arme au poing devant la mince ligne de fortifications qui protégeaient le port. Dans la rade, le désordre était indescriptible. Par centaines, des réfugiés s'amassaient sur la jetée, tentant par tous les moyens d'embarquer sur des navires déjà surchargés. Seule la flotte templière échappait à ce chaos, car elle mouillait en dehors du port, attendant les ordres. Tout le long des quais, des religieux, moines, prêtres, chevaliers du Temple assistaient la population lui apportant vivres et réconfort. Mais cette présence humanitaire ne suffisait pas et, dans la panique qui soufflait, les pires trafics se développaient. On tentait de corrompre des marins pour monter dans les bateaux, on offrait de l'or, des bijoux pour une place dans une cale, des femmes de bourgeois se prostituaient ouvertement, tant la peur de tomber entre les mains des Sarrasins était grande.

Guy regarda par l'une des fenêtres cintrées qui donnaient sur la cour. Une pluie grise battait les murs. Il avait dû dormir plus que la matinée, épuisé par son périple dans la vieille ville. Mais il avait mené à bien sa mission. Un exploit aux yeux des dignitaires qui l'avaient choisi avec Molay pour porter le cercueil du Grand Maître dans sa dernière demeure. Un honneur qu'ils avaient payé au prix fort. D'Aynac frissonna. La vision des têtes décapitées qui roulaient sur le sol le hantait. Durant son sommeil, il n'avait cessé de revoir le geste de moissonneur de Roger Flor, qui avait cueilli les têtes dans leur dernier rebond pour les suspendre à sa ceinture. Les turbans éclaboussés de sang avaient laissé une traînée sombre sur la tunique du Catalan.

Pour se défaire de cette image, Guy regarda de nouveau par la fenêtre. Malgré l'averse, un frère traversait la cour d'honneur. Il marchait d'un pas mesuré, enroulé dans une cape noire, la capuche renversée sur les épaules comme si la pluie ne le concernait pas. Il s'arrêta pour chercher son chemin et son regard se posa sur la fenêtre d'où d'Aynac l'observait. Comme pris en flagrant délit d'espionnage, Guy se rejeta contre le mur. Son cœur battait la chamade, tandis qu'un frisson de peur le parcourait.

Ce visage ! Malgré la pluie, il était sûr de le connaître ! Il l'avait vu, observé, craint... D'un seul coup, la lumière se fit dans son esprit ! Il revit la scène dans tous ses détails. Dans le quartier vénitien, l'homme qui guidait les deux tueurs musulmans !

D'Aynac colla sa joue contre la pierre d'angle de la fenêtre et glissa un regard dans la cour pavée. Derrière le rideau de pluie, l'inconnu n'était plus qu'une ombre qui s'effaçait en direction des bâtiments de l'Intendance.

Le buccin retentit encore une fois puis se tut. Ce n'était pas la sonnerie d'alarme. D'ailleurs la pluie ne cessait de tomber et on n'attaquait pas sous l'orage. Guy se précipita à travers le dortoir. Il lui fallait absolument trouver Jacques de Molay.

La chapelle ne désemplissait pas. Dès leur tour de garde terminé, les Templiers, un par un, venaient rendre hommage à leur défunt Grand Maître. Chacun, après avoir touché la pierre tombale, s'agenouillait et récitait la prière des morts. Molay n'avait pas failli à ce devoir. Malgré la fatigue, il avait été parmi les premiers à venir se recueillir sur la dépouille qu'il avait sauvée. Depuis, il n'avait pas quitté la crypte, fasciné par la ferveur de ses frères qui parfois, au milieu de leur prière, laissaient échapper un sanglot. Pour la première fois, Jacques avait l'impression d'être au cœur de l'histoire en marche. Une sensation excitante, presque grisante. Depuis qu'il avait ramené le corps de Guillaume de Beaujeu, sa conception des choses et des hommes avait changé. Il lui semblait, en contemplant cette crypte et ses frères agenouillés, que sa mission n'était pas terminée et que le destin allait encore faire appel à son dévouement. Comme si, désormais, il était devenu l'un des gardiens du Temple. Jacques secoua la tête. Décidément, des idées folles lui traversaient l'esprit. Il fallait qu'il sorte. L'obscurité de la crypte, l'encens qui brûlait le désorientaient. Il avait besoin de lumière, de grand air et surtout de reprendre sa place, sa simple place parmi ses frères.

La pluie qui tombait dru dans la cour d'honneur lui fit lever la tête. Tous les remparts étaient garnis de chevaliers qui observaient le camp ennemi. Jacques se demanda où pouvait bien être Roger Flor. Il frissonna. Le vent sans doute. À moins que l'image du Catalan l'épée à la main...

— Jacques !

L'appel le fit sursauter. Il se retourna.

Guy d'Aynac venait de surgir du dortoir.

38

Paris
9e arrondissement
De nos jours

Une pluie battante frappait les vitres de l'appartement. Le vent sifflait dans le conduit de cheminée. Un vrai temps parisien, songea Marcas en finissant d'avaler un petit verre de curaçao. Il venait de terminer une grande conversation téléphonique avec son fils et pouvait enfin se consacrer à son enquête. L'ado devenait de plus en plus... ado et Marcas avait bien du mal à choisir la bonne méthode. Ses notes plongeaient à l'école et sa mère n'arrivait plus à maintenir son autorité. Résultat, lui qui avait systématiquement eu le rôle du papa gâteau depuis son divorce se transformait désormais en strict gardien du temple de l'orthodoxie scolaire. Il grimaça.

À toi de le pousser à faire ses devoirs le week-end, j'en ai marre de me les coltiner toute seule, avait intimé son ex au détour de leur conversation mensuelle. Hélas, Marcas avait toujours été nul en maths et en physique, les matières où, précisément, son fils se vautrait. D'ailleurs, l'ado, qui s'était vite aperçu des limites de son père, prenait un malin plaisir à lui poser des questions d'une perversité qui le laissait pantois.

Équations, intégrales, trigonométrie, géométrie euclidienne, Marcas séchait lamentablement, ce qui lui avait valu quelques moqueries de la part de son fils. Le petit insolent lui avait lancé au passage que les maçons étaient pourtant réputés pour leur science du compas et de l'équerre. *Petit con*, avait-il répondu d'un air maussade. Si ça continuait, il allait être obligé de lui payer des cours particuliers pour qu'il redresse la barre.

Tu refais la déco, papa ? Je peux jouer moi aussi à coller des trucs partout ?

En plus le gosse avait passé le week-end à se payer sa tête en contemplant le mur de sa bibliothèque recouvert de notes, de photos et de reproductions de blasons concernant l'histoire des Templiers. L'ensemble formait un gigantesque arbre quasi généalogique avec de multiples ramifications.

Marcas recula pour avoir une vue en perspective. Il avait placé au centre une grande reproduction d'un chevalier en armure qui portait une cape blanche frappée de la croix rouge de l'Ordre.

De l'avantage de vivre en célibataire, une nana n'aurait jamais accepté ce genre de décoration dans son appart.

Il recula un peu plus et s'affaissa dans le fauteuil rouge qui faisait face à la fresque. Les *Gymnopédies* et autres *Gnossiennes* d'Erik Satie passaient en boucle sur son iPod branché sur haut-parleurs. Le tempo du piano l'aidait à se concentrer. Il avait assisté à une planche un an plus tôt au cours de laquelle un musicologue avait expliqué que certaines musiques inhibaient ou stimulaient des zones bien précises du cerveau. Des chercheurs russes avaient travaillé dans les années 1970 sur des programmes de musique destinés à favoriser l'apprentissage intellectuel, en particulier les largos et les adagios. Marcas, lui, ne jurait que par Satie pour se concentrer.

La pluie redoubla d'intensité. Antoine songea à son entrevue avec le directeur de cabinet du ministre. Bien évidemment, il avait accepté la proposition. Il ne pouvait pas se mettre à dos un personnage aussi puissant dont les soupçons sur Di Licio et l'analogie avec la loge P2 corroboraient les interrogations du secrétaire général de l'obédience. Marcas avait beau défendre la maçonnerie, il savait pertinemment qu'elle pouvait abriter des individus dont la moralité était à géométrie variable. Une nouvelle affaire P2 à la française serait fatale pour l'image déjà écornée de la fraternité trois points. Il pensa à tous les frères qu'il côtoyait, anonymes, discrets dans leur appartenance, d'une probité exemplaire, souvent écœurés par l'image déformée renvoyée par certains médias. Il suffisait d'une brebis galeuse...

De nouveau il contempla le mur décoré de toutes parts. Antoine avait commencé sa composition murale quelques jours avant la présentation de sa planche en loge pour avoir une vision globale de l'ordre du Temple. Du moins dans ses grandes lignes.

Le tronc commun apparaissait d'un seul tenant.

1111 : création de l'Ordre.

1307 : arrestation brutale des Templiers par Philippe le Bel. Interrogatoire et torture des Templiers. Saisie et confiscation de leurs biens.

1314 : Le dernier Grand Maître, Jacques de Molay, est brûlé sur l'île aux Juifs.

Après, ça devenait plus complexe.

D'un côté, sur la partie droite du mur, ce qu'avait tranché l'histoire officielle : l'Ordre dissous en Europe, les chevaliers arrêtés, les possessions du Temple redistribuées aux Hospitaliers de Saint-Jean de Jérusalem qui deviendraient par la suite les chevaliers de Malte. Dans certains pays, les Templiers avaient néanmoins été libérés et intégrés dans d'autres ordres chevaleresques, Calatrava et Alcantara en Espagne, milice du Christ au Portugal. Bien évidemment, aucun trésor n'avait été retrouvé, pas plus qu'un éventuel secret ésotérique propre à bouleverser le cours de l'humanité. Antoine s'était procuré une dizaine de livres de références écrits par des historiens de pointe qui ridiculisaient tous les fantasmes habituels sur le marché.

Sur la partie gauche du mur, se succédaient les versions sulfureuses et occultes de la survie de l'ordre du Temple. Marcas se leva pour encadrer les différentes pistes avec un feutre noir.

L'hypothèse écossaise. Une flotte de bateaux appartenant à l'Ordre aurait appareillé juste à temps pour l'Écosse avec à son bord le fameux trésor.

L'hypothèse française. Des chariots seraient sortis de Paris, la veille de l'arrestation des Templiers, pour une destination restée inconnue. Peut-être le château de Gisors en Normandie.

L'hypothèse portugaise. La flotte de La Rochelle aurait appareillé vers Lisbonne pour rejoindre la commanderie de Tomar. Au Portugal, les Templiers, peu nombreux, n'avaient pas été inquiétés par le roi.

L'hypothèse américaine. Les navires seraient partis pour le Nouveau Monde, plus d'un siècle avant Colomb.

L'hypothèse allemande. Les chevaliers Teutoniques, autre ordre militaire, auraient récupéré et entreposé le trésor dans une province balte.

L'hypothèse audoise. Le fameux butin découvert par l'abbé Saunières à Rennes-le-Château serait celui du Temple

L'hypothèse provençale. Cette fois, le trésor se trouverait dans une grotte gigantesque, à côté du lac du Verdon.

La descendance maçonnique. Les francs-maçons auraient hérité des rituels templiers et perpétueraient la tradition. Les premiers documents venant à l'appui de cette thèse étaient apparus vers 1740 et s'étaient répandus dans toutes les loges européennes. Une simple crise de romantisme maçonnique pour les historiens les plus rigoureux, une hypothèse troublante pour d'autres.

Marcas songea au faux document rangé dans son tiroir, qui s'inscrivait parfaitement dans cette filiation. L'expression de chaînon manquant employée par Di Licio paraissait pour le coup justifiée. Il entoura cette hypothèse.

La descendance occulte. C'était le royaume des hypothèses les plus extravagantes, véhiculées par des groupes templiers modernes sans la moindre preuve historique. L'Ordre aurait survécu, soit grâce à un adjoint de Molay, soit grâce à un responsable de commanderie, ou encore grâce à un maître secret, et bien évidemment ces filiations se retrouvaient perpétuées par des groupes ésotériques de tous poils au XXIe siècle. Des plus inoffensifs où les initiés se baladaient en blanc-manteau dans les bois jusqu'au plus sinistre : celui du Temple solaire de Luc Jouret, qui avait fini en massacre.

Par acquit de conscience, Antoine avait surfé sur ses sites et blogs maçonniques favoris pour glaner des renseignements complémentaires. *Hiram.be* du frère Pragman, *Entre les colonnes*, incontournable, et même le groupe maçonnique de *Facebook* administré par Benny Eliram et Jean Laurent lui avaient fourni des informations précieuses, comme ce blason de grade templier maçonnique du frère Francis de Nice.

Le portable de Marcas sonna. Il baissa la musique. Il reconnut le secrétaire général. Sa voix était tendue.

— Il faut que je t'avertisse de quelque chose de grave.

— Que s'est-il passé ?

— Pierre Saragosse, l'inspecteur des loges a disparu.

39

La Défense
Tour Richalot
De nos jours

Assis sur son fauteuil, nu, Léandre goûtait le spectacle qui s'offrait à lui en buvant un gin avec délectation. L'infirmière chevauchait son conseiller personnel en communication avec entrain en poussant des gémissements de plaisir. Ses seins montaient et descendaient au rythme des ondulations de son bassin.

La jeune femme l'avait rappelé à peine un jour après leur rencontre à la clinique et avait accepté de boire un verre. Dîner, virée chez Castel, le programme classique jusqu'au moment où elle l'avait éclairé sur ses préférences sexuelles. Un trio avec deux mâles ou rien du tout. Surpris dans un premier temps, il avait accepté et proposé pour le lendemain une soirée avec son conseiller de com, grand libertin devant l'Éternel, avec qui il s'était déjà encanaillé. Et voilà que son collaborateur s'envoyait joyeusement en l'air sous ses yeux. Victor se dit qu'il était un patron d'enfer qui choyait ses employés. Il reposa son verre et rejoignit le duo qui s'agitait devant lui. Elle l'accueillit en souriant, son chargé de com tourna la tête.

— Vous voulez la place, patron ? J'ai besoin de prendre une douche. J'ai trop chaud.

— Mais avec plaisir, mon cher Martinet.

En moins de dix secondes, l'infirmière changea de partenaire en reprenant la même position. L'autre homme avait quitté la pièce pour passer à la salle de bains. Elle se pencha vers lui et l'embrassa dans l'oreille. Il se laissa aller, une onde chaleur l'envahit. Elle lui murmura à l'oreille :

— Il est mignon, ton copain. Bon coup aussi.

Léandre grimaça, il n'aimait pas la concurrence, ni dans les affaires ni dans sa vie privée. Une idée lui vint. Ne faisait-elle pas partie du même groupe ? Il lui murmura à l'oreille :

— Tu serais capable de le tuer ? Tout de suite ?

Elle sourit.

— Bien sûr. Du moins si j'avais une arme à ma portée. Mais je n'en vois pas l'intérêt. Il m'a procuré beaucoup de plaisir. Tu es jaloux ?

— Non. Curieux de savoir si les sentiments pouvaient influencer l'enseignement que nous recevons.

Elle éclata de rire.

— Quels sentiments ? Il m'a bien baisée, c'est tout. Il ne faut pas tout mélanger. Il crèverait d'une crise cardiaque devant nous que je continuerais à jouir avec toi. À ce propos, tu devrais moins parler et plus agir…

Léandre ne se fit pas prier et s'activa avec vigueur en l'embrassant à pleine bouche.

Il songea qu'il ne devait pas oublier de régler son compte à Martinet. Il ne supportait pas la concurrence.

40

Saint-Jean-d'Acre
Citadelle des Templiers
19 mai 1291

Dehors, la tempête se déchaînait. Déjà des trombes d'eau balayaient la fenêtre du scriptorium. L'écume des vagues rebondissait sur les murs de la citadelle, portée par un vent qui grondait entre les créneaux de la tour de guet.

Frère Othon alluma une lampe à huile qu'il posa sur une longue table de chêne où s'entassaient livres, feuilles de vélin et plumes d'oie. La lumière était chiche. Roger Flor osa une question.

— Pourquoi, maître, n'utilisez-vous pas de chandelle ?

— Pour incendier la bibliothèque ? Une seule étincelle, une seule goutte de cire qui tombe et plus un de ces livres ne reverrait le jour ! Crois-moi, le feu est ennemi de la lumière de l'esprit.

Surpris par la brusquerie de la réponse, le Catalan examina avec plus d'attention le frère bibliothécaire. Avec ses épaules osseuses et tombantes, son corps maigrelet, ses mains noueuses, on pouvait à juste titre se demander comment pareil avorton avait pu un jour être reçu dans l'ordre des chevaliers du Temple. Mais l'organisation, depuis sa création, avait évolué et elle comprenait désormais aussi bien des architectes que des érudits : des hommes qui ne combattaient pas par l'épée, mais dont le savoir pouvait gagner bien des batailles. Surtout les plus secrètes.

— Qui t'a parlé des Assassins ?

— Nul ne m'en a parlé. J'en ai vu et je veux en savoir plus sur eux, répliqua Flor.

Othon le regarda d'un air singulier, avant de grimacer un sourire.

— Mon frère, si tu veux *en savoir plus*, il faudra toi aussi m'en dire plus. Parle d'abord !

Abasourdi, Roger Flor contempla ce vieil homme qui, du fond de son repaire de livres, posait ses conditions. Un instant, il eut la tentation de rappeler à ce rat de bibliothèque que sa survie, comme celle de ses livres, ne dépendait que de son bon vouloir. Mais il jugea plus efficace de se montrer diplomate.

— J'en ai vu hier. Et dans un endroit qui ne cesse pas de m'étonner.

— Comment sais-tu que c'en étaient ?

— Parce qu'un frère qui était avec moi sur les remparts me les a nommés. Et puis j'ai vu leurs vêtements sombres, leur turban qui est comme un voile sur leur visage et ces rubans de papier qu'ils portent suspendus au cou.

Le bibliothécaire sursauta. Une vague puissante venait de s'écraser au pied de la tour. Une gerbe d'écume jaillit et frappa la fenêtre

— Tu dis qu'ils portaient un ruban autour du cou ?

— Oui. Une bande de papier couverte d'inscriptions. Ils la serrent souvent dans leurs mains comme un chapelet.

— Ainsi, tu as bien vu des Assassins... laissa échapper Othon. Mais tu ne m'as pas dit ce qu'ils faisaient !

Le Catalan tourna son regard vers la fenêtre étroite qui ouvrait sur la cour d'honneur. Sous le rideau de pluie, deux silhouettes couraient rapidement. Un instant distrait, Roger Flor se prépara à affronter le bibliothécaire.

41

Paris
Tour Montparnasse
Siège de la Stone Corporation
De nos jours

Les nuages filaient à toute allure au-dessus de la plus haute tour de Paris. Le vent les chassait vers le sud, mais d'énormes cumulus noirs arrivaient sans répit depuis le nord, en provenance de Saint-Denis. La pluie n'allait pas tarder à déferler sur les parois d'acier et de verre de cette cathédrale de bureaux inaugurée en 1973, véritable symbole de la France triomphante. La tour narguait de sa puissance les édifices nains blottis autour d'elle mais elle aussi serait frappée de plein fouet par les trombes d'eau qui se profilaient. Les occupants du salon Émeraude situé au cinquante-deuxième étage, se souciaient fort peu de la météo, leurs chauffeurs les attendaient au sous-sol dans le parking réservé aux invités de la Stone Corporation.

Le conseil d'administration était réuni au complet, chacun avait le dos bien calé dans son fauteuil pour écouter l'ordre du jour.

La secrétaire avait fermé la grande porte en verre dépoli, avec ordre de ne laisser entrer quiconque ni de passer le moindre coup de fil. Un rituel scrupuleusement respecté depuis plus de dix ans. Les vingt administrateurs se connaissaient tous, certains se croisaient dans des conseils de grands groupes, d'autres faisaient partie des mêmes clubs et réseaux. Interallié, Jockey Club, fondation Saint-Simon, Entreprises et cités, mais aussi l'amicale de l'Inspection des finances ou le Racing Club de France. La Stone Corporation avait réussi la prouesse de réunir en son sein la fine fleur des meilleurs réseaux d'influence français. Banquiers, hauts dirigeants d'entreprises, financiers, le tour de table représentait à lui seul ce qui se faisait de mieux sur la place de Paris, un pur concentré de CAC 40 par centimètre carré. Le salaire moyen de chaque administrateur tournait autour d'un million d'euros.

Les dirigeants américains de la Stone avaient tout de suite compris le système de cooptation dans les conseils d'administration, si particulier à la France. Ces amitiés avaient grandement facilité l'accès à certains marchés et favorisé les coups de pouce ponctuels pour participer à l'élaboration de réglementations adaptées aux besoins de la Stone. Les relais à l'Assemblée nationale de quelques-uns des membres du conseil avaient permis plus d'une fois d'éviter l'arrivée inopinée d'un projet de loi trop contraignant. Le pouvoir utilisé à bon escient.

Le président de séance, Laurent de Ramsay, sémillant patron d'une grande compagnie d'assurances, chevalier de Malte à ses heures perdues, prit la parole d'une voix posée :

— Bien. L'ordre du jour se limite à un seul point : l'examen du plan de rentabilité soumis par le directeur du groupe. Il me paraît en tout point correspondre aux objectifs fixés par le groupe au niveau mondial.

Un raclement de gorge interrompit le discours. Un homme d'une soixantaine d'années, au regard dur, leva la main.

— Je partage l'opinion positive du conseil sur le plan Power 10, même si ce nom me semble ridicule. En revanche, je n'ai pas tout à fait compris comment Victor Léandre va s'y prendre pour tailler dans la masse salariale. Je ne vois pas, dans le document qu'il nous a transmis, de précisions convaincantes. Un plan social nous coûterait très cher et je ne suis pas sûr que nous puissions le justifier au vu de l'augmentation du résultat net.

Le président de séance sourit.

— Et si nous laissions ce genre de détails à Léandre ? Nous avons tous le souci de ne pas mettre trop de salariés sur le carreau. Nous sommes des hommes responsables et l'éthique est une vraie force pour les entreprises de demain, je…

Un homme trapu en veste de velours marron, le seul à ne pas porter le complet anthracite de rigueur, patron d'une grande agence de publicité, du style amateur de parties de chasse, tapa du plat de la main sur la table.

— Épargne-nous ce genre de conneries pour journalistes ! On est entre nous, Laurent. La vérité, c'est que ton petit directeur m'a l'air bien jeune pour ce poste et, s'il n'avait pas été imposé par le siège, il n'aurait jamais pu mettre le bout de l'orteil dans cette boîte. Dis-nous plutôt comment il va s'y prendre, ce prodige.

Les regards fusèrent entre les deux hommes. Le président se prit au jeu :

— Écoutez, Léandre nous garantit le résultat, alors peu importent les moyens, non ? Je suis sûr que les sept cent vingt-quatre salariés concernés sauront puiser en eux la force de rebondir.

Le publicitaire baissa la tête avec un sourire ironique.

— Amen, mon père, et ils iront tous prier avant d'aller pointer à l'ANPE, répondit celui qui savait que son interlocuteur, membre influent du cercle des cadres catholiques français, ne ratait jamais une messe.

Le président reprit, l'air contrarié :

— Comme vous le savez, le chiffre d'affaires semestriel de la Stone France est en hausse de 12 %. Le résultat net, lui, reste médiocre, et l'application du plan de Léandre nous permettra de reprendre pied. En outre, l'action est encore à son niveau le plus bas. Après Power 10, et sa divulgation aux analystes, il y a de fortes chances que le cours remonte. Les stocks options de certains seront... appréciables. Je propose de procéder au vote du Plan Power 10. Qui est pour ?

Toutes les mains se levèrent sauf une. L'homme à la veste marron maugréait :

— Je ne le sens pas, votre Léandre. Il a l'air de se foutre de la gueule de tout le monde. De plus, lancer un plan social va être catastrophique pour l'image du groupe. Et à titre personnel, ça me dérange de jeter au caniveau des gens de valeur qui ont tout donné pour l'entreprise.

Sa voisine de droite, une femme à la mine hautaine et au chignon sévère, dirigeante d'un cabinet de lobbying, le toisa.

— Mon cher Brossier, qu'un publicitaire comme vous se soucie de l'image de l'entreprise, c'est normal, mais épargnez-nous, je vous prie, vos leçons de morale. Autant que je m'en souvienne, vous n'avez pas eu tellement de scrupules dans les années 1980 pour empocher certains marchés des collectivités locales et faire fortune sur le dos des contribuables grâce à vos amis frangins ? Ce n'est pas l'un de vos cadres qui a écopé de trois ans de prison ferme pour corruption ?

Le publicitaire serra les mâchoires.

— Ma chère Anne, en tout cas, je n'ai pas commencé ma carrière en m'occupant des relations publiques d'un parti néofasciste.

Avant que la femme ne réponde, le président s'interposa :

— Allons, mes amis, ne nous énervons pas. Nous sommes donc d'accord pour donner le feu vert à Léandre, à l'unanimité moins une voix. Il faut être beau joueur, Brossier. D'ailleurs, c'est bien votre société qui détient le budget publicitaire de la Stone, n'est-ce pas ?

— Ce n'est pas ma société...

— C'est vrai, vous n'êtes qu'un actionnaire minoritaire. Les autres parts appartiennent à votre femme, je crois ?

Le publicitaire ne répliqua pas.

— Enfin ! En ces temps rudes de compétitions économiques, il me paraît hasardeux de se priver d'un budget publicitaire annuel de neuf cent cinquante mille euros, non ?

La publicitaire comprit le message et radoucit le ton.

— J'accepte les décisions du conseil, mais, croyez-moi, on risque de les regretter par la suite.

En moins d'un quart d'heure, le sort de sept cent vingt-quatre cadres anonymes fut ainsi scellé par des hommes et des femmes qui ne les rencontreraient jamais, mais qui empocheraient dans l'année des dividendes largement supérieurs à ce que ces futurs chômeurs gagneraient durant une vie entière de labeur.

42

Saint-Jean-d'Acre
Citadelle des Templier
19 mai 1291

— Fonce !

Le cri de Guy avait d'abord surpris Molay. Puis, il s'était précipité derrière son compagnon qui courait sous la pluie.

Le bâtiment de l'Intendance occupait l'aile sur le côté opposé au port. Un choix tactique délibéré pour parer à une attaque venant de la mer. D'ailleurs, le toit était une simple plateforme crénelée pour éviter tout risque d'incendie. Le dernier étage était réservé aux dignitaires, protégé à la fois par la terrasse de guet et le labyrinthe serré des réserves de l'arsenal. Chaque étage renfermait différents dépôts d'équipements qui allaient de l'armurerie au harnachement des chevaux. Tout nouveau Templier, quand il arrivait dans la citadelle d'Acre, faisait ainsi le tour du bâtiment un étage après l'autre, pour renouveler son paquetage. Tout en accélérant, d'Aynac tentait de se souvenir de sa dernière visite dans ce véritable dédale, en vain.

Il arriva, essoufflé, devant la porte d'entrée restée ouverte. Les premières marches d'un escalier à vis se dessinaient sous la lumière tremblante d'un flambeau à demi éteint. Guy avança doucement et tendit l'oreille. Un pas résonnait lentement, qui montait vers les étages. Il allait s'élancer quand Molay le rejoignit.

— Mais tu es devenu fou, vitupéra Jacques, les cheveux dégoulinant de pluie. Qu'est-ce qui te prend de courir comme si tu avais une horde de mamelouks à tes trousses ?

Un doigt posé sur les lèvres, Guy lui intima de se taire avant de lui dire à l'oreille :

— Il est là ! Je l'ai vu !

Molay le contempla, abasourdi.

— Mais qui, bon Dieu ?

— Dans le quartier vénitien, chuchota Guy, l'homme qui guidait les Infidèles.

L'image fugitive d'une silhouette qui portait une longue robe de bourgeois et parlait aux commerçants avec un accent légèrement traînant traversa la mémoire de Molay.

— Impossible ! Que ferait-il ici dans la citadelle du Temple. Un notable !

— Un notable qui désormais porte une cape noire et des éperons de cavalier.

— Tu rêves les yeux ouverts.

Un lointain crissement parvint des étages. Guy s'avança.

— Il est là ! Viens !

Molay tenta de résister.

— Mais comment allons-nous le retrouver ? Il y a trois étages sans compter celui des dignitaires.

Un sourire moqueur traversa le visage d'Aynac. Il saisit la torche et la pencha vers le sol. Deux traces de pas humides grimpaient les marches.

— Tu vois, il n'y a qu'à suivre !

TROISIÈME PARTIE

Si tu veux pouvoir supporter la vie,
sois prêt à accepter la mort.

Sigmund Freud

43

Dans l'Oise
De nos jours

La voiture filait dans la nuit, pleins phares, le long d'une petite route sinueuse trempée par la pluie battante, au rythme de la *Cinquième symphonie* de Mahler, à peine couverte par le bruit régulier des essuie-glaces. Marcas leva le pied de l'accélérateur, il ne voyait plus rien au-delà de dix mètres et la chaussée glissait comme une savonnette. Il jeta un œil à l'écran GPS posé sur le tableau de bord, la petite flèche noire tournait vers la droite, indiquant une distance de cinquante mètres avant la nouvelle direction à prendre. Il avait accepté l'invitation de Di Licio à séjourner quelques jours dans son château familial. Sur le moment, il avait sauté à pieds joints sur cette opportunité de pousser son enquête, mais maintenant qu'il se trouvait seul dans la nuit, sur cette route isolée, il était beaucoup moins sûr de lui.

De sa main libre, il sortit une cigarette dorée au goût de caramel d'un paquet rapporté de Hollande par un ami médecin. Il adorait découvrir de nouvelles marques.

La veille, il avait rappelé le secrétaire de l'obédience pour avoir des nouvelles du Grand Inspecteur. Celui-ci n'était pas rentré chez lui et avait déserté son agence immobilière. Angoissée, son assistante avait prévenu la police et ses amis, dont tout naturellement Andrivaux. L'avis de recherche ne serait lancé qu'à la fin du délai légal prévu. Marcas et le secrétaire s'étaient mis d'accord pour rester discrets : un décès et une disparition, ça commençait à faire beaucoup.

Antoine avait contacté un ami de la PJ à qui il avait donné les coordonnées du château au cas où il ne reviendrait pas. Quant au directeur de cabinet du ministre de l'Intérieur, il lui avait simplement signalé qu'il partait en week-end pour se reposer. Il ne voulait pas prendre le risque d'une filature à son insu.

La montre luminescente du tableau de bord indiquait 22 heures, il serait presque à l'heure pour le dîner. La voiture tourna sur la gauche et s'engagea sur une autre départementale, bordée de résineux sombres qui ployaient sous le vent. Il ralentit légèrement, l'entrée du château ne devait plus se trouver qu'à une centaine de mètres.

Il n'arrivait toujours pas à calmer son angoisse, ou sa peur. La peur. Évidemment. Il n'en était pas à l'abri. La peur qui survenait tout d'un coup. Stupide, mais nécessaire. Humiliante et salvatrice. Si les amis de Di Licio avaient assassiné le malheureux hôtelier, personne ne les empêcherait de lui faire subir un sort semblable. Il essaya de se calmer ; ils n'avaient sans doute aucune raison de lui en vouloir.

Un mur de pierre surmonté d'éclats de verre longeait la route courbe. Le véhicule tourna et arriva au niveau de deux tourelles, les phares illuminant à dix mètres une large grille en fer forgé. Une caméra à droite était pointée sur l'entrée. Marcas s'arrêta devant une borne d'appel fichée dans une colonne de pierre sombre. Il connaissait par cœur le mot de passe communiqué par Di Licio.

Necum-Necack.

Un terme maçonnique désignant la vengeance, en référence au châtiment qui avait frappé le roi Philippe le Bel quelques mois après la crémation de Jacques de Molay.

Le haut-parleur grésilla, Marcas abaissa sa vitre, la pluie redoublait de violence. Il cria les deux mots. La porte s'ouvrit en silence sur une large allée qui montait en pente douce vers un bois. À la sortie d'un virage, la voiture s'immobilisa devant une barrière de métal accolée à une guérite. À l'intérieur, assis devant un écran de contrôle, un homme au crâne rasé, en col roulé et blouson de cuir noir, le regarda d'un air méfiant. Marcas aperçut sur le mur derrière lui un râtelier garni d'armes à feu. L'homme poussa la vitre et le héla.

— Bonsoir, monsieur, auriez-vous l'obligeance de me montrer vos papiers d'identité ?

Marcas faillit lui brandir sa carte de police sous le nez, mais se ravisa, il n'était pas en service, enfin pas tout à fait. Il tendit son passeport. L'homme, équipé d'une oreillette, marmonna quelques mots à un interlocuteur invisible puis rendit ses papiers à Marcas.

— Vous continuez sur une cinquantaine de mètres, puis vous bifurquez sur la droite. Bon week-end, monsieur, dit le chauve d'une voix neutre.

Marcas enclencha la première et suivit le chemin de gravier. Il passa à côté de trois gardes de chasse en treillis qui tenaient en laisse des bas-rouges luisant de pluie. Quoi qu'il se passât en ces lieux, Marcas n'aimait pas ce luxe de précautions pour une simple réunion d'ordre ésotérique.

Il tourna à droite, arriva devant le château Renaissance, réplique presque parfaite d'Azay-le-Rideau, et se gara à côté d'autres voitures, des cabriolets de sport et des berlines de luxe, la plupart immatriculées à Paris. Il coupa le contact, rassembla ses affaires éparses sur le siège passager et les mit dans un sac de voyage souple et discret. Dans le rétroviseur, il aperçut un homme en imperméable qui s'approchait de la voiture en tenant un parapluie. Il écrasa sa cigarette dans le cendrier presque plein, ouvrit la portière et s'abrita sous le parapluie tendu.

— Soyez le bienvenu. Monsieur Di Licio m'a chargé de vous accueillir. Je reviendrai prendre vos bagages, dit l'homme avec un léger accent anglais.

Ils traversèrent la cour pavée en moins d'une minute et pénétrèrent dans le hall du château. Une douce chaleur régnait dans la pièce aux murs tendus de tapisseries médiévales. Un heaume de chevalier et une longue épée de métal bruni par les ans étaient accrochés sur le mur qui faisait face à la porte d'entrée.

L'homme qui l'avait accompagné le débarrassa de son manteau et lui indiqua une porte ouverte sur la gauche.

— Ils prennent une collation dans le salon vert. Si monsieur veut bien me remettre son téléphone portable, monsieur Di Licio a en horreur ces objets modernes, énonça l'homme avec obséquiosité.

Marcas donna son téléphone avec réticence. Il n'avait désormais plus aucun moyen de communiquer avec l'extérieur. Il ajusta sa veste et se dirigea vers le salon. Il allait enfin rencontrer les membres de la loge sauvage.

44

Saint-Jean-d'Acre
Citadelle des Templiers
19 mai 1291

Le visage encore penché à la fenêtre de la bibliothèque, Roger Flor hésitait à se confier. Parler lui coûtait : il avait l'impression qu'il dévoilait un secret aux conséquences imprévisibles. Mais le doute ne fit que le traverser, et il se retourna, fixant Othon dans les yeux.

— Quand les Infidèles se sont emparés de la Tour maudite, les croisés ont décrété une contre-attaque générale. Tous les combattants devaient y participer. Et notre Grand Maître a décidé de prendre, lui-même, la tête des chevaliers du Temple.

— Une attaque suicidaire, affirma Gauffridy. On ne contre-attaque pas pour reprendre une tour, même si elle a une véritable importance stratégique. On la mine, on la sape, on la brûle, on la rend inutilisable, mais on ne la reprend pas.

— C'était aussi l'avis de Guillaume de Beaujeu, commenta sobrement Flor, mais le sens de l'honneur l'a emporté sur celui de la raison.

— Et il a fini par accepter cette folie ?

— Justement, il éprouvait de sérieux doutes. Il était sûr de conduire la fine fleur du Temple à une mort certaine. Croyez-moi, l'angoisse ne le quittait plus. Il était devenu incapable de monter à l'assaut.

Roger Flor soupira. L'aveu lui avait coûté, mais au moins la vérité avait été dite.

— Je ne comprends pas ! J'ai assisté à l'inhumation du Grand Maître et les témoignages sont unanimes : notre frère s'est battu comme un lion et il est tombé en héros !

— C'est vrai, reconnut Roger, jamais il ne s'est aussi bien battu. Jamais.

Gauffridy regarda son interlocuteur avec une curiosité nouvelle. Flor eut un sourire amer. Il n'aimait pas ce qu'il allait devoir dire.

— Quand j'ai quitté le Grand Maître dans la grand-salle pour retourner sur les remparts, ce n'était plus qu'un homme brisé, le visage décomposé, tremblant de tous ses membres. Mais lorsqu'il a pris la tête des troupes peu après, c'était un autre homme. Un homme de fer.

Le Catalan inspira lentement avant de lâcher :

— Entre-temps il avait reçu une visite.

— Je ne saisis pas bien... commença Gauffridy, mais sa voix s'éteignit aussitôt.

Mieux valait laisser continuer son interlocuteur.

— Je n'ai pas quitté seul la grand-salle. Un frère est parti lui aussi. Très vite.

— Tu le connaissais ?

— Non, sauf que... (Roger hésita.)... je l'ai retrouvé depuis. À l'enterrement de notre Grand Maître. Un prêtre. Assis à côté de Thibaut Gaudin.

Dans l'obscurité qui tombait, Flor ne put voir si sa dernière remarque avait porté. Le visage du bibliothécaire, à peine éclairé par la lueur vacillante de la lampe à huile, ressemblait à un parchemin blafard, vierge de toute écriture. Aucune émotion ne semblait s'y inscrire.

— Et quand cet homme a quitté la grand-salle, tu as pu voir où il allait ?

Le Catalan hocha la tête.

— Il s'est dirigé vers le quartier vénitien.

Le regard de Gauffridy luisait dans l'obscurité.

— Et tu l'as revu, c'est ça ?

— À son retour, oui. J'étais sur le mur d'enceinte quand il a pénétré de nouveau dans la grand-salle où se trouvait toujours le Grand Maître.

Les mots tombaient lentement, un à un, comme s'il fallait les extirper. Une tumeur profonde qui ne voulait pas jaillir de sa nuit secrète. Mais Gauffridy avait la langue affûtée comme un scalpel.

— Et il est revenu... seul ?

— Non. Deux inconnus l'accompagnaient.

Les deux frères se regardèrent. Il fallait en finir.

— Les Assassins ? interrogea Othon.

— Les Assassins, lâcha en écho Roger Flor.

45

Paris
La Défense
Tour Richalot
De nos jours

À cette heure avancée de la soirée, il n'y avait plus personne dans les allées de la cité de bureaux, les dizaines de milliers d'employés avaient sagement pris leur RER pour rentrer chez eux, et seuls quelques groupes de touristes étaient venus braver les intempéries pour contempler l'Arche de la Défense illuminée dans la nuit.

Seul dans son appartement situé au dernier étage d'une des rares tours d'habitation, Victor Léandre était pensif, les yeux fixés sur le grand écran plasma accroché au mur blanc qui lui faisait face.

Le lecteur DVD émit un très faible ronronnement, l'écran changea de couleur et vira au bleu pâle. Léandre reproduisit le rituel que lui avait enseigné le docteur Yarker : il se cala confortablement dans le canapé profond, posa la tasse de thé brûlant, mélangé au contenu d'une ampoule de couleur brune, et mit ses mains sur les genoux.

La cérémonie allait commencer. Il avait attendu cet instant toute la journée. Sa perte de connaissance au moment du deuxième meurtre ne lui causait plus de soucis. Il devait franchir une nouvelle étape. Seul. Il se sentait prêt. Il avait réussi son premier rituel de mort et brûlait de franchir les étapes suivantes. Il avait tant de choses à accomplir.

Le vaste appartement d'un blanc immaculé était complètement silencieux, sans traces de vie. Tout était rangé soigneusement, rien ne traînait. Les rares meubles et objets de décoration pouvaient laisser penser que le propriétaire ne vivait pas là. Pourtant une série de photos encadrées au mur mettaient presque toutes en scène l'occupant des lieux dans diverses situations mondaines, témoignant d'un narcissisme prononcé. Le parquet ciré à l'extrême dégageait une senteur de bois ambré. Pas un grain de poussière ne semblait avoir eu la possibilité de s'incruster dans cet appartement. Victor Léandre exigeait que la femme de ménage vienne officier au moins une fois par jour. La pureté en toutes choses. Et chaque fois qu'il faisait venir une femme, il réclamait que tout soit nettoyé le lendemain avec encore plus de vigueur et que les draps soient jetés et immédiatement changés. Ce qui avait été le cas après la partie de jambes en l'air de la veille.

Des images saccadées apparurent sur l'écran : des scènes de bataille de chevaliers en armure sur fond de flammes gigantesques. Des clameurs fusaient dans la pièce, amplifiées par le système de home cinéma installé dans les murs. Victor pouvait mettre le volume à fond, il occupait aussi l'étage du dessous.

Un chœur de voix masculines montait progressivement, comme une vague monstrueuse prête à engloutir le rivage, prenant de la puissance à chaque seconde.

O fortuna
Velut luna
Statu variabilis
Semper crescis
Aut decrescis
Vita detestabilis

Il poussa le bouton de la télécommande à fond. Le flot d'*O fortuna*, le premier mouvement de *Carmina Burana*, envahit l'espace. La musique de Carl Orff exerçait toujours sur lui cette fascination exaltante, comme pour des millions d'autres personnes de par le monde. Il l'avait découverte, émerveillé, dans le film *Excalibur* de John Bormann, où elle accompagnait les chevauchées du roi Arthur à travers les bois reverdissants. Mais c'est le maître qui lui avait appris le sens profond de ces chants et leur pouvoir obscur auprès des masses et des initiés. Peu connaissaient vraiment les paroles et auraient été étonnés de leur signification.

O fortune
Comme la lune tu es variable
Toujours croissante
Et décroissante
Vie détestable...

Les murs de la pièce vibrèrent à leur tour sous la puissance des haut-parleurs. Les images défilaient avec de plus en plus de rapidité. Des cavaliers casqués, en rangs serrés, galopaient sur une plage et brandissaient leurs lances, chargeant un groupe compact de soldats à l'autre bout du rivage. Leurs longs manteaux blancs frappés d'une croix rouge claquaient sous le vent. Le ralenti accentuait encore plus la puissance de leurs mouvements. *Carmina Burana* explosa au moment du choc entre les deux armées. Les gros plans révélaient des regards fanatisés derrière les heaumes, les lances transperçaient les corps ennemis, le fracas des glaives contre les boucliers résonnait dans tout l'appartement.

Sors immanis	*Sort monstrueux*
Et inanis	*Et vide*
Rota tu volubilis	*Tu fais tourner la roue...*

Léandre était fasciné, hypnotisé par ce qu'il voyait pour la centième fois. Les battements de son cœur s'accéléraient, ses muscles se raidissaient. Il aurait tellement voulu vivre à cette époque glorieuse, sentir au moins une fois l'excitation d'une bataille, et non pas dans ce siècle débilitant où la puissance était sans cesse bafouée au nom de méprisables principes égalitaires. À contempler, avide, le sang couler et les morts s'entasser, il renouait avec l'ivresse de la force brute et sans limites.

La scène de bataille s'estompa avec la fin des dernières notes du chant.

Omnia sol temperat.

La voix masculine, liturgique, montait droit, comme jaillissant d'un puits d'ombre. Moins connu que le premier mouvement, le quatrième chant de *Carmina* enveloppa tout l'espace du salon. Lent et grave, il contrastait avec le déferlement précédent.

Léandre savait qu'elle arrivait.

Il s'impatientait, mais il fallait se calmer.

La croix templière occupa tout l'écran. Magnifique, rouge flamboyant sur un fond noir, des jets de flammes incandescentes rayonnaient de ses quatre bras. Un son électronique pulsait en contrepoint du chant monastique, très lentement, avec la rigueur d'un métronome. Le cœur de Victor cessa de cogner contre sa poitrine et, insensiblement, ses veines et ses artères réduisirent leur activité.

Ses pupilles se dilatèrent, sa respiration devint plus lente, plus profonde. Le chant s'estompa, seul subsistait un son aigu et bourdonnant. Les paroles du maître résonnèrent dans son esprit.

La croix, symbole du passage…

Tout symbole a un pouvoir qui lui est propre

Ils vivent en nous depuis une éternité, ils composent l'univers

Ils ont un pouvoir effrayant

Tout d'un coup, un flash éblouissant illumina le salon. La croix s'anima d'une vie propre. Le moment qu'il attendait était arrivé. Il entra en transe et bascula.

46

Saint-Jean-d'Acre
Citadelle des Templiers
19 mai 1291

Les traces de pas avaient mené Molay et d'Aynac jusqu'en haut de l'escalier. Les deux Templiers étaient montés, la dague au poing, s'attendant à chaque tour de vis de l'escalier à une mauvaise rencontre. Une ascension ponctuée d'alarmes et d'arrêts, tous les sens affûtés, mis à vif par la peur. Guy poussa la porte qui ouvrait sur le dernier étage. Un coup d'œil au sol. Les traces avaient disparu. Le dallage était recouvert d'un tapis qui avait absorbé l'humidité. Leur proie était devenue invisible.

Les chambres des dignitaires, *les cellules,* étaient situées dans la partie la plus haute de la forteresse. Un long couloir menait à leurs portes, marquées chacune du blason des chevaliers. Pendant que Molay faisait le guet en haut de l'escalier, Guy s'avança en réprimant un frisson. La peur l'envahit de nouveau. Une sensation de lâcheté qu'il ne pouvait supporter. Il devait la vaincre quels qu'en soient les risques. Et d'abord en allant jusqu'au bout de sa quête.

À la lueur des éclairs, il suivit le long couloir, tandis que l'orage balayait la citadelle. Aucun bruit suspect ne s'échappait des premières cellules qui toutes avaient porte close. Pourtant, Guy l'aurait juré, l'inconnu était bien là, dans une des chambres.

Jacques s'inquiétait, lui, du retour des dignitaires. Depuis le milieu de l'après-midi, ils étaient rassemblés dans la salle capitulaire pour désigner le futur Grand Maître. L'élection de Thibaut Gaudin ne faisait aucun doute et les responsables du Temple n'allaient pas tarder à regagner chacun leur cellule.

Un éclair le fit sursauter. Au fond du couloir, la dague de Guy brillait sous les reflets de l'orage. Molay abandonna sa garde et se mit à courir. D'un geste discret, d'Aynac indiqua une porte entrouverte.

Molay secoua la tête, mais serra instinctivement le manche de son arme.

La porte vola sous le coup de pied de Guy. Le bruit retentit sous la voûte du couloir. D'Aynac se précipita. La pièce était vide.

— Il a dû nous entendre monter dans l'escalier. En tout cas, on l'a dérangé dans ses projets, commenta Jacques en montrant du doigt un sac de cuir d'où dépassait la pointe sombre d'un burin.

La cellule ressemblait à celle d'un moine, blanche et sobre. Les murs étaient recouverts de chaux et une mince ouverture en ogive donnait sur la cour d'honneur. Au sol, une paillasse était posée sur le dallage de pierre. Guy s'avança. Une table se dressait devant lui, agrémentée d'une simple chandelle. Abandonnée sur une chaise de paille gisait une épée.

— Tu vois bien qu'il n'y a rien, ne traînons pas ici !

Un coup de tonnerre ponctua l'exclamation de Molay.

— Écoute, avec ce temps de chien, les dignitaires ne sont pas près de traverser la cour d'honneur pour remonter ici. Et puis, après l'élection, ils vont sûrement aller se restaurer au réfectoire.

Jacques se pencha par la fenêtre. La pluie s'abattait sur la cour intérieure. Toute la citadelle semblait plongée dans l'obscurité. Seule une lumière veillait au dernier étage de la tour de guet.

— Alors ? interrogea Guy, qui se dirigeait vers le mur derrière le lit de paille.

— Il n'y a personne dehors, concéda Molay. Mais ce n'est pas une raison pour s'éterniser ici. D'ailleurs, je ne vois pas ce qu'on cherche. Tu peux me le dire ?

D'une main, d'Aynac auscultait la surface du mur, s'arrêtant à chaque aspérité.

— La même chose que celui que l'on poursuit.

Jacques ronchonna. Se retrouver à fouiller la chambre d'un dignitaire ne rentrait pas dans les droits et les devoirs habituels d'un chevalier du Temple.

— Attends, on s'est mis dans une sale histoire. On a encore le temps de redescendre avant que...

Son compagnon le coupa :

— Regarde bien cette pièce. Si tu avais quelque chose à dissimuler, tu t'y prendrais comment ?

Molay haussa les épaules. La chambre ne comportait qu'une table et une paillasse.

— Dans le plafond ?

Guy leva les yeux, puis secoua la tête. Des poutres nues soutenaient un simple plancher noirci par le temps.

— Dans le sol, peut-être ? proposa Jacques en baissant la bougie vers les dalles de pierre.

De nouveau, Guy haussa les épaules. Chaque dalle taillée en rectangle devait peser le poids d'une armure complète.

— Alors il ne reste que les murs. Ils ont été passés à la chaux. Un bon moyen de masquer une ouverture. Prends ta dague.

Molay hésita puis obéit. S'ils allaient vite, ils avaient encore une chance de se sortir de cette histoire sans trop d'encombre.

— Maintenant, frappe le mur de gauche avec le pommeau. Moi, je m'occupe du mur d'en face.

Par petits coups rapides et successifs, ils se mirent à sonder chaque paroi. Le tintement saccadé des pommeaux frappant la chaux scandait leur exploration. Mais c'était toujours le même son étouffé qui résonnait dans la chambre. Jacques commençait à se décourager. Il ne comprenait pas vraiment ce qu'il faisait ici. Depuis sa traversée de la ville, il avait l'impression de vivre un rêve éveillé et ne partageait pas l'obstination de son frère à vouloir démêler les fils d'une aventure qui les dépassait.

— Ça suffit ! Il n'y a rien ici.

— Que tu crois ! lança Guy.

Sa dague, en heurtant un pan du mur, venait de détacher un fragment du revêtement, qui s'émietta sur les dalles. En dessous, un morceau de bois sombre apparut.

— J'en étais sûr, triompha d'Aynac en frappant à coups répétés l'enduit de chaux.

— Bon Dieu, on est bons pour le cachot.

Un dernier coup de dague fit voler un plâtras. Un volet de bois se dévoila, masquant l'entrée d'une niche.

— Cette fois, on va savoir !

— Savoir quoi ?

La voix retentit sur le pas de la porte. Roger Flor. Le Catalan entra et se dirigea vers Guy d'Aynac qui laissa tomber sa dague de stupéfaction.

— Tu veux savoir ? Alors regarde !

Flor se précipita vers la niche secrète.

Le volet de bois s'ouvrit avec fracas.

Sous les yeux horrifiés des frères du Temple, les têtes décapitées des deux Assassins roulèrent sur le sol.

47

Dans l'Oise
De nos jours

Des rires et des éclats de voix fusèrent du bout du couloir. Quand Marcas apparut dans la pièce, les conversations cessèrent. Une dizaine d'hommes et de femmes étaient assis dans des fauteuils profonds ou debout à côté de la cheminée. Le salon était décoré dans un style art déco avec çà et là des ajouts de mobilier au design contemporain. Tous les yeux s'étaient tournés vers lui, avec curiosité pour certains, avec méfiance pour d'autres. Antoine se sentit mal à l'aise de se retrouver au centre de tous ces regards, il aimait les mondanités mais pas de jouer les bêtes curieuses. Di Licio se leva de son fauteuil et vint vers lui en souriant.

— Ce cher Marcas. Bienvenue parmi nous. Nous n'attendions plus que toi pour dîner. Viens que je te présente à nos amis.

La plupart des invités s'étaient levés.

— Voici Pierre Darriulo, directeur de la banque Narval Finances. À ses côtés, Nicholas Watts, son homologue de la City et Boris Frasnevitch, oligarque éclairé bien qu'il déteste cette appellation.

Les trois hommes, l'un presque chauve, l'autre à la coupe soigneusement lissée, le dernier aux cheveux en brosse, le saluèrent d'un signe de tête. Di Licio continua les présentations :

— À leur droite, tu as reconnu Aline Gaste, indétrônable présentatrice du 20 heures, en pleine discussion avec Laurent de Ramsay, président du conseil d'administration de la Stone Corporation, et Jean-Marc Domazi, responsable des affaires européennes au Parlement.

Marcas hocha la tête à son tour, surpris de découvrir la journaliste qui faisait la une des journaux people une fois par mois, au milieu de cet aréopage.

— Devant la cheminée, la comtesse Aurélia de Crécy-Valois, descendante d'une des plus vieilles familles de France et directrice des relations publiques d'un grand palace parisien. Très entouré comme il se doit, voici monsignor Layol di Lupe, secrétaire particulier au Saint-Siège, le colonel El Regnerez de l'ambassade du Brésil et le docteur Yarker, psychanalyste et grand amateur de la psyché féminine.

Marcas les salua, s'attardant quelques secondes sur la comtesse, une élégante femme brune d'une trentaine d'années, aux yeux très clairs, qui le regardait avec une moue presque amusée. L'ovale parfait de son visage était cependant barré d'une fine cicatrice sur le menton, comme une estafilade très ancienne. Sans être d'une beauté classique, elle dégageait quelque chose d'énigmatique et de sensuel. La carnation pâle de sa peau contrastait avec ses cheveux sombres. Une blonde qui s'amuse à se teindre en brun, songea Marcas. À l'évidence, elle n'avait aucun souci dans ses relations avec les hommes.

Di Licio finit les présentations par deux hommes et une femme plus âgés, assis dans de confortables fauteuils le long du mur, les seuls à ne pas s'être levés à son arrivée.

— Et enfin, nos amis les plus vénérables. Marcus Mazurer, patron de l'empire de presse du même nom,

Joan Acot, mécène et fondatrice de l'ONG internationale Natura et Paul-Henri Barsac qu'on ne présente plus.

Marcas n'en revenait pas. Barsac, ministre de l'Intérieur une décennie auparavant, homme de tous les coups tordus, qui avait régné en maître dans les cénacles politiques avant de disparaître de la scène pour des raisons obscures. Il n'avait jamais eu affaire à lui directement, mais ses patrons en avaient gardé un souvenir impressionné. Il se murmurait à l'époque que ce vieux gaulliste gardait la plus belle collection de dossiers compromettants sur le Tout-Paris. Le directeur de cabinet de l'actuel ministre serait ravi d'apprendre sa présence dans la loge. Ravi ou inquiet, compte tenu des liens privilégiés que Barsac entretenait toujours avec certains grands patrons de la police.

— J'ai déjà présenté ton CV à nos amis avant que tu n'arrives, dit Di Licio à Marcas en le prenant par les épaules.

— Vous recrutez parfois dans la plèbe ? Je dois être la pièce rapportée la moins fortunée de ce dîner.

Le petit groupe se dirigeait vers la pièce voisine. Di Licio sourit alors que les autres invités prenaient place autour d'une grande table rectangulaire.

— Non. Ne sois pas modeste. Tu es quand même le numéro deux du service de police qui protège les œuvres d'art de notre pays. Nous invitons à chaque fois trois nouveaux postulants, chiffre symbolique s'il en est. La comtesse, le banquier de la City et ta personne formez ce nouveau triangle. Tu serais surpris de l'éclectisme de notre groupe.

— Des travailleurs agricoles, des manutentionnaires immigrés et des caissières aussi ? ne put s'empêcher de répondre Marcas avec ironie, légèrement irrité par ce snobisme qu'il avait déjà observé dans certaines loges.

Marcas faisait partie de ces maçons qui se désolaient du manque de mixité sociale dans les obédiences.

Di Licio s'esclaffa.

— J'aime beaucoup ton humour ! Nous serions les premiers ravis, mais aucun d'entre nous n'en connaît. C'est toute la limite de la cooptation.

— Et si vous me disiez plutôt ce qui m'attend, proposa Marcas.

— C'est très simple. Notre petit groupe va te poser des questions au cours du repas puis il se réunira après le café pour échanger ses points de vue. En fonction des réponses, tu seras ou non admis. C'est aussi simple que cela.

— Et en cas de refus ?

— Si tu ne fais pas l'affaire, tu passeras quand même la nuit au château et repartiras demain. Il faudra juste t'engager à nous oublier.

— Et si je suis coopté ?

Il y eut un silence.

— Tu vengeras enfin l'ordre du Temple.

48

Paris
La Défense
Tour Richalot
De nos jours

La croix rouge grossit démesurément et sortit de l'écran pour occuper le centre de la pièce. L'esprit de Léandre se libéra de son attache corporelle et s'immergea dans la croix. Il était la croix. Une énergie incroyable, démesurée, insatiable, l'embrasait. Il aurait voulu pleurer de bonheur, si seulement ses glandes lacrymales avaient pu fonctionner. Et ce n'était que le début.

La croix commença un lent mouvement de rotation sur elle-même. Victor savait, par le brin de conscience qui lui restait, qu'il allait plonger dans un maelström le conduisant vers un autre univers.

Son corps, qui n'était plus le sien, était figé comme de la pierre. Il le contempla une dernière fois, comme on regarde un rivage s'éloigner depuis le pont d'un bateau, et s'aimanta de nouveau sur le symbole templier. La giration des bras du symbole s'accentua, son esprit se mit lui aussi à tourner crescendo.

Puis tout s'arrêta. D'un seul coup.

Il n'était plus dans son appartement au dernier étage d'une tour de la Défense. La pièce avait disparu, la croix aussi, ayant terminé son rôle de passeur. Il volait dans un ciel sombre, sous une voûte étoilée.

Victor Léandre flottait dans des limbes noirs et sans espoir. Le gouffre de l'univers. Jamais son esprit n'aurait pu concevoir une douleur et une souffrance aussi intenses. Son corps n'était plus qu'une illusion, laissé à des millions de kilomètres, et son esprit survolait des mondes de désolation, des civilisations anéanties, des montagnes de cadavres d'hommes, de femmes et d'enfants, des ossements blanchis par les siècles, des étendues sans fin de corps redevenus poussière. Il éprouva presque de l'empathie pour ces milliards d'êtres morts. Pourtant il ne le devait pas. Il planait au-dessus de ce royaume du néant absolu en gardant encore en mémoire sa misérable condition humaine. Il ne parvenait pas à s'en détacher, même si la beauté sombre de cet univers chaotique le fascinait. Ici, l'humanité même, la vie, était une maladie, une obscénité, un blasphème qu'il fallait exterminer. Par la croix, il avait réussi à franchir les limites de ce monde et, malgré tout, il ne pouvait pas aller plus loin, incapable de fusionner avec l'essence même de cette noirceur absolue. Il n'était pas le bienvenu, il percevait la présence maléfique d'une puissance indicible imprégnant chaque atome de ce qu'il voyait. La mort ne voulait pas de lui, il n'était pas digne de rester en ces lieux. Sa vision s'obscurcit et il se sentit plonger dans un vortex aux contours tournoyants. Il voulait reculer mais c'était trop tard.

Un crâne noir, menaçant, apparut dans le lointain. Ses orbites de ténèbres renfermaient des myriades et des myriades d'étoiles et d'univers anéantis.

La mort des mondes. Des milliers d'initiés avant lui étaient passés par cette épreuve et l'avaient réussie. Il fallait qu'il maîtrise sa peur, le maître le lui avait répété. Sinon elle allait le dévorer pour l'engloutir à jamais.

C'était une étape nécessaire. Il avait tué lui aussi. Le visage de sa directrice de communication, agonisant sous l'effet du poison, surgit dans son esprit. Il lui avait donné la mort. Il était la mort et pouvait la regarder en face, sans sourciller.

Le crâne emplit tout son univers. Il lui trouvait presque quelque chose de féminin. Une beauté occulte et perverse, séduisante et absolue. Il n'était rien comparé à elle. Il se sentit misérable, infiniment petit devant cette démesure mortelle, et réalisa son erreur. L'entité qui lui faisait face exhala toute son horreur malsaine, comme un cyclone aveugle.

49

Saint-Jean-d'Acre
Citadelle des Templiers
19 mai 1291

Le visage médusé, le souffle court, les deux Templiers contemplaient Roger Flor. Curieusement, les traits du Catalan ne laissaient transparaître aucune marque de colère. Il retraversa la pièce, ignorant superbement les deux têtes souillées de sang et de poussière. Arrivé près de la fenêtre, il sortit un livre de son pourpoint et le posa sur la table.

— Si ma mémoire est bonne, la mission que je vous ai confiée s'est terminée dès que vous avez porté le corps de feu notre Grand Maître jusqu'à sa dernière demeure, non ? Alors que faites-vous ici ?

Un silence éloquent lui répondit. Flor tourna le regard vers le placard secret.

— De même, je ne me rappelle pas vous avoir autorisés à pénétrer chez moi ?

Les deux frères étaient pétrifiés. Le Catalan fixait les deux Templiers, comme un chasseur sa proie enfin prise au piège.

— Pas plus d'ailleurs qu'à entreprendre des fouilles approfondies dans ma cellule ? reprit-il en se dirigeant vers la niche dont le volet défoncé pendait dans le vide.

Seul d'Aynac osa un regard vers le tas de gravats qui s'accumulaient contre le mur. Molay, lui, tentait de se rappeler quelle pouvait être la punition pour avoir violé la chambre d'un dignitaire. En vain. Le crime semblait si impensable que les législateurs ne l'avaient même pas prévu. Un instant, il se vit pendu haut et court au sommet de la tour de guet, mais le ton sarcastique de Roger Flor, paradoxalement, le rassurait. On employait rarement l'ironie quand on devait envoyer deux hommes au gibet.

Négligemment, le Catalan se pencha et saisit les deux têtes des Assassins par les cheveux. Guy détourna les yeux.

— Une jolie paire, n'est-ce pas ? Je me demande si les vôtres seront aussi belles.

Molay se rattrapa contre le mur. Ses jambes venaient de se dérober. Effaré, il regarda Flor qui reposait les têtes sur le sol. Brusquement, la voix de Guy s'éleva :

— Un homme s'est introduit dans votre cellule. On l'a suivi.

— Un homme ? s'indigna Flor. Vous plaisantez ?

— C'est lui qui voulait fouiller votre chambre. D'ailleurs, il a laissé ses outils, précisa d'Aynac en montrant le sac de cuir.

D'un coup de pied, le Catalan fit rouler par terre le burin, qui résonna sur les dalles de pierre. Un maillet de bois sombre suivit le même chemin.

— Qui était cet homme ? Un frère ?

Guy secoua la tête.

— Il ne porte pas l'habit des chevaliers, mais nous l'avons déjà vu. Hier. Dans le quartier vénitien, c'était lui qui guidait les deux… les deux Infidèles que vous avez décapités.

— Un Italien ? interrogea Roger.

— Oui, et il portait les mêmes vêtements que les marchands du quartier. Sauf que là, je viens de le voir dans la cour d'honneur...

Les veines qui sillonnaient le front du Catalan se gonflèrent brusquement.

— Il avait une cape noire, c'est ça ? Ça ne peut être que Caëtani !

— J'aimerais comprendre, dit Guy. Ces hommes que vous avez tués et décapités, pourquoi nous attendaient-ils dans le quartier vénitien ? Pourquoi nous ont-ils poursuivis ?

Le Catalan le fixa, ahuri.

— Vous croyez que je le sais ?

— Alors, pourquoi conserver ces têtes ? Pourquoi les dissimuler dans cette niche secrète ?

Jamais la voix de D'Aynac n'avait été si forte, si déterminée. Il contemplait Flor, le regard droit. Aucune angoisse ne l'étreignait. Désormais il était allé trop loin pour se dérober ou paniquer. Il s'avança d'un pas. La peur n'était même plus un souvenir.

— Maître, ces questions nous hantent. Tout homme a droit de savoir.

Flor plissa les lèvres de colère.

— Même quand il est templier, s'empressa d'ajouter d'Aynac, et qu'il doit une obéissance absolue à l'Ordre.

D'un hochement de menton, le Catalan montra le mur défoncé.

— Et c'est ainsi que vous concevez l'obéissance ?

D'Aynac ne baissa pas les yeux.

— Maître, nous avons traversé la ville en feu, nous avons vu les murailles tomber, nos frères mourir devant des hordes d'Infidèles que plus rien n'arrêtait...

Roger Flor eut un geste irrité de la main. Sans en tenir compte, Guy s'avança plus près encore.

— Maître, nous voulons seulement savoir si notre mission avait un autre but que celui que vous nous avez assigné.

Une lueur fugitive traversa les yeux du Catalan. Comme l'aube d'une idée.

— Vous voulez la vérité ?

Guy hocha la tête. Plaqué contre le mur, Molay suivait leur dialogue sans mot dire.

— Alors, vous allez l'avoir. Dès cette nuit.

50

Dans l'Oise
De nos jours

Le dîner était sur le point de se terminer. Marcas avait été impressionné par la qualité des mets servis, dignes d'une grande table. Il prit une bouchée d'un délicieux soufflé à la mangue fraîche, nappé d'un soupçon d'armagnac et observa les convives. Il aurait pu se croire dans l'un de ces dîners en ville dont il lisait parfois de lointains échos dans la presse : conversations sur la politique, sur l'ordre et les désordres de ce monde, potins avisés sur les liaisons réelles ou supposées de têtes connues, indiscrétions sur des opérations en Bourse escomptées. Rien qui puisse laisser supposer qu'il se trouvait en présence des membres d'une secte dangereuse ou d'une reproduction à la française de la loge P2.

Il avait écouté avec la plus grande attention sans trop se livrer. Il savait que chaque mot, chaque parole étaient pesés et analysés. Di Licio et les convives les plus âgés restaient souvent en retrait, échangeant des regards appuyés. La présence de l'ex-ministre Barsac le mettait mal à l'aise, il aurait voulu le faire parler, mais il ne s'y était pas risqué, par crainte de susciter la méfiance.

Quand le centre de gravité des débats s'était déplacé vers les Templiers, Marcas s'était un peu plus ouvert. À l'invitation de Di Licio, il avait exposé les grandes lignes de sa planche présentée en loge et avait insisté sur la découverte du manuscrit Ravaud. Les questions avaient fusé, d'un très bon niveau. Di Licio sirotait un cognac sans intervenir dans les discussions, scrutant du coin de l'œil ses invités. Puis il avait pris la parole :

— Un Grand Maître à qui l'on doit obéissance absolue, prêter serment de fidélité jusqu'à la mort, former une élite supérieure au reste de l'humanité... D'étranges parentés existent entre les Templiers, le fascisme et la maçonnerie. Ce n'est pas un hasard si le maître de la loge P2 italienne a été un ancien fasciste.

Marcas croyait avoir tout entendu mais là, c'était le bouquet. Il se contenta de hocher la tête. Aurélia de Crécy fronça les sourcils.

— La loge P2 ? Elle n'était pas liée à des scandales en Italie ?

Paul-Henri Barsac intervint, en allumant un gros cigare :

— On a dit beaucoup de bêtises à son sujet. Dans les années 1960, Don Gelli, ancien fonctionnaire du parti fasciste sous Mussolini prend les rênes de la loge Propaganda Massonica Due, dépendant du Grand Orient. Très vite, de son propre chef, il initie à tour de bras des personnages puissants, hommes politiques, militaires, policiers, personnalités des médias. Il a été soutenu, à ses débuts, par la CIA, qui finançait son réseau anticommuniste Gladio. Ces gens ne voulaient pas que les cocos prennent le pouvoir, et je les comprends. Gelli a écrit une doctrine prodigieuse, *Il manifesto*, pour s'emparer du pouvoir.

— Ils ont quand même été mêlés aux attentats de la gare de Bologne, au scandale de la banque Ambrosiano, à...

L'ancien ministre de l'Intérieur souffla une volute de fumée blanche.

— J'ai fait partie de la P2, du moins dans son extension française. C'étaient des erreurs de jeunesse. Si Gelli n'avait pas été stoppé à la fin des années 1980, il aurait fait de grandes choses.

Marcas buvait du petit-lait. L'ex-ministre de l'Intérieur le plus puissant de France, membre de la loge maffieuse P2 ! Il se souvenait d'avoir lu l'enquête documentée du site Internet Amnistia sur les réseaux tentaculaires de la P2.

— La P2 a été décapitée, ajouta-t-il prudemment.

— Hélas oui, même si l'un de ses membres éminents, Silvio Berlusconi, a accédé à la plus haute des fonctions dans son pays. C'est dommage, Gelli avait créé des ramifications dans toute l'Europe du Sud et en Amérique du Sud. Un grand homme, ce Gelli. Savez-vous qu'il est toujours président d'honneur de l'obédience maçonnique de Memphis Misraïm ? Je l'ai rencontré dans sa villa, sur les bords du lac de Côme, d'une modestie remarquable, il se présente à ses invités comme poète...

Marcas manqua s'étouffer. Gelli poète ! Il n'osait imaginer comment auraient réagi ses frères de loge s'ils avaient entendu cette hagiographie d'un des hommes les plus emblématiques de la dérive affairiste et politique de la maçonnerie. Il commençait à comprendre l'inspiration de la loge de Di Licio. Templier à la sauce facho.

Puis la comtesse et le banquier de la City s'étaient lancés dans un échange passionné sur les légendes autour du trésor du Temple.

Marcas était fasciné par le visage fin de la comtesse qui apparaissait moins pâle sous les lueurs des bougies. Le timbre de sa voix, légèrement rauque, donnait à ses paroles d'étranges intonations. Il la trouvait très séduisante et intervint à son tour :

— D'où vous vient cette passion pour les Templiers ? La vie dans un grand palace ne favorise pas les recherches littéraires.

Elle tourna la tête vers lui. Ses pupilles paraissaient étrangement dilatées. Son regard s'était durci.

— S’occuper de relations publiques dans l’hôtellerie n’est pas synonyme de futilité, comme vous pourriez le sous-entendre. C’est comme si je m’en tenais à votre fonction et ne voyais en vous qu’une personne obsédée par l’ordre et la loi. Votre présentation du manuscrit templier montre que votre curiosité est plus importante qu’il n’y paraît.

Marcas comprit qu’il avait commis une maladresse. Décidément, il ne savait pas s’y prendre avec les femmes qui lui plaisaient. Il n’avait mis dans ses propos aucune ironie. Il tenta de se reprendre :

— Non, ce n’est pas ce que j’ai voulu dire. Je ne pensais pas que les rencontres avec vos clients, même fortunés, vous donnaient l’occasion de parler des Templiers.

Elle sourit.

— Monsieur... Marcas. C’est cela ? Avant de rentrer dans l’hôtellerie, j’ai poursuivi des études d’histoire. Plus jeune, j’ai fait une thèse sur le mythe ésotérique des Templiers, à l’université du Mirail à Toulouse. C’est comme cela que j’ai connu notre hôte, il était membre du jury.

Di Licio acquiesça.

— Je confirme, votre théorie était judicieuse. Une excellente soutenance qui vous a valu les compliments, si je me souviens bien.

— Mais pas les félicitations, répondit du tac au tac Aurélia qui s’était retournée vers lui d’un mouvement brusque.

— C’est vrai. Mais pour une bonne raison, rétorqua l’hôte du groupe.

— Laquelle ?

— Selon mes souvenirs, vous n’aviez pas suffisamment fouillé les sources du mythe. Les Templiers sont toujours les acteurs d’une mise en abyme perpétuelle. Rien n’est dû au hasard, comme beaucoup de choses en ce bas monde.

Piquée au vif, Aurélia répliqua sèchement.

— Vous en dites trop ou pas assez, Di Licio. De toute façon, nous sommes ici dans un but précis. Si vous dévoiliez votre jeu.

Marcas remercia intérieurement la jeune femme d'avoir ouvert les hostilités.

Un silence s'installa dans le salon. Aucun convive n'intervenait. Marcas remarqua que Di Licio exerçait un ascendant certain sur les autres. Il attendit une dizaine de secondes qui parurent s'étirer à l'infini.

— Comme vous le savez, les textes maçonniques du XVIIIe siècle font directement référence à une filiation entre les Templiers et les fils de la veuve. La tradition s'est enrichie au cours des siècles et a irrigué toutes les loges. D'où l'engouement du grand public et les livres qui ont fleuri sur le sujet. L'ésotérisme et les trésors du Temple ont enflammé plus d'une imagination. Et si je vous disais que nous sommes à l'origine de toutes ces révélations sur les Templiers ?

— Nous ? questionna Marcas.

— Notre ordre. Imagine, Antoine, une loge comme celle que tu as l'habitude de fréquenter, mais dans laquelle les membres seraient encore plus drastiquement cooptés et qui partageraient la même espérance, rendre l'humanité plus libre en appliquant l'idéal templier.

— La maçonnerie travaille déjà à rendre l'homme plus libre.

Di Licio tapota la table avec son index.

— Certes, mais tu es le premier à avouer que cela ne te suffit pas. Notre ordre a eu accès à quelque chose d'extraordinaire et que nous voulons faire partager à d'autres.

Marcas jeta un coup d'œil aux autres convives, ils regardaient Di Licio avec une étrange insistance, comme s'ils comprenaient d'autres paroles que celles prononcées.

— Quel est le nom de cet ordre ? reprit le banquier.

— Vous le saurez tous les trois si vous acceptez de vous soumettre aux épreuves.

51

Saint-Jean-d'Acre
Citadelle des Templiers
19 mai 1291

Dans sa bibliothèque, frère Othon ne manquait pas d'ouvrage. Étagère après étagère, il enlevait ses livres, les caressant amoureusement comme des enfants que l'on prépare pour un long voyage. Mais tous ses livres amassés depuis des années ne pourraient partir et il devait faire un choix qui lui déchirait le cœur. Il commença par abandonner tous les volumes qu'il possédait en double pour ne conserver que les exemplaires les mieux conservés et les plus précieux. Gauffridy avait une définition toute particulière de la qualité d'un ouvrage. En Occident, les grands seigneurs qui se constituaient de somptueuses bibliothèques estimaient la valeur d'un livre à proportion de sa notoriété. Plus un volume était copié, enluminé de riches illustrations, plus il était de bon goût d'en disposer dans sa bibliothèque et de le faire admirer à ses hôtes de passage. Frère Othon avait, lui, une approche bien différente. Les exploits de calligraphie, les merveilles d'enluminure le laissaient de marbre, convaincu que le véritable savoir ne pouvait être confondu avec les œuvres, même superbes, de la vanité humaine. Ce qui l'intéressait, c'étaient les textes. Les textes rares, inédits... Et surtout les plus inquiétants. Ceux qui, en Europe, finissaient en autodafé, entraînant sur le bûcher leur téméraire propriétaire. Othon, lors de son dernier séjour en Italie, avait vu un de ces malheureux, arrêté en possession d'un livre interdit et finissant, hurlant de terreur, au milieu des flammes. L'Inquisition ne plaisantait guère avec ces traités que l'on échangeait sous le manteau, recueil de sorcellerie, maximes d'alchimie, quand ce n'étaient pas des évangiles apocryphes où les actions et les paroles du Christ prêtaient à bien des interprétations et autres controverses. Des livres dangereux pour la religion, mais plus encore pour l'ordre du Temple. Ne murmurait-on pas, dans l'entourage du pape, que les chevaliers du Christ se corrompaient en Orient, que leur foi devenait incertaine à force de vivre au contact des Infidèles ?

D'un hochement de tête, Othon balaya ces inquiétudes. Le tout était de demeurer prudent et, depuis longtemps, il avait pris ses précautions. D'abord, en insérant les textes dangereux à l'intérieur même de livres réputés sans risque. Ainsi un Évangile de Thomas, non reconnu et pourchassé par l'Église, reposait-il secrètement entre les pages d'un gros in-folio consacré aux sciences naturelles. Toutes les vingt pages, un paragraphe correspondait au texte interdit que personne n'irait chercher au milieu des descriptions de la flore de la Méditerranée.

Ainsi une bibliothèque discrète existait de manière éparse à l'intérieur même de la bibliothèque officielle, dont Othon seul connaissait l'existence.

Il continua son travail de classement, à droite les livres qu'il confierait à la garde de Roger Flor, à gauche ceux qu'il laisserait ici. Nombre de volumes du Coran ne seraient pas du voyage. Il fallait les abandonner ici en espérant que les Infidèles les reconnaîtraient à temps et ne les brûleraient pas dans l'ivresse de leur victoire. Gauffridy soupira. Durant des années, il avait comparé entre eux des dizaines d'exemplaires du Livre Sacré des musulmans pour en étudier les variantes, les suppressions ou les ajouts. Un travail qui était toujours en cours et qu'il n'achèverait jamais. Une œuvre d'érudit, mais qu'il avait progressivement délaissée quand, un matin d'octobre 1287, un Templier, couvert de poussière, avait jeté sur sa table une liasse de parchemins souillée de sueur et de sang.

52

Dans l'Oise
De nos jours

De lourdes bûches crépitaient dans la grande cheminée de pierre noircie par les siècles. À l'autre extrémité de la pièce, posée sur un grand socle rectangulaire de marbre noir, se dressait l'armure de haute taille, en acier sombre, d'un chevalier du Temple, les deux mains jointes sur une épée. Le heaume rectangulaire, percé d'une fente en forme de croix, fixait de façon menaçante les occupants de la pièce. On aurait dit qu'il suffisait d'un ordre pour que le chevalier prenne vie et brandisse son épée.

Marcas observa ses deux compagnons assis dans le petit salon. Ils attendaient tous les trois le retour des autres convives qui devaient décider de la suite à donner aux événements. Le banquier anglais avait abusé des vins servis au cours du repas et s'obstinait à faire la conversation avec Aurélia de Crécy-Valois qui jetait des regards exaspérés en direction de Marcas. Nicholas Watts, l'homme de la City, était affalé dans l'un des fauteuils.

— Entre nous, c'est complètement ridicule, leur histoire d'ordre templier. Moi, j'aime bien les contes ésotériques, mais bon, j'ai des affaires plus sérieuses à régler. J'ai quelques millions de livres à faire fructifier et autant à récolter. Vous me comprenez ? Si ça peut me faire des relations pour le business, c'est bien.

La comtesse le toisa du regard.

— Rien ne vous empêche de partir, mon cher monsieur. D'autres clubs d'inspiration plus matérielle seront ravis de vous accueillir.

— Allons... je n'ai pas dit ça, mais les Templiers, c'étaient quand même de sacrés commerçants et d'excellents banquiers. Leur réseau de commanderies, leurs conquêtes en Terre sainte, tout ça, c'était pour l'argent. Et ce bon Philippe le Bel leur est tombé dessus pour récupérer le butin et remplir les caisses du royaume. Dans le fond, les histoires ésotériques, c'est du bidon. Le business, voilà le vrai secret des Templiers, c'est ça qui est fascinant. D'ailleurs, les écrivaillons à deux pence se font des petites fortunes avec leurs bouquins sur le Temple et son secret...

Marcas consulta sa montre ; cela faisait maintenant presque une demi-heure que le groupe discutait de l'autre côté du château. Il ne comprenait pas leur système d'admission. Dans toutes les initiations traditionnelles, y compris en maçonnerie, on recevait les postulants individuellement, pas en duo, trio ou quatuor.

— Et vous, mon cher Marcas, quelle est votre motivation pour intégrer le petit groupe de Di Licio ? Votre découverte de ce manuscrit prouvant une filiation avec les francs-maçons devrait vous accorder une place de choix dans ce cénacle, dit la comtesse avec curiosité.

— J'ai l'impression d'avoir fait le tour de la question en maçonnerie. J'ai envie d'aller plus loin dans la symbolique et les mystères templiers. Et vous ?

— Pareil. J'ai failli rentrer dans la franc-maçonnerie mais, au dernier moment, j'y ai renoncé. Mon travail me plaît, ma vie est agréable, mais j'ai comme un manque sur le plan de la spiritualité. Di Licio m'a parlé de son enseignement, voilà...

Marcas allait répondre quand la grande porte en bois sculpté s'ouvrit, laissant apparaître Di Licio.

— Mes amis, j'ai une très bonne nouvelle. Vous avez été tous cooptés par notre petit groupe. Les débats ont été passionnés, parfois contradictoires, mais pour chacun d'entre vous, le vote a été positif. Il faut vous préparer maintenant.

— Tu avais parlé d'épreuves, je crois, dit Marcas.

— Absolument, toi qui es déjà maçon, cela ne te surprendra pas, du moins au début, il y a quelques similitudes. Ce sera une seconde naissance. Pour Aurélia et Nicholas... Eh bien, vous aurez la chance de connaître une véritable initiation, templière de surcroît. Entendez bien le sens profond de mes paroles. Vous pouvez encore reculer.

— Que devons-nous faire ? lança Marcas d'une voix ferme.

Dans son parcours de maçon, il avait déjà préparé des postulants à l'initiation et savait parfaitement que la gravité des paroles d'avertissement servait à rendre le néophyte plus vulnérable.

— Veuillez me suivre.

Di Licio se plaça devant la cheminée et, d'un geste presque négligent, posa sa main droite sur une croix pattée gravée sur le mur attenant. Le symbole templier s'enfonça d'une dizaine de centimètres sous la pression.

À l'autre bout de la pièce, on entendit un claquement sourd. L'armure pivota lentement et son socle se déplaça, laissant apparaître une ouverture béante dans le sol. Une lumière vive en sortait.

— Il nous faut maintenant visiter l'intérieur de la terre et nous enfoncer dans ses entrailles. Je vous en prie, dit Di Licio d'un ton sentencieux.

Intrigués, les trois postulants échangèrent de brefs regards avant d'emboîter le pas à leur hôte. La comtesse passa en premier puis le banquier et enfin Marcas qui fermait la marche.

Ils descendirent un escalier de pierre poli par le temps. De petits spots de couleur verte incrustés dans les parois diffusaient une lumière glacée. Un courant d'air froid leur caressait le visage. Marcas entendit le socle de marbre se refermer au-dessus de sa tête. Lui et ses compagnons étaient désormais coupés du monde, personne ne pourrait leur venir en aide s'il leur arrivait quelque chose.

Le petit escalier aboutit à une salle voûtée, fermée par deux portes en vieux bois frappées d'une grande croix pattée. L'une noire, l'autre rouge. Sur le mur, une patère supportait trois manteaux blancs. La même lumière verte inondait la salle.

— Veuillez revêtir l'habit sacré de l'Ordre. On viendra vous chercher dans quelques minutes, indiqua Di Licio, appuyé contre une des portes.

— Il fait un peu froid ici, dit Nicholas Watts en se frottant les mains.

— Ce n'est rien en comparaison de ce qui va vous arriver, prévint Di Licio.

Avant même qu'ils ne réalisent ce qui se passait, la porte devant laquelle Di Licio se trouvait, pivota sur elle-même, le faisant disparaître en quelques secondes.

Les trois postulants sursautèrent en même temps devant le tour de passe-passe. Marcas décida de prendre les choses en main. Cette mise en scène était juste faite pour les impressionner. Quant au manteau, il faillit ricaner, tout cela ressemblait aux pitreries ridicules de l'ordre du Temple solaire. Il prit néanmoins l'une des capes, la tâta entre ses doigts et la posa sur les épaules de la comtesse.

— C'est de la laine de bonne qualité, au moins nous savons que nous ne mourrons pas de froid.

Il revêtit à son tour l'une des capes, le banquier l'imita. Sur chacune d'entre elles une croix pattée noire était cousue à l'endroit du cœur. Une odeur d'encens imprégnait le tissu.

— Et maintenant, on est censé faire quoi ? ricana Nicholas Watts, mais sa voix trahissait un début d'angoisse.

Comme pour répondre à son interrogation, les lumières vertes faiblirent peu à peu sauf une, provenant du plafond de la voûte qui formait un halo luminescent.

— Je suppose que nous devons aller voir ce que c'est. On n'a guère le choix, dit la comtesse.

Un objet était posé au centre du halo lumineux. Ils s'approchèrent pour mieux voir. Un coffre rectangulaire d'un peu moins d'un mètre de large reposait sur le sol. Les charnières dorées s'enchâssaient dans les parois gainées de cuir brun. Marcas souleva la poignée recouverte d'or fin et fit basculer le couvercle. Aurélia de Crécy poussa un cri de stupeur.

À l'intérieur du coffre, la tête décapitée d'un homme d'une cinquantaine d'années reposait sur un petit coussin de velours noir, une couronne de fer s'enfonçait dans la peau blanche du crâne, laissant perler des gouttes de sang. Les yeux exorbités de terreur regardaient les trois postulants.

— Je connais ce visage, dit Marcas d'une voix blanche.

53

Oasis de Tibériade
Octobre 1287

La maraude était une tradition que les Templiers avaient pratiquée dès leur création. On racontait aux jeunes initiés que Hugues de Payns, le fondateur de l'Ordre, avait financé les premières années difficiles de son organisation en pratiquant un droit de péage nomade de Césarée à Haiffa. On protégeait certes les pèlerins chrétiens qui se rendaient à Jérusalem, mais on y rançonnait surtout les caravanes musulmanes qui avaient le malheur de s'aventurer le long de la côte. Ainsi les Templiers, à la différence des autres croisés, ne vivaient pas retranchés dans leurs repaires fortifiés, bien au contraire, ils multipliaient les expéditions de reconnaissance, les missions de surveillance, quadrillant et observant le territoire, ce qui les rendait à la fois populaires auprès des pèlerins dont ils assuraient la protection et indispensables aux autres croisés grâce à leurs informations glanées aux meilleures sources. Et puis, la pratique de la maraude, si elle enrichissait les coffres de l'Ordre, maintenait aussi les Templiers en alerte perpétuelle, même pendant les périodes de paix.

Ainsi en ce mois d'octobre 1287, une escouade de Templiers se posta discrètement dans la palmeraie qui bordait l'extrémité sud du lac de Tibériade. Depuis des siècles, les caravanes qui circulaient entre l'Égypte et la Perse s'y arrêtaient pour abreuver leurs bêtes et prendre du repos. Malgré la guerre qui les opposait à quasiment tous les royaumes musulmans de la région, les croisés s'étaient bien gardés d'interrompre la route commerciale qui reliait le plus profond Orient à la vallée du Nil. À travers les déserts circulaient la soie, les épices, l'ivoire qui, depuis les ports d'Égypte, traverseraient la Méditerranée jusqu'aux entrepôts de Venise et de Gênes, avant de se répandre dans toutes les cours européennes. Inversement les cottes de mailles finement tressées, les épées ciselées, l'orfèvrerie et les bijoux, spécialités de l'Occident, achèveraient leur longue route dans un bazar d'Ispahan, quand ce n'était pas dans la lointaine Chine.

À chaque convoi, les Templiers monnayaient leur protection rapprochée ou leur bienveillante neutralité. Dans la plupart des cas, les marchands musulmans payaient sans accroc la rançon de leur passage. Certains protestaient pour la forme, rarissimes en revanche étaient ceux qui tentaient de s'y opposer par la force : c'était prendre le risque immédiat de nourrir de son corps les charognards du désert. Mieux valait payer et avoir la vie sauve.

Depuis des jours, les escouades de Templiers qui sillonnaient la région avaient signalé le retour d'une caravane qui, après s'être défaite de son chargement au Caire, repartait en direction de la Syrie. D'après les différents éclaireurs, les chameaux remontaient à vide. Sans doute pour faire le plein de marchandises dans les souks de Damas. La bourse des marchands devait être bien remplie.

Un signe de Dieu pour des Templiers en maraude.

L'oasis longeait le fameux lac que révéraient tous les chrétiens. C'est là que Jésus, un jour de miracle, marcha sur les eaux devant ses apôtres médusés. Le lac sacré était un des lieux de la dramaturgie céleste qui, depuis des siècles, fascinait des millions de fidèles. Pourtant l'escouade qui avait pris place dans l'oasis semblait avoir des préoccupations bien moins spirituelles. Déjà le chef de groupe avait fait museler les chevaux pour éviter que leur hennissement ne vienne donner l'alarme à la caravane. Monté dans un dattier, un des hommes observait la marche rapide des chameaux qui se rapprochaient. Au sol, les chevaliers abandonnèrent les parages du puits, effacèrent les traces de leur passage et se dissimulèrent derrière les hauts palmiers.

La technique d'assaut était bien rodée.

On laissait d'abord la caravane entrer dans l'oasis et les Infidèles attacher les chameaux puis, quand les bêtes et les hommes, rassasiés d'eau, commençaient leur sieste, il n'y avait plus qu'à surgir à cheval, encercler le groupe par surprise et réclamer le tribut.

L'attente fut de courte durée. La caravane harassée était pressée de prendre du repos. Dès les premiers palmiers, les chameliers sautèrent à bas de leur monture et se précipitèrent vers le puits. Leurs visages étaient souillés de poussière. Certains semblaient épuisés comme après une course sans fin. Les Templiers qui observaient discrètement la scène eurent l'impression désagréable d'une tromperie sur la marchandise. Ils attendaient un convoi de riches commerçants et non une horde de loqueteux qui paraissaient avoir le diable à leurs trousses.

Un seul homme n'avait pas mis pied à terre, tandis que des Infidèles vêtus de noir semblaient monter une garde discrète, mais vigilante autour de lui. Sans doute le chef de la caravane. On lui apporta de l'eau, qu'il refusa tout comme ses gardes. Il était visiblement impatient de repartir, alors même que chameaux et guides avaient besoin d'ombre et de repos.

Cet empressement suspect décida les Templiers à opérer plus vite que prévu. Des dissensions devaient agiter la caravane et il fallait en profiter. Les chameliers n'opposeraient sans doute aucune résistance, il fallait donc s'occuper en priorité de la garde du marchand. Le chef d'escouade disposa rapidement ses hommes en étau. Au coup de sifflet, la surprise et l'encerclement seraient immédiats.

Le premier chevalier qui surgit, son épée tournoyant à la main, n'eut ni le temps de comprendre, ni de réagir. Il n'en était pas à sa première maraude et avait toujours vu les marchands tomber à genoux lorsqu'il faisait siffler sa lame dans les airs. Sa surprise fut donc extrême quand il sentit une douleur lui cisailler la jambe droite, son cheval se cabrer et sa cuisse se couvrir de sang.

Aussitôt, les autres chevaliers se ruèrent au combat. La mêlée devint indistincte. Un tourbillon de sable voila les combattants qui frappaient au hasard. Les premiers corps jonchaient le sol, piétinés par les chevaux affolés. Surpris par cette résistance imprévue, les Templiers taillèrent dans le vif comme dans une bataille rangée.

Quand le vent de sable retomba, plusieurs chevaliers ne se relevèrent pas.

Tous les Infidèles étaient au sol. Certains, recroquevillés sur leurs blessures, priaient en serrant une languette de papier. Le chef d'escouade les fit immédiatement achever. Quant aux chameliers, ils s'étaient enfuis dans la palmeraie et les Templiers les prirent aussitôt en chasse. Il ne devait y avoir aucun survivant à cet accrochage qui avait mal tourné. Les chameaux seraient capturés et les cadavres enterrés dans une fosse commune au plus profond de l'oasis.

Chaque corps était fouillé avant d'être emporté, mais nul ne possédait d'objet précieux. Aucune trace d'or ni d'argent. La colère montait dans les rangs des chevaliers, jusqu'au moment où ils retrouvèrent le cadavre du chef de caravane qui avait roulé jusqu'au puits. Tout son corps était souillé de sable et il avait une large blessure au bas-ventre. Sans attendre, on lui arracha ses vêtements, mais quand son corps fut entièrement dénudé, il fallut bien admettre que, comme ses compagnons, il ne possédait aucune richesse.

La stupeur remplaça la colère. Un des Templiers se saisit des habits pour les déchiqueter avant de les enterrer. Comme on ne savait pas qui on venait de tuer, il devenait urgent de détruire la moindre preuve. Alors qu'il lacérait les vêtements au poignard, le crissement caractéristique du parchemin se fit entendre. Dans la doublure, des pages étaient disséminées, recouvertes d'une fine écriture. Le Templier jeta un regard à ses camarades qui creusaient une fosse dans le sable derrière lui. Il saisit la liasse de feuilles et les dissimula sous sa tunique.

À Saint-Jean-d'Acre, il connaissait un bibliothécaire qui serait sûrement intéressé.

54

La Défense
Tour Richalot
De nos jours

Léandre se réveilla, étendu sur la moquette épaisse de son salon. L'esprit vif, clair, comme s'il venait de dormir une bonne nuit. Ce trip valait tous les rails de coke sniffés depuis des années, il avait une énergie extraordinaire. Il se leva et contempla l'économiseur d'écran de sa télévision, des épées flottant à la verticale dans un ciel étoilé. Il se souvenait de son voyage à la perfection, la croix qui lui ouvrait les portes, la sortie hors de son corps, la rencontre avec le crâne… Et le reflux soudain.

Il recommencerait le voyage dès qu'il aurait tué de nouveau. La mort n'avait pas encore voulu de lui, le trouvant trop tendre, trop novice.

La pendule murale en forme de parpaing ébréché, offerte par un ami designer japonais, marquait minuit trente. Il était resté sans connaissance plus de deux heures. Il fit quelques mouvements d'assouplissement comme le lui avait appris le médecin puis entama une série de pompes. Il se sentait dans une forme étourdissante. Le docteur Yarker n'avait pas menti, au fur et à mesure de sa transformation, il se sentait plus fort, plus invulnérable, tant sur le plan mental que physique. Toutes les scories de faiblesse s'éliminaient d'elles-mêmes.

Il éteignit le lecteur DVD et bascula sur une chaîne d'information en continu tout en se préparant un bol de chocolat et des céréales bio. L'écran diffusait des images de manifestations en Birmanie. Les policiers frappaient à coups de longue matraque des étudiants et des bonzes en robe safran. Les images étaient saccadées, probablement tournées par un amateur. Soudain un plan rapproché montra une jeune Birmane qui se traînait à terre sous les bastonnades de trois hommes casqués. Un mouvement de zoom montra le visage en sang de la manifestante qui implorait, en vain, la pitié de ses agresseurs. Ses hurlements et sa souffrance éclataient en 16/9e dans l'appartement immaculé.

Victor fixait l'écran attentivement sans éprouver la moindre émotion. Il le mit sur pause pour essayer de compatir aux malheurs d'autrui. Les yeux embués de larmes et le sang qui coulait sur le front de la jeune femme ne provoquaient en lui que de... l'ennui.

Il remit la télé en mode lecture tout en savourant le chocolat brûlant qui coulait dans sa gorge. Le journal télévisé passa à un autre sujet, l'inauguration d'un nouveau tronçon de TGV quelque part en France par un des candidats en campagne électorale. Léandre se moquait comme de sa première chemise des élections présidentielles, cela faisait longtemps qu'il savait que le pouvoir, le vrai, appartenait au monde économique. Il allait zapper, quand il reconnut, dans le reportage suivant, un patient du docteur, qu'il avait souvent croisé dans son cabinet. L'homme paraissait sûr de lui, serrait des mains et répondait aux questions empressées des journalistes. Léandre se souvenait très bien de l'homme anxieux qui faisait les cent pas dans la salle d'attente du boulevard Raspail. À l'évidence, le docteur Yarker avait fait des merveilles avec ce type.

Puis il fut question de la disparition d'un enfant de cinq ans dans les Ardennes, cela faisait trois jours que sa photo était diffusée en boucle, suivie du témoignage éploré des parents. Victor coupa la télévision.

Il avala une dernière gorgée de chocolat, prêt pour une nuit de travail non-stop. Il pouvait tout se permettre, il était le patron. Il s'était fait communiquer la décision positive du conseil d'administration, il avait désormais carte blanche pour mener son plan de réduction d'effectifs. Le rendez-vous avec la directrice des ressources humaines était fixé à neuf heures du matin, ils allaient devoir examiner ensemble les dossiers de sept cents et quelques cadres à virer – il n'arrivait jamais à se souvenir du nombre exact – et chiffrer le montant des indemnités à verser. C'était toujours le même problème en France, il fallait tout le temps mettre la main au portefeuille, que ce soit pour embaucher ou pour dégraisser, rien à voir avec la législation anglo-saxonne qui ne s'embarrassait pas de toutes ces subtilités. Financement des reclassements, accompagnement pour la recherche d'emploi, examen par le tribunal de commerce du plan social, sa directrice des ressources humaines n'allait pas chômer.

Le choix était vite vu. Soit il virait les vieux, devenus moins productifs, mais cela coûterait une fortune en indemnités de licenciement, soit il faisait des économies et se séparait des plus jeunes, les plus motivés, avec le risque d'affaiblir l'entreprise. Mais il se considérait comme un patron responsable et ne voulait pas se priver des bons éléments, forces vives de la Stone France. En revanche, les boulets et les cas sociaux n'avaient plus rien à faire dans la boîte. Et tant pis pour les sacrifiés, ils n'auraient qu'à se recycler ailleurs.

Il finit de se raser tout en se demandant ce que faisaient les seigneurs du Moyen Âge quand ils devaient se séparer de serfs trop nombreux en période de disette. À l'époque, les réponses étaient aussi simples que les questions : ils les laissaient crever avec la bénédiction de l'Église. Il se contempla dans la glace de la salle de bains.

L'idée jaillit au moment où il entreprenait de se tamponner les joues avec sa lotion hydratante au sélénium actif.

C'est énorme... Si j'arrive à réussir ce coup... Personne n'a osé aller jusque-là... Mieux que ce simple troisième meurtre exigé par le médecin. Le maître sera fier de moi.

Il était tout excité. Ça devait être l'effet de l'enseignement du docteur Yarker, pourquoi n'y avait-il pas pensé plus tôt ?.... Pas d'indemnités, une solution propre et nette. Il enfila rapidement ses vêtements tout en se concentrant sur les nombreux paramètres nécessaires à la mise en place de son opération. Il claqua la porte de son appartement. L'idée pour réussir son plan social était d'une simplicité définitive.

Il allait assassiner tout l'effectif du plan social. D'un seul coup.

55

Saint-Jean-d'Acre
Citadelle des Templiers
19 mai 1291

Othon contempla le volume à la couverture bosselée et tachée qui contenait le texte arraché au pillage. Voilà plus de quatre ans qu'il conservait en secret ces pages sur lesquelles il avait passé tant de nuits à s'interroger. Des nuits blanches à puiser dans les livres, à interroger sa mémoire, à méditer un mot, un chiffre, pour que la lumière se fasse et le mystère se dissipe. Pourtant il n'avait manifesté que bien peu d'intérêt lorsque le chevalier, au retour de Tibériade, était venu lui apporter ces feuilles dérobées au désert. Certes, il l'avait interrogé sur les circonstances dans lesquelles ces écrits avaient été récupérés, mais en vain. Un simple accrochage, semblait-il, au détail près que certains membres de la caravane avaient opposé une résistance acharnée. Une résistance inexplicable qui avait éveillé sa curiosité. Il existait assurément des marchands qui utilisaient les services rétribués de mercenaires pour protéger leur convoi, mais chacun savait que ces soldats de fortune s'évaporaient dans la nature dès la première attaque sérieuse. En tout cas, ils ne luttaient jamais jusqu'à la mort. Il fallait donc formuler une autre hypothèse, celle d'un personnage assez influent pour que son entourage tente de le protéger au péril de sa propre vie.

La solution sans doute se trouvait à l'intérieur des feuillets. Othon en avait assez lu pour se rendre compte que le texte n'était pas simple à comprendre. Et jusqu'à présent, les seuls témoins qui auraient pu le renseigner gisaient sous dix pieds de sable au fond de l'oasis de Tibériade.

Ce fut un détail, comme un tison oublié sous la braise, qui avait réveillé la vaste mémoire du bibliothécaire. Le Templier qui lui avait rapporté les documents avait brièvement décrit l'agonie des gardes vêtus de noir et Gauffridy s'était alors souvenu des membres de la secte des Assassins qui portaient autour du cou une feuille parcheminée couverte d'invocations à la gloire de leur saint fondateur.

L'illumination avait été immédiate.

De plus, le dernier feuillet avait pendant longtemps particulièrement intrigué frère Othon. On y devinait des vues anatomiques, des instruments de mesure et même des coordonnées. On y retrouvait aussi des éléments épars et apparemment incomplets d'un rituel qui devait être celui d'une initiation.

Un jour, subitement, Gauffridy comprit.

Il savait que, pour devenir un véritable Assassin, il fallait subir un rituel mystérieux qui d'un être encore humain faisait un tueur impitoyable.

Un rituel dont désormais il détenait en partie la clé.

Le bibliothécaire regarda par la fenêtre. La nuit s'épaississait. Sur le mur d'enceinte de la forteresse, les feux des braseros se tordaient encore sous le vent, bien que la pluie ait baissé d'intensité. Demain serait le jour de l'ultime bataille.

Frère Othon revint s'asseoir à sa table de travail. On frappa à la porte de la bibliothèque. Deux coups secs et rapides, suivis d'un silence puis d'un nouveau coup.

De ses doigts, Gauffridy tapa le même code sur sa table.

La porte s'ouvrit. Le visage d'Othon s'éclaira d'un sourire.

— Bienvenue, frère Caëtani.

56

Dans l'Oise
De nos jours

— Quelle horreur ! s'exclama Aurélia de Crécy.

— *Shit*, jura Nicholas Watts.

Après son mouvement de recul, Marcas se rapprocha du coffre. Le visage de l'homme décapité était tendu par la souffrance. De type européen, les traits fins, des cheveux châtain clair descendant en boucles dans la nuque et sur les tempes. Surmontant son dégoût, il tendit la main vers la tête. Quelque chose clochait. Il connaissait ce visage pour l'avoir déjà vu, il y a très longtemps. Plus de trente ans en arrière précisément. Il appuya son index contre la joue. La surface était dure comme du plastique. Marcas prit la tête par les cheveux et la brandit à hauteur des yeux.

— Je vous présente Georges Marchal.

— Reposez cette tête, ordonna Aurélia de Crécy.

— Qui est ce monsieur ? ajouta Paterson d'un air crispé.

— C'est le visage en cire de Georges Marchal, célèbre acteur des années 1960, et interprète du roi Philippe le

Bel dans le feuilleton télévisé *Les Rois maudits*. Nos amis ont un curieux sens de la mise en scène.

— Du mauvais goût à l'état pur, reprit Aurélia de Crécy en s'approchant de la tête.

— Extraordinaire. Une magnifique reproduction digne du musée Grévin, lança Antoine. Et en plus, elle pèse aussi lourd qu'une vraie. Le message est clair. Nous avons devant nous la tête du roi qui a ordonné la mise à mort de l'ordre du Temple et de son Grand Maître Jacques de Molay.

— Exact ! Philippe le Bel, le roi le plus vil que la terre de France ait jamais porté.

Une voix caverneuse résonna dans la salle voûtée. Les trois postulants se retournèrent pour en identifier l'origine, mais l'écho répercutait à l'infini les paroles.

— Parjure, cupide, cruel. Maudit par Jacques de Molay, il a comparu devant le tribunal de Dieu huit mois après la mort du Grand Maître. Je vous conseille de prendre cette tête avec vous pour la prochaine épreuve.

La seconde porte grinça sur ses gonds et s'ouvrit tout d'un coup. Les trois postulants entrèrent dans un couloir. De chaque côté des murs, des tableaux numérotés représentaient, dans un style saint-sulpicien, des scènes de l'arrestation puis du martyre des Templiers. Le vingt et unième et dernier tableau figurait le bûcher de Jacques de Molay. Au bout du couloir, une trappe était encastrée dans le sol.

— Paterson, prenez la tête, dit Marcas.

Ses deux compagnons se regardèrent d'un air dégoûté. L'Anglais finit par s'avancer. Il voulut ouvrir la trappe, mais celle-ci était fermée par un cadenas à chiffres.

La voix caverneuse retentit de nouveau :

— Vous avez exactement deux minutes pour trouver la combinaison et la progression, au-delà ce sera une année fatale pour lui et pour vous.

La porte se referma derrière eux. Un bruit de chaînes résonna au-dessus de leurs têtes. Des pointes en acier se mirent à redescendre du plafond.

— Ils sont malades ! cria le banquier. Laissez-moi sortir d'ici tout de suite. Je suis cardiaque.

Marcas tenta de réfréner sa propre peur. Il réfléchit à toute allure. Aurélia venait de lui serrer le bras. Il fallait rapidement résoudre l'énigme.

— Watts, calmez-vous et restez assis. Concentrons-nous. La première tête était celle de Philippe le Bel, ce coffre doit contenir la tête d'un des autres persécuteurs du Temple.

La voix caverneuse annonça :

— Le cadenas s'ouvre avec une série de chiffres en rapport avec les tableaux.

— Il y a eu trois autres bourreaux du Temple, ajouta Aurélia de Crécy. Le pape Clément V qui a obéi au roi, Guillaume de Nogaret, garde du sceau royal, le planificateur, et Enguerrand de Marigny, grand argentier de l'État qui a poussé le Bel à mettre la main sur le trésor des chevaliers.

— Arrêtez vos conneries, aidez-moi plutôt à défoncer la porte, hurla Paterson.

Le grincement s'amplifia au-dessus d'eux. Les pointes étaient à un mètre cinquante de leurs têtes.

— Vite, examinons les tableaux et récupérons les chiffres, ordonna Marcas. Je prends le mur de droite, que quelqu'un prenne l'autre.

Aurélia de Crécy et Marcas se concentrèrent sur les premiers tableaux tandis que Paterson se précipitait sur la porte d'entrée pour y donner de grands coups d'épaule. Son visage était rouge, il suait à grosses gouttes.

— J'ai trouvé Enguerrand et le pape ! s'exclama la jeune femme. Les numéros des tableaux sont 17 et 12.

— J'ai Nogaret, 13, cria Marcas.

Les pieux de métal continuaient de descendre. Marcas retourna vers le coffre. Il essaya une première combinaison. Sans succès.

— Éprouvez-vous de la peur ? clama la voix. La même peur qui a étreint les chevaliers du Temple quand ils ont été emmenés dans les geôles de l'Inquisition pour y être tourmentés. Je vous avais prévenus, vous passez une véritable initiation, les dangers sont réels. Toi, Marcas, tu commences à comprendre pourquoi la franc-maçonnerie est devenue ridicule avec ses pseudo-initiations qui ne font frémir que les esprits faibles.

— *Fuck !* Je ne veux pas mourir, laissez-moi sortir, je vous en supplie, implora l'Anglais qui était prostré contre la porte.

Les pieux effilés frôlaient leurs têtes. Marcas tenta de nouvelles combinaisons avec les six chiffres. En vain. Un gémissement retentit. Affolé, Watts s'était cogné la tête contre l'un des pieux, un filet de sang coulait de son front. Il s'étreignit la poitrine, le visage blême.

— Je vous... en prie... Je...

Aurélia de Crécy s'était ruée sur lui.

— Il est en train de faire une crise cardiaque. Arrêtez votre machinerie, hurla-t-elle vers son interlocuteur invisible. Il va mourir.

Personne ne répondit. Les pointes continuaient de descendre. Inexorablement.

57

Saint-Jean-d'Acre
Citadelle des Templiers
19 mai 1291

Roger Flor avait congédié les deux Templiers en leur donnant rendez-vous après le dernier coup de minuit. Dès que le bruit de leurs pas s'était estompé dans le couloir voûté, il s'était emparé des deux têtes et les avait dissimulées dans un sac jeté sur son dos. Une cachette banale, mais qui ferait l'affaire. Il saisit le livre qu'il avait rapporté de la bibliothèque de frère Othon et descendit à son tour dans la cour d'honneur.

La pluie avait rendu les pavés glissants et les trombes d'eau masquaient presque les portes d'accès aux différents bâtiments. Roger chercha à s'orienter pour repérer l'aile où se trouvait Pierre de Sivrey. À cette heure, il devait donner ses derniers ordres pour la défense de la citadelle, dans la salle des gardes. Flor accéléra le pas, serrant le livre sous sa chemise pour le protéger de la pluie qui inondait son manteau. En courant, il arriva devant la chapelle. Aucune sentinelle n'en gardait l'entrée. Le Catalan sourit intérieurement. Sivrey avait tenu parole.

Une fois l'escalier à vis monté, on atteignait la salle de garde après avoir franchi une antichambre où se croisaient les messagers envoyés par les différents points de guet et services du château. Depuis la chute de la ville, la citadelle du Temple vivait dans une autarcie fébrile. Comme un homme en proie à une maladie fatale, elle prenait son propre pouls et vérifiait son état de tension. Ainsi des émissaires, des officiers, des intendants parcouraient-ils en tous sens la vieille forteresse, sondant ses entrailles et sillonnant son épiderme pour mesurer la moindre chance de survie. Un va-et-vient incessant qui aboutissait invariablement dans la salle des gardes, devant une simple table basse où se tenait Pierre de Sivrey.

Chaque nuit, depuis l'assaut de la cité, le gouverneur de la citadelle demeurait assis à sa table de travail où les rapports de dernière minute comme les informations les plus contradictoires ne cessaient de se croiser.

Roger Flor observa l'agitation qui régnait autour de son ami. Sans arrêt, un écuyer apportait un rapport d'observation, un fonctionnaire un état des vivres et, à chaque fois, Sivrey analysait, synthétisait et donnait un ordre à exécuter.

— *Ordo ab chaos*, annonça le Catalan en posant son sac. Il n'y a pas à dire, tu es l'incarnation de cette devise.

— *L'Ordre naît du chaos*, traduisit Sivrey. Eh bien, tu ne crois pas si bien dire ! Tu es allé sur les remparts ?

— Pas encore.

— Tu devrais. Le spectacle est instructif. Les Infidèles sont en train de vider la ville. Quartier par quartier. Une merveille d'organisation.

Paisiblement, le Catalan s'approcha de la cheminée où flambait une souche de cèdre, avant de demander :

— Ils massent des hommes ?

— On ne les voit pas encore, mais on les devine. Ils se déplacent en colonne, éclairés par des torches. On estime qu'il y a une torche pour dix hommes.

Roger Flor tendit les mains vers le feu en poussant un soupir de satisfaction.

— Et combien les soldats du guet ont-ils compté de torches ?

— Nous venons de dépasser les neuf cents.

Un messager entra. Sivrey l'interrogea du regard.

— Je viens du mur d'enceinte ouest, messire. Mon sergent vous fait dire que le camp des Sarrasins est en pleine ébullition. Les Infidèles sont en train de tracter une tour d'assaut.

Le gouverneur le congédia promptement.

— Retourne à ton poste. Je vais vous envoyer un homme de guet pour qu'il me rende compte par lui-même. Va !

La nouvelle ne sembla pas affecter Roger Flor. Il enleva son manteau et l'étendit soigneusement sur un coffre qu'il tira près de la cheminée.

— Tu comptes passer la nuit ici ? l'interrogea Sivrey.

— Si tu n'y vois pas d'inconvénient. J'ai à faire.

— Et tu veux faire quoi alors que l'assaut est imminent ?

Le Catalan installa une banquette près du feu et s'y assit le plus confortablement possible. Avant de répondre, il fouilla dans ses vêtements.

— J'ai à lire.

58

Paris
Tour Montparnasse
De nos jours

Les bureaux étaient déserts. À part l'équipe de veilleurs de nuit de la tour, Victor Léandre était le seul occupant des quatre-vingt-dix mille mètres carrés empilés sur cinquante-neuf étages. Il avait mis moins d'une demi-heure pour arriver à scooter de la Défense en passant par la porte Maillot, l'Étoile puis les Invalides. Tout le long du trajet, il avait peaufiné son plan autour d'une idée de base : l'élimination physique de sept cent vingt-quatre cadres.

Parvenu dans son bureau spacieux, il s'était installé sur l'un des côtés de la table de conférence et avait posé une grande tasse de café et un marqueur noir devant lui.

Les chemises de couleur vive s'étalaient sur dix piles. Il y en avait exactement mille cinq cents, une par cadre de la Stone France. Chacune contenait un CV, le parcours au sein de la Stone et les cinq derniers entretiens d'évaluation annuelle. La directrice des ressources humaines lui avait mâché le travail en classant les dossiers par couleur. Les vertes pour les employés à garder absolument, soit parce qu'ils occupaient des postes essentiels, soit en raison d'une excellente évaluation de leurs compétences. Les mauves pour ceux dont on pouvait se passer, mais dont la situation familiale était délicate. Enfin, les chemises noires qui regroupaient les incompétents repérés par les chefs de service, les fainéants notoires, les caractériels récurrents et les arnaqueurs des notes de frais, bref tous ceux, pour reprendre l'expression du big boss de la Stone Corporation, qui n'avaient pas la « Stone attitude ».

Léandre nota, avec stupéfaction, que la pile noire était la moindre, une cinquantaine de dossiers. Il ne prit même pas la peine de les ouvrir et les écarta sur le côté de la table. Il restait environ six cent soixante-dix dossiers à choisir dans les deux autres catégories. Il s'attaqua aux dossiers mauves et en attrapa un au hasard qu'il consulta en avalant une gorgée de café tiède.

Cécile Bauchard, employée au service communication, trente ans, mariée à un sculpteur grec. Une blonde pétillante aux yeux rieurs sur la photo, qu'il se souvenait d'avoir croisée dans les couloirs. Il hésita une demi-seconde et traça un petit trait de couleur rouge en haut du dossier. À virer.

Il prit une autre chemise, celle d'un certain Laurent Alves, directeur des services de postproduction, belle gueule de quadra, compétent, avec trois enfants à charge. Très bon élément, ancien journaliste. Seul point négatif de son dossier, il envoyait souvent des vidéos sexy à ses collègues et jouissait d'une réputation d'habitué des soirées chez Castel. Tant pis pour lui, songea Léandre. Envoyer des mails perso, c'était perdre son temps et celui de la Stone, donc de l'argent. Il biffa d'un trait de marqueur rouge la chemise. À mort.

Jean-Marie Simoni, responsable financier. Une tronche de type trop satisfait de lui-même. Victor feuilleta son dossier. Un multi-divorcé avec plusieurs pensions alimentaires qu'il payait en ratiboisant les primes de ses subordonnés et en s'octroyant des bonus de plusieurs milliers d'euros. Au trou. Et pour le coup, Léandre eut le sentiment de faire preuve de justice.

Le sort de Cécile Bauchard, Laurent Alves et Jean-Marie Simoni avait été scellé en moins d'une minute. À ce rythme-là, il aurait fini avant l'aube.

Condamner ces gens lui procurait un sentiment de puissance incomparable. Il faillit oublier Martinet, le bon coup de la partie à trois, pour reprendre l'expression de l'infirmière. En enfer.

La vision des ténèbres glacées qu'il avait traversées cette nuit lui revint à l'esprit. Ces trois anonymes et tous les autres de sa liste rejoindraient bientôt les montagnes de cadavres de son « plan social ». Et lui, Victor Léandre pourrait enfin contempler la divinité de la nuit éternelle.

59

Saint-Jean-d'Acre
Citadelle des Templiers
19 mai 1291

— Alors, tu les as ?

La voix sourde d'Othon cueillit Caëtani dès son entrée dans la bibliothèque. Le Vénitien s'inclina avant de répondre.

— Non, maître. J'ai été pris en chasse par deux chevaliers. Je n'ai eu que le temps d'entrer dans la cellule de Flor : les têtes n'y étaient pas.

— Imbécile ! rugit Gauffridy. Tu croyais peut-être qu'il les avait laissées sur son lit, bien en évidence, pour te faire plaisir ! Elles étaient cachées, bien sûr !

— Maître, répondit calmement Caëtani, j'avais prévu de fouiller la chambre et m'étais équipé en conséquence, mais comme je vous l'ai dit, j'ai été dérangé dans mon travail.

Frère Othon leva un sourcil broussailleux. Tout son visage brillait de colère. Il fit un effort pour la contenir. Il devait savoir.

— Et ces hommes qui t'ont suivi, tu les connais ?

— Je crains que oui, maître.

— Ah, maudit ! (La voix du bibliothécaire monta encore d'un ton.) Il faut décidément t'arracher les mots de la bouche ! Ces hommes, qui sont-ils ?

Alessandro Caëtani inspira, puis expira fortement. Gauffridy n'allait pas apprécier.

— Les deux chevaliers qui ont transporté le corps de Guillaume de Beaujeu, maître.

Le poing sec d'Othon s'abattit sur la table. L'échiquier qu'il avait dans l'esprit depuis la visite de Roger Flor venait de changer de forme. Deux nouveaux pions avaient gagné le camp ennemi. Toute sa tactique était à revoir.

Le Vénitien aussi réfléchissait. Il fixait ce frêle vieillard auquel son destin était lié depuis des années. Depuis que le bibliothécaire l'avait arraché aux griffes des prêtres de l'Inquisition. Un vieux renard cruel que ce Gauffridy, qui ne l'avait sauvé que pour l'enchaîner en secret à son service.

— Alessandro, tu viens coup sur coup d'échouer dans deux missions primordiales : récupérer le corps de feu notre Grand Maître pour que personne jamais ne sache ce qu'il a dû *subir* pour retrouver courage et détermination.

Caëtani serra les mains de colère. L'injustice lui empoigna le ventre.

— J'ai pourtant réussi l'essentiel, maître : gagner la confiance de Guillaume de Beaujeu et, au moment opportun, lui apporter l'initiation.

— Je ne parle pas de ça, siffla Gauffridy, mais de ta dernière mission : où sont les têtes des deux Infidèles qui t'ont assisté durant la cérémonie ? Eux aussi ont été initiés et il ne doit rester aucune trace d'eux, tu le sais !

— Maître, répondit Caëtani au bord de l'exaspération, n'oubliez pas que c'est moi qui ai mis la main sur ces deux Assassins et négocié l'échange : la restitution des feuillets de Tibériade – en fait une copie – contre l'initiation du Grand Maître.

— Mais tais-toi donc ! le coupa Othon en jetant un œil vers la porte. Tu crois que je leur aurais rendu le manuscrit ! L'initiation du Grand Maître n'était qu'un appât. J'aurais exigé le secret entier en échange. Tu as tout fait rater !

Le regard du Vénitien se figea. Si Gauffridy avait cru que les Assassins lui livreraient son secret, il était vraiment devenu fou. Mais mieux valait jouer la comédie.

— Je me rattraperai, maître, je le jure.

Gauffridy haussa les épaules. Dans son esprit, l'échiquier venait encore de prendre une nouvelle apparence. Des pièces étaient en train de disparaître, d'autres de bouger. Une nouvelle partie allait commencer.

— Je vais te donner une chance de te racheter, Caëtani. La dernière.

Le Vénitien tomba à genoux et baissa la tête. Il était préférable que le vieux renard ne voie pas ses traits déformés par la colère.

— Ordonnez, maître.

— Roger Flor est venu ici pour m'interroger sur les Assassins. Il vous a surpris lorsque vous êtes entrés dans la grand-salle pour initier le Grand Maître et il est assez subtil pour s'approcher de la vérité.

— Maître...

— J'ai calmé sa curiosité. Je lui ai donné un livre où j'ai consigné tout ce qu'on sait sur les Assassins.

— Maître, vous n'avez pas fait ça ?

Gauffridy jeta un bref regard à la table où se trouvait le manuscrit de Tibériade et ricana en sourdine. Ce qu'il avait donné à Flor, c'était un os à ronger. Lui avait gardé la moelle.

— Ce livre est comme un labyrinthe. Plus Flor croira avancer, plus il s'éloignera du centre.

Le Vénitien pencha un peu plus la tête, comme accablé par tant de révélations.

— Maintenant écoute-moi, j'ai passé un contrat avec ce Catalan de malheur. Ce soir, Roger Flor va venir ici pour prendre les livres de la bibliothèque et les embarquer sur un navire qui appareillera pour Sidon.

Les pupilles de Caëtani se mirent à luire dans l'ombre. Comment le vieux renard avait-il convaincu Roger Flor ? Que lui avait-il fourni en échange ?

— Bien sûr, tu attendras que Roger Flor ait embarqué tous les livres.

Le Vénitien leva les yeux. Un sourire montait, gagnant tout le visage du bibliothécaire.

— J'obéirai, maître. Mais pourquoi ?

— Pourquoi ?

Les lèvres de Gauffridy se retroussèrent comme les babines d'un félin, découvrant des dents prêtes à mordre.

— Mais pour le tuer !

60

Oise
De nos jours

Nicholas Watts gisait sur le sol, au milieu de sa cape blanche. Marcas était couché contre la trappe, triturant le cadenas sans succès. S'il ne trouvait rien, ils finiraient tous embrochés. Il repensa aux dernières paroles de leur hôte.

— Aurélia, qu'a dit Di Licio, sa phrase précise ?

— Il fallait trouver la combinaison.

— Je sais, mais ensuite ?

— Ce serait une année terrible pour nous ou quelque chose comme ça.

Marcas eut soudain une idée.

— L'année fatale ! Aurélia ! L'année de l'arrestation des Templiers ?

— 1307.

Il tourna la molette en ajoutant 1307 à l'un des trois chiffres des tableaux, 12 puis 13 puis 17. La trappe ne s'ouvrait toujours pas.

— Ça ne marche pas, rugit Marcas.

— Essayez avec l'année du bûcher. 1314.

Les pieux arrivaient à cinquante centimètres de son crâne. Il composa les combinaisons dans le désordre.

13 et 1314. Rien.

17 et 1314. Rien.

Il ne lui restait que ce seul espoir. Il tapa la dernière série de chiffres.

12 et 1314.

Un claquement sourd retentit. Les pieux s'arrêtèrent net. La trappe s'ouvrit dans un déclic.

Marcas souffla. Le 12, le chiffre du tableau du pape avait marché. 12 et 13 et 14. Les paroles de Di Licio prenaient tout leur sens. La progression, 12, 13, 14. Il additionna les chiffres entre eux : 1+2+1+3+1+4, ce qui faisait 12, soit en numérologie 3.

Un grincement de chaînes retentit de nouveau, les pieux remontaient vers le plafond. La voix invisible se manifesta :

— Bravo pour votre perspicacité, mes amis. Récupérez ce qu'il y a dans la trappe et continuez votre progression.

— Il est mort ! cria Aurélia de Crécy en essayant de bouger le corps sans vie de Watts. Je ne veux plus continuer. Salauds !

Marcas ouvrit la trappe qui contenait la deuxième tête coiffée d'une petite tiare de pontife.

— Clément V, le pape qui a obéi à Philippe le Bel. Le deuxième bourreau, lança Antoine, qui laissa la tête en place et rejoignit ses deux compagnons.

Il prit le pouls de Watts puis fit bouger sa tête de gauche à droite. Il leva les paupières du banquier qui retombèrent lourdement. Sa blessure à la tête avait taché de sang sa cape blanche.

— Il respire faiblement, dit Marcas avec lenteur. Le pieu a dû provoquer une commotion liée à son angoisse cardiaque. Il faut qu'il reçoive des soins rapidement, sinon c'est la mort assurée.

La voix invisible retentit de nouveau :

— Vous devez finir l'initiation ! Cet homme a échoué par lâcheté, il ne mérite pas d'être fait chevalier du Temple.

— Va te faire foutre, connard, cria Aurélia. On ne le laissera pas tomber.

Marcas fut surpris par le langage peu châtié de la comtesse et admiratif de la façon dont elle tenait tête. Il souleva Watts en remerciant le grand architecte de l'univers que celui-ci n'ait pas la carrure d'un rugbyman, puis il le mit sur son dos. Antoine n'avait plus de doute désormais sur la nature criminelle de la loge de Di Licio. Le tout désormais était d'en sortir vivant et de faire arrêter ces malades.

La porte située devant la trappe était ouverte et donnait sur un autre couloir faiblement éclairé par la lumière verte.

— Aurélia, prenez les deux têtes, cela pourra nous être utile. (Puis en murmurant :) Il faut rentrer dans leur jeu et continuer les épreuves. C'est notre seule chance de ne pas crever ici.

Elle acquiesça silencieusement.

Ils se mirent en route. Marcas savait qu'il ne pourrait pas tenir longtemps avec le corps du banquier sur les épaules. Ils finirent par déboucher sur une nouvelle salle.

Il posa l'Anglais sur le sol et observa la pièce rectangulaire et longue d'une quinzaine de mètres, haute comme un étage d'immeuble. Les murs crénelés de centaines de petits trous supportaient en leur centre la tête d'un diable grimaçant, la bouche grande ouverte. Le sol était un immense damier blanc et noir, composé de larges carreaux patinés par le temps.

Le même pavé mosaïque que celui placé sur le sol des temples maçonniques, remarqua Marcas. Mais celui-ci occupait toute la surface du sol, en référence au Beaucéant, l'emblème quadrillé de blanc et de noir, des Templiers. Il y avait aussi une différence avec le damier des loges, un symbole était dessiné sur chaque carré blanc.

Marcas observa de plus près le sol. Quatre figures revenaient alternativement sur les carreaux.

Une croix templière, un crâne, un compas dans une équerre et un G dans une étoile.

Marcas identifia les deux derniers comme étant des symboles maçonniques. Il releva la tête. Au centre de la pièce se trouvait un pilier portant la tête d'un homme barbu couronné de laurier. À l'autre bout de la salle, une porte en forme de triangle était fermée.

Un choc sourd retentit derrière eux. Une porte métallique s'abattit à la verticale sur le passage qu'ils venaient d'emprunter.

— Le dallage doit être piégé, souffla Aurélia.

— On va s'en assurer rapidement, donnez-moi l'une des têtes.

Il saisit celle de Philippe le Bel et la lança en la faisant rouler le long du dallage. Rien ne se passa.

— Vous n'avez pas beaucoup de respect pour les rois de France, ricana la voix invisible. Pour cette dernière épreuve, dépêchez-vous de prendre la dernière tête, sinon le souffle du Baphomet vous emportera à jamais.

Marcas regarda attentivement les gargouilles sculptées sur les murs. Aurélia s'adossa contre la porte métallique.

— Le Baphomet, l'idole en pierre que la police du roi prétendait avoir trouvée dans certaines commanderies du Temple. Mi-homme mi-démon.

Marcas se tourna vers l'Anglais et s'agenouilla. Il lui prit de nouveau le pouls puis se releva, le visage fermé.

— C'est terminé, il est mort. Son cœur n'a pas dû supporter.

— Mon Dieu, tout ça pour faire partie de cette loge de tarés, murmura Aurélia.

— Vous perdez du temps. L'horloge tourne, l'haleine du Baphomet ne vous épargnera pas, dit la voix.

Marcas recouvrit le corps sans vie du banquier avec sa cape souillée de sang et se redressa. Il avança prudemment un pied sur un carreau noir. Un sifflement aigu provint d'un des trous du mur.

Marcas eut juste le temps de basculer le torse en arrière. Une fine aiguille d'acier avait traversé la salle à hauteur de sa poitrine et s'était encastrée dans le mur qui lui faisait face.

— Ne bougez pas, cria Aurélia.

Dans une succession de clacs sonores, les centaines de trous dans le mur avaient coulissé sur eux-mêmes et s'étaient avancés d'un seul mouvement sur cinq centimètres.

— Il faut que je marche sur les dalles blanches, c'est la clé, lança Marcas.

— Non, trop simple, répondit Aurélia.

— Tant pis.

Il posa doucement le pied sur une dalle blanche sur laquelle se trouvait le dessin du compas et de l'équerre...

Une aiguille jaillit en sifflant à hauteur de sa tête.

Marcas retint son souffle. Il y avait une autre logique. Liée à la symbolique des Templiers. Il inspecta le sol à la recherche d'un indice.

— Marcas, regardez les Baphomet, hurla Aurélia.

Il leva les yeux vers les murs. Les bouches menaçantes des quatre diables vomirent soudain une fumée verte et sombre.

La voix caverneuse résonna :

— Bonne observation. L'haleine des Baphomet est composée de tabun, un gaz neurotoxique très puissant. Les premiers symptômes sont des vomissements, des difficultés respiratoires puis des faiblesses au niveau des muscles. Ensuite, c'est l'enfer. Il vous reste exactement trois minutes pour récupérer la tête et arriver à la porte, avant de succomber. Trois, chiffre symbolique par excellence. Trois, pour éviter la mort.

61

Saint-Jean-d'Acre
Citadelle des Templiers
19 mai 1291

Couché sur sa banquette, face à la cheminée, Roger Flor contemplait le manuscrit que lui avait confié frère Othon. Curieux homme que ce bibliothécaire, obnubilé par les livres et prêt à vendre son âme pour les sauver. Des centaines de livres qu'il faudrait transporter jusqu'au bateau qui contenait déjà l'or du Temple. Le Catalan estima qu'une dizaine de voyages seraient nécessaires pour déménager la bibliothèque et la dissimuler dans les flancs du navire. Bien sûr, avec discrétion, pour que les dignitaires de l'Ordre ne se doutent de rien. Ce qui signifiait des hommes sûrs pour effectuer le transport. Roger Flor sourit. Il savait où les trouver.

Il se plongea dans le volume que Gauffridy lui avait tendu à la fin de leur entretien. Un geste qui avait surpris le Catalan tant les livres ne faisaient pas partie de son univers habituel. Il était resté interdit, ne sachant que faire. Othon avait eu un sourire ironique, puis avait fini par expliquer ce que contenaient les pages enfermées dans la reliure fatiguée. Durant des années, le bibliothécaire avait collecté et rassemblé tous les témoignages existants, toutes les informations possibles sur les Assassins, dont les exactions faisaient trembler aussi bien chrétiens que musulmans.

En Orient, on parlait beaucoup d'eux. Toujours avec terreur. On répétait qu'ils vivaient dans des châteaux inaccessibles, qu'ils étaient considérés comme hérétiques par toutes les religions, que la passion du meurtre était leur seule raison de vivre. Des bruits et des rumeurs qui ressurgissaient aussitôt qu'ils commettaient un nouveau crime.

Une bûche s'écroula dans la cheminée, projetant une gerbe d'étincelles sur les dalles. Roger Flor y jeta un œil absent et se replongea dans sa lecture.

Visiblement, Gauffridy n'était pas le premier à s'intéresser aux Assassins. Depuis leur apparition, l'étrangeté de leur doctrine et la violence de leurs actions avaient fasciné bien des chroniqueurs. Chrétiens ou musulmans, tous avaient tenté de percer les secrets de cette secte dont les membres vivaient dans des nids d'aigles fortifiés, des montagnes de Perse à celles de la Syrie. À chaque époque, les croisés comme les califes d'Égypte ou de Bagdad avaient mobilisé diplomates et espions, quand ce n'étaient pas des armées entières, pour en finir avec ces fanatiques qui renaissaient toujours de leurs cendres en se réclamant d'Hassan ibn al-Sabbah, le fondateur mythique de la secte.

Un étrange personnage que ce fils de commerçants aisés de la ville de Qum en Perse et que rien ne semblait prédestiner à devenir un prophète exalté et un tueur impitoyable. Rien, si ce n'était un attachement excessif à la religion familiale, le chiisme, considéré dans son pays comme une branche hérétique de l'islam. Une croyance absolue qui lui fit fonder un nouvel ordre religieux pour restaurer la vraie foi dans tout le monde musulman.

Roger Flor passa rapidement à la page suivante. Le destin de cet homme, fait de volonté acharnée et de sang versé, commençait à le fasciner.

Bien entendu, Hassan Ibn Sabbah avait fini par se faire de nombreux ennemis à tel point qu'il avait dû errer pendant des années du Nil à l'Euphrate, avant de s'installer dans une forteresse inexpugnable, le château d'Alamut en Perse.

Le Catalan n'eut aucun mal à imaginer ce proscrit parcourant l'Orient avec une poignée de fidèles. Combien de fois, lui aussi, n'avait-il pas erré entre déserts arides et montagnes escarpées pour mener à bien une mission que lui avaient confiée les maîtres de l'Ordre ? C'étaient ses expériences de solitude et d'abnégation qui avaient forgé son caractère et qui, aujourd'hui encore, lui donnait courage et rigueur pour tenter de sauver le Temple.

En quelques années, le Vieux de la Montagne avait structuré son organisation en trois provinces, chacune dirigée par un dignitaire. La Perse, où lui-même formait ses tueurs dans la citadelle d'Alamut, la Syrie où les Assassins tenaient l'immense forteresse de Masyaf, et l'Égypte, où la secte était puissante, mais clandestine.

Durant deux siècles, le Vieux de la Montagne et ses successeurs avaient mis en œuvre une politique de la terreur, éliminant systématiquement tout prince chrétien ou émir musulman qui s'opposait à leur pouvoir. Le mode opératoire était toujours le même : un Assassin s'infiltrait dans l'entourage de la personnalité à abattre et, au moment opportun, toujours en public pour frapper les esprits, il tuait d'un coup de poignard la cible choisie.

Ce qui fascinait le plus, c'était la détermination de ces meurtriers qui éliminaient implacablement leur objectif, prenant tous les risques, comme si la vie ou la mort ne comptaient pas pour eux. D'ailleurs, les rares Assassins capturés avaient étonné par leur indifférence aux supplices. Tourmentés pendant des jours, ils se contentaient de réciter sans trêve un hymne à leur chef, le Vieux de la Montagne, pendant que la torture déchirait leur chair.

Une maîtrise unique du corps et de l'esprit, un mystère que nul n'avait réussi à percer.

Certains pourtant disaient que le secret des Assassins se trouvait à Alamut, le château de la secte en Perse, là où vivait leur maître suprême. On racontait que, dissimulés, derrière de hautes murailles, se trouvaient des jardins somptueux où on entendait parfois le rire cristallin de toutes jeunes filles. Et on ajoutait, en baissant la voix, que le Vieux de la Montagne, après leur avoir fait boire un philtre composé de plantes au pouvoir étrange, laissait une nuit et un jour, ses meilleurs combattants dans les mains expertes de ces beautés ensorcelantes. Quand ils se réveillaient, les guerriers fanatiques étaient convaincus d'avoir séjourné au paradis promis par Allah. Le maître suprême leur expliquait alors que la mort n'était rien, un simple passage pour que les combattants de Dieu puissent enfin jouir de cet Éden pour l'éternité.

Le Catalan haussa les épaules. Légendes que tout cela ! Comme s'il fallait masquer un autre secret. Plus puissant et plus terrible.

Roger jeta un coup d'œil à la salle des gardes. L'agitation s'était calmée. Seul Pierre de Sivrey conférait à voix basse avec quelques chevaliers. Flor soupira silencieusement. Il admirait le dévouement de son compagnon qui, demain, se battrait à un contre cent. Mais la bataille de Saint-Jean-d'Acre était déjà perdue. Une autre, plus secrète, plus longue, allait commencer. Et ce serait lui, Roger Flor, qui la mènerait.

62

Paris
Tour Montparnasse
De nos jours

Victor Léandre continuait, à sa façon, son plan social. Il ouvrait les dossiers les uns après les autres, regardait les photos, traquant les imperfections, cherchant le moindre prétexte, la plus petite faute pour justifier son choix. C'était exaltant, il savait que le seul fait d'inscrire un trait de couleur rouge sur le dossier conduirait le salarié à une mort sociale certaine et sa famille à vivre un calvaire. Il avait lu quelque part que, sous l'Occupation, certains fonctionnaires de Vichy affectés au commissariat aux Questions juives procédaient de la même façon avant de dresser les listes des victimes expédiées dans les camps de la mort.

Sa main lui faisait mal à force de compulser les chemises. Ses yeux rougissaient sous la lumière crue du néon central de son bureau.

La mort. Il incarnait la mort. Froide, implacable, cruelle. Ses choix arbitraires pour tout autre que lui l'incitaient à croire en une mystérieuse force qui le possédait. Les visages d'employés défilaient sous ses yeux et ne représentaient que des scories à renvoyer au néant.

Mais le plus jouissif était à venir. Contrairement à ce que permettait un plan social, il pouvait cette fois s'attaquer aux représentants du personnel et aux syndicalistes. Assassiner les délégués du personnel, un vrai bonheur, un pur fantasme pour tout patron, que lui allait enfin réaliser. Il sélectionna les dossiers de la dizaine d'emmerdeurs encartés qui pompaient l'air des dirigeants de la Stone France depuis des années, comme cette Maria Nick, dont il étudiait le dossier et qui la ramenait un peu trop à son goût. À la potence.

Son seul regret était qu'il ne pourrait jamais aller se vanter auprès de ses amis du Medef de sa méthode inédite de gestion des conflits sociaux. Frénétiquement, il continua de parcourir les dossiers. Il biffa cent cinquante noms de cadres qui étaient à jour dans leurs trente-cinq heures, une faute inexcusable pour Léandre.

Des fainéants qui profitent du système au lieu de donner l'exemple. Au trou.

Enfin, il s'attaqua aux petits chefs dociles, les protégés de la directrice des ressources humaines. Il se sentait magnanime, il voulait aussi éliminer des incompétents dans la hiérarchie, ceux qui avaient gravi les échelons en cirant les pompes de ses prédécesseurs et en écrasant la tête de leurs subordonnés. Il tomba sur le dossier de Pierre Saint-Celle, qu'il identifia tout de suite. Un trentenaire d'une nullité absolue, incapable de gérer ses équipes, qui passait son temps à envoyer des mails pour se protéger de sa hiérarchie. L'archétype parfait du « yes man », si courant dans l'entourage des grands patrons. Le pauvre type avait cru qu'en allant boire, de temps à autre, un verre de whisky dans le bureau de Léandre, il s'en ferait un ami. Victor n'aimait pas être pris pour un crétin, surtout par des chefs pourvus d'une mentalité de valet de pied. Un trait rouge, personne ne le regretterait.

Victor se leva et s'étira. Il lui restait encore de longues heures devant lui pour finir l'examen des dossiers. Il décida de faire une pause afin de réfléchir au meilleur modus operandi pour expédier ses victimes à la mort, toutes ensemble.

Il se tenait debout devant la large fenêtre qui offrait une vue imprenable sur les grands monuments parisiens. Il aperçut au loin le Sacré-Cœur. Les rues étaient illuminées, formant un enchevêtrement sans fin de colliers de lumières. Une ville magnifique, songea-t-il, rêveur. Il ne se lassait pas de la contempler quand il travaillait la nuit. Il se demanda combien de personnes étaient en train de mourir à cet instant précis dans les artères de la ville. Vieillards en fin de parcours, automobilistes dans le décor, victimes de crise cardiaque et de cancers en tout genre, personne ne tenait le compte exact des derniers soupirs parisiens. C'était bien dommage... Il soupira. Ces interrogations morbides, si elles l'excitaient, ne l'aidaient pas à résoudre son principal problème.

Exécuter tous ces boulets. La tâche était rude. Faire poser une bombe dans l'immeuble par un homme de main fourni par le docteur Yarker ? Empoisonner les plats de la cantine d'entreprise ? Saboter les freins des voitures des employés. Trop compliqué...

Il s'assit sur le siège de cuir, se cala contre le haut dossier, mit ses pieds sur la table et laissa errer son regard. L'exaltation du défi commençait à faiblir. Au Moyen Âge, une bonne disette, un petit massacre et l'affaire était pliée...

Son écran d'ordinateur avait basculé sur une succession d'images mouvantes de paysages touristiques standard : cocotiers sur une plage de sable fin, temple maya dans la jungle, cascades écumantes au petit matin. Léandre grimaça, il détestait ces représentations sublimées de la réalité, censées apporter du bonheur aux masses laborieuses. Les vacances et les trente-cinq heures avaient remplacé la religion. C'était le nouvel opium du peuple. Tout le monde ne pensait plus qu'à travailler le moins possible. La photo de la pyramide de Gizeh dans le couchant augmenta son agacement. Il allait taper sur une touche pour éteindre l'économiseur, quand son doigt s'immobilisa au-dessus du clavier.

La pyramide... Mais oui. J'aurais dû y penser plus tôt.

Il venait de trouver le moyen infaillible pour en finir avec ses salariés.

63

Saint-Jean-d'Acre
Citadelle des Templiers
19 mai 1291

Caëtani se releva. Othon le regardait, un sourire pendant aux lèvres. Le Vénitien connaissait bien ce sourire. Il l'avait vu pour la première fois quand Gauffridy était venu le récupérer alors qu'il croupissait dans une des geôles de l'Inquisition. Ce matin-là, maître Othon, comme l'appelaient les moines inquisiteurs, avait ce même sourire de certitude tranquille. Il savait qu'il venait de se procurer un esclave à vie. À la demande du bibliothécaire, l'Inquisiteur principal avait bien voulu *oublier* les malheureux événements qui avaient mené Alessandro Caëtani sur la paille humide des cachots. Un *oubli* que Caëtani savait tout temporaire, soumis au bon vouloir de Gauffridy.

Le Vénitien grimaça. Des années de servilité pour ne pas voir ressurgir cette minute d'égarement durant laquelle, jeune prêtre, il avait succombé au charme lumineux d'une adolescente dont il était le confesseur. Dans l'ombre de la bibliothèque, Caëtani se signa. Une fois, une seule, il s'était abandonné au péché de chair et sa vie entière était devenue un cauchemar, asservie à ce vieillard illuminé et tyrannique.

De l'autre côté de la table, Othon parcourait, lui aussi, ses souvenirs. Depuis longtemps, il se cherchait un bras armé et discret capable de donner corps à sa pensée, de la propulser au-delà des murs de la bibliothèque. Une âme damnée pour exécuter sa volonté.

Un besoin devenu nécessité après avoir découvert le manuscrit où un dignitaire des Assassins décrivait une partie du rituel d'initiation. Dès ce moment, Othon avait compris qu'il avait mis la main sur un document exceptionnel et, surtout, qu'il venait de briser la chaîne secrète qui faisait la force de l'ordre des Assassins.

L'organisation allait vivre dans la crainte que leur rituel de puissance ne soit divulgué.

Une crainte qui croîtrait et se répandrait tant que frère Othon ne leur enverrait pas un émissaire.

Debout, face à Gauffridy, Caëtani se souvenait de sa première rencontre avec les Assassins. Après des nuits de marche, escorté par une poignée de Templiers de confiance, il avait fini par atteindre le château de Massyaf, la place forte de la secte en Syrie.

Dès qu'il avait franchi l'enceinte, un des dignitaires était venu à sa rencontre. Après les salutations d'usage, il l'avait amené sur les remparts où des gardes impassibles fixaient l'horizon. Caëtani avait été impressionné par ces hommes pareils à des statues. Le dignitaire avait remarqué son trouble :

— Ils sont dévoués corps et âme à notre maître, le Vieux de la Montagne, ils le suivraient jusqu'en enfer !

Caëtani avait esquissé un sourire. Juste pour signifier qu'il n'était pas dupe de cette rhétorique guerrière.

— Vous ne me croyez pas ?

Le prêtre n'avait pas répondu. Le dignitaire avait frappé sa poitrine à deux reprises. Aussitôt, les deux premiers gardes s'étaient précipités par-dessus le mur. En entendant le bruit sourd des corps qui rebondissaient sur les rochers, Caëtani avait compris que sa vie ne tenait qu'à un fil et il avait maudit le bibliothécaire de l'avoir jeté dans la gueule du loup.

Debout, face à Gauffridy, Caëtani se souvenait de ses multiples missions, des approches risquées, des rencontres secrètes, des négociations interrompues, puis reprises, de tous les dangers encourus pour finalement aboutir à cette initiation réussie sur Guillaume de Beaujeu, mais qui n'avait pas empêché la perte de Saint-Jean-d'Acre. Tout aurait dû être oublié, songeait Caëtani, sans l'acharnement de ce maudit Roger Flor. C'était lui, déjà soupçonneux, qui avait commandité le rapatriement du corps du Grand Maître, lui encore qui avait tué et décapité les deux Assassins sous ses yeux alors qu'il était dissimulé dans l'embrasure d'une porte. Ce Roger Flor devait mourir.

Le Vénitien regarda intensément le vieil homme, déployant les fils secrets de sa pensée comme une araignée au centre de sa toile. Il y avait trop longtemps désormais qu'il commandait sa vie.

Frère Othon ne vit rien, ne sentit rien. Ses cervicales émirent un petit bruit sec et son visage s'affaissa sur la table. Une mort silencieuse.

Caëtani contempla une dernière fois le corps recroquevillé de Gauffridy et fit basculer la lampe où grésillait une lumière incertaine. L'huile enflammée se répandit sur les rouleaux de parchemins, les piles de livres et l'incendie gagna toute la bibliothèque.

64

Dans l'Oise
De nos jours

Les gueules de Baphomet exhalaient leur fumigation mortelle. Marcas ne voyait plus comment se sortir de ce piège infernal. Si lui et Aurélia se mettaient à courir sur les dalles, ils seraient transpercés en un clin d'œil ; s'ils restaient sur place, ils mourraient asphyxiés par le gaz. Debout sur la dalle, il sentit la peur l'envahir, comme une vague qui allait tout submerger. Les épreuves initiatiques de Di Licio fonctionnaient à merveille, trop même. La réalité du danger changeait radicalement la donne, plus rien de commun avec l'initiation maçonnique, un jeu d'enfants à côté de ce qu'il vivait.

— Le chiffre trois, cria Aurélia derrière lui.

Marcas se retourna et la vit avancer en posant les pieds sur deux dalles différentes.

— Pensez à ce qu'a dit Di Licio, le chiffre trois pour éviter la mort. Si Watts n'était pas mort, nous serions trois à marcher sur le sol.

— Et alors ?

— Il faut exercer une pression sur trois dalles à la fois. Essayons de nouveau. Je vais rester là où je suis et vous allez faire glisser l'un de vos pieds vers une autre dalle.

— Je... je ne sais pas, émit Marcas, tétanisé.

Sa gorge devenait sèche, il avait du mal à déglutir. Il savait pourquoi la peur le clouait sur place et pourquoi il était incapable d'avancer ou de reculer. Un souvenir brutal remonta dans son cerveau, comme une onde brûlante.

Les fusils Famas crépitaient à l'orée de la brousse. Les soldats français de la troisième compagnie de la Force d'action rapide progressaient par binôme vers le camp rebelle. L'ordre émis par le commandement était clair, nettoyer la zone cible et faire prisonniers les Libyens infiltrés dans les rangs adverses. Une Jeep P4 de l'armée française filait en bordure du chemin caillouteux. L'aspirant Antoine Marcas, officier appartenant au 28e régiment des transmissions d'Orléans, détaché auprès de la troisième compagnie, essayait tant bien que mal de rejoindre le poste de liaison du capitaine des troupes d'infanterie de marine. La Jeep conduite par le sergent-chef Pérez tourna brutalement pour éviter un amas de roches posé pour délimiter un ravin. Le véhicule fit une embardée et l'aspirant Marcas se trouva projeté à une dizaine de mètres du véhicule. Groggy, il tenta de se relever, mais ses jambes s'affaissèrent sous lui. Une douleur brutale lui cisailla la cheville droite. Il vit le sergent-chef s'extraire de la P4 et le héler. « Vous n'avez rien, mon lieutenant ? Je viens vous chercher. » Pérez fit un signe de la main et marcha vers lui. Au moment où son chauffeur faisait le premier pas dans sa direction, Marcas entendit un sifflement. Un petit rectangle de couleur kaki surgit verticalement de la terre broussailleuse, comme propulsé par un ressort, et arrêta sa course à un mètre cinquante du sol. Marcas reconnut instantanément un modèle de mine S bondissante, il écarquilla de grands yeux et se jeta à terre. La mine antipersonnel de fabrication yougoslave, modèle PROM-1, explosa dans un fracas assourdissant. Les centaines de fragments d'acier déchiquetèrent le ventre du sergent-chef Pérez.

Quand il se releva, Antoine Marcas vit les deux parties du corps du malheureux éparses sur le sol. Il faillit vomir. Il venait de comprendre qu'il se trouvait dans une zone minée par les rebelles. On lui avait appris que ces cinglés s'amusaient à en truffer des hectares entiers, et les services de déminage passaient des jours et des nuits à récupérer ces saloperies ou à les faire exploser. Le jet de projection avait été réglé à hauteur du ventre d'un homme ou de la tête d'un enfant... Des mines S, comme shrapnell, inventées par les Allemands avant la Seconde Guerre mondiale et utilisées depuis par millions. Comme d'autres prouesses technologiques allemandes, ce modèle avait connu un grand succès dans les usines d'armement des pays de l'Est et de Chine. Elles tuaient dans un rayon de vingt mètres, et le seul moyen de s'en sortir était de se jeter à terre pour éviter les projections à l'horizontale des billes d'acier.

Marcas savait qu'il ne pouvait ni avancer ni reculer, la terre devait être remplie de ces saloperies et les détonateurs quasiment invisibles à l'œil nu.

Il était resté là trois heures, à côté du cadavre du sergent-chef, attendant du secours et priant pour qu'un animal ne vienne pas se balader dans le coin. Quand un détachement spécialisé avait fini par le récupérer au bout de deux heures de nettoyage minutieux, il s'était écroulé en larmes, expulsant sa terreur trop contenue.

Marcas sentait ses muscles se durcir comme du fer. Il était paralysé.

— Bougez-vous, Marcas ! On va y passer, supplia Aurélia. Ce gaz va nous tuer.

Il vit les volutes vertes vénéneuses se répandre sur les hauteurs des murs et continuer leur progression mortelle.

— Un pied, rien qu'un pied. Posez-le sur la dalle suivante.

Luttant contre sa peur, il déplaça sa jambe au-dessus d'un carreau blanc sur lequel était dessinée une croix templière. Le pied resta en équilibre à quelques centimètres de hauteur. Il tourna la tête comme hypnotisé, vers les trous sombres du mur, s'attendant à voir jaillir une nouvelle lame d'acier qui lui déchirerait les intestins.

— Je vous en prie, cria Aurélia. Il nous reste moins d'une minute. Posez votre pied !

Marcas ravala sa salive, ferma les yeux et mit le pied sur le carreau. Aucune réaction. Il poussa un soupir de soulagement.

— Bravo, dit Aurélia. Continuez à marcher devant vous, je calquerai mes pas sur les vôtres, il faut toujours trois pieds sur trois dalles avec la croix templière.

Le gaz emplissait maintenant les deux tiers supérieurs de la salle, il n'allait pas tarder à descendre vers le sol. Aurélia et le commissaire progressaient avec difficulté le long du damier. Marcas commençait à sentir la peur refluer et prit la tête de cire de sa main droite. Aurélia ramassa celle de Philippe le Bel qui avait roulé à côté du pilier. Les vapeurs s'étaient transformées en un nuage qui n'était plus qu'à deux mètres du sol. Les deux compagnons d'infortune s'étaient courbés pour ne pas inhaler la substance toxique.

— Plus vite, on n'arrivera jamais jusqu'au bout, cria-t-elle.

Marcas pressa le pas, il ne leur restait que cinq carreaux à parcourir. Le nuage vert continuait de s'étendre. Une odeur douceâtre devint nettement perceptible. Il vit la porte en triangle s'ouvrir comme par enchantement.

Plus que quelques secondes, ragea Marcas en mettant un pied hors du damier. Il se retourna et vit le nuage vert toucher les cheveux de la comtesse qui était encore à deux carreaux de lui. Sans réfléchir, il jeta la tête de cire de l'autre côté de la porte et tira des deux mains la jeune femme par la manche, la propulsant à ses côtés.

Deux aiguilles d'acier sifflèrent.

65

Saint-Jean-d'Acre
Citadelle des Templiers
19 mai 1291

Un cri fit sortir Roger Flor de sa lecture.

— L'assaut ! L'assaut !

Partout dans la salle de garde, des écuyers, des chevaliers se ruaient aux meurtrières qui donnaient sur la ville. Un vrombissement infernal, comme l'écho d'une cloche gigantesque, couvrit instantanément les cris. Un choc sourd ébranla jusqu'aux fondations de la citadelle. Une pluie de tuiles dégringola des toitures en même temps qu'un hurlement de joie montait du camp ennemi. La catapulte venait de tirer.

— La tour de guet est touchée !

Roger Flor sauta de la banquette et se précipita. D'un coup d'épaule, il se fraya un passage dans la masse affolée qui se pressait contre les fenêtres. Face à lui, le dernier étage de la tour de guet vomissait des sarabandes de flammes. La bibliothèque d'Othon était en train de brûler.

Debout derrière sa table, Pierre de Sivrey lançait des consignes que personne n'écoutait. Un nouveau ronflement s'éleva du camp musulman. Le choc fut immédiat. La cheminée s'écroula comme un château de cartes, des poutres se fracassèrent au sol, tandis que le lourd pavage de l'étage s'écrasait dans un roulement de tonnerre.

Roger courut vers la porte d'entrée. Il enjamba des gravats, fonça vers l'escalier où palpitait encore la lumière des torches et dévala les marches, poursuivi par un nuage de poussière.

Dans la cour d'honneur, le chaos était à son comble. De tous côtés, surgissaient des chevaliers, certains l'arme au poing, d'autres hurlant des ordres contradictoires. Flor s'arrêta devant l'entrée de la chapelle. C'est à cet endroit qu'il avait donné rendez-vous à d'Aynac et Molay. S'ils avaient deux sous de jugeote, ils viendraient l'y rejoindre.

Le Catalan restait immobile. Tout autour la panique grandissait. Un nouveau tir venait de défoncer la plate-forme de l'Intendance. L'étage des dignitaires était touché et menaçait de s'effondrer. Déjà des chevaliers s'amassaient contre la lourde porte qui ouvrait en direction du port. Visiblement, certains voulaient tenter une sortie désespérée. Roger Flor n'intervint pas. Il fixait l'entrée du dortoir d'où sortaient précipitamment les frères qui n'étaient pas de surveillance sur les murailles.

D'Aynac fut le premier à apparaître, l'épée à la main, suivi de Molay. Ils aperçurent le Catalan et se lancèrent à sa rencontre.

Roger Flor les saisit par l'épaule et les attira sous le porche de la chapelle. L'obscurité était presque complète. Le souffle des tirs de catapulte avait brisé les vitraux et éteint la plupart des chandelles.

Ils descendirent au sanctuaire en courant. À tâtons, Flor atteignit la grille qui défendait l'entrée de la crypte. Une vague lueur tombait d'un cierge épargné et éclairait le dallage. D'une main, Flor s'empara de l'épée de

D'Aynac et fracassa la grille d'entrée. Les débris de fer forgé rebondirent sur le sol.

L'accès au tombeau était libre.

— Vous vouliez la vérité ? demanda Flor. Alors, allez-y !

Il les poussa dans les entrailles de la crypte.

66

Paris
Tour Montparnasse
De nos jours

Allègement 1. C'était ainsi que Léandre avait nommé le fichier informatique contenant les informations clés pour envoyer à la mort sept cent vingt-quatre hommes et femmes, tous cadres de la Stone Corporation, la moitié de l'effectif à virer. Il créa le premier sous-dossier, intitulé « Pharaon » et se lança dans la rédaction du mail qu'il enverrait dans la matinée à ses adjoints.

De Victor Léandre
À liste codir.
Opération Pharaon

Chers amis,

Dans le climat actuel de compétition accrue sur nos marchés, et dans le but de créer une atmosphère propice à l'épanouissement de chaque salarié de la Stone France, j'ai pris l'initiative de débloquer un budget pour organiser un séjour de motivation et d'incentive à la hauteur de nos ambitions.

Je veux réunir tous les cadres de la Stone France le temps d'un week-end pour échanger et partager sur les valeurs qui nous unissent. Dialogue, détente, événementiel, ce court séjour sera l'occasion de nous rencontrer hors des murs de l'entreprise.

La destination envisagée sera l'Égypte, idéale en cette saison, du côté du Caire, de Louxor, ou sur la mer Rouge. L'hébergement se déroulera obligatoirement dans un cinq étoiles avec des prestations haut de gamme. J'attends des chefs de service une motivation totale sur cette opération, qu'il soit bien entendu que les absences devront être justifiées et que chaque directeur de division sera responsable de l'adhésion des salariés.

La communication autour de cet événement sera axée sur le thème de la récompense pour les salariés.

L'opération Pharaon devra être mise sur pied d'ici deux mois. Je ferai appel à une agence spécialisée pour son organisation.

En vous remerciant de votre engagement total, pour les intérêts de la Stone.

Satisfait, il relut son message, biffa quelques mots, en ajouta d'autres plus valorisants, puis envoya le mail à la liste de destinataires. Victor Léandre savait qu'ils seraient tous ravis de partir trois jours en Égypte, tous frais payés par la Stone Corporation. Il voulait être un patron humain et responsable... Il passa ensuite au plus important. Il cliqua sur un moteur de recherche pour trouver le site qui donnait le palmarès des crashs des compagnies aériennes opérant en Égypte.

67

Saint-Jean-d'Acre
Citadelle des Templiers
19 mai 1291

Un buisson de chandelles illuminait la crypte. D'Aynac fut le premier à apercevoir cette guirlande funèbre qui entourait le tombeau de Guillaume de Beaujeu. Taillé dans du granit noir, le catafalque de pierre scintillait. Molay s'agenouilla et tomba en prière. Du haut de l'escalier parvenait la rumeur sourde de la bataille. Roger Flor secoua le Templier prosterné devant la dernière demeure du Grand Maître.

— Prier ne sert plus à rien ! Relève-toi et rejoins ton compagnon à l'angle du tombeau.

Molay obéit. Le Catalan défit un rouleau de cuir qui contenait un burin et un maillet. Guy les reconnut aussitôt. Les outils abandonnés dans la cellule de Flor.

— Qu'est-ce que tu attends ? Ramasse-les.

Guy se précipita. Le contact glacé du burin le saisit. L'impression d'une main froide qui venait le happer. Face au tombeau, il hésitait à avancer.

- Là ! Frappe là !

Du doigt, Roger Flor désignait l'interstice entre les parois du catafalque et la lourde dalle qui le fermait.

D'Aynac s'exécuta aussitôt. À chaque coup qui entamait la pierre, il sentait sa peur diminuer. Il était en train de violer une sépulture et cette profanation lui procurait une sensation imprévue de puissance, presque de jouissance.

Les brisures, peu à peu, jonchaient le sol. Flor attrapa un long porte-chandelles dont il martela le pied. Seul Jacques de Molay restait inactif. Il contemplait la scène, une boule en travers de la gorge. Tous ses principes, toutes ses croyances volaient en éclats en même temps que la tombe de Guillaume de Beaujeu.

Soudain une odeur grise pénétra ses narines. Il suffoqua et se précipita vers l'escalier. Guy avait senti lui aussi ce relent délétère jaillir de l'ouverture qu'il venait de creuser. Les cheveux collés au front, les yeux brillants, il n'en frappait que plus fort, tentant, par la violence de ses coups de burin, d'oublier ce parfum de mort qui se répandait dans la crypte.

— Toi, redescends ! (La voix ferme du Catalan résonna sous la voûte.) On a besoin de tes muscles.

À pas lents, le visage défait, Molay vint prendre place auprès de son compagnon. Le trou dans la tombe était suffisant pour y glisser la lourde tige du porte-chandelles et faire levier.

Aidé de ses deux frères, Roger Flor appuya de toutes ses forces sur le manche de bronze qui gémit, ploya et brusquement brisa la dalle dans un fracas de fin du monde.

— Prenez-le par les épaules et les pieds. Vous en avez l'habitude, non ?

D'Aynac s'avança, mais Molay le retint par la manche.

— Ça n'a pas de sens ! La citadelle est en train de tomber ! Pourquoi ?

— Pour mettre ce corps à l'abri. De la même manière que les... (Flor ne prononça pas le dernier mot, mais tapota de la main le sac renflé qu'il portait attaché à sa ceinture.) Nous ne pouvons pas le laisser aux mains des Sarrasins. Pas après avoir risqué votre vie pour le ramener ici.

Jacques voulut répondre, mais un grondement retentit, gonfla et explosa. La catapulte venait de toucher de plein fouet la chapelle.

68

Dans l'Oise
De nos jours

Aurélia de Crécy se massa le coude qui avait percuté le sol.

— Merci de m'avoir évité de finir embrochée, mais je vais m'en tirer avec un sacré bleu.

Marcas reprenait son souffle, allongé à côté d'elle, derrière la porte en triangle qui les protégeait des émanations mortelles. La petite salle dans laquelle ils se trouvaient était entièrement nue, sauf l'un des murs décoré d'une immense tenture de deux mètres de haut, frappé d'un aigle à deux têtes, blanc et noir. Une troisième tête de cire était posée à terre sur un coussin de velours mauve. Antoine n'hésita pas et la prit par les cheveux. Ils en avaient désormais trois. Une discrète sonate au clavecin résonnait dans la pièce. Marcas leva les yeux vers le plafond et repéra une caméra nichée à un angle.

— Sans vous, j'y serais resté aussi, dit Antoine d'une voix grave.

— Des années de ski extrême, ça apprend à garder le contrôle dans les pires situations.

Il la regarda plus intensément. Vêtue de sa cape blanche, elle semblait surgir tout droit du tournage d'un film médiéval. Elle entreprit de dégrafer le manteau.

— N'en faites rien, ne sommes-nous pas des postulants au grade de chevalier du Temple ? Quoi qu'il nous en coûte, il nous faut jouer cette comédie jusqu'au bout. Sinon ils n'hésiteront pas à se débarrasser de nous, glissa-t-il en serrant les mâchoires.

La musique cessa aussitôt et la voix retentit :

— Les épreuves sont terminées, vous avez triomphé des obstacles et surtout de vos peurs, veuillez prendre les têtes des bourreaux de Jacques de Molay et passer derrière l'aigle prussien.

Ils se levèrent presque d'un bond, Marcas restant sur ses gardes, craignant un nouveau piège. Il écarta la tenture, suivi d'Aurélia, et arriva dans une grande chapelle aux murs blancs. Des rangées de flambeaux de chaque côté de la nef illuminaient avec éclat la chapelle.

Les hommes et les femmes avec qui ils avaient dîné les attendaient, assis sur des stalles, tous vêtus d'une cape blanche frappée d'une croix templière. Marcas ne voyait plus des personnes d'influence et de pouvoir, mais des êtres désincarnés, pantins cruels qui se prêtaient à un jeu mortel.

Au centre de la chapelle, à la place du traditionnel autel, un blason de deux mètres de haut trônait au fond de la chapelle. À l'intérieur du blason, en haut et sur les côtés gauche et droit, avaient été insérées trois piques de fer. Deux symboles étaient dessinés sur le blason, le même aigle à deux têtes que dans la pièce précédente et une croix templière rouge.

Placé dessous, il y avait un siège de haute taille occupé par Di Licio, lui aussi revêtu d'une cape.

— Approchez, tonna-t-il.

Son visage d'aristocrate hautain semblait aussi figé que du marbre. On aurait dit une statue de chair glacée. Seuls ses yeux perçants attestaient d'une humanité.

Marcas et Aurélia de Crécy s'avancèrent, portant les trois têtes de cire, sous les regards impassibles des autres membres de la loge, figés eux aussi. Marcas avait décidé de jouer le jeu jusqu'au bout, il ne pouvait plus reculer. Il savait que ces hommes et ces femmes n'attachaient aucun prix à la vie, la mort de Watts ne paraissait pas les avoir troublés. Ils arrivèrent face au maître de cérémonie. Celui-ci se leva.

— Veuillez vous agenouiller.

Ils s'exécutèrent, mettant un genou à terre.

— En ce lieu et ce temps, je vais vous révéler le vrai nom de notre loge. Kadosh Kaos.

Marcas connaissait le premier mot, Kadosh, comme tout maçon. Il désignait un des hauts grades, celui de la vengeance. Le deuxième lui était inconnu. La voix de Di Licio enfla.

— Kadosh, pour venger Jacques de Molay et l'ordre du Temple. Kaos pour détruire l'Église et reconstruire le Temple. Frères surveillants, veuillez prendre les têtes des bourreaux apportées par les postulants et les mettre en lieu et place.

En procession, Marcus Mazurer, Paul-Henri Barsac et Joan Acot se détachèrent du groupe et prirent chacun une tête de cire qu'ils fichèrent sur les piques disposées devant les crânes du blason. Puis, les trois surveillants reculèrent et se remirent à leur place respective.

— Philippe le Bel, Clément V, Guillaume Nogaret. Les trois maudits sont morts, la vengeance est accomplie. Postulants, relevez-vous.

Marcas et Aurélia s'exécutèrent. Di Licio les regardaient avec bienveillance.

— Vous avez triomphé de la mort comme bien d'autres avant vous. Seule, la véritable initiation templière révèle de quel métal un être est forgé.

Marcas n'en revenait pas d'entendre tant de platitudes. Di Licio avait détourné à son profit l'initiation pour en faire une parodie cruelle. Des bouffons, il se trouvait entre les mains de bouffons qui jouaient aux chevaliers. Il pensait à ce pauvre Anglais, mort pour s'être prêté à cette folie. Di Licio reprit :

— Et comme tout acte initiatique, il va falloir déchirer le voile des illusions et pénétrer dans la vraie réalité. Pour cela, je demande au frère sénéchal de sortir des rangs.

Marcas et Aurélia étaient debout face à Di Licio et au blason. Marcas se demandait quand cette comédie allait s'arrêter. Ils entendirent des pas derrière eux et un froissement de tissu. Une main se posa sur leurs épaules.

— Frère sénéchal, faites votre devoir. Nous allons voir s'ils sont dignes de la dernière épreuve.

Un bruit métallique résonna dans leur dos. Le glissement d'une épée hors de son fourreau. Aurélia lança un regard inquiet à Marcas. Ils pouvaient se faire décapiter sans que personne lève le petit doigt. Marcas évaluait la situation à toute allure. Il y avait bien la possibilité de se jeter sur Di Licio et le prendre en otage, mais il n'avait aucune arme à sa disposition. Quand bien même, Aurélia resterait à la merci du type avec son épée.

— Antoine Marcas, Aurélia de Crécy, retournez-vous et faites face !

Ils obéirent. Ils ne pouvaient plus faire autrement.

Stupéfaits, ils découvrirent face à eux le sénéchal, l'épée brandie au-dessus de sa tête. Marcas le reconnut tout de suite :

— Vous !

69

Saint-Jean-d'Acre
Citadelle des Templiers
19 mai 1291

Toute la crypte vacilla et commença de se disloquer sous l'onde de choc. Des bris de pierre dévalèrent dans l'escalier. Une pluie de brique venue de la voûte retentit sur le dallage.

— Foncez, cria Flor, tout va s'effondrer.

D'Aynac se projeta en avant, tractant le corps que Molay venait de saisir par les aisselles. En haut, la chapelle s'écroulait sur elle-même. Un pilier vola en éclats. Flor courut vers le porche. Une sculpture du tympan s'écrasa, manquant de bloquer la fuite des Templiers.

— Plus vite, beugla Roger, en propulsant Guy vers l'entrée. Sinon on va y rester.

Dans un dernier sursaut, les trois hommes bondirent et atterrirent lourdement sur le sol.

Un fracas assourdissant retentit derrière eux. La chapelle venait de s'effondrer.

Roger Flor se releva en premier. La cour d'honneur était vide. Tous les hommes devaient être sur les murailles, se préparant à l'assaut.

— Reprenez le cadavre et portez-le comme un blessé.

Le visage tuméfié, Guy se remit en marche. Jacques le suivait en trébuchant. Face à eux, les étages supérieurs de la tour de guet brûlaient, illuminant la cour déserte. Du doigt, Roger montra la porte voûtée.

— Là. Vite.

Malgré l'incendie, l'escalier était encore praticable. D'Aynac s'engagea sur la première marche.

— Non ! (La voix du Catalan l'arrêta dans son élan.) En bas.

Molay pivota et se retrouva devant une grille fermée. Les relents d'humidité montaient de l'escalier qui s'enfonçait dans l'ombre.

Flor sortit une clé et la fit tourner dans la serrure.

— Écoutez, la tour est la partie la plus ancienne de la citadelle, elle repose sur une falaise qui est creuse du côté de la mer. Nos premiers frères ont bâti ce passage pour atteindre une crique souterraine. Là se trouve un bateau qui doit emmener les dignitaires. Voilà mon sceau. (Le Catalan enleva la bague armoriée de son annulaire.) Donnez-le au capitaine et vous pourrez vous embarquer.

— Mais vous, qu'allez-vous faire ? interrogea Molay.

Le regard de Flor se dirigea vers les escaliers qui montaient aux étages en flammes, vers la bibliothèque de frère Othon.

— J'ai une parole à tenir. Ne m'attendez pas.

Il s'engagea dans l'escalier, mais rebroussa chemin aussitôt pour passer son sac autour de l'épaule de D'Aynac. Ce dernier frémit en imaginant à travers le cuir la chevelure sanglante des deux Assassins.

— On ne sait jamais. Fuyez.

Les deux Templiers disparurent dans la bouche d'ombre.

Le Catalan grimpa une volée de marches. L'incendie illuminait l'escalier comme en plein jour. Les chances étaient minimes de sauver Othon et la bibliothèque, mais

Roger Flor avait donné sa parole. Il accéléra. La chaleur qui tombait des étages devenait de plus en plus forte. Son front ruisselait et des gouttes de sueur coulaient dans ses yeux.

Tout à coup, une ombre apparut sur le mur. Le cœur de Flor se mit à s'accélérer. Il se précipita. Une silhouette courbée en deux descendait l'escalier.

— Gauffridy ? appela le Catalan en se portant à son secours.

L'ombre se dressa brusquement. Une dague brilla et frappa. Trois fois. Flor s'affaissa, le ventre déchiré par l'acier.

— Non, Caëtani !

70

Dans l'Oise
De nos jours

James Watts était devant eux, bien vivant.

Souriant, presque amical. Aurélia de Crécy et Marcas étaient déstabilisés, ils l'avaient laissé pour mort dans la salle aux Baphomet et il réapparaissait, comme si de rien n'était.

— Bienvenue au sein de la loge Kadosh Kaos où les apparences sont souvent trompeuses. Agenouillez-vous de nouveau pour l'adoubement.

Le sénéchal abaissa l'épée contre le cou et l'épaule des postulants. Aurélia et Marcas hésitèrent quelques secondes puis mirent un genou à terre.

— Jurez-vous de prêter fidélité et de ne jamais trahir l'Ordre ?

— Je le jure, répondirent Aurélia et Marcas.

— Jurez-vous de suivre en tout point les enseignements d'humilité, de sagesse et de chevalerie qui vous seront prodigués ?

— Je le jure.

— Jurez-vous de défendre les valeurs du Temple, même si l'on vous fait subir tourments et contraintes ?

— Je le jure.

Le sénéchal s'adressa à Di Licio :

— Grand Maître, le rite est accompli.

— *Non nobis domine, non nobis, sed nomini tuo da gloriam*, récita Di Licio en levant les bras comme un prêtre.

— *Non nobis domine, non nobis, sed nomini tuo da gloriam*, répétèrent en chœur les membres de l'assistance.

— Relevez-vous, cette fois en tant qu'apprentis chevaliers Kadosh, en homme et en femme libres de tout asservissement temporel et spirituel.

Marcas et Aurélia s'exécutèrent. Ils sentaient la fatigue les gagner. Les autres chevaliers passèrent devant eux, un par un, et leur donnèrent l'accolade. Di Licio frappa dans ses mains trois fois de suite.

— Avant de recevoir l'ultime sceau de passage et de rentrer dans le monde profane, apprentis chevaliers, vous êtes en droit de poser des questions.

Marcas regarda Aurélia et prit la parole :

— Pourquoi cette comédie avec la mort de Watts ?

— Le sénéchal a absorbé une pilule qui ralentit le pouls et donne les apparences de la mort. Une substance très ancienne qui a sauvé nombre de frères du Temple des griffes de l'Inquisition. De plus, vous ne l'avez pas abandonné la première fois, signe de loyauté.

— Mais les pieux ! Le gaz ! jeta Aurélia de Crécy. Les dangers étaient réels.

— Non. Le mécanisme est prévu pour se bloquer à une hauteur déterminée ; quant au gaz, il s'agit d'un fumigène totalement inoffensif. La perception d'un danger amplifie son importance et le cerveau bâtit une nouvelle réalité. Vous auriez touché les pointes, vous vous seriez aperçu qu'ils étaient en caoutchouc.

— J'ai vu Watts se faire blesser par l'un des pieux, ajouta Aurélia.

— Mise en scène. Sa tête a touché l'une des pointes qui contenait un sang factice utilisé dans le cinéma.

— Mais les aiguilles d'acier ?

— Illusion d'optique, un faisceau holographique couplé avec un système sonore de haute précision. Vous auriez bien regardé, ces aiguilles disparaissaient après le bruit de l'impact contre le mur. Votre conscience, elle, s'était mise en mode de survie et toutes les informations lui parvenaient distordues.

Marcas n'en revenait pas, il s'était fait complètement gruger. Di Licio n'avait fait que pousser plus loin la dramaturgie classique d'une initiation. Il préférait nettement cette option. La loge sauvage des Templiers n'était qu'une sorte de secte ésotérique, comme il en existait des centaines de part le monde, ses membres s'amusant à se procurer des émotions fortes. Sa seule particularité résidait dans la composition sociale de ses membres. Là aussi, Di Licio avait poussé la logique de la cooptation encore plus loin et pouvait se targuer d'avoir bâti un superbe réseau d'influence. Ex-ministres, industriels, journalistes, policiers, le choix était ciblé pour toucher toutes les arcanes du pouvoir. Une loge P2 à la sauce templière.

Une fois rentré à Paris, Antoine ferait son rapport au secrétaire général de l'obédience, libre à lui d'exclure ou non Di Licio. Il existait déjà un grade de chevalier Kadosh qui était accordé dans de nombreuses loges, le secrétaire n'aurait aucun mal à éjecter Di Licio pour utilisation illicite du rite. Il rendrait aussi un deuxième rapport au directeur de cabinet du ministre de l'Intérieur qui avait vu juste et évoquerait la composition précise de la loge, ensuite le haut fonctionnaire ferait ce qu'il voudrait de ces informations. Di Licio manipulait ces gens en jouant avec leur ego et devait sûrement utiliser cette instrumentalisation à son profit. De toute façon, cette histoire ne le concernait plus, il avait hâte d'enlever cette cape de Templier et de déguerpir du manoir. Rétrospectivement, il avait éprouvé une sacrée peur sur le pseudo-damier piégé et il se promit de rendre la monnaie de sa pièce à Di Licio en chargeant ses rapports.

— Et maintenant, je vous prie de vous tourner et de faire face au centre du temple.

— Que le sénéchal et le grand surveillant prennent place pour guider les apprentis vers la sortie.

James Watts et le prélat, monsignor Layol di Lupe, se mirent respectivement derrière Marcas et Aurélia. Tous deux avaient enfilé des gantelets de chevaliers en fer sombre.

— Que les frères chapelains apportent l'échelle mystique.

Le magnat de la presse, Marcus Mazurer, et l'ex-ministre, Paul-Henri Barsac, posèrent à un mètre d'eux un escabeau en bois de deux mètres de haut. Chaque barreau était gravé d'une succession de symboles complexes. Sur la dernière marche, on avait peint la lettre K en majuscule noire.

— Vous avez devant vous l'échelle qui fut celle de Jacob. Celle qui permet à l'homme de dépasser sa condition humaine et d'accéder à la révélation de toute chose. Elle est composée de sept barreaux qui symbolisent votre ascension dans la loge de Kadosh Kaos. Depuis des siècles, les Templiers et leurs survivants ont maintenu cette tradition. Vous allez maintenant gravir le premier barreau.

La présence de l'échelle ne surprit pas Marcas. Dans son étude sur la survivance templière dans les rites maçonniques, l'échelle était une composante fondamentale dans le rite de passage au grade de vengeance. Il sentit le poids du gantelet de fer de Mazurer se poser sur son épaule. Il se prépara à se faire guider vers l'échelle pour poser symboliquement son pied sur le premier barreau de la connaissance. Il tourna légèrement la tête vers Aurélia pour savoir lequel des deux irait en premier.

À son grand étonnement, il la vit s'effondrer à terre, sa cape blanche formant comme une corolle autour d'elle. Il n'eut pas le temps de lui porter secours, un poing de fer s'abattit sur son crâne. La chapelle explosa devant lui dans un voile de sang.

Il tomba à terre à son tour.

Marcus Mazurer et Paul-Henri Barsac regardèrent les corps inanimés, comme s'il s'agissait de détritus, et retournèrent dans les rangs. Le Grand Maître leva le bras et deux hommes de haute stature, vêtus d'une combinaison noire frappée d'une croix rouge, surgirent de derrière une tenture et emportèrent les corps.

Un à un, les chevaliers se dirigèrent en procession vers la porte de sortie, marquée au-dessus du linteau d'un K majuscule. Di Licio se retourna vers le grand blason et passa la main sur le visage du pape Clément V fiché sur sa pique.

Son doigt caressa la joue et remonta vers l'œil droit. D'un coup sec, l'ongle de l'index gratta la jonction avec la paupière. La cire s'écailla, des bouts tombèrent à terre. Le doigt s'insinua sous la couche et en arracha des lambeaux entiers jusqu'au menton. L'épiderme apparut dans les interstices de cire blanche.

Di Licio éclata de rire

— Cher frère en maçonnerie... Te retrouver sous les traits d'un pape. Quelle douce ironie...

Les yeux du Grand Inspecteur de l'obédience étaient figés pour l'éternité.

QUATRIÈME PARTIE

Ce qui a caractérisé la loge P2 c'est qu'elle ne visait pas à un coup d'État, mais qu'elle se glissait avec ses hommes dans les parties vitales de l'État. Les sommets militaires, politiques, les journalistes étaient chargés de seconder et orienter la réalisation des buts prévus.

Tina Anselmi, présidente de la commission italienne parlementaire d'enquête sur la loge maçonnique P2.
Interview au quotidien *Il Giorno*, 1992.
Dossier sur la loge P2 sur le site Amnistia.fr.

71

Château Pèlerin
Août 1291

La nouvelle de la chute de la ville d'Acre avait abasourdi tout le monde croisé. La citadelle des Templiers n'avait pas résisté aux assauts répétés des mamelouks du sultan : les remparts séculaires s'étaient effondrés sur ses derniers défenseurs. Depuis, les Infidèles s'étaient emparés de la ville de Tyr et avaient mis le siège devant la cité de Sidon. Une à une, les villes tombaient et, avec elles, tout le royaume chrétien d'Orient, balayé par le vent de l'histoire.

Pierre de Sivrey avait combattu parmi les derniers avant de rejoindre en chaloupe un navire du Temple qui croisait au large et récupérait les survivants. Après un bref passage à Sidon, il avait débarqué depuis plusieurs semaines dans les murs de Château Pèlerin, la dernière forteresse des Templiers dans ce qui avait été la Terre sainte.

Du conseil du Temple, il ne restait plus que lui. La plupart des dignitaires étaient tombés au combat ou en train de voguer vers Chypre où se trouvait le quartier général de l'Ordre. Quant à Thibaut Gaudin, à peine élu, il avait pris lui aussi le chemin de l'exil, déjà vaincu et contesté, agrippé au trésor du Temple comme un naufragé à un radeau de fortune.

Sitôt le pied posé dans la forteresse, Pierre de Sivrey s'était enquis du destin des deux chevaliers, Guy d'Aynac et Jacques de Molay, que lui avait recommandés Roger Flor. Un Roger Flor gravement touché, et que son ami avait fini par retrouver au milieu de la cohue des blessés, incapable d'expliquer ce qui lui était arrivé, mais revenant sans cesse sur les mêmes sujets. Les propos du Catalan, bredouillés dans la douleur, avaient été particulièrement incohérents. Le gouverneur n'avait retenu que ces deux noms qui semblaient obséder Flor, pris dans un délire où se mêlaient la secte des Assassins, des décapitations sauvages et le cadavre de Guillaume de Beaujeu. Mais Pierre ne pouvait pas rester plus longtemps auprès de son vieux compagnon, l'ultime assaut venait de commencer. Quand, enfin, il avait trouvé un instant pour abandonner son poste, Roger Flor avait disparu. De nouveaux blessés avaient pris place et nul n'avait su lui dire ce que le Catalan était devenu. Un vent d'apocalypse soufflait sur le dernier réduit templier.

Les combats avaient été d'une violence extrême. Dès l'assaut sur la citadelle, le port était tombé et, avec lui, toute la population qui, jusque-là, avait réussi à fuir la vieille ville. Des heures durant, les Templiers, du haut des remparts de leur forteresse, avaient entendu les cris des hommes que l'on massacrait sur les quais tandis que les femmes et les enfants défilaient, enchaînés, promis à un destin d'esclave. Dans la citadelle, la confusion était à son comble. Des blessés gisaient dans la cour d'honneur, attendant d'être évacués vers la flotte templière qui croisait au large. Des ailes entières de la citadelle s'étaient effondrées. La tour de guet, la première, avait été dévorée par les flammes. C'était dans les ruines de son escalier que l'on avait trouvé Roger Flor, promis à une mort certaine, en train de se vider de son sang. Quelques marches plus bas, un autre homme se débattait, le visage et le corps brûlés par la chute d'une poutre enflammée. Pierre de Sivrey l'avait fait embarquer dans un vaisseau de blessés en direction de Sidon.

Les combats avaient duré dix jours puis la citadelle était tombée.

Depuis son arrivée, Sivrey jouissait des rares privilèges attachés à sa condition de dignitaire. Il bénéficiait d'un appartement et d'une chapelle privée où il passait de plus en plus de temps. L'avenir de l'ordre du Temple lui paraissait sombre et il ne cessait d'interroger Dieu à ce sujet, mais Dieu restait muet.

Parfois, dans sa mémoire, lui revenaient des bribes de sa conversation avec Roger Flor le jour de l'enterrement du Grand Maître. Il avait toujours jugé son ami trop imaginatif, mais aujourd'hui, seul un miracle pourrait sauver l'ordre du Temple. Et c'était bien un miracle – retrouver le secret perdu des Assassins – que le Catalan s'était mis en tête de provoquer. Pourtant le gouverneur se refusait toujours à envisager pareil recours. Son espérance, la dernière, était que le Grand Maître, Thibaut Gaudin, rassemble la flotte des Templiers et l'envoie, chargée de troupes et de vivres, pour soutenir Château Pèlerin. Quand il priait le Ciel, Pierre voyait l'horizon de la mer se couvrir de voiles blanches semblables à des ailes d'anges.

Comme chaque matin, Sivrey rentra dans la chapelle et se prosterna devant l'image du Crucifié. Une fois encore, il réclama lumière et conseil. Une fois encore, il pria de toutes ses forces pour que Dieu lui montre le chemin. Une fois de plus, le silence lui répondit.

Les chandelles avaient beau brûler, l'encens monter sous les voûtes, Dieu avait déserté Son temple. La solitude était si forte que Sivrey crut rêver quand un bruit sec résonna contre la porte de la chapelle. Il se leva et ouvrit. Un vieux chevalier au visage parcheminé se tenait devant lui.

— Maître, vous aviez demandé à ce qu'on vous prévienne.

Encore plongé dans sa méditation, le gouverneur lui lança un regard interrogateur.

— Des navires s'approchent du château.

Pierre se leva précipitamment.

— Montre-moi.

De la chapelle, les deux hommes atteignirent le mur d'enceinte et se dirigèrent vers l'extrémité sud-est, la plus ancienne. De là, on avait la meilleure vue sur les navires qui manœuvraient pour accoster.

Au bout du chemin de ronde, le chevalier désigna une échelle.

— Il faut grimper, maître, à l'époque où cette tour a été construite, on ignorait l'escalier à vis.

Sivrey saisit les barreaux à deux mains et démarra son ascension vers le sommet de la tour. Derrière lui, le vieux Templier geignait à chaque effort. D'un dernier coup de reins, le gouverneur sauta sur la plateforme. Au loin, les vaisseaux viraient lentement de bord pour se mettre face au port. Des secours, enfin.

— C'est la tour de Pierre Encise. Elle a été construite par notre fondateur Hugues de Payns, il y a plus d'un siècle. C'est ici que tout a commencé, souffla le vieillard.

Un coup de vent déploya les voiles du premier navire. Elles étaient noires. Pierre vacilla de désespoir. Un convoi de blessés. Et de morts.

— Et c'est ici que tout finira, murmura celui-ci, accablé.

72

La Résidence
De nos jours

Marcas ouvrit péniblement les yeux, il avait la bouche sèche et la nuque raide. La première chose qu'il nota fut l'odeur particulière, chargée d'humidité. Puis il perçut le grondement sourd qui provenait de la grande baie vitrée en face de son lit. Il se redressa sur son oreiller. Les rideaux bleu nuit laissaient passer des rayons de lumière vive éclairant la pénombre. Il n'arrivait pas à identifier la nature exacte du bruit qui filtrait par la fenêtre, mais il savait qu'il ne se trouvait pas dans le château de Di Licio. La température de la pièce était trop chaude, l'air presque moite.

Il regarda autour de lui. Murs peints d'un orange délavé, tableau représentant une femme noire en robe blanche portant une jarre, armoire en bois exotique patiné, la décoration de la chambre ne cadrait pas avec le style moyenâgeux de la demeure francilienne.

Il sentit une vive douleur au niveau de sa tempe. Il passa son doigt dans ses cheveux et effleura une bosse de plusieurs millimètres. Il se revit en train de contempler l'échelle dans le temple de Di Licio, puis plus rien, le trou noir. Il ne savait pas combien de temps il avait perdu connaissance, mais eut un réflexe typiquement masculin, il posa ses mains sur ses joues, touchant sa petite barbe d'ordinaire soigneusement taillée. Les poils étaient drus, râpeux. Au moins deux jours, pensa-t-il en se relevant sur l'oreiller. L'esprit encore brumeux, il réalisa à contretemps qu'il était entièrement nu sous le drap de coton blanc. Son sexe durci le rassura sur son état de santé : au moins il n'avait pas perdu sa virilité pendant la cérémonie templière.

Le doux grondement revenait par saccades. Il essaya de reconstituer le fil des événements. Les images se bousculaient dans sa tête sans logique. L'arrivée au château, les gardes armés, la fumée verte et les aiguilles d'acier, les têtes décapitées, le visage de Watts livide, le même Watts bien vivant avec Di Licio. Et Aurélia de Crécy qui s'effondrait sous ses yeux.

L'initiation n'avait été qu'une mise en scène de mauvais goût pour leur faire peur. Marcas n'arrivait pas à comprendre la logique des événements qui s'étaient succédé. Pourquoi les avait-on assommés ?

Il sortit du lit et tenta de se mettre debout. Sa tête tourna, sa vision s'obscurcit comme si le sang ne parvenait pas jusqu'à son cerveau. Il posa la main sur le montant du lit en bois clair et s'assit. La douleur de sa bosse se raviva. Il inspira et attendit que le vertige passe. Il remarqua sur le mur à droite de la baie vitrée, un grand portrait dans un vieux cadre doré, d'un homme à la barbe grise taillée comme celles des grands bourgeois du XIXe siècle, avec, en arrière-plan, un cargo à vapeur et des sortes de grues portuaires. L'homme d'une soixantaine d'années arborait une expression presque méprisante et portait sur ses épaules une cape blanche frappée d'une croix pattée, rouge décoloré. Les yeux noirs regardaient Marcas d'un air sévère comme si l'homme du portrait lui donnait l'ordre de se taire. L'association du décor daté du début de l'ère industrielle, et de la cape templière semblait complètement incongrue.

Marcas se leva plus lentement que la première fois, s'assura que le vertige ne recommençait pas et fit quelques pas dans la pièce sous le regard hautain de l'homme du tableau. Il vit une paire de sandales noires posées à côté du lit en remarquant qu'elles étaient à sa pointure. Ses hôtes avaient le sens du détail.

Il se sentit ridicule, nu comme un ver et chaussé de sandales. Il se dirigea vers l'armoire pour y découvrir avec soulagement deux pantalons de coton blanc, un assortiment de chemises de même couleur, et à la bonne taille. Il enfila les vêtements rapidement et reprit un peu de son assurance.

Il se dirigea vers la fenêtre. L'odeur de terre humide était tenace, mêlée à un parfum indéfinissable, fruité. Le grondement devint plus perceptible. Il écarta les grands rideaux et la surprise fut totale.

73

Château Pèlerin
L'hôpital
6 août 1291

L'hôpital de Château Pèlerin occupait une bâtisse couverte de tuiles rousses qui longeait l'esplanade. La longue salle dallée, toujours propre, bien éclairée, ne désemplissait plus depuis l'arrivée des bateaux aux voiles noirs. L'hôpital était une des traditions que tous les ordres de chevalerie développaient dans leurs commanderies en Terre sainte. D'abord conçus pour abriter et soigner les pèlerins de Jérusalem, les hôpitaux du Temple s'étaient vite spécialisés dans un domaine peu exploré de la médecine médiévale : la chirurgie de guerre. Les traumatismes pourtant étaient nombreux : du piétinement par les chevaux aux mutilations en tout genre ; le tableau des blessures par une épée, une hache, une flèche empoisonnée et autre masse d'armes était impressionnant et requérait des compétences spécifiques que possédaient rarement les médecins venus d'Occident. Dans les royaumes chrétiens, on soignait les maux de ventre à la poudre d'émeraude

– un remède en général définitif – et on s'interrogeait encore sur la meilleure manière d'arrêter une hémorragie.

Ce n'était pas le cas de la médecine arabe qui avait recueilli et préservé tout l'héritage de l'Antiquité, d'Hippocrate aux médecins militaires des légions romaines. En outre les médecins qui sillonnaient l'Orient, de Bagdad à Damas, témoignaient une curiosité insatiable pour les nouvelles techniques qui fleurissaient particulièrement dans les zones de guerre. À ce titre, la Terre sainte était une bénédiction pour tout médecin désireux de se perfectionner dans la pratique intensive de son art.

D'ailleurs, la présence de nombreux chirurgiens dans l'entourage des seigneurs musulmans avait toujours fasciné le Temple qui, au final, avait décidé de s'en adjoindre certains.

C'est ainsi que Fouad al-Sakka, médecin recherché de toutes les cours princières, avait vu son haut statut social s'effondrer brutalement lors d'une attaque imprévue de croisés contre le camp de l'émir de Jaffa en Palestine. Couvert de chaînes et attelé à la queue d'un cheval, le chirurgien des califes et des sultans avait fini sa course dans une tente dressée en plein désert où des Occidentaux sales et barbus, portant une croix rouge sur leur poitrine, lui avaient laissé le choix entre être égorgé tout de suite ou se reconvertir dans la médecine d'urgence.

La décision avait été rapide et, encore vêtu de sa robe de soie, Fouad s'était retrouvé en train de procéder, sans eau ni anesthésiant, à une amputation à vif. Depuis, sa technique s'était largement perfectionnée tant il avait eu de sujets d'expériences à sa disposition. En matière de bris d'os, d'hémorragies artérielles et de traumatismes crâniens, la réputation de Fouad l'Habile, comme l'appelaient ses patients pleins d'espoir, n'était plus à faire.

Bien que personne ne lui ait jamais posé la question, Al-Sakka ne regrettait pas sa vie d'antan. Bien au contraire. Une passion secrète l'agitait depuis bien des années, qu'il n'avait jamais réussi à satisfaire dans sa période de gloire, quand il était le médecin des puissants. Fouad était fasciné par l'anatomie, et les mystères du corps humain étaient devenus une véritable monomanie inassouvie. Car cette science encore obscure réclamait une pratique expérimentale *post mortem* que ses riches patients n'étaient guère enclins à favoriser. Ouvrir un abdomen, dévisser une boîte crânienne, dénuder un muscle facial, ne séduisait guère, et les cobayes ne se pressaient pas pour étaler l'intimité de leurs organes devant le regard fasciné du docteur Fouad.

Tout avait changé après sa capture. Ses nouveaux patients, écrasés par une charge de cavalerie ou le crâne défoncé à la hache, avaient généralement peu de chances de survie et se transformaient rapidement en cadavres prêts à l'emploi. Certes, ouvrir un mort était interdit par l'Église, mais nul ne venait jamais vérifier le travail d'artiste de Fouad l'Habile. Une impunité qui le ravissait et le mettait en extase dès l'annonce d'une bataille d'importance.

L'arrivée des blessés de Saint-Jean-d'Acre l'avait comblé d'aise et il avait commencé son premier tri. La plupart, hébétés par les opiacés anesthésiants, venaient de sombrer dans un profond sommeil. De toute façon, ils se réveilleraient bien assez tôt, songea Fouad, pour s'apercevoir qu'ils ne verraient jamais plus que d'un œil ou marcheraient avec une jambe de bois.

— Magister, l'interpella un aide en latin comme il était d'usage en Occident, vous devriez passer dans la salle basse.

Le visage de Fouad s'éclaira d'un bref sourire, qu'il réprima aussitôt. La salle basse servait de mouroir. C'était là que l'on amassait ses futurs sujets d'expérience.

D'un signe de tête, le médecin interrogea son aide. Il était rare qu'un événement imprévu ait lieu dans cet endroit. En général, la sélection de Fouad était rigoureuse et définitive.

— Un des blessés vient de se réveiller. Il est en plein délire. Il réclame un prêtre.

Surpris et nerveux, Al-Sakka s'alarma :

— Un prêtre ? Mais pourquoi ?

L'aide le regarda avec une pointe de mépris. Décidément cet Infidèle ne comprendrait jamais les coutumes des chrétiens.

— Mais pour se confesser.

Fouad s'affola tout d'un coup. S'il faisait venir un prêtre dans son arrière-salle, il n'en sortirait pas indemne. Les hommes de Dieu détestaient voir des âmes leur échapper surtout pour servir aux expériences anatomiques d'un Infidèle. Aux questions succéderaient la suspicion puis l'Inquisition, et sa carrière comme sa vie finirait en haut d'un gibet.

Quoique affolé, Fouad se montra rassurant.

— N'ayez crainte, j'y vais tout de suite. Il parle ? C'est bon signe, très bon signe...

La peur au ventre, le médecin se précipita dans la salle basse.

74

Brésil
Salvador de Bahia
Ville basse
Place du Mercado Modelo

Le vent de l'océan Atlantique avait chassé les derniers nuages, il ne restait plus que quelques flaques éparses sur la chaussée pour témoigner des trombes d'eau qui s'étaient abattues en début de matinée sur la ville coloniale. Le soleil régnait en maître. La chaleur s'infiltrait partout, collait à la peau, imbibait les vêtements des deux millions d'habitants de l'ancienne capitale de l'esclavage qui attendaient avec impatience une baisse des températures. Tout au long de l'avenida do Contorno, la route embouteillée qui longeait la mer, quelques rares palmiers fatigués ondulaient sous le vent. De lourds cargos croisaient au large de *la bahia de Todos os Santos*, la baie de Tous-les-Saints, nom donné par ceux qui avaient accosté en ce lieu, le 1er novembre 1501, le jour de la Toussaint.

La camionnette Toyota rouge et blanc s'arrêta devant la place du Mercado Modelo. Un mélange assourdissant de cris, de Klaxon et de radios déversant de l'axé, un mix d'électronique et de percussions, imprégnait les rues adjacentes. Les échoppes de bibelots pour touristes regroupées dans un bâtiment austère donnant sur le port étaient noires de monde. Tableaux naïfs représentant les divinités du candomblé, grands tambours otobaques, colliers de coquillages, les étalages regorgeaient de souvenirs pour les touristes qui descendaient de la ville haute par l'ascenseur monumental. Des femmes à la peau d'ébène en robe blanche traditionnelle tressaient en riant des nattes aux étrangères aux cheveux trop fins, tandis que des hommes torse nu exécutaient des figures harmonieuses de capoeira.

Le moteur de la camionnette continuait à ronronner. À côté du chauffeur, un petit homme sec et brun, une femme à la peau claire, au visage constellé de taches de rousseur, scrutait les abords de la place. Elle tourna son regard rougi par l'absence de sommeil vers le chauffeur.

— Tu disais bien qu'il y en avait ici, Manoel ?

— Oui, cet après-midi, une amie commerçante en a vu quatre dont deux enfants qui avaient l'air mal en point. Ils ne doivent pas être très loin.

— Descendons faire le tour de la place. Ils sont peut-être cachés quelque part.

L'homme et la femme portaient tous deux un tee-shirt vert, frappé du nom d'une ONG. Elle enfila un sac à dos sur l'épaule et claqua la porte derrière elle. Le soleil éclairait une partie de la colline, donnant une couleur dorée à l'ascenseur qui menait à la ville haute. De chaque côté du haut rectangle de béton, au niveau des *ladeiras* en pente, les maisons décrépites qui servaient de squats, prenaient des couleurs presque chaleureuses.

Une odeur de poisson mariné, *la mocequa de peixe*, flottait sur la petite place. Anna ne jeta même pas un œil aux échoppes. Concentrée sur sa mission, elle marchait lentement le long des voitures stationnées et scrutait le sol avec attention. Au bout d'une dizaine de mètres, elle fit demi-tour, l'air las.

Le chauffeur la héla de l'autre côté de la place. Elle lui rendit son geste, fendit la petite foule de badauds et faillit bousculer un gros touriste sexagénaire, rose comme une crevette surgelée, accompagné d'une jeune fille noire qui ne devait pas avoir plus de quinze ans. Elle en avait tellement vu qu'elle ne portait même plus attention à ces couples contre nature qui pullulaient en cette saison.

Le chauffeur était accroupi près d'une cabine téléphonique bleu azur. Un petit garçon d'environ cinq ans, à moitié nu, gisait sur le sol en position fœtale. Ses cheveux bouclés étaient souillés de taches marron. Du sang séché. Anna s'accroupit à son tour et posa sa main sur le front de l'enfant puis tâta son pouls. Elle reposa le bras sur le sol, le visage fermé.

— Il est mort. Appelle les services d'urgence. Ça fait tache dans la carte postale. Mort de faim à proximité de ces gros touristes bourrés de dollars.

— Tu es dure. Les touristes ne sont pas responsables, ils apportent de l'argent ici.

— Ce n'était pas un reproche, je notais simplement le contraste. D'ailleurs, il n'y a que ça à Bahia. Du contraste… Ça en devient fatigant.

Le chauffeur fit un signe de croix puis passa un coup de fil sur son portable.

— C'est fait, ils vont envoyer quelqu'un pour récupérer le môme. Continuons, il y en a peut-être d'autres.

Elle se releva et inspecta les alentours. Son regard s'arrêta sur une rangée de voitures le long du Mercado. Anna fit un signe de tête au chauffeur et se dirigea vers une Chevrolet rutilante de couleur verte. Juste à côté du pare-chocs, elle trouva ce qu'elle cherchait. Une petite fille d'une dizaine d'années, aux yeux verts magnifiques, vêtue d'une robe sale, était assise près d'une femme plus âgée. Les deux malheureuses avaient le regard vague, mais étaient vivantes. Elles n'avaient même plus la force de tendre la main.

Anna et le chauffeur étaient rodés. L'homme retourna vers la camionnette, tandis qu'elle sortait un pot de *zebu doce de leite*. Elle tendit une cuillère remplie de pâte marron à la fillette et à la femme, mais elles étaient encore endormies, ou peut-être abruties par la *cachaça*. Elle savait que le sucre provoquerait une hausse de la glycémie. Elle entendit la camionnette se garer contre le trottoir. D'un geste rapide elle souleva la fillette qui ne devait pas atteindre la moitié du poids moyen correspondant à son âge, et l'installa sur l'un des matelas posés à l'arrière où deux autres clochards dormaient déjà. Puis, aidée du chauffeur, elle transporta la mère qui avait les bras décharnés et sentait l'urine. Elle jeta un dernier regard entre les voitures pour s'assurer qu'il n'y avait aucun autre enfant errant.

— Allons-y, Manoel. Il est temps de rentrer, nous avons bien travaillé.

La camionnette démarra et reprit l'avenida do Contorno puis celle du 7 de septiembre qui s'étirait vers le sud de la ville, en direction du quartier animé de Barra. Anna regardait fixement la route, perdue dans ses songes. Le chauffeur fumait une cigarette et avait mis la radio. La voix chaude et suave de Carlos Jobim inonda le véhicule.

— *Doutore*, comment faites-vous pour tenir le coup ? Ça fait presque vingt-quatre heures que vous veillez. On m'a dit que vous aviez fait une autre tournée avant celle-ci. Vous devez sacrément les aimer, ces gens.

Anna sourit.

— Il n'y a rien d'extraordinaire, Manoel. Je fais mon devoir. Tout simplement. Mais c'est vrai que je suis morte de fatigue. Attention à la route !

La camionnette évita de justesse un bus brinquebalant qui débouchait à toute allure sur l'avenue. Ils arrivèrent au niveau du farrol da Barra où s'étaient massés des groupes compacts de touristes et de Bahianais qui venaient profiter de la vue sur la baie. Des rayons de soleil traversaient les derniers gros nuages noir d'encre, plus à l'ouest au-dessus de l'île d'Iparatica.

Le fort demeurait le lieu idéal des Bahianais pour venir en amoureux. À condition d'en avoir un sous la main, songea Anna. Et à condition de ne pas tourner la tête vers la place de Barra dominée par une tour monstrueuse en béton gris sale. Depuis six mois qu'elle travaillait à Bahia pour le compte de l'ONG, elle ne s'habituait toujours pas à l'anarchie architecturale de cette ville si attachante. En l'espace d'une cinquantaine de mètres, on passait de maisons coloniales sublimes, colorées, ciselées, reflets de siècles perdus, à des horreurs bétonnées posées là par quelque architecte dément. Ce n'était même plus une question de quartier, la beauté côtoyait partout la laideur. Même le Pelourinho, le centre ville historique, riche d'églises magnifiques et de bâtisses aux couleurs vives, se collait à un agglomérat de hautes barres décrépites. Ce mélange donnait le tournis à Anna, habituée à la logique des villes européennes divisées en quartiers riches, pauvres ou historiques.

— Arrête-toi, j'ai soif.

La camionnette ralentit devant un étalage d'énormes noix de coco vertes. Depuis la vitre du véhicule, Anna tendit un billet de deux réals à une vieille édentée. L'octogénaire au visage ridé comme une noix prit une petite machette, trancha d'un coup sec la partie supérieure du fruit, nettoya les bords, introduisit une paille dans l'orifice et confia le tout à Anna.

— Obrigada.

Des cris joyeux résonnèrent à côté de la camionnette. Des gamins couraient vers la plage en contrebas où se disputaient des parties de foot entre hommes en maillot de bain et pieds nus. L'un des mômes cria et trébucha sur l'étalage. Il fit vaciller le parasol qui protégeait la vieille vendeuse. Le mât oscilla sur sa base et tomba sur la camionnette, râpant au passage l'avant-bras d'Anna qui tapa la portière.

— Attention, cria le chauffeur à la jeune femme.

Anna contempla son bras : le bord rouillé du parasol avait entaillé sa peau. Du sang coula sur le siège.

— Ce n'est pas grave, juste une estafilade.

Le chauffeur prit une trousse d'urgence dans la boîte à gants déglinguée.

— Ce serait pas le moment d'attraper le tétanos.

— Ce n'est rien. La fatigue me fait oublier la douleur. Allons-nous-en d'ici, je vais m'occuper de l'écorchure.

Pendant qu'elle badigeonnait sa coupure de désinfectant, elle jeta un coup d'œil dans la camionnette. L'un des mômes était dans un sale état, complètement imbibé de colle. Cette saleté détruisait la moitié des neurones en quelques mois. Elle doutait qu'il puisse s'en sortir. Heureusement, les autres avaient l'air en meilleure forme.

La camionnette redémarra et s'inséra dans le flot de la circulation. Tout le monde dépassait allégrement la limitation de vitesse sous l'œil blasé des policiers chargés de la circulation. Au niveau du quartier d'Ondina, le trafic ralentit et Anna, bercée par le ronronnement du moteur, sentit le sommeil la gagner. Elle but une nouvelle gorgée d'eau de coco. Il fallait absolument qu'elle dorme quelques heures dans l'après-midi avant la soirée prévue à 22 heures. On n'admettrait pas qu'elle soit en retard, même si elle avait réussi sa mission.

75

Château Pèlerin
6 août 1291

Les soutes des navires s'étaient vidées de leur cargaison de douleur.

Si les blessés les plus graves étaient soignés à l'hôpital, les autres, en revanche, étaient minutieusement interrogés pour établir leurs identité et fonction dans l'ordre du Temple. Une vérification doublée d'une fouille au corps rendue nécessaire par le chaos et le désarroi qui régnaient dans les rangs des nouveaux arrivants. Ce filtrage contraignant, mais efficace, découlait d'un ordre strict de Pierre de Sivrey qui craignait que ne pénètrent dans le château des espions à la solde des Infidèles ou pis et les dernières paroles de Roger Flor résonnaient encore à ses oreilles, que le poignard d'un Assassin ne frappe au cœur de la forteresse. Et puis, les Templiers qui arrivaient avaient beaucoup à dire. À Chypre où ils avaient séjourné dans des conditions sanitaires lamentables, on parlait beaucoup du nouveau Grand Maître, Thibaut Gaudin qui, réfugié dans son château, ne semblait guère pressé de reprendre pied en Terre sainte. Alors que de nombreux Templiers blessés couchaient à même le sol dans le port, Thibaut Gaudin menait, disait-on, grand train et une vie de cour. La rancœur et la colère avaient gagné les pontons. Alors ne sachant que faire de ces trop nombreux blessés, on avait fini par s'en débarrasser en les envoyant à Château Pèlerin.

L'interrogatoire avait toujours lieu en deux temps. D'abord, on réclamait le nom du Templier et celui de sa commanderie de rattachement, informations que l'on croisait avec des listes soigneusement tenues à jour, puis on interrogeait le nouvel arrivant sur ses différentes affectations en Terre sainte, les capitaines sous lesquels il avait servi, ses compagnons d'escouade. Tout le personnel du château participait à ce travail d'identification au cours duquel revivait toute la mémoire du Temple. Quand on suspectait un fraudeur, il était immédiatement conduit dans une salle spéciale où Pierre de Sivrey menait lui-même la question. Dans tous les cas, il s'agissait de Templiers isolés dont tous les camarades avaient disparu et que personne ne pouvait reconnaître. L'interrogatoire portait alors sur un moment clé de leur parcours de chevalier de l'Ordre : l'initiation. Une expérience à propos de laquelle il était aussi difficile de mentir que d'inventer.

À chaque fois, Pierre de Sivrey s'apercevait combien l'initiation, au fil des siècles, s'était dévaluée. D'un rituel chevaleresque, on était passé à de puériles épreuves entre étudiants. Chaque époque avait rajouté sa touche d'innovation et beaucoup de frères, s'ils répondaient correctement aux questions du gouverneur, ignoraient tout de la valeur symbolique de leurs réponses.

Jusqu'alors, les enquêtes avaient bien fonctionné. Tous les arrivants étaient des frères du Temple et seuls les blessés dont l'état exigeait des soins sans tarder n'avaient pu être interrogés. Certains d'ailleurs ne survivraient pas. On attendrait pour les autres.

Un incident eut cependant lieu, ce 6 août 1291 passé l'heure de midi. Des Templiers pourtant correctement identifiés venaient de refuser l'interrogatoire et réclamaient la venue immédiate d'un dignitaire.

Le cas était exceptionnel.

Quand on lui annonça la nouvelle, Pierre de Sivrey était fatigué. À la déception de n'avoir reçu aucun renfort s'ajoutait la sensation de plus en plus précise que ses frères d'armes, qu'il avait interrogés toute la matinée, ne croyaient plus en l'avenir de l'Ordre. Coupés de la Terre sainte, bientôt exilés en Europe, les chevaliers du Temple n'auraient plus de mission sacrée. Et cette perspective décourageait nombre de frères dont le destin chevaleresque s'éloignait de plus en plus.

Sivrey regarda l'écuyer, un jouvenceau qui ne connaîtrait de l'Orient que la défaite et l'exil.

— Tu prétends que ce sont bien des Templiers ?

— Oui, maître. Plusieurs de nos frères les ont reconnus. Sans erreur possible.

— Et ils ne veulent pas se plier aux règles d'entrée au château ? Mais de quel droit ? C'est de la rébellion !

L'écuyer sentait venir la tempête. Il hésita avant de répondre.

— En fait, ils ont saisi leur arme dès qu'on a voulu fouiller leurs affaires personnelles.

Le gouverneur bondit de sa chaise. Jamais, de mémoire de Templier, un frère n'avait commis pareil outrage. Son poing frappa la table de rage.

— Qu'on les désarme ! Tout de suite !

L'écuyer se précipita pour exécuter l'ordre.

— Et qu'on me les amène ! La corde au cou !

76

Brésil
État de Bahia
La Résidence
De nos jours

Marcas cligna des yeux.

La vue était paradisiaque. Une plage de sable blanc, ourlée de centaines de grands palmiers ployés, encerclait une baie étincelante sous un soleil d'or. Sur la gauche surgissaient des blocs de rochers polis aux contours arrondis, comme s'ils avaient été sculptés depuis des millénaires. Sur la droite, une jetée partait vers la mer, à laquelle s'accrochaient des barques ondulant au gré de la houle. Dans le ciel d'un bleu vif, les rayons du soleil jouaient avec des nuages sombres, leur donnant tour à tour des teintes menaçantes ou chatoyantes. Les vagues qui mouraient sur la plage renvoyaient des reflets d'un vert translucide.

Debout devant la baie vitrée, Marcas se demanda s'il n'était pas en proie à une hallucination. Il s'était rendu dans un château de la région parisienne, battu par le froid et la pluie, et il se trouvait maintenant dans ce décor digne d'un reportage de *Géo* consacré aux plus belles plages du monde.

Il fit coulisser la porte-fenêtre et passa sur un balcon de pierre blanche. Un vent doux et chaud l'enveloppa langoureusement. Le soleil n'était pas haut dans le ciel, mais la température était déjà élevée. Il regarda vers le bas et vit qu'entre le bâtiment où il était et la plage, s'étendait un jardin tropical sur plus de trois cents mètres de large. Orchidées géantes rougeoyantes, amas d'héliconias orangées pareilles à des flammes, bougainvilliers fuchsia et indigo, fleurs multicolores qui contrastaient avec le vert des palmiers et le blanc immaculé du rivage. Des petites flaques de pluie stagnaient çà et là comme si un orage avait éclaté dans la nuit. Marcas avait presque mal aux yeux, éclaboussé par cette explosion de couleurs vives.

Il s'appuya sur la balustrade qui surplombait le jardin d'une dizaine de mètres.

— Je dirais que nous sommes dans un pays africain ou sur une île des Caraïbes, et vous ?

Marcas sursauta et tourna la tête dans la direction de la voix féminine. Sur un balcon mitoyen, à cinq mètres de lui, Aurélia de Crécy était assise sur une chaise coloniale, les pieds posés sur un tabouret de même facture. Elle portait une robe de lin blanc opaque et un bandeau assorti autour de ses cheveux noirs. Il s'approcha d'elle.

— Je ne savais pas que Di Licio était aussi agent de voyages, répondit Marcas. Ça doit être le cadeau de l'initiation, on passe l'épreuve, on se fait assommer et on gagne un voyage d'une semaine à l'île Maurice ou aux Bahamas. Cet endroit est magnifique.

— C'est sympa d'être un chevalier templier, ajouta-t-elle sur un ton ironique, nous sommes invités au paradis. Trêve de plaisanterie, cela fait une bonne demi-heure que je suis assise en attendant qu'on veuille bien m'ouvrir la porte fermée à double tour. Je n'ai vu personne dans le jardin, tout au plus ai-je entendu des bruits de voiture au loin et des voix, mais je n'ai pas pu discerner leur origine. Ravie de vous revoir.

Elle se leva de son siège et s'appuya à son tour sur la balustrade.

— À l'évidence, nous sommes obligés d'attendre le bon vouloir de nos amis de la loge Kadosh Kaos. Pour le moment, nous n'avons rien à craindre, s'ils avaient voulu se débarrasser de nous, cela aurait été chose faite depuis longtemps.

Un groupe d'oiseaux vert émeraude surgit derrière eux, du haut du bâtiment en poussant des cris aigus, et fila vers le rivage. Marcas les suivit des yeux, l'air songeur.

— Franchement, je n'y comprends rien. La seule chose tangible qui me rappelle notre passage dans le château de Di Licio se résume à une belle bosse, dit-il en se massant la tempe.

— Moi aussi, s'exclama-t-elle, c'est ce qui m'a réveillée d'ailleurs ! Ils auraient pu s'y prendre autrement. Nous faire avaler un somnifère dans une coupe moyenâgeuse ou quelque chose comme ça. Je n'arrive toujours pas à croire que Di Licio et ces gens organisent ce genre de comédie. C'est aussi comme ça dans la franc-maçonnerie ?

Marcas s'assit sur la rambarde et croisa les bras.

— Non, bien sûr. Jamais on ne s'amuserait à mettre en danger la vie de quelqu'un ou à jouer avec un hypothétique danger. Dans leur rituel, le lien avec la maçonnerie tient au nom de Kadosh qui est un haut grade maçonnique rappelant la vengeance des Templiers. C'est tiré de l'hébreu ; le mot peut se traduire par saint ou sacré. Le blason géant sur le mur derrière Di Licio ressemblait à celui que l'on trouve en maçonnerie. Néanmoins, ils se sont donné beaucoup de mal pour pousser à l'extrême la mise en scène. Jamais je n'ai entendu parler de ces têtes décapitées ni de ces épreuves. Ni de la loge Kadosh Kaos.

Aurélia de Crécy parcourut le paysage somptueux des yeux.

— Ce qui est certain, c'est que ces gens sont assez puissants pour nous avoir expédiés à l'autre bout du monde en se passant des formalités de police et de douane exigées pour le commun des mortels. Je ne sais pas combien de temps nous avons perdu connaissance, mais nous sommes à des milliers de kilomètres de la France.

Des coups résonnèrent à la porte de la chambre. Marcas s'arrêta net et échangea un regard rapide avec Aurélia. Un bruit de clé tournant dans une serrure se fit entendre. Au même moment, Aurélia tourna la tête vers l'intérieur de sa chambre, quelqu'un essayait aussi d'entrer. Marcas se replia vers la porte-fenêtre. Il vit la silhouette d'un homme se découper dans l'entrebâillement de la porte et lança à la jeune femme :

— Nous allons être vite fixés sur la suite des événements.

77

Château Pèlerin
L'hôpital
6 août 1291

Fouad courut vers la salle basse, ouvrit la porte et la referma aussitôt en tirant la barre de sécurité. L'odeur était épouvantable. Certains des blessés étaient morts et la pourriture qui rongeait déjà leurs corps exhalait des miasmes pestilentiels. Al-Sakka était habitué. Il compta les corps, enjamba un cadavre qui avait glissé de sa paillasse et s'approcha du fond de la salle. L'inconnu était là. Il parlait seul, d'une voix faible pareille au grésillement d'une chandelle sur le point de s'éteindre. Fouad l'avait pourtant placé en fin de rangée. Dans le coin le plus sombre. Ceux qui devaient mourir vite. Une erreur de diagnostic. Toutefois, quand le blessé était arrivé, ni le médecin ni ses aides ne lui avaient donné la moindre chance. Le corps et les mains étaient brûlés, la peau partait en plaques, la chair en lambeaux et des cloques purulentes recouvraient les yeux.

- Frère, Frère...

La voix semblait sortir de terre. Un murmure râpeux comme une pierre à aiguiser.

Intrigué, Al-Sakka s'approcha. L'homme avait été ramassé dans les ruines fumantes de Saint-Jean-d'Acre, rapatrié à Sidon, puis envoyé à Château Pèlerin. Il aurait dû mourir dix fois.

Fouad se pencha. Il cherchait la bouche dans cette chair à vif que gonflait encore le battement de quelques veines noircies. Ce n'était pas sur un pareil exemplaire qu'il pourrait étudier de près la musculature humaine. D'un autre côté, songea le médecin, pas besoin de l'écorcher, c'était déjà fait.

— Frère, j'ai péché. Mon âme est damnée si tu ne m'écoutes pas. Aie pitié de mes crimes.

Ce n'était pas la première fois que Fouad entendait semblable complainte. Quand ils se savaient condamnés, les chrétiens réagissaient tous de la même manière, soit ils hurlaient en pleurant après leur mère, soit ils réclamaient un confesseur. Étrange peuple, vraiment, qui, depuis deux siècles, ensanglantait tout l'Orient et qui, à l'ultime moment, venait demander pardon pour ses fautes. Al-Sakka secoua la tête. Décidément, il ne comprendrait jamais ces croisés. Des barbares et des enfants à la fois…

Il sursauta brutalement. La main du blessé, décharnée et suante de pus, venait de saisir sa toge.

— Ah, frère, tu es bien là, s'écria le blessé en palpant avidement la toile rêche.

Soudain Fouad comprit. Quand il opérait, il portait une toge dont il se débarrassait ensuite tant elle était souillée. Une toge de bure dont la longueur comme le tissu étaient identiques aux robes des prêtres.

— Frère, je suis un pécheur immonde. J'ai trahi et j'ai menti. J'ai volé et j'ai tué. Si je ne me repens pas, je brûlerai dans les flammes de l'Enfer éternel !

La voix du moribond résonnait dans la salle basse. S'il continuait ainsi, les aides risquaient de s'inquiéter et de venir. Fouad sentit son estomac se nouer subitement. Tout sauf le scandale.

Il écarquilla les yeux et tenta de distinguer une oreille dans le magma où s'était dissous le visage.

Il se pencha au hasard.

— Je suis près de toi et je t'écoute, mon frère, je...

Le médecin hésita. Il devait y avoir une expression consacrée dans ce genre de cas. Mais laquelle ? Fouad essuya la sueur qui commençait à couler de son front. Il lui fallait jouer son rôle jusqu'au bout et faire au plus simple.

— Dis-moi ton nom, mon frère.

Le silence lui répondit. Un moment, Al-Sakka crut que le blessé venait de trépasser. Un coup de chance, un don du Ciel, mais la respiration haletante qui secouait la poitrine sanglante n'avait pas cessé.

L'inconnu était toujours vivant.

De nouveau, le médecin approcha ses lèvres.

— Ton nom, mon frère, pour que je puisse t'entendre et t'absoudre de tes péchés.

L'expression consacrée était venue d'un coup. Fouad en était le premier surpris. Sans doute avait-il dû l'entendre et la mémoriser sans s'en rendre compte.

Un son rauque monta, qui fit trembler le corps. Comme un souvenir venu du lointain.

— Mon nom...

Instinctivement, Al-Sakka se recula. Un jet de salive et de sang mêlés fusa en même temps que la réponse.

— Mon nom... C'est Caëtani.

78

Issy-les-Moulineaux
Siège d'Omnium TV
De nos jours

Le gigantesque mur d'écrans de télévision dans le hall du siège de la chaîne Omnium TV montait à plus de dix mètres de haut. La mosaïque d'images changeait sans cesse de couleur et de forme de sorte qu'il était impossible de regarder l'ensemble sans éprouver un vertige. Entrée en marbre, monumentale sculpture de Calder posée au milieu, murs végétaux à l'identique de ceux du musée du quai Branly, la chaîne n'avait pas lésiné pour en mettre plein la vue à ses invités. Un décor qui se voulait haut de gamme à l'inverse des programmes diffusés, mélange hétéroclite de soaps indigents, d'émissions de télé-réalité racoleuses et de talk-shows se voulant à la pointe du nihilisme culturel ambiant. Seules quelques émissions surnageaient au-dessus de ce cloaque servant de caution journalistique. Un trio de deux hommes et une femme se dirigeait vers l'entrée. Ils avaient rendez-vous avec l'animatrice de l'une de ces rares émissions, *Transversales*, dont le concept reposait sur des entretiens croisés avec un représentant du monde people, un membre de la classe politique et un chef d'entreprise.

— Vous auriez pu décaler cette émission, j'ai vraiment beaucoup de travail en ce moment, lança Léandre d'un air excédé à son conseiller en communication et à l'attachée de presse.

Il avait bossé non-stop ces deux derniers jours et avait complètement oublié cette interview calée depuis trois semaines.

L'attachée de presse de la Stone France, une Ukrainienne bilingue, ne se laissa pas intimider.

— Monsieur, la file d'attente des invités de l'émission est plus longue que celle de la basilique Saint-Pierre au mois d'août. *Transversales* a encore gagné trois points d'Audimat, la semaine dernière. C'est là où il faut être en ce moment.

— Natalia a raison, Bernard Arnault et François Pinault y ont été invités le mois dernier, ajouta Martinet, le tout frais remplaçant de la directrice de communication décédée.

— Si vous le dites, grommela Léandre qui n'arrêtait pas de penser à son projet, se demandant s'il n'allait pas ajouter sur la liste ses deux adjoints, un peu trop prétentieux à son goût. Il avait travaillé comme un fou sur le plan social. Le rituel de la croix avait décuplé ses facultés, un peu comme un bon rail de coke, mais l'irritation ne cessait de le gagner, il fallait qu'il se défoule. C'était l'un des effets secondaires dont le médecin lui avait parlé.

Vous devez vous contrôler en toutes circonstances. Ne mettez aucun affectif. Quand une pulsion surgit, ne vous laissez pas emporter.

Il était d'une humeur massacrante et regrettait de ne pas avoir fait sa séance de body-combat avec son coach. Ils passèrent sous le portique de détection gardé par trois vigiles en costume-cravate. Une lumière rouge se déclencha. L'un des gardiens se tourna vers Léandre et, sur un ton poli, le questionna :

— Avez-vous des clés ou un portable sur vous ? Auquel cas, il faut les mettre sur le côté et repasser sous le portique.

Léandre le détailla avec morgue puis se tourna vers son attachée de presse :

— Dites à ce gorille que je ne suis pas une recrue d'Al-Qaida, on a assez perdu de temps comme ça.

Il voulut continuer sur sa lancée, mais le deuxième gardien s'interposa en tendant la paume de sa main.

— Nous sommes désolés, mais c'est la procédure de sécurité.

Léandre sentit la colère monter en lui.

— Tu sais qui je suis, mon gars ? Je pourrais racheter demain ta chaîne sans même m'en rendre compte et te foutre dehors. Dégage.

L'attachée de presse, inquiète, essaya de le calmer.

— Ce n'est rien, monsieur Léandre, ils ne font que leur travail.

Le directeur de la Stone France se retourna vers elle ; il savait qu'ils étaient tous contre lui, même son employée. Il n'allait pas se laisser faire.

— Toi, petite conne, tu la fermes, je ne te paye pas pour me les briser.

Une onde de fureur l'envahit, il avait envie de frapper quelqu'un, juste pour le plaisir, pour se défouler. Faire mal. Une pulsion de violence à l'état pur. Il fixa l'un des gardiens d'un air mauvais.

— Soit tu me laisses passer, connard, soit tu vas prendre mon poing dans ta petite tronche de rat.

Dans le hall, les gens observaient la scène avec curiosité. L'un des gardiens avait passé un coup de fil à la réception. Celui qui avait été menacé demeurait sur ses gardes. Il restait poli, mais commençait à jeter des regards inquiets vers son collègue.

— Calmez-vous, je vous ai juste demandé de contrôler vos poches.

— Tu n'as rien à me demander, petite merde, dit Léandre.

Le coup partit à la vitesse de l'éclair. Dans l'estomac. Le souffle coupé, le vigile se plia en deux sous les yeux stupéfaits de ses collègues et des assistants de Léandre.

79

Château Pèlerin
6 août 1291

Assis à sa table de travail, Sivrey attendait qu'on lui amène les deux Templiers qui refusaient l'interrogatoire. La colère bouillonnait dans ses veines. Il fallait qu'elle sorte. Et ces deux rebelles en feraient les frais. Il baissa les yeux sur le dernier rapport des escouades d'éclaireurs. La situation était catastrophique. Dans tout le pays que les croisés tenaient depuis deux siècles, les troupes du sultan d'Égypte étaient reçues en libérateur. Partout, les paysans, les commerçants et les nobliaux musulmans se soulevaient. Une véritable guerre de libération. Quant aux chrétiens, retranchés dans les villes côtières ou les châteaux des montagnes, ils attendaient une fin inexorable.

Sivrey se leva et se posta contre la vaste baie à colonnettes qui surplombait l'arrière-pays. Château Pèlerin était la plus puissante forteresse du Temple en Terre sainte. De hautes tours, des enceintes concentriques, des arsenaux bondés, mais qui seraient balayés tel un fétu de paille par l'assaut de l'armada musulmane. Et avec Château Pèlerin, l'avenir de l'ordre du Temple.

Le sang frappait dans ses tempes. Il sentait la tension monter. Bizarrement, la pression ne l'abattait pas. Bien au contraire. Il lui semblait entrevoir des idées, des plans qu'il n'avait jamais eus. Comme si l'esprit de Roger Flor venait de ressusciter dans sa propre conscience.

Pierre devint blême de colère. Il ne laisserait jamais le Temple devenir un ordre fantoche. Quel que soit le prix à payer.

— Maître ?

Le gouverneur se retourna. L'écuyer venait de rentrer.

— Maître, les deux chevaliers sont là. Comme vous les avez réclamés. Prêts à subir votre justice.

— Qu'on me les amène.

Sivrey reprit place et se raidit dans son fauteuil. Il était juste, certes, mais aucun désordre ne pouvait être toléré et s'il fallait un exemple... Il serra les poings.

La porte s'ouvrit. Entourés de plusieurs gardes, deux hommes surgirent et tombèrent à genoux. Une corde autour du cou.

— Des loqueteux, pensa le gouverneur en les contemplant.

Les deux frères étaient couverts de haillons, leur visage buriné de crasse, leurs cheveux puants. L'un d'eux, le regard égaré, serrait frénétiquement un sac noir pendu à sa ceinture. L'autre semblait accroché à une longue paillasse comme à une relique.

— Des fous, on m'a dérangé pour de simples fous, murmura Sivrey.

L'un des hommes avait posé sa main sur son bas-ventre d'où s'échappait du sang. Il gémit.

Brusquement Sivrey eut pitié.

— Ton nom, frère ?

Un lent murmure s'éleva des lèvres craquelées :

— D'Aynac... Guy d'Aynac.

Pierre bondit de son siège.

— Et toi ?

Un visage se leva, creusé de sillons

— Jacques... de Molay.

80

Brésil
État de Bahia
Siège de l'ONG
De nos jours

La Toyota roula jusqu'au poste de garde qui contrôlait l'accès au complexe hospitalier et d'hébergement de l'ONG. Devant l'entrée, un grand panneau de cinq mètres sur deux arborait une affiche représentant une mosaïque de visages noirs et métis souriants et heureux de vivre. Au-dessus étaient peintes en lettres d'or les initiales de l'ONG avec un slogan : *Libertad o muerte.*

Un homme en tee-shirt et casquette verts sortit du baraquement d'un pas nonchalant et releva la longue barrière écaillée qui avait du mal à ne pas s'effondrer sous son propre poids. Le chauffeur engagea la camionnette vers le bâtiment central en forme de pyramide tronquée. Des hommes en blouse blanche fumaient en les attendant près des lits roulants métalliques. La Toyota se gara par l'arrière et les aides-soignants jetèrent leur mégot sur le sol de terre battue. L'un d'entre eux leva le bras pour indiquer au chauffeur de stopper son véhicule puis ouvrit la double porte. En moins de deux minutes, les indigents furent allongés sur les lits et emportés à l'intérieur du bâtiment. Anna sortit du véhicule en prenant son sac à dos.

— Merci pour tout, Manoel. À la semaine prochaine.

— Reposez-vous bien, je viendrai vous chercher jeudi. Prenez soin de ces pauvres gens.

Le chauffeur la vit dans son rétroviseur faire un signe d'adieu et démarra en trombe vers la sortie ; il avait juste le temps de rentrer chez lui, à Itapoa, pour voir le match de foot qui opposait ces abrutis du São Paulo FC au SC Corinthians, son club préféré.

Anna entra à son tour dans l'annexe sanitaire du camp. Elle fit un signe de tête au secrétaire derrière son comptoir et remplit la fiche d'admission en ajoutant le chiffre 4 dans l'une des cases. Elle signa et prit la première porte sur la droite qui donnait sur une grande salle d'attente où se pressaient chaque jour des centaines de familles de déshérités qui venaient se faire soigner gratuitement. Des bébés hurlaient, des femmes discutaient entre elles, des vieux marmonnaient tout seul, Anna voyait le même spectacle depuis des mois. Les visages changeaient, les souffrances restaient les mêmes, malnutrition, maladies vénériennes, sida, gale, hépatites, l'ordinaire ou presque. Cette fois, elle n'était pas de permanence et continua son chemin en poussant la porte à deux battants ouvrant sur le service administratif. Elle longea une série de bureaux, descendit un escalier de service sur deux niveaux et arriva devant une porte grise sans indication particulière. Elle sortit un badge en plastique et le passa sur un rectangle de même couleur à côté de la serrure. Un déclic se fit entendre et la porte s'entrouvrit. Un air plus frais l'accueillit. Anna referma derrière elle et arriva dans un parking équipé de rails dans lequel étaient garées cinq petites voitures électriques de couleur verte qui servaient à parcourir les trois kilomètres de route souterraine reliant le camp de l'ONG à la Résidence. Elle s'installa dans l'une d'elles et appuya sur un bouton rouge sur le tableau de bord. La voiture émit un bourdonnement et glissa sur le rail qui filait dans le souterrain. La fatigue se fit plus intense, elle ferma les yeux et se laissa bercer par le roulement. Elle pensa aux miséreux ramassés sur la place du Mercado Modelo et se dit qu'ils avaient de la chance d'être tombés sur elle.

Ils allaient enfin trouver un sens à leur vie.

81

Château Pèlerin
L'hôpital
6 août 1291

Avant que Caëtani ne reprenne la parole, Fouad se dirigea vers la porte. Depuis la chute de Saint-Jean-d'Acre, il craignait les oreilles indiscrètes. Beaucoup de chrétiens le regardaient désormais sans complaisance. Un malentendu, une rancœur ou, pis, une rumeur, et il terminerait sa carrière pendu au gibet qui ornait la place centrale. Sans compter que si ses frères musulmans s'emparaient de la citadelle, il risquait de finir au même endroit pour trahison. Al-Sakka vivait sur le fil du rasoir sans savoir vers où se tourner pour sauver sa peau.

— Frère, tu m'entends ?

Le médecin revint s'asseoir auprès du moribond. Le souffle qui gonflait sa poitrine se faisait plus lent. Avec un peu de chance, ce Caëtani ne verrait pas la fin de la journée. En attendant, il n'avait pas d'autre choix que de l'écouter.

— Mon frère, balbutia le blessé, bénissez-moi parce que j'ai péché, je vous en supplie au nom de Notre Sauveur.

Sans hésiter, Fouad fit un signe de croix sur ce qui avait été le visage du blessé. Il n'était pas très sûr de l'exactitude du geste, mais vu les circonstances...

— Je suis prêt à entendre ta confession, déclara le médecin, tu peux tout me dire.

Un sanglot lui répondit, suivi d'un déluge verbal.

— Je vais mourir, mon frère et ma conscience déborde. Partout je vois le sang que j'ai versé, les mensonges que j'ai proférés, les innocents que j'ai abusés. Tous ces fantômes me hantent, je les sens autour de moi. Ils me tirent vers l'enfer. Je vais être damné... damné...

Affolé, Fouad lança au hasard des paroles qu'il avait entendues subrepticement lors de confessions à l'hôpital.

— Repens-toi, mon frère, repens-toi ! La Miséricorde de Dieu est infinie.

— Dieu, pardonnez-moi la mort d'Othon Gauffridy et de Roger Flor ! Ayez pitié. Ayez pitié !

En entendant ces noms, Al-Sakka sursauta. À Château Pèlerin, tout le monde connaissait le bibliothécaire et le gouverneur de la flotte. Et voilà que cet inconnu s'accusait de leur meurtre.

— Tu parles bien de Gauffridy, le...

— Lui, je l'ai tué dans la bibliothèque. Il est mort au milieu de ses livres maudits. C'est sa faute, sa très grande faute. C'est lui qui m'a entraîné sur le chemin du vice.

— Et Roger Flor ?

— Je... je l'ai tué pour que personne ne connaisse le secret.

Fouad al-Sakka était un esprit méthodique. Il réfléchit et s'arrêta sur deux hypothèses possibles. Soit ce Caëtani était pris de délire, soit il disait la vérité et là... Le médecin respira profondément... là...

— Quel secret ?

Un souffle lui répondit :

— Celui des Assassins.

De nouveau Al Sakkah sursauta. Les Assassins ! Une ombre passa sur son visage. Quand il était encore à la cour du sultan d'Égypte, ce nom provoquait l'effroi de tous. On ne le prononçait qu'à voix basse, de peur qu'un tueur de la secte ne soit là, prêt à frapper.

— Et c'est moi qui suis allé à leur rencontre. Pour qu'ils forment la Croix sur Guillaume de Beaujeu.

— Quelle croix ? interrogea Fouad, surpris.

— Celle où conduit l'Équerre. Celle où Enfer et Paradis se croisent et se perdent ! Celle où Diable et Dieu ont le même visage.

Al-Sakka commença à trembler. La peur le gagnait. Il ne savait plus quoi faire. Le blessé parlait par symboles. Un vrai délire. Il tenta de le calmer.

— Aie confiance en Dieu, mon frère, Lui seul te délivrera de tes erreurs et de tes tourments. Confesse tout ce que tu sais et le Paradis te sera promis.

Brusquement Caëtani se mit à hoqueter. Un filet de sang coula sur son menton. Sa main s'agita. La fin approchait.

— Le secret... le secret... sur la tempe gauche... entre l'oreille et le sourcil... à l'intersection des deux chiffres... trace la croix et au centre...

Fasciné malgré lui, Fouad s'inclina pour mieux entendre.

— ... et au centre... tu élèveras...

La main de Caëtani retomba. Il ouvrit la bouche et énonça dans un dernier souffle :

— ... la première colonne du Compas, la colonne du Nord !

82

Brésil
État de Bahia
La Résidence
De nos jours

Un métis vêtu lui aussi de blanc s'inclina respectueusement devant Marcas.

— Je m'appelle Caetano. Soyez le bienvenu à la Résidence, senhor Marcas, dit-il d'une voix douce mâtinée de portugais. Voulez-vous me suivre pour prendre le petit-déjeuner ? D'autres personnes vous attendent.

Marcas s'avança vers lui en le jaugeant. De près, il paraissait plus costaud, ses muscles saillants sous son tee-shirt lui conféraient une allure impressionnante. Marcas était suffisamment lucide pour savoir qu'il n'aurait pas le dessus sur l'homme qui lui souriait avec bienveillance.

— Où sommes-nous ? demanda-t-il d'un ton vif. Pourquoi nous a-t-on enlevés ? Je suis capitaine de police, vous vous rendez coupable d'un grave délit.

Le métis sourit de plus belle, comme si Marcas lui racontait une histoire drôle et qu'il en attendait la chute.

— Je ne peux pas répondre à votre question, senhor, vous aurez sûrement des explications dans la salle du petit-déjeuner. La jeune dame est aussi invitée.

Des bruits de pas résonnèrent dans le couloir puis devant sa porte.

— Antoine ? dit Aurélia, qui apparut derrière le métis. Je meurs de faim, pas vous ?

Il n'eut pas le temps d'hésiter, elle le prit par le bras et ils suivirent le métis. Ils montèrent un escalier sur deux étages puis traversèrent un corridor qui débouchait sur une véranda fermée par une baie vitrée, où se trouvaient une dizaine de tables rondes dressées pour le petit-déjeuner. La vue donnait directement sur l'océan qui prenait des couleurs bleu turquoise. Le haut de la verrière était teinté pour filtrer les rayons du soleil, une discrète climatisation pulsait un air légèrement frais. Marcas repéra à côté de la verrière, sur un mur nu de couleur blanc cassé, une grande croix pattée rouge. La même croix que celle de la loge Kadosh Kaos. Au milieu de la pièce était dressé un grand buffet de fruits de toutes les couleurs et de mets que Marcas ne reconnut pas tout de suite. Le métis les pria de s'asseoir à une table entourée de trois chaises.

— Le buffet est à votre disposition, un cuisinier peut vous servir des œufs frits avec du bacon. Nous avons aussi du café, du thé ou toute autre boisson qu'il vous plaira.

Aurélia s'était assise. Marcas fit de même et commença à comprendre ce que signifiait l'expression prison dorée. L'agacement le gagnait.

— Et pourquoi pas du champagne ? Après tout nous sommes des hôtes de marque. Vous avez ça en stock ?

— Du champagne au petit-déjeuner, tu as de bien curieux goûts, mon cher Marcas, lança, derrière lui, une voix masculine qu'Antoine identifia tout de suite.

Di Licio arrivait du salon, vêtu d'un complet sombre et d'une chemise claire. Il portait un journal à la main. Il s'installa à la table des deux Français et fit un signe à l'un des serveurs en lui indiquant sa tasse. L'homme au profil aquilin prit la main d'Aurélia et esquissa un baisemain.

— Tu es ravissante. On n'a pas vu depuis longtemps aussi séduisante sœur dans notre ordre. Je n'en dirais pas autant de toi, Antoine, tu devrais te raser, cela fait un peu négligé.

Aurélia lui rendit son sourire en le fixant.

— Nous attendons des explications sur cet enlèvement. Car il s'agit bien de cela, n'est-ce pas ?

— Allons, allons. Juste un petit voyage pour vous faire découvrir cet endroit merveilleux. Tous les initiés de la loge Kadosh Kaos y ont droit et, à ma connaissance, pas un ne s'en est jamais plaint. Des amis mettent à notre disposition un jet privé fort utile pour nos petits déplacements.

— Vous n'étiez pas obligés de nous frapper, coupa Aurélia.

— Vous aurez toutes les explications en temps voulu. C'est une étape douloureuse mais nécessaire, d'ici quelques jours, ça se résorbera et vous aurez la joie de... Je préfère vous laisser la surprise.

— Où sommes-nous ? demanda Marcas en se versant une tasse de café.

— Au Brésil, plus exactement dans l'État de Bahia, à quelques dizaines de kilomètres au nord de la ville de Salvador. C'est une région magnifique, vous avez dû apercevoir la plage depuis vos chambres.

Le métis posa devant Di Licio un gros saladier rempli de fruits découpés, mangues juteuses, ananas dorés, acerolas écarlates, goyaves roses et blanches, acais râpés violet foncé.

— Je vous conseille de goûter l'acai, ça vient d'un palmier d'Amazonie, on le surnomme le fruit qui pleure. Selon les nutritionnistes, c'est le produit végétal qui contient le plus d'antioxydants au monde. Des substances qui, comme vous le savez, protègent du vieillissement.

— Merci de te soucier de notre santé. Nous sommes dans le club de vacances des Templiers ?

Di Licio savourait les fruits qu'il avalait lentement. Aurélia absorbait de petites gorgées de thé parfumé sans le quitter des yeux.

— L'image est amusante. Il faudra que je m'en souvienne. Vous avez le privilège de vous trouver tous deux au siège mondial de notre loge. Telle la franc-maçonnerie, dont elle a hérité certains traits, Kadosh Kaos est implantée dans de nombreux pays, comme vous le découvrirez par la suite. Elle a choisi cet endroit splendide pour s'y implanter durablement.

— J'ai vu un portrait dans ma chambre, d'un homme vêtu d'une cape dont la facture me paraissait dater du XIXe siècle... ? interrogea Marcas, intrigué.

— Moi aussi, ajouta Aurélia. Qui sont ces gens ?

Di Licio reposa ses couverts et se tamponna les lèvres avec une serviette.

— Les dirigeants de notre ordre qui ont vécu à des époques lointaines... Vous aurez les réponses en temps voulu. Sachez pour le moment que Kadosh Kaos existe depuis plusieurs siècles et que vous avez désormais le privilège d'en faire partie.

Marcas sentait que l'historien jouait avec eux.

— Sommes-nous prisonniers ?

Di Licio éclata de rire.

— Pas le moins du monde, vous pouvez vous promener où bon vous semble. La plage est extraordinaire. Caetano peut vous faire visiter une partie de la Résidence, elle est si grande que moi-même, je n'en connais pas l'étendue exacte. Nous sommes au Brésil, tout est disproportionné ici. Si vous montez, la Résidence possède des chevaux de toute beauté, des crioulos élevés dans la province du Natal, les meilleurs selon les spécialistes.

— Et si j'ai envie de sortir, par exemple pour visiter Bahia, cela pose un problème ? demanda Aurélia, sur un ton innocent.

Di Licio repoussa son siège et se leva.

— Ne soyez pas méfiants, mes amis. Je vous le répète, vous n'êtes pas prisonniers. Caetano vous accompagnera aussi en ville si vous le désirez, mais je ne vous le conseille pas... pas tout de suite.

— Pourquoi ?

— Vous êtes encore sous le coup du décalage horaire et votre initiation risque de vous avoir laissé des effets indésirables. Dans quelques jours, ce sera possible. Pour l'heure, il faut que vous passiez les examens médicaux d'usage.

Marcas et Aurélia se raidirent.

— Quels examens ?

Di Licio consulta sa montre d'un air ennuyé.

— Rien de bien méchant, mais je suis obligé de vous laisser. Votre rendez-vous au centre médical est prévu dans un quart d'heure. Finissez votre petit-déjeuner on viendra vous chercher.

— Puis-je appeler ma famille ? interrogea Aurélia. Ils vont se faire du souci.

Di Licio mit sa main sur son épaule et lui dit d'un air amical :

— Ne t'en fais pas, tu pourras les contacter dans l'après-midi. Je te demanderai simplement un peu de discrétion sur l'endroit où tu te trouves. Votre appartenance à la loge implique, comme dans toute société discrète, un minimum de cloisonnement. Encore une fois, rien n'est interdit, je vous demande juste un petit peu de patience.

Marcas avala un bout de croissant, digne d'une boulangerie de son quartier.

— Et si je veux rentrer en France ?

— Tu es libre. Une place sur un vol Bahia-Paris te sera réservée, en échange il te faudra rester muet sur ce que tu auras vu. Même chose pour toi, Aurélia. Je vous demande juste deux jours, après vous prendrez une décision. Il se passe ici des choses extraordinaires. Vous en saurez plus au dîner, 20 heures précises. Caetano vous apportera de quoi vous changer.

— Quelles choses extraordinaires ?

Di Licio retira sa main de l'épaule de Marcas et fixa d'un air énigmatique la grande croix pattée sur le mur.

— Nous allons changer le monde.

83

Château Pèlerin
Salle de l'Étoile
6 août 1291

Située dans les soubassements du château, la salle de l'Étoile dessinait au sol un octogone parfait. Selon la tradition, elle reproduisait exactement la forme de la première chapelle que le Temple avait construite à l'emplacement du temple de Salomon, au centre mystique de Jérusalem. En principe, cette salle n'ouvrait que deux fois l'an pour les initiations. C'était là que se déroulait le rituel secret qui d'un écuyer néophyte faisait un chevalier du Temple. Et c'était là, après les avoir longuement entendus, que Pierre de Sivrey avait décidé de réunir Guy d'Aynac et Jacques de Molay.

La barbe taillée, vêtus de neuf, les deux chevaliers avaient retrouvé apparence humaine. Assis sur un banc de pierre, ils observaient un quatrième homme, le chirurgien du château Fouad al-Sakka, que venait de leur présenter le commandeur. Ce dernier se tourna vers les deux chevaliers.

— Si je vous ai bien compris, messires, Roger Flor, lors de la bataille de Saint-Jean-d'Acre, vous a demandé de convoyer le corps de Guillaume de Beaujeu de la grand-salle jusqu'à la citadelle du Temple.

— Oui, maître, répondit Molay, il tenait tout particulièrement à la réussite de cette mission.

— Et c'est le même Roger Flor qui, plus tard, au moment de l'assaut des Infidèles, vous a fait violer le tombeau du Grand Maître, retirer le corps et vous l'a confié.

— Oui, maître, et nous l'avons ramené…

— Je sais, coupa le gouverneur en hochant le menton vers les sacs posés au centre de la pièce. J'ai eu l'occasion de le voir.

Assis à l'un des angles de la salle, Al-Sakka ne put se contenir. Sa curiosité de praticien était trop forte.

— Comment avez-vous fait pour éviter la décomposition du corps ?

Molay fixa le sol comme s'il n'avait pas entendu. D'Aynac se jeta à l'eau.

— Le bateau qui nous a d'abord conduits à Chypre était amarré dans une crique. Il y avait une plage. Nous avons récupéré un sac dans la soute, nous y avons glissé le corps, puis nous l'avons rempli de sable. Durant tout le voyage, nous avons exposé le sac sur le pont à l'ardeur du soleil. J'avais remarqué que (Guy d'Aynac se racla la gorge) que les morts qui étaient enterrés dans le sable avaient tendance à…

— … à mieux se conserver, c'est ça ? interrogea Fouad en observant les chevaliers avec un nouvel intérêt.

— Oui.

Sivrey reprit la parole. Cette discussion technique autour du corps d'un Grand Maître l'insupportait. Les Infidèles, selon les derniers rapports des éclaireurs, battaient la campagne. Dans quelques jours, ils seraient au pied du château. Il avait hâte de démêler cette affaire.

— Et Roger Flor vous a aussi confié deux têtes qu'il voulait à tout prix sauvegarder.

— Oui, il avait décapité deux Infidèles qui nous poursuivaient dans les quartiers marchands d'Acre.

— Des Assassins, précisa de Molay, et ils étaient guidés par un Italien, un certain Caëtani.

À ce nom, le gouverneur et Al-Sakka se regardèrent brièvement. Le récit du médecin était en train de se confirmer.

— Caëtani, c'est bien ça ? demanda Fouad.

— Oui. Selon Roger Flor, c'était le nom de l'Italien qui servait de mentor aux deux Assassins, précisa d'Aynac.

Pierre de Sivrey contempla encore une fois ces deux chevaliers que le hasard avait réunis. Il les avait examinés avec attention dès leur arrivée. Molay paraissait de plus en plus ahuri. À chaque nouvelle révélation, il semblait tomber un peu plus dans l'hébétude. Ses mains étreignaient nerveusement sa tunique. Un bon soldat, pensa le gouverneur, mais un soldat incapable de s'adapter à un monde mouvant et ténébreux. Tout le contraire de ce d'Aynac avec son corps ramassé, sa parole agitée. Lui est fait pour les situations obscures, les opérations troubles. Pourtant, à bien le regarder, il y a parfois trop de feu dans ses yeux. Comme une incertitude venue du plus profond. Cet homme est dangereux et d'abord pour lui-même.

Il décida de frapper vite et fort.

— Mes frères, ce Caëtani est ici.

84

Issy-les-Moulineaux
Studio Omnium TV
De nos jours

Les deux autres gardiens se ressaisirent et fondirent sur le directeur général de Stone France qui n'opposa aucune résistance.

— Je n'ai pas tenu ma promesse. Je ne t'ai pas pété la gueule. Tu n'as pas de bons abdos, le gorille, ricana Victor Léandre en regardant le vigile se relever, les mâchoires crispées.

— Non, arrêtez... ! cria l'attachée de presse.

Une femme blonde en tailleur arriva en courant de l'autre bout du hall.

— Que se passe-t-il ?

— C'est un malentendu, glapit le directeur de la communication. Tout va s'arranger.

L'un des gardiens se pencha à l'oreille de la femme et lui raconta l'altercation. Elle fronça les sourcils en observant Léandre, murmura à son tour quelques mots et s'avança vers le groupe. Le gardien fit un signe à ses collègues qui libérèrent Léandre.

— Je suis Carola Guecha, responsable des relations publiques d'Omnium TV. Nous sommes désolés de cet incident, monsieur Léandre. Veuillez me suivre jusqu'à la cabine de maquillage.

Léandre afficha un sourire de triomphe et tapota le dos du gardien qu'il avait agressé.

— Sans rancune, vieux... Mais tu devrais travailler tes réflexes. C'est comme ça qu'on avance dans la vie, en prenant des coups pour mieux les rendre la fois suivante.

Le vigile lui jeta un regard noir pendant qu'il passait devant lui en réajustant son nœud de cravate. Le directeur de la communication lui tendit une carte.

— Donnez-moi un coup de fil demain... pour vous dédommager, dit-il en souriant. Le patron est sur les nerfs en ce moment, ça n'a rien de personnel.

— Bande d'enfoirés, ça vous coûtera cher, grimaça le vigile en prenant le bout de carton.

Les membres du petit groupe passèrent les uns après les autres par une porte à tambour en verre. La responsable des relations publiques les guida le long d'un couloir qui bordait des bureaux séparés par des cloisons vitrées.

— C'est par ici. Vous irez au maquillage et ensuite direction le plateau d'enregistrement. Je vous attendrai avec vos assistants dans un salon relié au studio. L'émission dure environ quarante minutes. Juste après, le directeur de la rédaction et la directrice de la publicité voudraient venir vous saluer autour d'une petite coupe de champagne.

— J'en serai ravi, répondit Léandre. Je dois justement donner mon avis sur les recommandations d'achats d'espace pour l'année prochaine.

L'attachée de presse, qui les suivait, murmura à l'oreille du dircom :

— Il me fout les jetons, Léandre. Tu as vu son sourire sadique quand il a étalé ce pauvre type ?

— Laisse tomber, fais comme si tu n'avais rien vu. En ce moment, il ne faut pas jouer les fortes têtes à la Stone Corporation. Il y a des rumeurs de dégraissage, chuchota le dircom. Moi, j'ai encore douze ans de crédit sur mon trois-pièces et je ne tiens pas à les rembourser avec les Assedic.

Victor Léandre se sentait beaucoup mieux. Obéir à sa pulsion l'avait rendu presque joyeux, mais il n'en parlerait pas au docteur Yarker. Ne pas mettre d'affectif dans ses actes, telle était la règle. Il devrait retrouver ses esprits pour continuer à planifier son projet.

Une charmante brune leur fit signe devant une porte.

— Je vous laisse entre les mains de Valérie. À tout à l'heure, dit la responsable des relations publiques, entraînant avec elle les deux adjoints de Léandre.

La brune guida celui-ci vers une petite pièce pleine de miroirs bordés d'ampoules.

Il ferma les paupières pendant qu'elle officiait sur son visage. Il récapitula de nouveau mentalement le découpage de l'opération, tel qu'il l'avait élaboré jusqu'au petit matin.

Les images défilaient dans son esprit avec netteté. Ça commencerait à Orly, les employés seraient acheminés par car vers l'aéroport. Tous contents de passer quelques jours au soleil. Ils prendraient deux vols réguliers pour Le Caire où ils resteraient deux jours pour visiter les pyramides. Après tout, il leur devait bien ça avant de les envoyer en enfer. Puis ils prendraient trois avions d'une compagnie locale, affrétés pour l'occasion, à destination de Louxor. Hélas, les trois appareils n'arriveraient jamais à destination et se crasheraient quelque part dans les sables égyptiens. Le deuil serait immense et le scandale à la mesure de la catastrophe. Et puis, il y aurait une revendication d'un groupe islamique inconnu, mais que l'on soupçonnerait d'être lié à Al-Qaida. L'ordre savait mener à bien ce type d'opération...

L'idéal serait que les corps ne soient pas trop déchiquetés, histoire qu'on puisse les mettre dans des cercueils tous alignés dans un grand hangar. Sept cent vingt-quatre cercueils, tous de bois blanc, en rang d'oignons, avec devant les familles éplorées, invitées spécialement. Ça pourrait faire une superbe cérémonie, retransmise par les télévisions du monde entier, avec le directeur général en majesté sur une estrade, derrière un micro, en train de prononcer un discours sobre et émouvant. Devant les journalistes attentifs, il promettrait même de créer une fondation pour aider les victimes d'Al-Qaida.

La séance de maquillage touchait à sa fin, le coton jouait sur son visage, glissait sur les ailes du nez, obliquait vers les tempes, pour finir par un mouvement circulaire sur le front. La sensation était très agréable, sauf sur la tempe, seule partie sensible. Il ouvrit les yeux et entrevit le haut des seins ronds et fermes de la maquilleuse à quelques centimètres de son visage. Elle suivit son regard et sourit discrètement. Il pensa un instant à lui laisser son numéro de portable, mais il avait d'autres priorités.

— C'est terminé, monsieur Léandre, bonne émission. Vous repasserez entre mes mains tout à l'heure.

— C'est mon plus cher désir, ne put-il s'empêcher de répondre.

Il se leva. Une assistante l'attendait pour l'emmener sur le plateau. En chemin, il songea à nouveau à tous ces corps qui s'éparpilleraient dans le désert. Ils ressembleraient à s'y méprendre aux cadavres entrevus pendant son rituel de la croix. L'offrande serait magnifique et prendrait alors tout son sens.

Ils arrivèrent dans le studio où l'attendait l'animatrice, qu'il reconnut tout de suite, un chanteur engagé dans l'action humanitaire au Rwanda et la sémillante ministre de la Justice. Léandre les salua et s'assit à côté de la présentatrice. Un technicien agrafa un petit micro sur le revers de sa veste.

— Vous m'interrogerez sur quoi ? demanda-t-il à l'animatrice. Mon assistante me l'a dit, mais j'ai oublié.

— La thématique porte sur le bonheur de travailler. Pour vous, il s'agira de celui de vos salariés.

Le visage de Léandre s'illumina.

— Magnifique. C'est mon cheval de bataille à la Stone France. Rien ne me rend plus heureux que d'avoir des collaborateurs épanouis. Ils sont d'autant plus performants. En ce moment, je leur concocte une belle surprise.

85

Château Pèlerin
Salle de l'Étoile
6 août 1291

Au nom de Caëtani, les deux Templiers avaient bondi de leur siège. La vengeance se lisait sur leurs traits subitement durcis. Le gouverneur les arrêta d'un geste.

— Inutile. Il est mort. Mais avant de confier son âme à Dieu, il a parlé. Au chirurgien qui est ici parmi nous. Et il a dit de bien étranges choses.

Fouad inclina la tête. Il avait longuement hésité avant de demander audience au commandeur du château tant ce qu'il avait entendu lui paraissait obscur et sans doute dangereux. Mais il cherchait depuis longtemps un laissez-passer pour la vie et Caëtani, sans le vouloir, lui avait peut-être donné une chance et un sursis imprévus.

— Caëtani a avoué deux meurtres, celui d'Othon Gauffridy, bibliothécaire du Temple et de mon frère bien-aimé, Roger Flor.

La voix de Sivrey se brisa un instant. Le fantôme du Catalan plana dans la salle de l'Étoile. Le gouverneur se reprit. L'heure n'était pas à la nostalgie.

— Et dans les deux cas, il a volontairement agi pour faire disparaître un secret. Celui des Assassins.

Le silence qui suivit ne fut pas long. Guy d'Aynac se mit à arpenter la salle en parlant à voix haute. Jusque-là tout se mêlait dans son esprit, mais soudain il lui semblait avoir saisi un bout de l'écheveau.

— Un secret... un secret que cherchait Gauffridy, que poursuivait Roger Flor et qui *donc* a tout à voir avec le cadavre de Guillaume de Beaujeu et les têtes des Assassins qu'il nous a confiées, c'est ça ?

Une fois encore, le gouverneur se tourna vers Al-Sakka qui resta imperturbable. Il attendait que Pierre de Sivrey se lance en premier.

— Sans doute. D'autant qu'avant de mourir, ce Caëtani a terminé sa confession en parlant de compas et d'équerre...

— ... mais aussi de sourcils, d'oreilles et de tempes. Tous termes d'anatomie, précisa d'une voix nette le chirurgien.

— Un secret qu'il nous faut à tout prix découvrir, s'écria d'Aynac, gagné par l'excitation.

Molay, lui, paraissait incrédule. Tous ces récits, ces mystères lui semblaient indignes de l'ordre du Temple. Il se rappelait les heures passées dans la crypte à prier auprès du tombeau de Guillaume de Beaujeu. Il s'était juré de demeurer un chevalier fidèle à son idéal. Il se leva brusquement et se tourna vers Pierre de Sivrey.

— Maître, je n'entends là que doute et suspicion. Fables et énigmes. Il faut en finir. Je m'en remets à votre sagesse et à vos ordres. Que faut-il faire ?

Ce fut Fouad qui répondit.

D'un geste d'abord, en montrant les sacs tachés de sang.

D'une phrase ensuite :

— Il va falloir les ouvrir.

86

Brésil
État de Bahia
Siège de l'ONG
De nos jours

Les miséreux ramassés sur le Mercado Modelo avaient été mis sous perfusion de sédatif et de solution nutritive. Ils reposaient dans des lits alignés dans une petite salle qui pouvait accueillir une vingtaine de malades. Les aides-soignants les avaient lavés et changés : n'eût été leur maigreur marquée, ils auraient pu ressembler aux patients d'un banal hôpital. Debout face aux têtes de lit, deux hommes en blouse blanche inspectaient les comptes rendus des analyses du sang prélevé à leur arrivée.

— On ne pourra en garder que deux, les autres me semblent trop mal en point, dit le plus âgé qui portait des lunettes et une petite barbiche blanche.

— Ils sont de plus en plus ravagés par la colle et l'alcool. La dernière fois, c'était pareil, la plupart ne comprenaient plus ce qu'on leur disait. Des vrais légumes. Ça ne vaut même pas la peine de leur faire passer un scanner.

Une odeur de désinfectant flottait dans la pièce sans fenêtre. L'homme aux lunettes fit un signe de main en direction de la caméra fixée dans l'angle.

— Les plus atteints seront transférés dans le dispensaire pour être pris en charge par l'équipe de jour. Il faudra les retaper un peu et les confier aux bons soins des services sociaux. Prévoyez la petite enveloppe de rigueur pour pourvoir à leurs besoins. Quant aux deux autres, on pourra peut-être les utiliser pour les nouveaux tests. Où est passée Anna ?

— Elle se repose, elle n'a pas arrêté cette nuit. C'est une femme très efficace. Il en faudrait beaucoup comme elle. La loge serait bien inspirée de lui accorder toute son attention.

— N'ayez crainte, elle fait partie des éléments prometteurs. Je dois parler avec elle lors de la cérémonie de ce soir. Dites aux infirmières d'effectuer les contrôles de routine et de faire de la place. On a une autre équipe sur le terrain, du côté de Porto Seguro, ils doivent arriver ici dans la nuit. Espérons que l'échantillon sera meilleur.

Les deux hommes sortirent de la pièce, laissant derrière eux les malheureux dont le destin venait de se jouer à leur insu.

87

Château Pèlerin
L'hôpital
6 août 1291

Fouad al-Sakka aimait son confort. La salle où il menait ses expériences était presque douillette. La rudesse des murs nus avait été dissimulée sous d'amples tissus, la fenêtre qui ouvrait sur la cour portait un vitrail bleu nuit serti de plomb et, aux quatre angles, des torches de résine éclairaient la pièce. Sivrey avait noté un par un ces détails en entrant dans cette pièce de l'hôpital qu'il ignorait. Mais il n'était à Château Pèlerin que depuis peu et ne connaissait pas tous les recoins de cette forteresse reconstruite durant des siècles. Toutefois, il doutait que les troupes de Sarrasins qui ravageaient méthodiquement la côte lui laisseraient le temps de les découvrir.

Depuis que le chirurgien avait proposé d'examiner le corps et les têtes rapportés de Saint-Jean-d'Acre, le gouverneur craignait le pire. En conséquence, il avait éloigné Molay et d'Aynac en leur ordonnant de prendre du repos. Il aurait sans aucun doute besoin d'eux bientôt et il n'était pas nécessaire qu'ils assistent à pareil spectacle. Sauf que depuis qu'il était entré dans cette pièce impeccable, Sivrey se sentait plutôt rassuré. Aucun instrument au tranchant aiguisé, aucune trace de sang, et même la longue table de chêne, qui coupait presque la salle en deux, paraissait inoffensive.

Comme si elle attendait le début d'un festin.

Le chirurgien surgit par une porte basse dissimulée sous une des tapisseries murales. Dans chaque main, il portait un baluchon rapiécé où les couches de crasse le disputaient aux croûtes de sang.

D'un geste précis, il fit rouler les têtes une par une sur la table, les rattrapa pour les mettre droites.

On ne distinguait plus aucun trait. La peau s'était affaissée. Les yeux avaient fondu dans les orbites. Les cheveux tombaient par poignées.

Sivrey eut un mouvement de recul. Le chirurgien ne parut pas s'en apercevoir.

— J'ai procédé à un premier examen. Il n'y a rien de visible sur l'épiderme.

— Ce qui signifie ?

Un sourire carnassier dévora d'un coup le visage d'Al-Sakka.

— Il va falloir détacher la chair de l'os.

Le gouverneur retint son souffle.

— Comme on enlève un gant.

Fouad venait de terminer son travail. Il n'y avait désormais plus rien d'humain. La chevelure gisait au sol. La peau était répandue en lambeaux racornis. Quant aux muscles et aux nerfs, ils reposaient en petits tas jaunâtres qui augmentaient de taille chaque fois que le chirurgien, d'un geste sûr, presque élégant, dégageait une nouvelle partie de la plaque osseuse.

Le crâne était à présent presque à nu. C'était le deuxième que Fouad venait de décharner sous le regard horrifié, mais stoïque du gouverneur.

Encore un coup de lame. Al-Sakka recula d'un pas pour admirer son œuvre.

— Vous vous régalerez de votre travail plus tard ! Maintenant étudiez-les !

La voix de Sivrey avait retenti, ferme et sans appel.

— Bien sûr, maître.

Son premier coup d'œil fut pour la tempe gauche. Là où selon Caëtani devait s'élever la colonne du Nord. Celle qui ouvrait au temple intérieur.

Délicatement, Fouad passa son doigt sur la partie osseuse concernée. Mais rien, ni aspérité sensible ni creux significatif. Il recommença, mais sans résultat.

« La première colonne du compas », avait dit Caëtani.

Le chirurgien regarda un instant les débris d'épiderme et de chair qui encombraient la table. Peut-être la pointe du compas piquait-elle uniquement dans la chair et n'atteignait-elle pas l'os ? Voilà pourquoi il n'y avait aucune trace.

Il se tourna vers l'autre crâne et recommença son exploration de la tempe gauche, les yeux fermés, pour mieux sentir les variations en surface. À chaque rupture de niveau, même infime, il revenait en arrière et reprenait son exploration.

Il caressa, palpa, fouilla.

En vain.

Il ne savait toujours pas où devait s'élever la colonne du Nord.

88

Brésil
État de Bahia
La Résidence
De nos jours

La vague le frappa de plein fouet alors qu'il retournait vers le rivage. Marcas chancela sous l'impact et plongea de nouveau sous une lame. Cela faisait des années qu'il n'avait pas éprouvé la sensation de se laisser emporter par le ressac. Il vit Aurélia glisser avec élégance dans le creux d'un rouleau sur sa petite planche de surf. Sa silhouette fine et sportive virevoltait dans les replis des vagues.

Il pouvait sentir ses muscles se contracter, ce qui ne lui était pas arrivé depuis une éternité. Le contraste entre la chaleur du soleil, déjà haut dans le ciel, et l'eau délicieusement froide le vivifiait, le transformait. Il vit surgir devant lui une vague de presque deux mètres et l'affronta comme un gamin. Au moment où le mur d'eau allait s'abattre sur lui il plongea avec une vivacité qui l'étonna. Il sentit au-dessus de lui la puissance de la houle et refit surface. Ses sens étaient décuplés, les couleurs paraissaient plus intenses, les sons plus forts, le sel lui brûlait presque les narines et le haut du palais, il regrettait de ne pas s'être autorisé plus de vacances au cours des dernières années. Il sortit de l'eau en tentant de garder son équilibre et se cogna les doigts de pied contre un rocher. Il ne sentit rien, trop excité à l'idée de rejoindre sa compagne d'infortune. Au fur et à mesure qu'il s'approchait de sa serviette posée sur le sable blanc, une pointe de culpabilité le tenailla en songeant à son fils qui devait être, au même moment, en train d'étudier au lycée Carnot, derrière les murs austères battus par la pluie parisienne. S'il savait que son père se dorait sur une plage brésilienne, il lui ferait une crise de jalousie bien sentie. Il s'assit sur le tissu chaud et contempla l'océan. Quitte à être coincé au Brésil pendant quelques jours, autant en profiter. Il aurait pu se retrouver au Groenland ou en Russie.

Il repensa à la visite médicale express devant le médecin et son infirmière. Ils lui avaient montré une radio de son crâne qui l'avait rassuré, et les examens de routine s'étaient bien passés. Il ne s'était jamais senti dans une forme pareille, probablement l'effet du climat. Il avait même eu envie de refaire du sport quand il avait vu son reflet dans la glace du cabinet du médecin. Lui qui ne faisait pas attention à ce genre de détail, il avait remarqué un petit ventre naissant et s'était plu à s'imaginer avec des muscles plus saillants au niveau des épaules et du torse. Après la visite, il avait un peu hésité à aller sur la plage avec Aurélia, un peu complexé par son laisser-aller sur le plan physique. En revanche, la jeune femme affichait une forme superbe, son deux-pièces découvrant des courbes plus que séduisantes, et il s'était laissé prendre par quelques pensées érotiques sur le chemin de la plage.

Vivant. Il se sentait vivant. Il ne trouvait pas d'autres mots pour exprimer son état. La chaleur du soleil l'ayant complètement séché, il prit la crème solaire, fournie par l'infirmière à la peau mate.

Je suis un chevalier du Temple qui se tartine avec du lait solaire sous les tropiques, quand je raconterai ça au secrétaire général de l'obédience...

— Tu veux que je t'en mette dans le dos ?

Il n'avait pas entendu arriver Aurélia qui secouait la tête pour faire tomber l'eau de ses cheveux. N'eût été la couleur de sa chevelure, elle ressemblait un peu à Ursula Andress sortant de l'eau dans *James Bond contre Docteur No.*

— Avec plaisir. Je ne savais pas que tu faisais du surf.

— Eh bien si, j'aime m'amuser comme une gamine et j'ai une énergie incroyable. C'est assez étonnant : quand je suis arrivée au château, je sortais d'une semaine de grippe avec bouillons et tisanes.

Elle se posa sur sa serviette et s'allongea sur le ventre. Des gouttes d'eau perlaient le long de sa colonne vertébrale jusqu'au creux des reins, à la naissance du bikini blanc. Marcas ne put s'empêcher de suivre la courbe de ses fesses et de s'imaginer la caresser. Ses cuisses fermes étaient légèrement écartées, augmentant la sensualité de sa position. Il se souvint que cela faisait presque trois semaines qu'il n'avait pas fait l'amour.

Antoine, calme tes instincts de mâle primaire. Pense à tailler la pierre de tes pulsions, remets à niveau ta dose de testostérone, marche vers l'Orient de la sérénité, invoqua-t-il silencieusement en se moquant de sa condition de franc-maçon. Foutaises, je crève d'envie de lui enlever son maillot de bain et de la prendre.

— La crème solaire ? dit la jeune femme.

— Euh oui... bien sûr, répondit Marcas en lui tendant le flacon noir. Au fait, pourquoi ce prénom... Aurélia ?

Elle badigeonnait son corps avec attention.

— Mon père voue une grande admiration aux œuvres de Gérard de Nerval. Tu vois qui c'est ?

Marcas feignit d'être contrarié.

— « Je suis le ténébreux, le veuf, l'inconsolé, le prince d'Aquitaine à la tour abolie... » *El Desdichado... Le Voyage en Orient* et bien sûr *Aurélia.* J'aurais dû y penser !

Il préféra détourner son regard du corps de la jeune femme pour éviter d'avoir à gérer une érection malencontreuse. Ce séjour au Brésil avait un effet étrange, tout était décuplé. Il en arrivait même à oublier qu'il lui faudrait bientôt faire un rapport sur cette curieuse loge. Si toutefois il s'en sortait vivant. Il scruta l'océan et aperçut un magnifique yacht noir, effilé comme un oiseau de proie, voguant à gauche de la baie. Un drapeau que Marcas identifia comme panaméen flottait à la poupe. Le navire avançait rapidement et s'arrêta à quelques encablures de la jetée.

— Nous avons de la visite, dit-il à Aurélia qui s'était redressée. Il poussa un petit sifflement. À vue de nez, il fait plus de soixante mètres de long et c'est un modèle récent à deux ponts. Ce joujou doit coûter dans les quatre-vingt-dix millions de dollars.

— Tu fais partie d'un club de francs-maçons plaisanciers ? ironisa la jeune femme.

— Non, mais souvent les grands acheteurs de toiles de maître aiment aussi ce genre de barcasse. Récemment on a eu droit à un petit cours à l'OCBC sur les manifestations extérieures de richesse des maffieux russes, et un collègue nous a fait un topo détaillé sur les goûts de certains oligarques.

— Ils l'ont peut-être loué ?

— C'est possible, mais pas à moins de deux cent mille euros la semaine.

Le ronronnement d'une voiture électrique se fit entendre au loin sur leur droite. Un petit véhicule blanc filait sur la piste qui menait au ponton. Au même moment, une vedette rapide, couleur ébène, se détacha du yacht et fonça vers la jetée.

Marcas et Aurélia se levèrent pour essayer d'apercevoir ses occupants. Quand une autre petite voiture surgit à la suite de la précédente et se dirigea dans la même direction.

— Il serait peut-être bon d'aller se changer. Peut-être croiserons-nous ces nouveaux invités à la Résidence ? émit Marcas d'un air songeur.

Sa curiosité avait été piquée au vif par l'arrivée du yacht de luxe. Ils ramassèrent leurs serviettes et se dirigèrent vers la Résidence. Ils virent la vedette accoster au ponton et six personnes, des hommes principalement, mettre le pied à terre. Marcas reconnut tout de suite l'homme qui les attendait et leur serra la main. Di Licio. Le groupe se dirigea ensuite vers les petites voitures pendant que les marins de la vedette transvasaient des bagages à terre. À cet instant, un jet de couleur bleue passa au-dessus de la baie et fit un arc de cercle. Marcas et Aurélia virent l'appareil descendre rapidement pour préparer son atterrissage à l'intérieur des terres de la propriété. Le biréacteur passa à quelques centaines de mètres à droite de la Résidence et disparut de leur vue.

— Yacht, jet, les membres de la loge ne se refusent rien, dit Aurélia en se masquant du soleil.

— C'est bien ce qui m'inquiète, répondit Marcas.

89

Château Pèlerin
L'hôpital
6 août 1291

Le chirurgien eut plus de chance avec les deux tempes droites. Un minuscule cal osseux trahissait qu'à cet endroit précis on avait entamé et peut-être perforé la voûte du crâne.

— Vous croyez que *ça* a traversé ? interrogea le gouverneur.

— Pour le savoir, il faudrait... vider le crâne de ce qu'il reste du cerveau, maître.

La réponse paralysa le gouverneur. En un instant, il imagina une ou deux opérations qui manquèrent de lui faire tourner de l'œil. Comme s'il avait deviné ses appréhensions et voulait en jouer, Al-Sakka se lança dans un exposé chirurgical.

— Il y a trois moyens d'ôter le cerveau. Le plus rapide : on scie la boîte crânienne, on la soulève et on décolle le cerveau de son nid d'origine. Net et sans bavures. Un seul défaut, en maniant la scie, on risque de détruire toute trace de trépanation. Et comme ce sont justement ces traces…

— Arrêtez, souffla Sivrey à qui le mot scie évoquait un bruit âpre et terrifiant.

— Deuxième solution : on procède par le cou. Comme il est déjà tranché, cela simplifie la tâche. Il suffit d'ôter d'abord le larynx, la langue, les…

— Et pour le cerveau ? coupa le gouverneur que cette énumération mettait de plus en plus mal à l'aise.

— Selon son état, on le découpe en lamelles successives, puis on finit par arracher au grattoir les restes qui inévitablement adhèrent encore à la voûte crânienne. Mais là aussi, il y a un risque de faire disparaître la preuve que nous cherchons.

— Vous aviez parlé de trois moyens, non ?

Le chirurgien contempla le visage livide du gouverneur. Il réprima un sourire. Décidément ces croisés étaient vraiment des petites natures.

— Assurément, maître ! Et c'est la troisième méthode que je vais employer. D'abord, perforer les fosses nasales pour atteindre le cerveau, puis verser un dissolvant naturel, et enfin, attendre que le temps fasse son œuvre. En deux heures, le cerveau n'est plus qu'un sirop vaguement amer.

Intrigué, Pierre de Sivrey fixa le chirurgien.

— Comment ça, *amer* ?

Fouad joua l'étonnement.

— Maître, il faut bien évacuer le liquide.

— Mais comment ?

La bouche du médecin se plissa en un mime abominable.

— Mais en l'aspirant, maître !

90

Paris
Boulevard Raspail
De nos jours

La colère l'envahissait lentement mais sûrement. Il était à deux doigts de se lever du divan et de quitter le cabinet pour ne plus y remettre les pieds. Pourtant tout avait bien commencé quand il était arrivé, un quart d'heure plus tôt. Il avait expliqué au docteur Yarker son plan extraordinaire pour éliminer les sept cent vingt-quatre cadres de la société, tout ayant été pensé, calculé, mesuré pour écarter le moindre impondérable. Il suffisait que l'organisation donne son feu vert pour recruter les saboteurs, une formalité compte tenu des immenses moyens de l'Ordre.

Personne avant lui n'avait mis au point une mécanique mortelle de cette ampleur. Après son exposé, il avait guetté un signe d'enthousiasme du médecin. Rien.

Pis, le psychanalyste avait posé ses lunettes, s'était massé les paupières et lui avait fait la leçon d'un air condescendant.

— Monsieur Léandre, vous prenez des initiatives qui ne vous appartiennent pas. En acceptant l'enseignement de l'Ordre, vous vous êtes engagé à en respecter scrupuleusement les étapes qui ont fait leurs preuves depuis longtemps. On ne peut vous créditer que d'un unique meurtre et vous voulez passer à sept cent vingt-quatre d'un seul coup. Ce n'est pas possible. Sans compter la logistique pour monter une telle opération.

— Pourquoi ? avait lancé Léandre, surpris. Vous avez des scrupules maintenant ?

— Ne soyez pas idiot, j'essaye de faire appel à votre intelligence. Pour que vous compreniez que tout est lié à la progression des meurtres et à votre implication physique dans leur exécution. Tuer sa victime de ses propres mains est un élément essentiel or, dans votre proposition, certes séduisante, ce ne sera pas le cas. Je vous conseille fortement d'y renoncer et de revenir à de plus saines dispositions. Parlez-moi plutôt du rituel de la croix. Qu'avez-vous vu pendant votre voyage ?

Léandre avait décrit, avec irritation, tous les détails de son passage dans l'autre monde. La croix qui sortait de l'écran, l'aspiration dans l'univers chaotique et menaçant, la découverte des monceaux de cadavres, et la vision finale du crâne. Le médecin prenait des notes sans discontinuer en lui faisant parfois préciser tel ou tel détail.

Léandre se pliait de mauvaise grâce au récit, son esprit revenait sans cesse à son projet, il ne supportait pas qu'on le balaye d'un revers de main. Le médecin replia son cahier et le glissa dans un tiroir.

— Bien, je suis content de vos progrès. Le rituel de passage progresse de façon efficace. Il serait bon que vous fassiez une pause d'une semaine. Aérez-vous la tête, faites un peu de sport, allez au cinéma et revenez jeudi. Nous pourrons parler de façon plus détendue de votre prochain assassinat.

Il fit signe à Léandre que la séance était terminée. Celui-ci se leva à contrecœur.

— J'ai vu l'un de vos patients à la télévision avant-hier. Quelqu'un d'important.

— Ce n'est pas étonnant, les membres de l'Ordre sont choisis avec attention.

— Je me demande parfois combien de personnes appartiennent à l'Ordre.

Le médecin sourit et mit un doigt sur ses lèvres.

— La discrétion est l'une des nombreuses vertus de notre loge.

Léandre n'aimait pas l'ironie du psy, il le traitait comme un enfant. Lui, le patron d'une des plus grandes sociétés de France. Il n'était pas n'importe qui.

— Et si j'en parlais directement au Maître ? tenta-t-il d'un air buté.

— De quoi donc ?

— De mon projet.

Le docteur Yarker jouait avec les branches de ses lunettes. Sa voix se fit plus dure.

— Vous délirez. Libre à vous, mais je doute qu'il vous tienne un langage différent, c'est lui qui a affiné la technique de développement que nous connaissons. En outre, il est en déplacement à l'étranger en ce moment. Oubliez cela et à jeudi.

Le médecin serra la main du directeur général de Stone France et le raccompagna jusqu'au pas de la porte. Il le vit prendre son casque et s'éloigner d'un air maussade. Henry Yarker se tourna vers son assistante.

— Décalez mon prochain rendez-vous d'un quart d'heure, je vous prie.

— Il s'agit de la présentatrice de télé.

— Peu importe, et ne me passez aucun appel. Sous aucun prétexte.

Après avoir fermé la porte, il regagna rapidement son bureau, décrocha son téléphone et composa un numéro. La tonalité caractéristique d'un appel à l'étranger se fit entendre en sourdine. Quelqu'un répondit.

— Yarker à l'appareil. Nous avons un problème. Léandre ne réagit pas comme il faut. Il présente des signes évidents d'un processus d'accélération.

— C'est ennuyeux, dit la voix. Cela fera le troisième ce mois-ci. Quel est le risque ?

— Il s'est mis en tête d'assassiner sept cent vingt-quatre cadres de son entreprise pour économiser sur le plan social. Il devient cinglé et il n'est qu'au tout début du processus, il n'a tué qu'une seule fois jusqu'à présent. En outre, ce qu'il m'a raconté de son dernier voyage avec la croix est inquiétant.

— C'est-à-dire ?

— Il a vu le crâne. Normalement, cela aurait dû arriver au bout d'une dizaine de séances. Il grille toutes les étapes avec une rapidité déconcertante. Ses pulsions meurtrières se développent un peu trop vite à mon goût.

Il y eut un silence au bout du fil. Le médecin reprit :

— Que devons-nous faire ?

— Rien pour le moment. Renforce l'équipe d'observation, nous avons peut-être mis la main sur une recrue de choix.

— Je me permets d'insister. Le dernier candidat avec le même profil a fini dans un asile après avoir tué à coups de hache toute sa petite famille. Lui aussi avait vu le crâne. Et n'oublie pas le trader fou, celui qui a fait perdre à sa banque des milliards d'euros, il s'était cru invincible. On a eu le plus grand mal à couper tout lien avec lui.

— Et alors... Nous trouverons de nouveaux candidats, mais j'ai toujours misé sur Léandre. Tu le sais, la priorité n'est pas là. Néanmoins, tu as raison, son plan social tombe au mauvais moment. J'ai une autre idée en tête. J'aurais besoin de Léandre dans une autre société, plus vitale pour l'Ordre. Nous allons accorder une promotion à notre impétueux Victor. Et pour le reste, j'espère que nos espoirs ne seront pas déçus.

— Jacques de Molay sera à jamais vengé...

91

Château Pèlerin
L'hôpital
6 août 1291

On venait d'apporter le corps de Guillaume de Beaujeu. Un long moment, Pierre de Sivrey contempla la momie ratatinée qu'était devenu l'ancien Grand Maître. *Vanitas vanitatis.* Voilà donc ce qu'il restait d'un homme dont le nom avait été légendaire sur tous les champs de bataille d'Orient. Un sac de peau ridée où les os perçaient sous la chair séchée.

D'un geste, il ordonna au chirurgien de pratiquer les incisions nécessaires. Fort de ses expériences récentes, Fouad réussit à décoller la peau tout le long d'une ligne qui allait des tempes au menton. Au fur et à mesure que l'épiderme se détachait, il tâtait la surface à la recherche du moindre indice. Mais le visage du Grand Maître avait été si malmené durant ses tribulations post mortem que pas une partie n'avait été épargnée par le choc. Il fallait donc détacher la chair et inspecter la paroi osseuse.

La tâche fut plus aisée que pour les deux Assassins. Les muscles séchés se décollaient plus facilement. Le crâne apparaissait, lisse et brillant. Après avoir dégagé le front, le pourtour des orbites et les mâchoires, Al-Sakka commença à ôter au grattoir les muscles racornis du dessus de l'oreille. Il travaillait avec précision, inspectant du doigt chaque parcelle dégagée.

Et il trouva ce qu'il cherchait.

Après avoir enlevé le cal osseux, les deux Assassins, sur leur tempe droite, présentaient un même traumatisme. Une minuscule perforation qui perçait de part en part la plaque osseuse.

Sur le crâne de Guillaume de Beaujeu, le taraudage était parfaitement visible. Fouad appela le gouverneur et lui montra sa découverte.

— Comme sur les têtes des Assassins ? demanda ce dernier après avoir examiné rapidement le crâne décharné.

— Oui, la même perforation, à mi-chemin entre l'oreille et le sourcil droits.

Les lèvres pincées, Sivrey se pencha une nouvelle fois sur le crâne de celui qui avait été son chef.

— Votre analyse ?

Pris au dépourvu, Fouad rassembla ses souvenirs de la confession de Caëtani et les croisa avec les résultats de ses trois dissections.

— Les Assassins doivent employer un compas qu'ils piquent à un endroit précis de la tempe gauche. Puis ils repèrent un autre point sur la tempe droite. Chaque point est défini par ce que Caëtani appelait les *chiffres*...

— Et l'équerre ?

— Elle doit servir à prendre les mesures pour définir avec exactitude le point où percer. Sans doute au croisement de deux lignes qui...

— Et ensuite ?

Fouad n'aimait guère être interrompu dans ses explications anatomiques, mais il préféra ne rien laisser paraître.

— Ensuite ? On fore un trou minuscule qui traverse la paroi crânienne et puis...

Cette fois, Pierre de Sivrey ne posa pas de question.
— Et puis on atteint le cerveau.

Assis côte à côte, le gouverneur et le chirurgien fixaient les crânes sur la table. Plus rien ne les distinguait. La curiosité vorace des vivants les avait défigurés bien avant que la décomposition ne finisse son œuvre. On avait tailladé la peau, déraciné la chair, et pourquoi ?

Sivrey semblait perdu dans ses pensées. Fouad, lui, repassait ses conclusions dans sa tête. Si secret il y avait, il resterait ignoré tant qu'on ne posséderait pas les *chiffres*, l'endroit exact où poser la première pointe du compas : là où devait s'élever la colonne du Nord...

Un coup de poing frappé à la porte les fit sortir de leur méditation. Un écuyer pénétra dans la salle, le visage cramoisi par sa course.

— Maître... une nouvelle...

— Un bateau vient d'accoster ? s'écria Sivrey

Le messager tenta de répondre, mais le souffle lui manqua.

Le gouverneur bondit de son siège, cherchant du regard l'épée qu'il avait posée en entrant.

— Des renforts, enfin !

La mine de l'écuyer se troubla aussitôt. Il murmura :

— Maître... je vous en prie...

— Quoi encore ? demanda Pierre de Sivrey en attachant son ceinturon.

— Ce... ce n'est pas un bateau.

— Quoi !

Les deux mains du gouverneur venaient de saisir au collet l'apprenti chevalier qui suffoqua.

— Les Sarrasins ! Ils sont aux portes du château.

92

Brésil
État de Bahia
La Résidence
De nos jours

Ils marchaient le long du couloir vers leurs chambres, le corps couvert de sel et de sable. Dans le hall, on les avait débarrassés de leurs serviettes de plage et on leur avait offert un cocktail à base de fruits. N'ayant pas croisé les autres invités, ils avaient opté pour une douche. À la demande de son maître, le serviteur métis avait prévenu Marcas et Aurélia de se tenir prêts pour assister à une cérémonie importante qui se déroulerait à 15 h 30 précises dans le temple de l'organisation. Ils avaient du temps devant eux, presque une heure et demie. Ils se sentaient l'un et autre détendus par la baignade prolongée dans l'océan, mais pas du tout fatigués, curieusement.

Marcas avait suivi la jeune femme dans l'escalier et n'avait pu s'empêcher de regarder à la dérobée, de nouveau, ses formes superbes. Le désir le tenaillait et il avait du mal à penser à autre chose. Il remarqua un fin duvet blond à la base de son cou et voulut l'embrasser. Tout poussait à une seule obsession. Il voulait lui faire l'amour. C'était aussi simple que ça. Ils arrivèrent devant la chambre de Marcas et Aurélia ralentit sensiblement, obligeant Marcas à la frôler.

Elle se retourna et le fixa, les yeux brûlants. Sa barbe mal rasée le rendait encore plus viril. Elle voulait qu'il la prenne dans ses bras et lui parle à l'oreille d'une voix grave et sensuelle. Que sa main puissante effleure le haut de sa nuque et descende plus affirmée vers ses reins. Et puis qu'il se comporte comme un homme. Avec de la brutalité même. Ils se dévisagèrent quelques fractions de seconde, Marcas prit son visage entre ses mains et l'embrassa avec une fougue dont il n'était pas coutumier. Elle lui rendit son baiser, encore plus farouche. Il l'enserra dans ses bras et poussa la porte de sa chambre. Ils étaient submergés de désir comme s'ils n'avaient pas fait l'amour depuis des années. Il caressait toutes les parties de son corps. Elle se rebella et le plaqua sur le lit avec une énergie qui la surprit elle-même. Sa langue chaude s'insinua dans sa bouche ; ça l'excita encore plus de la sentir sur lui, le dominant presque. Il ne se reconnaissait plus, sa pulsion sexuelle l'envahissait entièrement et se mêlait à un besoin de violence physique inconnu qu'il ne maîtrisait plus. Il lui prit la nuque, l'agrippa par les cheveux et de l'autre main claqua ses fesses comme pour la punir. Elle sourit comme si elle n'avait rien senti mais, excitée par la brutalité de cet homme qu'elle connaissait à peine, elle se colla contre son sexe tendu sous le maillot et, de ses deux mains, tira aussi sur ses cheveux de chaque côté des tempes. Elle voulait l'aimer et le faire souffrir. Et qu'il la fasse souffrir en la prenant. Une onde de honte fugace traversa son esprit et disparut aussitôt. Elle l'embrassa de nouveau. Ce combat érotique l'excitait, le contact de sa peau mal rasée et le goût du sel l'électrisaient. Elle sentit la main de Marcas glisser dans son entrejambe et un courant chaud et doux envahir tout son corps. Elle se redressa et le gifla à toute volée. Elle avait toujours eu envie de faire ça à ses amants sans jamais avoir osé le faire. Et là, plus rien ne la retenait, elle voulait qu'il ait mal. Elle voulait qu'il se venge et la pénètre en guise de représailles. Il se releva et la fit basculer sur le lit, elle lutta de toutes ses forces pour résister, pour faire durer le plaisir avant qu'il n'arrive à ses fins. Il renversa la situation et se posa sur elle.

Marcas était en nage, plus rien n'était réel dans cette pièce, à part son sexe qui allait plonger dans celui de cette femme.

Il écarta ses cuisses qu'elle tentait de resserrer et trouva enfin l'ultime refuge.

— Oui, dit-elle à son oreille alors qu'il s'enfonçait en elle, aussi brutalement qu'elle l'avait espéré.

Elle tira de nouveau ses cheveux et releva sa tête. Ses yeux verts vrillaient les siens. Il allait et venait en elle, le souffle court.

Elle emprisonna ses fesses musclées dans ses mains. Tourna brusquement son visage sur le côté. Il passa sa langue sur sa peau et lui lécha l'oreille. Elle se sentait complètement à la merci de son désir de puissance. Le plaisir montait en elle, inexorablement, elle sentait qu'elle allait jouir s'il continuait comme ça. Il s'arrêta un court instant pour la regarder. Elle lui cria de continuer, puis sans se retirer, il la tourna sur le côté, leva sa jambe et recommença son mouvement sensuel. Elle sentit son sexe encore plus profond en elle. C'était insupportable. Elle cria de plaisir. Ce n'est pas son cri qui le fit jouir, mais le basculement de ses yeux, comme si elle perdait connaissance. Pendant une demi-seconde, au moment où il se retira et se répandit sur elle, une croix rouge apparut dans son champ de vision et... une tête de mort.

93

Château Pèlerin
6 août 1291

Les premières troupes du sultan venaient de prendre position. Un nuage de poussière descendait des collines. Sans cesse, de nouveaux renforts déferlaient, tel un flot ininterrompu. Accoudé au parapet de la tour Encise, Sivrey fixait cette masse mouvante qui se rapprochait peu à peu. Il distinguait au loin la silhouette trapue des machines de siège. Catapultes, tours de siège formaient comme un mur sombre et continu, tant elles étaient nombreuses. Autour de lui, le gouverneur sentait la tension croître. Les officiers fascinés se taisaient. Tous regardaient, figés, cette marée montante qui allait bientôt les emporter.

Fouad al-Sakka n'avait jamais eu le temps de songer à sa propre mort. Derrière la porte de sa salle d'anatomie, il entendait la course effrénée de ses aides, les cris, les imprécations. Il lui sembla même entendre une prière collective entonnée par des voix tremblant de peur. Il secoua la tête. Lui ne croyait en aucun Dieu et ne se faisait aucune illusion quant à l'immortalité de son âme. Il suffisait de voir ces trois crânes ! Il n'y avait rien, rien après la mort ! Le chirurgien s'affala sur un siège. Une fois encore, il contempla les crânes qu'il avait examinés en tous sens. Un sentiment de gâchis et d'injustice le saisit. Et dire qu'il allait mourir sans avoir réussi à percer l'énigme, sans connaître la vérité. Étrangement, plus que sa propre disparition, c'était ce dernier échec qui le tourmentait.

Un coup retentit à la porte.

— Magister, ouvrez !

Fouad fit jouer la serrure. Un aide échevelé, balbutia :

— Dans la grande salle… Il vient d'arriver.

D'un pas lent, le chirurgien pénétra dans la salle des blessés. Un calme étrange y régnait. Le prêtre agenouillé près d'un lit écoutait une confession. Quand il entendit le chirurgien avancer, l'homme de Dieu se retourna. Il était âgé et se leva avec difficulté.

— Ah docteur…, dit-il en posant sa main sur l'épaule de Fouad… Vous voilà ! Vous vous doutez de la raison pour laquelle je suis là, n'est-ce pas ? Vous vous acharnez à sauver ces malheureux, à les rappeler ici-bas. Mais il n'y a qu'une seule et vraie vie. Et il faut mourir pour la mériter. Je viens sauver les âmes de ces corps meurtris, leur apporter le pardon de Dieu, les absoudre de leurs fautes. Désormais, elles sont à moi.

Fouad allait répliquer, mais se ravisa. Ce n'était plus nécessaire.

— Vous comprenez, n'est-ce pas ? C'est leur âme qui doit être soignée…

Le chirurgien pâlit. Il fallait qu'il parte vite.

— … car bientôt, purifiée par la grâce de la confession, elle franchira les colonnes du Paradis.

Fouad se figea.

— Vous avez dit *les colonnes* ?

Le prêtre le regarda, étonné.

— Bien sûr, les colonnes qui marquent l'entrée du Paradis. Celle du Sud…

— … Et celle du Nord ?

La voix du chirurgien s'étrangla.

— Oui, mais je ne vois pas…

Al-Sakka colla son visage contre celui du prêtre.

— Je vous en prie ! À ces colonnes, un *chiffre*, il n'y a pas un *chiffre* associé ?

— Bien sûr que si, leur taille !

— Dites !

— Livre des Rois, chapitre VII, ligne 15, commença le vieil homme. Dans le temple de Salomon, qui est l'image même du Paradis… il est dit que chaque colonne mesure quinze coudées. Mais il ne s'agit que d'un chiffre symbolique !

Fouad ne l'entendait plus. Il fonçait déjà vers la salle d'anatomie.

94

Brésil
Salvador de Bahia
La Résidence
De nos jours

Le soleil entamait sa descente vers l'ouest, vers les terres sombres et sauvages du Mato Grosso. Après leur étreinte, Marcas et Aurélia s'étaient blottis l'un contre l'autre en se prodiguant des baisers tendres, à l'opposé de la brutalité passée. Ils n'avaient pas échangé un mot, conscients qu'ils s'étaient laissé emporter par une onde violente de plaisir, comme des possédés. À la fois honteux et épanouis. Elle avait fini par se lever et regagner sa chambre, silencieuse, pour se préparer.

Une fois douchée, séchée, elle s'était habillée de blanc et avait revêtu la cape de Templier. Quand elle était apparue de nouveau dans la chambre de Marcas, il avait éclaté de rire.

— Pourquoi ris-tu ?

— J'imaginais que tu étais nue sous ta cape et que je t'entreprenais de nouveau...

— On pourra toujours essayer, dit-elle avec malice. En attendant, nous avons rendez-vous avec nos frères et sœurs chevaliers.

Avant de quitter la chambre, il la prit par la taille et l'embrassa tendrement.

— Merci. C'était très fort.

— Tout le plaisir était pour moi, mon beau chevalier à la barbe drue. Je crois que j'ai la peau irritée sous le menton et je n'ai pas de crème apaisante.

Ils descendirent et se joignirent à d'autres invités regroupés dans le hall et qui étaient accoutrés comme eux. Ils se trouvaient ridicules dans leur tenue pas vraiment adaptée au climat subtropical du Brésil. Les visages se tournèrent vers eux, Marcas reconnut une partie des invités du château de l'Oise, mais d'autres têtes, inconnues, étaient présentes. Les invités qui venaient d'arriver par bateau et par avion. Di Licio discutait avec eux d'un air pénétré et fit un signe de tête aux deux nouveaux arrivants. Paul-Henri Barsac, l'ex-ministre de l'Intérieur, apparut comme par miracle, lui aussi vêtu d'une longue cape blanche qui l'amincissait.

— Ravi de vous revoir, mes amis, dit-il d'un air enjoué en leur donnant une accolade. Je suis censé m'occuper de vous. Comme vous êtes nouveaux, vous me suivrez à deux pas et ferez la même chose que moi. On y va.

Le groupe sortit de la Résidence et se dirigea dans la direction opposée au rivage, gravissant un sentier qui serpentait le long d'un mur de pierre. Au bout de trois cents mètres, le chemin bifurqua et ils arrivèrent en haut d'une butte recouverte d'herbe rase. En son milieu s'élevait une église majestueuse d'une blancheur immaculée, flanquée d'une tour octogonale haute d'une vingtaine de mètres. Le contraste entre la blancheur de l'église et le vert tendre de l'herbe donnait à la scène un caractère irréel, comme si l'édifice religieux s'était posé là par enchantement et pouvait disparaître en un clin d'œil. Le groupe de tête entra en procession dans l'église par une porte située sur la droite et marquée du sceau d'un aigle à deux têtes.

— Je vous envie, murmura Barsac à ses deux compatriotes. Vous allez découvrir pour la première fois la splendeur de la croix. Au moment du rituel, contentez-vous de reprendre à voix basse les mots prononcés.

En approchant de l'édifice à son tour, Marcas remarqua un détail curieux : l'impressionnante façade baignée de soleil était différente de celle des églises traditionnelles. Il n'y avait pas de porche, juste une gigantesque dalle de marbre blanc qui montait sur toute la hauteur. Arrivé plus près, il crut voir la silhouette d'une immense croix pattée incrustée. La dalle était en fait composée d'une succession de grands carrés de marbre, assemblés les uns dans les autres.

Marcas et Aurélia pénétrèrent dans l'édifice et dans ce qui constituait la nef centrale. Ils faillirent pousser un cri de stupeur.

Vu de l'intérieur, le mur d'entrée irradiait une lumière orangée d'une beauté incroyable, fournie par le soleil qui se profilait presque au centre de la paroi translucide. Les milliers de veines des carreaux de marbre, d'une finesse qui permettait aux rayons solaires de les traverser, ajoutaient des myriades de contrastes fondus dans l'orangé, comme si la façade était chargée d'une énergie surnaturelle.

Au milieu, la croix pattée éclatait dans toute sa puissance, se dessinant dans un rouge écarlate qui rayonnait d'une vie propre. Son ombre portée recouvrait le dallage de pierre écru de l'église. Tout l'intérieur de l'édifice était vide : il n'y avait pas d'autel, pas de crucifix ni aucune statue du Christ, de la Vierge ou de saints. Les petits vitraux disposés à intervalles réguliers dans toute l'église étaient également décorés de la croix templière.

Le mur opposé à la façade comportait un immense blason de marbre noir, aussi sombre qu'une dalle funéraire, réplique exacte de celui du château, avec les trois têtes de mort. Hormis la croix pattée, aucun symbole chrétien n'apparaissait dans le temple.

Des chœurs profonds de voix masculines, ressemblant à des chants monastiques emplirent soudain l'espace sacré, poussés par des haut-parleurs invisibles. Au cœur de l'église, exactement là où se dessinait le point le plus haut de l'ombre de la croix, un rectangle de deux mètres de long était gravé, avec en son centre le même symbole templier.

Sur l'invitation de Di Licio, les Templiers Kadosh se placèrent en rang, face à la façade orangée et se donnèrent la main pour construire une chaîne, telle que Marcas la pratiquait lors des rites maçonniques en loge. Il avait pris celle d'Aurélia qui tenait à son tour la main de Barsac. Les deux novices avaient la tête qui tournait. Ils se sentaient presque écrasés par cette gigantesque paroi de marbre, comme si elle constituait une porte vers le paradis… ou l'enfer.

Di Licio fixait la croix rougeoyante avec un visage exalté. Sa voix retentit dans le Temple.

— En ce lieu, en cette heure, de minuit à midi, j'ouvre les travaux de la loge Kadosh Kaos. Que la chaîne se brise pour mieux se reformer. Frère sénéchal, ouvrez le chapitre.

Les mains se relâchèrent et l'un des hommes, que Marcas reconnut comme le magnat de la presse, se posta tout contre le mur gauche de l'édifice, devant un pupitre taillé dans le marbre.

— Êtes-vous chevalier Kadosh ? lança-t-il d'une voix forte.

— Je le suis, répondirent en chœur les Templiers.

— Quelle est la signification de ce mot ?

— Sacré.

— À quelle œuvre doit se consacrer un chevalier Kadosh ?

— Le chevalier qui a franchi les portes de la mort et est entré dans le sanctuaire de la Vie doit combattre pour la vérité de la croix.

— Que représente la croix ?

— La puissance, la mort, la vie et la vérité.

— Frères et sœurs, contemplez la vérité de la croix.

Le sénéchal reprit place dans le rang. Des orgues invisibles grondèrent tout d'un coup, remplaçant les chœurs. Les Templiers fixaient tous la croix pattée écarlate, comme s'ils voulaient être hypnotisés. Marcas et Aurélia les imitèrent, incapables de résister à la puissance du symbole qui les attirait inexorablement. Marcas eut distinctement la sensation que l'endroit où se trouvait sa bosse, sur sa tempe, se mettait à chauffer.

La croix bougea ou plutôt grossit. Il crut à une illusion d'optique, mais les bras larges de la croix s'étiraient dans l'espace dilaté. Il ne pouvait en détacher son regard, fasciné par ce spectacle extraordinaire. Et dans le même temps, son corps était parcouru d'une énergie incroyable, presque la même que l'excitation sexuelle qui l'avait transporté dans l'après-midi. Une sensation de puissance, de vie, incroyable. Il se sentait fort.

— C'est hallucinant, dit-il à haute voix, sans se soucier qu'on l'entende.

Jamais il n'avait connu ça lors des rituels maçonniques. Jamais. Il ne pourrait jamais revenir à ces cérémonies à la con. Ce qu'il éprouvait avec les Templiers, c'était un concentré de mystique à la puissance 10. Aurélia semblait plongée dans le même état de transe, ses lèvres murmuraient quelque chose qu'il ne pouvait entendre.

Sa conscience bascula, mais son corps resta au même endroit. Tout se brouilla, la façade de lumière disparut. Il fit un rêve.

Deux hommes vêtus de la cape templière transportaient le corps d'un vieillard sur une civière et le déposaient à ses pieds. Le vieil homme gémissait de douleur.

95

Château Pèlerin
6 août 1291

Pierre de Sivrey avait donné l'ordre d'évacuer la forteresse. Toute défense était inutile. Trois bateaux étaient encore à quai, qui pouvaient transporter la garnison jusqu'à Chypre. À condition bien sûr d'abandonner les blessés. Ce choix, le gouverneur ne l'avait pas encore rendu public, car il tenait à ce que l'évacuation se passe en bon ordre. Si Dieu le voulait encore.

D'un geste de la main, il congédia l'écuyer qui l'avait accompagné jusqu'à la salle de l'Étoile. Il voulait être seul. Seul à méditer dans ce lieu où tant de chevaliers du Temple avaient reçu l'initiation. Seul pour prendre une ultime décision.

Sitôt dans son refuge, Al-Sakka s'était mis en quête d'une équerre et d'un compas. Ce n'était pas la première fois qu'il utilisait ces instruments pour mesurer des dimensions anatomiques, mais jamais il n'avait été si fébrile. Quinze. Quinze était le *chiffre*. Il prit l'équerre graduée et mesura quinze unités, puis saisit un fil de lin et le coupa à cette longueur. Son cœur battait à tout rompre. Son fil blanc lui brûlait les mains. Il parvenait enfin au but.

Plongé dans la solitude de la salle des initiations, Sivrey faisait face à un orage intérieur. Lui qui avait toujours eu une volonté de fer était la proie des pires doutes. Brutalement son esprit se révoltait et s'opposait à lui. Les pensées les plus folles couraient dans sa tête, le bousculaient jusqu'au vertige. Mais il savait déjà que ce n'étaient que des parasites, des peurs, des fantasmes. Des chimères morales qui l'écartaient de la véritable décision qu'il devait prendre et qui le terrifiait.

Encore une fois, Fouad essaya. Même s'il se doutait qu'il aurait encore tort. Le fil lui glissa entre les doigts. Il avait tenté toutes les combinaisons, tous les angles. En vain. Jusqu'à ce qu'il s'aperçoive de son erreur. Quinze. Le *chiffre*. Oui, mais avec quelle unité de mesure ?

Malgré les bruits de l'évacuation qui agitaient toute la forteresse, la salle de l'Étoile demeurait silencieuse. Un havre de paix où l'on pouvait encore penser. Assis sur le dallage, le gouverneur s'astreignait à réfléchir avec méthode, à peser sa décision. Pourtant, il en revenait toujours à la même idée fixe. L'ordre du Temple, chassé de Terre sainte, ne survivrait qu'au prix d'un acte insensé. Un pari sur l'avenir. Depuis qu'il avait vu les crânes, de Sivrey savait ce qu'il devait fatalement faire. Il l'avait su dès le premier instant. Il n'y avait pas d'autre choix. Quels que soient les risques.

Fouad jeta au sol l'équerre. Un leurre. Voilà ce que c'était. Une imposture. Comme tout. Comme ce compas. Comme... Al-Sakka se figea. Il saisit le compas et augmenta son ouverture. Entre les deux pointes, un axe crénelé permettait de choisir le degré d'ouverture. 5... 10... 15.

Une dernière fois, le gouverneur interrogea sa conscience. Il hésitait encore. Brutalement, il pensa à Roger Flor. L'image du Catalan s'imposa d'un seul coup. Le sang qui coulait de ses entrailles, ses dernières paroles, sa quête effrénée pour sauver le Temple... L'émotion submergea Pierre. À ce moment précis, il sut. Définitivement. Le sacrifice devait continuer.

Dans l'hôpital, une litanie montait, entrecoupée parfois de sanglots. Les blessés qui le pouvaient encore s'étaient mis à prier. Derrière sa porte, Fouad, la main tremblante, mesurait de nouveau chaque crâne. Il avait essayé une première fois avec un compas ouvert à 15. Le degré d'ouverture était trop faible. Il avait failli renoncer quand une des paroles de Caëtani lui était revenue. *La colonne du Nord* n'était que la première colonne, il fallait en élever une seconde. Et si à chaque colonne était associé le *chiffre* 15... il fallait donc additionner les *deux* chiffres. D'un geste fiévreux, Al-Sakka doubla l'ouverture du compas.

Sivrey prononça les derniers mots du Notre-Père. S'il était désormais sûr de lui, la prière pourtant ne l'avait pas rasséréné. Il savait qu'il jouait avec le Diable et qu'à ce jeu, on perdait souvent son âme. Mais il était le dernier dignitaire du Temple en Orient et si lui ne prenait pas ses responsabilités...

Il se leva et ouvrit la porte. Un chevalier se tenait droit, gardant l'entrée. Le gouverneur lança son ordre :

— Allez me chercher Jacques de Molay et Guy d'Aynac.

96

Paris
Tour Montparnasse
Siège de la Stone France
De nos jours

La rumeur avait commencé à enfler en début de matinée, pour s'amplifier à l'heure du repas. C'était Martinet qui avait lancé les premières fuites. Le conseil d'administration voulait débarquer Léandre après avoir entendu parler de la proposition de voyage à Louxor, aux frais de la société, pour tous les salariés. Les cadres n'avaient pas voulu le croire et un mouvement de sympathie spontané s'était propagé pour soutenir le jeune patron si dynamique. Les administrateurs étaient des radins, et lui un type génial. En fin d'après-midi, même la CGT s'était fendue d'un mail pour s'interroger sur les prérogatives exorbitantes de ce conseil. Terré dans son bureau, Léandre ne décolérait pas. Il décryptait à merveille ce qui s'était passé à partir du moment où le docteur Yarker l'avait contrarié dans son projet. Il savait que la machine infernale s'était mise en marche. Le président du conseil d'administration, membre de la loge, avait admirablement joué ses cartes et stoppé l'opération en Égypte.

Des lâches, des minables... ne cessait-il de se répéter en faisant les cent pas dans son bureau. Il savait que ses jours étaient comptés à la Stone France.

Le téléphone sonna. Sa secrétaire lui passa un appel personnel de l'étranger, un certain Di Licio... Il le prit tout de suite.

— Comment vas-tu, Victor ?

— Avec tout le respect que je vous dois, je suis ulcéré. La loge, via votre homme du conseil d'administration a cassé mon opération, et la rumeur court que je vais être débarqué.

— Calme-toi, ton idée était excellente mais prématurée et ce n'était pas le bon moment. Non seulement nous allons nous en servir mais à un moment où elle sera plus efficace, d'ici quelques mois.

— Et mon avenir au sein de la Stone Corporation ?

— Il va falloir passer à autre chose. Tu vas recevoir une proposition beaucoup plus intéressante. Je crois beaucoup en toi... *Non nobis domine...*

— *Sed nomini tuo da gloriam.* J'ai confiance.

Il raccrocha. Il se sentit rasséréné et sortit pour aller s'aérer dans le quartier. Deux minutes plus tard, il était dans l'ascenseur, imaginant ce que serait la proposition de la loge. Ne l'avait-elle pas mis à son poste ? La porte s'ouvrit, laissant entrer un petit groupe de collaborateurs. Parmi eux, il en reconnut trois qu'il avait inscrits dans ses vols sans retour. L'un d'entre eux l'interpella vivement :

— Monsieur Léandre, sachez que nous sommes tous derrière vous.

— Cécile a raison, dit le blond à côté d'elle. On peut même faire une pétition. C'est vrai qu'ils vous reprochent ce voyage en Égypte ? C'est scandaleux.

Il sourit d'un air apaisant.

— Hélas, je ne peux rien dire, mais sachez que quoi qu'il se passe, je crois en vous tous. Vous êtes tous des collaborateurs formidables. Ce voyage en Égypte était ma modeste façon de partager avec vous un moment fort. C'est ça que je regrette, le partage autour des valeurs qui nous animent. Mon avenir n'a aucune importance, je retournerai travailler dans mon ONG à Bahia, pour aider les plus nécessiteux, ça ne me fera pas de mal.

Il sortit de l'ascenseur en leur adressant un petit salut et se dirigea rapidement vers la sortie.

— Des patrons comme ça, on n'en a pas tous les jours, murmura la jeune femme. On perd un type d'enfer. Le pauvre, j'espère qu'il s'en sortira.

Victor Léandre sortit sur le parvis de la gare Montparnasse, il avait du mal à garder son sérieux et se mordait les lèvres pour ne pas éclater de rire.

97

Château Pèlerin
Salle de l'Étoile
6 août 1291

Molay, d'Aynac contemplaient, fascinés, la salle de l'Étoile. Ils avaient été initiés en France, dans une commanderie de province. Une cérémonie brève et sobre, comme il convenait à des chevaliers qui juraient de sacrifier leur vie pour protéger les Lieux saints du Christ. La salle de l'Étoile, avec ses proportions, son décor excessif, leur sembla subitement dérisoire au moment où la plus ancienne forteresse du Temple allait tomber entre les mains des Infidèles. Sans qu'ils aient prononcé une seule parole, cette même sensation les habitait. Mais c'était bien leur unique point commun. Depuis leur arrivée au château, à la nervosité de l'un avait répondu la retenue de l'autre. D'Aynac ne tenait plus en place, sa peur viscérale qui l'avait tant de fois saisi et paralysé se transformait en une frénésie de mouvement et un véritable déluge verbal. Molay, au contraire, demeurait silencieux. Il incarnait de plus en plus les vertus originelles du Temple. Rigueur morale et soumission à la volonté de Dieu.

Chacun se tenait debout devant le gouverneur. Depuis leur entrée dans la salle, celui-ci les observait sans mot dire, tentant de deviner quel serait celui qui accepterait l'ultime mission qu'il allait leur proposer. Dans sa main, il froissait un message qu'il venait juste de recevoir. Quelques mots griffonnés à la hâte par Al-Sakka. Quand il les avait lus, il avait cru défaillir.

Dieu venait de faire un signe, un miracle.

— Mes frères, dans quelques heures, l'ordre du Temple n'existera plus en Orient. J'ai demandé à tous les chevaliers d'embarquer immédiatement. Nous évacuons Château Pèlerin. Et nous n'y reviendrons pas.

Le gouverneur s'arrêta pour observer les effets de son annonce. Aucun des deux chevaliers ne réagit.

— Notre fondateur, Hugues de Payns, a créé notre ordre dans un seul but. Protéger la Terre sainte. Nous l'avons fait pendant deux siècles, nous avons versé le sang, sacrifié nos corps et offert nos âmes à Dieu Tout-Puissant. Nous avons combattu, sans trêve, mais aujourd'hui, nous venons de perdre. Définitivement.

Une fois encore, Sivrey se tut. La salle de l'Étoile paraissait immense, inutile.

— Mes frères, j'en suis convaincu. L'ordre du Temple ne survivra pas à cette défaite. Pour autant, ce qui a fait sa puissance et sa gloire ne doit pas mourir. Les vertus qui ont fait de nous des hommes hors du commun ne peuvent disparaître. Nous devons continuer à exister pour témoigner que nous pouvons dépasser la simple condition humaine. Un idéal qui fait peur à presque tous les individus, misérables ou puissants. Les puissants, car ils craignent pour leur pouvoir établi, les faibles, car ils jalousent la volonté qu'ils n'ont pas. Croyez-moi, le sommet attire toujours la foudre.

Les chevaliers restaient immobiles, comme pétrifiés.

— Pour survivre, il nous faudra sans doute changer de visage, nous fondre dans la masse anonyme et traverser les temps. Mourir pour mieux ressusciter. C'est pour cela que je vous ai fait venir. J'ai décidé aujourd'hui que l'un d'entre vous deviendrait le Maître de ce Passage. Et pour cela...

Pierre de Sivrey s'arrêta brusquement. Il regarda les visages impassibles devant lui, hésita un instant... mais il était déjà allé trop loin.

— J'ai là un message de notre chirurgien, Al-Sakka. Il vient de retrouver le secret des Assassins. L'un de vous doit le tenter.

Exténué, le gouverneur se tut.

Un chevalier s'avança d'un pas.

— Maître, j'ai porté le corps de Guillaume de Beaujeu dans Acre en feu et j'ai protégé sa dépouille jusqu'ici. L'ordre existe et existera toujours. Il ne saurait disparaître et vous ne pouvez parler en son nom. Ce que vous nous demandez est folie et rébellion. Je refuse de vous obéir.

Sivrey ne répondit pas. Il se tourna vers l'autre chevalier qui n'eut qu'un mot :

— J'accepte.

98

Brésil
État de Bahia
La Résidence
De nos jours

Le vieil homme se tortillait sur le dallage, les yeux révulsés, ses mains tenant son ventre. Son visage était ravagé par la souffrance, un filet de bave coulait de ses lèvres racornies. L'assemblée de Templiers quitta la croix des yeux et scruta le malheureux.

Marcas savait qu'il rêvait, pourtant il voyait distinctement Aurélia à ses côtés. Il regardait souffrir l'épave humaine à ses pieds, mais n'éprouvait aucun sentiment de pitié. Aurélia affichait la même expression absente. Ils n'avaient qu'une envie, fixer de nouveau la croix. Ils ne sentaient plus leur corps.

Le vieillard hurla de douleur. Un homme qui ressemblait à Di Licio prit la parole :

— Le chevalier Kadosh n'éprouve aucune compassion pour celui qui a choisi le mal. Ce vieil homme a violé et assassiné deux enfants dont le seul tort avait été de jouer dans la rue. Il a été arrêté mais relâché, faute de preuves. La justice des hommes a failli, celle des Templiers de notre loge de vengeance l'a condamné. Le poison est en train de faire son œuvre dans son corps, il ne lui reste que quelques instants avant de mourir. Éprouvez-vous de la compassion ?

— Non, répondirent les Templiers.

Les voix s'étirèrent à l'infini, comme des échos se perdant dans l'abîme. Marcas ne savait plus où il se trouvait, son esprit ne pouvait qu'observer la scène. Le vieil homme pleurait et tendait les mains vers les Templiers pour quémander la parcelle de vie qui allait bientôt l'abandonner.

— Éprouvez-vous de la haine ?

— Non.

— Vous pouvez le laisser à son sort et revenir à la croix, source de toute connaissance.

Le vieillard se cabra comme frappé par une décharge électrique, son cou se tendit sous l'effet d'une secousse invisible. Et il retomba lourdement sur le sol. Marcas en détacha son regard avec satisfaction et se replongea dans la croix. Aurélia entrait elle aussi de nouveau en transe. Les orgues résonnèrent alors que la façade de lumière embrasait encore tout l'espace. Le corps du vieil homme avait disparu, le mauvais rêve s'était dissipé. Marcas et Aurélia reprirent conscience de leur corps et arborèrent une expression extatique.

99

Château Pèlerin
L'hôpital
6 août 1291

Les mains de Fouad tremblaient légèrement. Il venait de saisir le compas. À l'extrémité d'une des branches brillait une minuscule dent de métal. Un chef-d'œuvre d'alliage dont le chirurgien se servait pour ses opérations les plus délicates. Lentement, il ouvrit le compas, remontant un à un les crans jusqu'au degré choisi.

— Je ne l'ai pas dit au gouverneur, mais...

Le chevalier, garrotté sur un siège, ne réagit pas.

— J'ai réfléchi. Un seul et même degré d'ouverture pour des crânes tous différents, ce n'est pas possible. Il doit y avoir des erreurs. En fait, le nombre d'accidents doit être...

Les yeux rivés sur la porte comme sur une cible imaginaire, le chevalier le coupa :

— Énorme ? Bien sûr ! Il ne suffit pas de subir l'expérience pour connaître le secret, il faut aussi que Dieu ait modelé ton crâne pour qu'il s'accorde avec l'ouverture du compas. Il faut que le destin ait prévu de faire de toi un élu.

— Un élu ? reprit Fouad dont la main tremblait de plus belle.

— Oui, un élu ! Et pour le savoir, il n'y a qu'une seule chose à faire.

— Laquelle ? murmura le chirurgien qui venait de poser les deux pointes du compas sur le crâne du chevalier.

— Pardon, deux choses !

La voix du chevalier se fit brutale.

— D'abord, cesse de trembler.

Subjugué, Al-Sakka serra les deux manches du compas.

— Et enfonce !

Le cri traversa la porte, le mouroir, et vint rebondir dans la salle des blessés. Mais personne n'y prêta attention. Les hurlements dans l'antichambre de la mort faisaient partie du paysage sonore.

Pour la première fois de sa vie, Fouad s'était évanoui. Quand il revint à lui, le chevalier s'était déjà levé. Un filet de sang coulait de sa tempe droite.

— Il faut que je te soigne.

Une main ferme l'arrêta.

— Pas la peine.

— Mais pourquoi ? s'inquiéta Al-Sakka.

— Parce que je ne sens rien.

Le chevalier tenait entre ses mains le compas. Il contempla la pointe rougie et, d'un seul coup, l'enfonça dans la paume de sa main.

Fouad recula. Subitement il avait peur.

— Mais qui es-tu pour faire une chose pareille ?

Le chevalier se retourna.

— Qui je suis ?

Le compas vola et frappa le chirurgien en pleine face.

— Je suis le Maître du Passage.

100

Brésil
État de Bahia
La Résidence
De nos jours

Marcas et Aurélia suivaient la procession qui sortait du temple. Progressivement, au fur et à mesure qu'ils marchaient, les brumes se dissipaient dans leur esprit. Ils avaient eu l'impression de vivre un rêve à la vue de la splendeur de la croix, et l'agonie du vieillard n'était qu'un simple détail incongru. Tout se brouillait dans leur tête.

Le soleil était encore chaud, et la sueur collait à leur peau sous la cape. Paul-Henri Barsac, qui fermait la marche, continuait de les surveiller. Des piaillements d'oiseaux multicolores se répandaient d'arbre en arbre, la vie éclatait autour d'eux dans une symphonie de couleurs, et Marcas réalisa qu'il n'avait jamais eu les sens aussi affûtés, aussi exacerbés par les sons et les couleurs qui l'environnaient.

Le groupe arriva à la Résidence, certains remontèrent dans leur chambre pendant que d'autres allaient s'asseoir au bar. Marcas et Aurélia semblaient désorientés, incapables de prendre une décision. Barsac échangea quelques mots avec Di Licio et les rejoignit.

— Mes amis, vous avez bien mérité de prendre un verre. Suivez-moi. Nous vous devons quelques explications.

Les trois Français s'installèrent dans un salon. Un garçon leur apporta des caïpirinhas frappées, servies dans de petits verres octogonaux. Barsac avala la moitié du sien et les fixa d'un air paternel.

— Magnifique temple, non ? L'architecte a utilisé les mêmes matériaux que ceux de la cathédrale de Lille, de très fines plaques de marbre qui diffractent la lumière solaire. Qu'avez-vous éprouvé ?

Marcas ne sut que répondre, Aurélia murmura :

— Un rêve extraordinaire, je me suis sentie transportée dans un monde incroyable, j'étais libre et remplie d'une énergie presque... liquide. C'était merveilleux, je n'avais jamais connu ça avant.

— Avez-vous vu d'autres choses ?

Marcas goûta à la caïpirinha et reposa le verre sur la table. Sa bouche était pâteuse. Un goût amer remontait dans sa gorge, l'alcool ne passait pas.

— Je... Un homme, un vieillard est mort à mes pieds. Mais j'étais complètement indifférent. La punition a été appliquée sans haine ni colère... Je ne sais plus ce que je dis. Une partie de moi a honte et une autre trouve cela normal. Que... que nous avez-vous fait exactement ?

— Moi aussi, j'ai fait ce rêve dans le temple, s'exclama Aurélia, sa souffrance ne me touchait pas !

Barsac croisa les bras. Ses sourcils en arc de cercle lui donnaient une expression ironique.

— Ça arrive, rassurez-vous. Après avoir été assommés dans la crypte du château en France, vous avez été transportés ici pour vous reposer. Le coup que vous avez reçu provoque toujours des effets secondaires qui mettent du temps à s'estomper. La zone précise du crâne qui a été touchée a ceci de curieux qu'elle commande certains centres nerveux impliqués dans la jonction entre les deux hémisphères. Je ne suis pas médecin, mais cet endroit, légèrement lésé par un coup appliqué avec précision, débloque la porte qui ouvre sur une conscience élargie. Ainsi vous avez eu accès à la beauté par la croix et aussi à la laideur par l'agonie de cet homme. Vous verrez bien d'autres choses par la suite, en continuant les enseignements de l'ordre.

Marcas sentait la nausée monter en lui.

— Je n'aime pas perdre conscience comme ça, je me sens vulnérable, dit Aurélia d'une voix tremblante.

L'ex-ministre de l'Intérieur fit un signe au serveur et montra les verres.

— Détrompez-vous ! Nous vous avons rendus plus forts. Tout le monde est passé par là. Progressivement, vous allez abandonner certaines faiblesses, très humaines, qui vous empêchent de progresser. Santé !

Marcas se leva brusquement. La conversation lui semblait de plus en plus absurde, il regarda Aurélia et Barsac comme s'ils étaient devenus fous. Il avait le cœur au bord des lèvres.

— Je ne me sens pas bien, veuillez m'excuser, dit Marcas dont les jambes se mirent à flageoler.

— Tu veux que je t'aide ? demanda Aurélia sur un ton curieusement détaché.

Barsac intervint :

— C'est normal, le premier rituel dans le temple provoque ce genre de réaction chez certains. C'est pour ça que vous restez tous les deux sous observation dans la Résidence, histoire d'amortir le choc. On va vous accompagner au centre hospitalier.

Marcas ne put se retenir plus longtemps. Il vomit une bile verte sur la table.

Le métis s'approcha et le prit par les épaules pour le soutenir. En moins de temps qu'il ne fallait pour qu'il s'en rende compte, il se retrouva assis dans un petit véhicule électrique qui fila sur l'une des pistes. Le soleil déclinait à l'horizon, le ciel se teintait de rouge.

Comme la croix, se souvint Marcas. Le visage du vieillard agonisant surgit devant lui. Il ne savait plus s'il avait rêvé la punition du pédophile meurtrier ou s'il avait été la proie d'un mystificateur comme dans le château parisien. Les parois de son estomac se contractaient, semblant vouloir expulser un corps étranger, et sa tête bouillonnait comme un chaudron.

— Allez plus vite ! Plus vite !

Le métis détourna la tête de la route pour lui sourire, mais resta figé dans son silence. La voiture stoppa devant un bunker, fermé par un rideau de métal. Le métis passa un badge noir devant une borne et le rideau métallique s'ouvrit. Le véhicule descendit une petite pente souterraine puis s'engouffra dans un étroit tunnel qui sentait l'humidité. Marcas voyait les ampoules électriques défiler au-dessus de lui à toute allure. Il avait l'impression d'être transporté dans le tunnel à New York, qui passait sous l'Hudson et menait à la statue de la Liberté. Il n'était plus au Brésil mais sous l'Hudson[1]. Il fallait qu'il se reprenne. Le véhicule finit par arriver dans un hangar où l'attendaient deux infirmiers avec un brancard.

En quelques minutes, il se retrouva dans un lit d'hôpital, seul dans une grande salle déserte. Il se tordait et avait vomi sur les draps. Une infirmière brune entra en courant, un verre à la main dont elle lui fit avaler le contenu. Son cerveau allait exploser. Tout devint noir.

1. Cf. *Le Frère de Sang*.

101

Château Pèlerin
L'hôpital
6 août 1291

Comme le chevalier venait de se saisir d'un crâne et s'apprêtait à partir, la porte de la salle de dissection s'ouvrit brusquement.

— Tu l'as donc fait ? Tu t'es fait percer le crâne pour trouver ce maudit secret... Et déjà tu...

Le Templier qui venait d'entrer désigna le cadavre du chirurgien écroulé au sol. Son frère ne répondit pas. De la main droite, il essuya simplement le sang qui coagulait sur sa tempe.

— Et tu crois... tu crois... que je vais te laisser agir ? Toi et Sivrey vous êtes fous. Les élucubrations de Roger Flor vous ont fait perdre la raison. C'est vous qui êtes un vrai danger pour le Temple. Et toi... toi tout particulièrement.

— Laisse-moi passer, mon frère. Ne te mets pas en travers de mon destin.

— Non !

D'un geste, le Templier fit un signe à deux ombres qui attendaient dans le mouroir. Deux écuyers se précipitèrent et renversèrent le chevalier. En tombant au sol, sa blessure se rouvrit.

— Attachez-le sur la table !

Le chevalier ne sentit pas les liens qui entravaient ses poignets, enserraient ses chevilles. Il regardait son frère qui le trahissait. Les images défilaient. La traversée de Saint-Jean-d'Acre, la fouille de la chambre de Roger Flor, la sépulture violée de Guillaume de Beaujeu... Les images défilaient, mais aucune ne l'atteignait. Il était au-delà désormais.

Le visage du Templier se pencha vers lui.

— Je devrais te tuer, t'anéantir à jamais. Mais je ne peux pas, je n'arrive pas à te haïr à ce point. Pour moi, tu es toujours mon frère, même si tu n'es plus qu'un monstre sans âme. Alors...

Un instant, sa gorge se noua.

— ... alors, je vais faire ce que l'on fait au frère qui a trahi. Ce que Dieu a fait à Caïn.

Un éclair brilla dans la main de chaque écuyer.

— Et pour que tous les hommes te fuient, je vais te marquer à jamais.

Le premier coup de rasoir déchira la chair d'une tempe à l'autre. Le second taillada le front, fendit le nez et déchiqueta les lèvres.

Sur le visage du chevalier, une croix de sang commença de s'épanouir.

102

Brésil
État de Bahia
La Résidence
De nos jours

Di Licio reposa le combiné sur son socle et regarda pensivement Barsac. Les fenêtres ouvertes de son bureau, au dernier étage de la Résidence, laissaient passer un léger courant d'air presque frais. Derrière lui, le crépuscule tombait, les rayons du soleil incendiaient le ciel au-dessus de l'océan.

— Marcas a pris le médicament et se repose. C'est ennuyeux, j'ai mis beaucoup d'espoir en lui. Il subit les mêmes effets secondaires que les deux autres postulants du mois dernier. Le sous-directeur du FMI et ce président d'un Land, dont j'oublie le nom à chaque fois.

Barsac tira une bouffée de son havane.

— Tu sais que le processus ne marche pas de la même façon avec tout le monde. Les années de pratique n'empêchent pas un certain taux d'échec ou de mise en œuvre plus délicate. Le professeur Cavalcanti nous le serine suffisamment. C'est pour ça qu'il veut toujours plus de cobayes.

Di Licio tapa du poing sur la table.

— Il commence à me courir, celui-là. Plus d'une fois, on a failli se faire prendre. Tu te souviens de l'enquête quand le président Lula est arrivé au pouvoir. Heureusement que nos amis de la police militaire étaient là pour clôturer le dossier. À ce propos, le général El Regnerez a passé les dernières épreuves avec succès. Il a exécuté le prisonnier qu'il avait sous la main, sans faire preuve de son sadisme habituel. Normalement, il devrait être nommé chef d'état-major auprès de la présidence la semaine prochaine.

— Et la mignonne blondinette, la responsable de la salle de trading de la Global Bank de Hong-Kong ? Elle se débrouille mieux que le petit gars de Paris qui nous a plantés de quelques milliards ?

Di Licio jouait avec un briquet qu'il allumait et éteignait.

— Très douée, elle a fait gagner au fonds d'investissement trois millions de dollars en spéculant sur l'OPA de la Safrex, dirigée par le frère Zambi.

— Un délit d'initiés, en quelque sorte.

— Très drôle... Tous les chevaliers de la loge Kadosh ne le sont-ils pas ?

Barsac éclata de rire et aspira une nouvelle bouffée. La fumée suave envahissait la pièce, les volutes fuguaient vers la fenêtre.

— Au fait, notre psy m'a touché deux mots sur le projet de ce cher Léandre après l'avoir appelé. Voilà un garçon qui me plaît même si son plan social est complètement dément. Bien plus prometteur que ton Marcas qui tourne de l'œil comme une fillette. Tu vas le laisser aller jusqu'au bout ?

— Non, il va changer de boîte. J'ai de grandes ambitions pour Victor mais que de chemin parcouru pour en arriver là. Nous avons bâti une œuvre extraordinaire depuis des décennies. Songe à la puissance de la longe et pourtant elle continue de rester invisible aux yeux du monde entier.

— Et elle demeurera cachée. C'est notre force.

— Je me demande parfois si l'initiation ne nous a pas transformés en quelque chose qui n'est plus humain.

Di Licio se redressa et le fixa dans les yeux.

— Bien sûr, puisqu'en quelque sorte nous sommes déjà… morts.

103

La Rochelle
13 octobre 1307
Palais du bailli

Les hommes d'armes attendaient dans la salle de garde. Un feu avait été allumé dans la cheminée. L'automne finissant était déjà rude. Certains tapaient des pieds pour se réchauffer, d'autres soufflaient dans leurs mains. Ils avaient été réveillés à la fin de la nuit et sommés de revêtir leur tenue de combat. Dans la salle, les rumeurs les plus folles couraient. On disait que les bourgeois de la ville s'étaient révoltés, que le roi d'Angleterre allait attaquer le port. Face à ces bruits, les soldats les plus aguerris haussaient les épaules. Le port était occupé par la flotte du Temple. Près de vingt navires équipés pour le combat, qui avaient guerroyé en Méditerranée contre les galères barbaresques. Jamais aucun souverain n'irait se mesurer à pareille armada. Non, il ne pouvait s'agir que d'un soulèvement ou bien d'un complot.

Le bailli rentra précipitamment dans la salle, accompagné de son escorte. De haute taille, le représentant du roi semblait encore plus raide que d'habitude. Il ne salua ni capitaines ni sergents. Son visage était pâle. Il tenait un long rouleau d'où pendait la languette de soie rouge du souverain. Un à un, les hommes se turent, le regard rivé sur la main du bailli qui serrait la lettre avec force. On n'entendait plus que le feu qui crépitait dans la cheminée.

— Soldats, je vous sais tous fidèles et dévoués à notre roi Philippe !

— Que Dieu le maintienne sur le trône et sous Sa sainte garde, répondit la troupe d'une même voix.

Le bailli hocha la tête en signe de satisfaction. Un peu de couleur était revenu à ses joues. Il reprit la parole :

— Soldats, beaucoup d'entre vous ont déjà combattu pour notre souverain aux frontières du royaume, contre les adversaires de la France, mais aujourd'hui...

La voix du bailli baissa d'intensité comme s'il craignait d'être écouté par des oreilles indiscrètes.

— ... mais aujourd'hui les ennemis sont dans nos murs, dans nos villes. Ils menacent la stabilité du royaume. Ils insultent la religion. Ce sont des félons et des hérétiques !

Un sourd murmure s'éleva dans la troupe. Le bailli brandit le poing où se trouvait la lettre. Un sceau rouge apparut, illuminé par le reflet des flammes de la cheminée.

— Voici l'ordre du roi !

Le murmure se changea en un cri d'approbation.

— Soldats ! Au nom du roi Philippe, arrêtez et emprisonnez tous les Templiers de cette ville.

Il fit une pause avant de reprendre.

— Et tuez tous ceux qui résistent !

Commanderie du port

— Alors ?

Le chevalier s'inclina devant l'homme qui l'interrogeait. Même s'il ne voyait pas son visage, caché sous une capuche sombre, il savait qu'il lui devait un respect et une obéissance absolus. Il était le Maître du Passage.

— Maître, comme je vous l'ai dit, nous avons des espions qui circulent autour du palais du bailli. Ce n'est pas très difficile, c'est un quartier de tavernes. La garnison vient d'être réveillée et on entend des cris dans la salle de garde.

L'homme à la capuche serra ses mains jusqu'à ce que les jointures craquent. L'ordre d'arrestation des Templiers avait été envoyé à tous les baillis et sénéchaux de France, un mois auparavant. Un mois pour préparer la mort de l'Ordre du Temple, l'interpellation, la détention de ses membres et la saisie de ses biens. Un mois pendant lequel certaines langues des renégats s'étaient aussi déliées. Quant à Jacques de Molay, il avait reçu des rapports des commanderies d'un peu partout dans le royaume, rapportant des bruits suspects, des rumeurs menaçantes. Mais le Grand Maître n'avait pas voulu y croire. N'était-il pas l'ami du roi, le parrain d'un de ses fils ?

L'homme à la capuche se leva en direction de la fenêtre. La brume, venue de la mer, montait peu à peu. Le port semblait recouvert d'un linceul. Des navires, on ne voyait plus que les mâts et les haubans pareils à des bras décharnés de squelette.

Encore quelques heures et l'ordre du Temple n'existerait plus. Deux siècles d'histoire ne seraient plus que souvenirs et légendes. Le Maître du Passage colla son front contre le verre glacé des vitraux. Mourir pour ressusciter.

Une toux légère le fit émerger de ses pensées. Il se retourna. Le chevalier s'approcha.

— Maître, les hommes du bailli viennent de sortir. Selon nos espions, ils sont puissamment armés.

— Combien de temps pour traverser la ville ?

— La moitié d'une heure.

Le Maître du Passage revint vers la fenêtre. La brume s'épaississait. Bientôt la flotte entière allait disparaître dans le brouillard.

— As-tu bien porté dans le navire amiral le bagage qui m'accompagnait ?

— Oui, maître, cela a été fait et bien fait. Avez-vous de nouveaux ordres ?

Le Maître du Passage hocha la tête.

— Conduis-moi au port.

Palais du bailli

Les nouvelles tombaient les unes après les autres. Toutes favorables. Le bailli se frottait les mains. À la commanderie du port d'Envaux, les Templiers s'étaient rendus sans combattre ; au Mung, les frères dormaient encore quand on les avait arrêtés ; à Beauvais-sur-Matha, on avait trouvé deux chevaliers couchés dans le même lit. Voilà qui ferait la joie de messire de Nogaret, le chancelier du roi, qui commanditait toute l'opération. *Péché de sodomie, au bûcher est promis.* Nul doute que ces deux frères, pour sauver leur peau, avoueraient tout ce qu'on leur demanderait.

Une fois encore, le bailli se frotta les mains alors qu'il dictait le rapport qui partirait à Paris le matin même. Dans la salle de garde, les premiers prisonniers affluaient. Hébétés, ils fixaient le sol sans comprendre. Le bailli signa les ordres d'internement. Dans quelques heures, les tourmenteurs du roi allaient entrer en action.

— Messire ?

— Oui.

Le bailli s'avança, il venait de reconnaître le capitaine qu'il avait envoyé à la commanderie du port.

— Les Templiers sont tous arrêtés, messire, mais ils ont d'abord résisté.

— Des pertes ?

— Non, messire.

— Des réactions de la part de la population ?

— Non, messire, non, seulement…

Mais le bailli ne l'écoutait plus. La principale commanderie de La Rochelle venait de tomber. Il pouvait maintenant passer à la deuxième phase des ordres. La partie la plus secrète. Celle dont il n'avait pas encore parlé à ses hommes.

— Capitaine, rassemblez tous les soldats et marchez sur le port !

Sa voix résonnait, claire et puissante. C'était son jour de gloire.

— Emparez-vous des navires du Temple !

L'officier blêmit et tomba à genoux.

— Messire, la flotte a disparu !

104

Brésil
État de Bahia
La Résidence
De nos jours

Les infirmiers poussaient le lit transportant Marcas avec rapidité, slalomant dans les couloirs, franchissant les portes battantes qui séparaient les différents blocs. Ils arrivèrent dans une grande salle noire de monde, en pleine effervescence. Des hommes, des femmes, mais aussi des enfants attendaient d'être soignés ou étaient allongés sur des lits. Marcas aperçut une petite fille en pleurs qui tenait la main d'une vieille femme à la tête bandée. Non loin d'elles, un couple entourait un homme plus jeune, la main recouverte d'un pansement de fortune rouge de sang. Des infirmières passaient entre les groupes de malades et leurs familles avec des dossiers à la main, l'air débordé.

Marcas ne fit que transiter par la salle des urgences. Son lit franchit encore deux portes puis il atterrit dans un petit cabinet médical où se tenait, derrière un bureau, une jeune femme au visage fatigué, avec un stéthoscope autour du cou. Sur la table, il y avait un écriteau aux lettres argentées. Docteur Anna Margareta de Suza.

Les deux infirmiers quittèrent la pièce. Antoine se redressa dans le lit. Le médecin l'observa quelques secondes, le regard vide, puis se leva comme une somnambule pour venir le rejoindre.

Sans dire un mot, elle prit la tension de Marcas puis posa son stéthoscope sur sa poitrine. Marcas eut de nouveau envie de vomir.

— Vous… vous parlez français ? Que m'arrive-t-il ?

— *No senhor…*

Elle retira son stéthoscope et, à l'aide d'un stylo lumineux, inspecta le fond de son œil. Elle lui tourna la tête et passa la main sur sa bosse, en appuyant. Il ne ressentit pas la moindre douleur.

— *Obrigado…*

Marcas ne comprenait rien à ce qu'elle disait. Il lui montra son estomac en grimaçant.

— J'ai mal au ventre, bordel.

La femme le regarda en secouant la tête de gauche à droite, comme en signe de dénégation.

Elle déboutonna le premier bouton de son corsage et lui montra une chaîne en or qui encerclait son cou. Au bout pendait une petite croix pattée dorée.

— *Templario…*

Marcas se cramponna aux barreaux du lit. Elle lui parlait de Templiers sans tenir compte de sa douleur.

— Je m'en fous des Templiers, donnez-moi des anti-douleurs. Vous devez avoir ça dans votre putain d'hosto.

Un homme apparut à la porte du cabinet, les mains dans les poches de sa blouse blanche.

— Elle ne parle pas votre langue et ne peut rien faire pour vous.

Marcas dévisagea le petit homme chauve qui arborait une barbiche presque comique. Son allure contrastait totalement avec le regard acéré qu'il portait sur Marcas, et avec le ton tranchant de sa voix.

— Vous allez avaler un pansement stomacal qui vous calmera d'ici une dizaine de minutes. Votre état est tout à fait normal, ou presque.

— Qu'est-ce qui m'arrive ?

— Certains initiés de la loge qui viennent d'Europe font des crises comme la vôtre. C'est uniquement dû à la nourriture, vous avez certainement mangé trop de fruits. Ça va passer. D'ici une demi-heure, on viendra vous chercher pour rentrer à la Résidence. En attendant, un peu de repos ne vous fera pas de mal.

— Qui êtes-vous ? demanda Marcas en avalant un verre d'eau blanchâtre que lui tendait la femme.

— Je suis le responsable de l'hôpital, professeur Cavalcanti. Avez-vous fait des rêves ces temps-ci ?

Surpris par la question, Marcas reposa le verre sur la petite table.

— Oui, j'ai vu un vieil homme se faire assassiner. C'était sans queue ni tête.

— Il faut toujours faire attention à ses rêves, les Occidentaux devraient être plus respectueux des messages de leur inconscient...

Marcas n'eut même pas le temps de répondre, le chauve avait tourné les talons pour le laisser seul avec l'autre médecin. Il retomba lourdement sur le lit et s'épongea le front avec un bout de drap. Le docteur de Suza sortit à son tour, inclinant sa tête sur le côté, les mains jointes sur sa tempe pour lui indiquer de dormir. Marcas vit la porte se refermer. Il essaya de calmer sa respiration, son ventre émettait des gargouillements liquides bizarres. Il regretta de ne pas avoir demandé au professeur où se trouvaient les toilettes, mais misa sur le retour d'un des médecins dans le cabinet.

Un quart d'heure s'écoula avant que les douleurs ne s'estompent et que son ventre ne se détende. Personne n'était revenu. Son envie de courir aux toilettes se fit plus pressante. Il ne pouvait plus attendre et sortit dans le couloir désert, en fermant sa chemise. Il marcha le long du couloir mais toutes les portes étaient fermées et aucune ne présentait l'indication des commodités. Il bifurqua dans un autre couloir, passa le long de ce qui ressemblait à un bloc opératoire, fermé par une porte à hublot où officiait une équipe médicale. Deux médecins et une infirmière entouraient un patient dont le visage était masqué par un champ opératoire. L'un des médecins semblait réaliser une sorte de trépanation au niveau de la tempe. Instinctivement, Marcas toucha la sienne. Une sueur glacée coula dans son dos. Il comprit qu'Aurélia et lui avaient dû passer dans ce même bloc avant leur réveil à la Résidence. L'infirmière se dirigea brusquement vers la porte, il jugea préférable de quitter son poste d'observation et de continuer son chemin. Il longea deux autres blocs occupés aussi et déboucha sur une sorte de hall. À l'autre extrémité, il repéra les toilettes et s'y engouffra avec soulagement. Il ressortit dix minutes plus tard et entreprit de repartir en sens inverse. Marcas pressa le pas pour revenir surveiller le bloc. Il fallait qu'il découvre ce qu'on leur avait fait, mais il se rendit compte qu'il s'était trompé de direction en arrivant devant une porte noire qui fermait le couloir.

Il s'apprêtait à faire demi-tour quand un cri retentit de l'autre côté de la porte. Il tendit l'oreille. Un deuxième cri se fit entendre, plus aigu, féminin. Intrigué, il poussa doucement le battement. Un bruit sec claqua, suivi d'un nouveau hurlement, masculin cette fois. Un autre corridor s'étirait sous les lumières grésillantes d'une enfilade de néons. Le curieux claquement retentit encore et un gémissement s'éleva aussitôt. Marcas avança de quelques pas et arriva devant un sas vitré donnant sur un bloc opératoire. Les cris venaient de là. Il tendit le cou pour regarder ce qui se passait à l'intérieur.

Il resta paralysé de stupeur.

105

Portugal
Château de Tomar
14 janvier 1314

Le chemin avait été long, la matinée, glaciale. Le vent et la neige qui régnaient en maîtres sur la campagne paralysaient les hommes, anesthésiant toute volonté. Le Maître du Passage, lui, ne ressentait rien. Il chevauchait, indifférent à la froidure qui accablait son escorte. De temps à autre, il contemplait le paysage qu'il avait parcouru sept ans auparavant. Des souvenirs lui revenaient, qui le laissaient indifférent. La mémoire en lui coulait sans jamais s'arrêter. Nul sentiment ne pouvait la retenir.

Un cavalier, parti en éclaireur, revint et posa pied à terre :

— Maître, le château de Tomar est juste derrière cette butte. J'ai vu le commandeur. Il vous attend.

Le Maître du Passage se retourna vers son escorte. Ils avaient tous du mal à suivre, épuisés par le long voyage. D'un coup de talon, il éperonna son cheval qui s'élança.

Subitement il était pressé d'arriver. Une envie qu'il n'avait pas ressentie depuis des années.

Le château de Tomar était la principale commanderie du Temple au Portugal. Une forteresse austère où seul le logis des frères était percé de rares fenêtres. Le commandeur attendait dans la salle haute. En temps normal, à l'époque de la grandeur de l'Ordre, il serait accouru saluer le dignitaire au pied des remparts et lui aurait rendu les hommages dus à son rang. Mais les temps avaient changé et les Templiers de Tomar ne pouvaient se permettre le risque d'attirer l'attention sur leur visiteur.

— Maître, s'inclina Jordi Perena, nous sommes heureux de vous revoir. Chacune de vos visites est un réconfort dans le temps d'épreuve que l'Ordre traverse.

Comme lors de la première rencontre, sept ans plus tôt, le visage du Maître du Passage était invisible sous la lourde capuche. Nul ne pouvait dire s'il avait vieilli. Sa voix en revanche était toujours la même, vibrante et chaude. Une voix que le doute n'entravait pas.

— L'Ordre… Il vous faudra bannir ce mot de votre vocabulaire. Le pape l'a dissous. Officiellement, nous n'existons plus. D'ailleurs nos frères ne sont-ils pas morts ou en prison, nos biens pillés ou sous séquestre ? Alors n'employez plus ce mot. Jamais plus.

Perena s'inclina de nouveau. On ne discutait pas avec le Maître du Passage. Au Portugal, le Temple ne comptait que quelques dizaines de frères, tous regroupés ici, au château de Tomar. Quand on était venu les arrêter, leur défense était prête depuis longtemps. Ils avaient été relaxés et autorisés à continuer à résider dans leur commanderie forteresse.

Exactement comme l'avait prévu l'homme à la capuche.

— Je ne sais encore comment vous remercier, maître. C'est vous qui nous avez appris l'arrestation de nos frères en France, vous qui nous avez préparés à l'interrogatoire, vous qui nous avez sauvés.

— C'était il y a sept ans. Depuis, je vous ai envoyé beaucoup de frères qui ont réussi à échapper aux griffes des rois et des papes. Que sont-ils devenus ?

— Ils sont ici, maître. Nous les avons hébergés et protégés. Des Français, mais aussi des frères espagnols et italiens. Tomar est devenu un sanctuaire pour les frères persécutés.

Le Maître du Passage baissa d'un ton. Une vieille habitude. Il avait tant de fois changé d'identité, de vie, que le son de sa voix souvent l'étonnait. Il préférait ne pas la reconnaître.

— Comment les avez-vous cachés ?

— Nous les avons disséminés dans les nombreuses métairies que nous possédons dans les environs. Certains sont devenus bûcherons, d'autres élèvent du bétail ou cultivent les terres. Tous ont revêtu l'humble vêture du paysan en attendant que l'heure de la revanche sonne.

Les cloches retentirent à toute volée dans la vallée où se nichait la ville.

— Vous les avez réunis ?

— Ils sont tous ici et vous attendent. Comme vous l'avez demandé. Leur impatience est vive de remercier leur sauveur.

— Et le nouveau temple ?

Les cloches de nouveau sonnèrent. Le commandeur attendit que leur son s'atténue pour répondre.

— Nous avons exécuté chacune de vos indications. L'ancienne crypte a été transformée selon vos volontés.

Le Maître du Passage demeurait silencieux. Il contemplait les dalles du sol. Une mosaïque de lignes entrelacées qui formait un labyrinthe. L'image d'une vie. Sous sa capuche, le Maître inspira lentement. Il touchait au centre.

— Une dernière question. Vous savez quelles persécutions ont subies nos frères en France et dans d'autres royaumes. La main des souverains s'est brutalement abattue sur eux. Quels sont vos rapports avec le roi du Portugal désormais ?

Le visage de Perena s'éclaira. Là aussi, sa mission était une réussite. Éclatante.

— Sa Majesté nous a annoncé qu'elle allait fonder, dans les prochaines années, un nouvel ordre chevaleresque, la Milice du Christ. Tous les Templiers vivant au Portugal en feront partie. Le roi a l'ambition de créer une flotte et il s'est montré particulièrement intéressé par nos compétences navales.

Le ton du commandeur tremblait d'enthousiasme. Il était fier d'annoncer cette nouvelle imprévue.

— J'ai donc bien fait de vous laisser des marins, il y a sept ans.

Jordi Perena eut un sursaut, comme si un serpent invisible l'avait mordu.

— Maître, vous aviez aussi prévu que...

La capuche se releva lentement.

— Conduisez-moi à la crypte.

106

Brésil
État de Bahia
La Résidence
De nos jours

La salle était entièrement carrelée de blanc. Sur l'un des murs, un immense écran plat de télévision montrait l'image d'un œil dont la paupière clignait. L'iris bleu lançait des éclats minéraux autour de la pupille dilatée. En soi, l'image en mouvement de cet œil pouvait s'apparenter à l'une de ces œuvres vidéo contemporaine diffusées dans les musées d'art moderne.

Dans la salle, cinq hommes et deux femmes étaient attachés par des liens de caoutchouc sur des tables métalliques rectangulaires, dressées à la verticale. Ils étaient tous en sous-vêtements blancs, et leurs corps étaient zébrés de striures rouges de haut en bas. En face d'eux, un même nombre d'hommes et de femmes, élégamment vêtus, brandissaient chacun un fouet tressé de cuir aux lanières teintées d'une couleur foncée. Du sang. L'une des femmes, une blonde d'une quarantaine d'années, abattit à son tour son fouet sur un vieil homme à la carcasse décharnée qui n'avait même plus la force de hurler. Ses yeux suppliants essayaient en vain de se lever vers son bourreau, mais les muscles de son cou étaient incapables de soutenir sa tête.

Sur le côté, entre les rangées de flagellateurs et de victimes, deux hommes en blouse blanche et un autre habillé en civil étaient assis derrière un grand écran d'ordinateur relié à une caméra braquée sur les tortionnaires.

Marcas reconnut l'un des deux médecins. L'homme qui se faisait appeler le professeur scrutait les visages, comme s'il cherchait à identifier quelque chose de précis, puis il regarda le grand écran au mur. L'œil avait changé, l'iris était devenu marron, la paupière clignait plus rapidement. Le professeur dit quelque chose que Marcas ne put entendre et soudain un autre fouet s'abattit sur une femme d'une vingtaine d'années, qui hurla de terreur. Sa tête roulait dans tous les sens, ses bras et ses jambes essayaient de se détacher, mais rien n'y faisait.

Le professeur observa de nouveau l'œil sur l'écran, leva la main puis s'adressa à quelqu'un qui se tenait dans une partie de la pièce invisible à Marcas. Un autre homme en blouse blanche arriva dans son champ de vision, faisant rouler devant lui un petit chariot rempli de flacons de verre contenant un liquide violet. Il passa devant chaque victime et appliqua un coton imbibé de ce liquide sur les plaies sanguinolentes.

Pendant ce temps, les bourreaux avaient posé leur fouet, certains plaisantaient, d'autres faisaient tourner leurs épaules comme s'ils effectuaient une séance de gymnastique. L'un d'entre eux, un costaud aux cheveux coupés court s'avança jusqu'à sa victime, un adolescent métis, prit un verre d'eau posé sur le chariot et fit couler de l'eau sur ses lèvres entrouvertes. La femme qui avait flagellé le vieux se rapprocha de la porte vitrée en se massant le cou. Marcas la reconnut, elle faisait partie des invités arrivés par le yacht dans l'après-midi.

Il se cacha derrière le mur. Des tarés. Ces gens étaient des dingues sadiques. Il ne comprenait pas la logique de ce qu'il voyait, mais il fallait absolument qu'il retourne au cabinet du médecin avant de se faire repérer. Il courut vers la porte bleue puis entra à toute allure dans le hall où il trouva cette fois le bon couloir. Il entra et tomba nez à nez avec la jeune doctoresse. Elle le regarda d'un air méfiant en fronçant les sourcils. Il passa sa main sur le ventre en grimaçant et baragouina « servicios, toiletas », dans un espagnol qui pouvait s'apparenter à du portugais. La femme lui indiqua le lit d'un geste autoritaire. Il se recoucha en faisant mine d'obéir. Les pensées se bousculaient dans sa tête. Qui étaient ces gens ? Pourquoi des médecins se prêtaient-ils à ces séances de torture collective ? Quel était le rapport avec l'ordre de Di Licio ? Il était incapable de trouver les réponses mais il savait désormais qu'il était entre les mains de fous dangereux. Lui et Aurélia. Dans l'immédiat, il ne pouvait rien faire, il fallait qu'il attende qu'on vienne le chercher. Il était tellement abasourdi par ce qu'il avait vu qu'il avait même du mal à compatir avec la souffrance de ces pauvres gens.

Au bout de minutes qui lui parurent interminables, un infirmier se présenta pour le reconduire à la Résidence. Marcas salua la doctoresse qui lui rendit la politesse et le regarda partir sans le quitter des yeux.

Un quart d'heure plus tard, il était à nouveau dans l'une des petites voitures électriques qui sillonnaient la Résidence dans le tunnel souterrain reliant les parties du domaine. Arrivé dans la maison de la Résidence, il remercia son accompagnateur et monta directement dans la chambre d'Aurélia. Il frappa à grands coups sur la porte. Elle ouvrit, vêtue d'une somptueuse robe blanche, fixée par de fines attaches sur ses épaules. Elle se jeta à son cou.

— Antoine, enfin. Je commençais à me faire du souci. Le dîner est prévu dans une demi-heure avec les membres de la loge. Ça va mieux ?

— Oui, il faut que nous sortions dans le jardin pour parler, murmura-t-il à son oreille.

— Je n'ai pas fini de me maquiller, dit-elle en minaudant. Ils ont fourni tout ce qu'il faut à une dame de mon rang.

— On s'en fout, c'est très important. Il y a peut-être des micros dans nos chambres. Je t'en prie, nous sommes en danger, poursuivit-il en chuchotant toujours.

Puis haussant brusquement la voix.

— Chérie, j'ai envie de voir l'océan avant de manger. C'est très romantique à cette heure. Viens.

Elle le regarda, intriguée. Il lui prit la main et ils se rendirent dans le jardin tropical. La nuit était tombée, une multitude de senteurs florales se diffusaient dans l'air encore chaud et le bruit du ressac s'était amplifié. Marcas et Aurélia empruntèrent l'allée qui menait au rivage, éclairée de chaque côté par des lumignons verts posés à même le sol. Arrivés sur le sable, Aurélia enleva ses escarpins. Il posa les mains sur sa taille et l'embrassa dans le cou.

— Écoute attentivement ce que je vais te dire et fais semblant de m'embrasser.

Il lui raconta la scène qu'il avait vue en n'omettant aucun détail, les fouets, les pauvres gens attachés sur les tables, l'écran qui retransmettait les mouvements des yeux des bourreaux. À la fin du récit, elle murmura à son tour, sur un ton angoissé :

— On doit s'enfuir, maintenant.

— Non, avant il faut que je trouve des informations sur ces gens. Pour le moment, ils ne soupçonnent rien. Je veux connaître leur but et l'étendue de leur implantation.

— Pas question, c'est trop dangereux ! Je ne suis pas flic, moi. Ils font des expériences sur des êtres humains et ils nous ont trafiqué le cerveau pendant qu'on était inconscients ! On a déjà changé. La cérémonie dans le temple… jamais je n'avais vécu une expérience mystique aussi intense. Ça me fout les jetons.

— Je t'en prie. Il faut assister à leur dîner et faire comme si de rien n'était.

Il la serra dans ses bras pour la calmer. La jeune femme se détendit progressivement.

— On est ensemble, à deux on est plus fort, dit-il en l'embrassant.

— Tu sors ce genre de connerie à toutes tes conquêtes ? susurra-t-elle en lui rendant son baiser. Rien qu'à l'idée de me trouver devant ces dingues, j'ai la chair de poule.

Un toussotement les fit se retourner. Di Licio se tenait devant eux, les mains dans les poches de sa veste croisée.

107

Portugal
Château de Tomar
14 janvier 1314

On parvenait à la crypte en descendant sept marches puis en franchissant une vaste dalle qui marquait l'entrée de la salle. À l'origine, il s'agissait d'une pièce refuge qui donnait accès à un puits fort utile en cas de siège. Obscure et fraîche, elle servait alors aussi de réserve de nourriture. Comme les Templiers étaient fort peu nombreux au Portugal, ils n'avaient pas besoin d'une salle d'initiation spécifique, en revanche la tradition voulait que les gouverneurs du château soient enterrés dans leur commanderie. Ainsi l'antique réserve était-elle devenue une crypte.

Le Maître du Passage avait tout fait bouleverser.

Quand il entra, il sut qu'il avait accompli son œuvre.

De chaque côté de la salle, des travées accueillaient des frères qui portaient la cape blanche et la croix rouge du Temple désormais interdite. Au sol, un damier de marbre alternait un nombre exact de cases blanches et noires. Un symbole d'équilibre absolu dont il voulait faire le but sacré de ses compagnons. Au fur et à mesure qu'il avançait, les frères se levaient, les yeux brillants rivés sur l'homme qui devait redonner force et vigueur à l'Ordre dissous. Le Maître du Passage marchait, les yeux fixés au sol sous sa capuche.

Il ne releva le visage qu'une fois. Quand il aperçut, des deux côtés de l'autel, gravés dans une pierre brute, l'équerre et le compas trônant sur deux colonnes. Les instruments de la révélation.

Au pied des trois marches qui menaient à l'autel, il s'arrêta. De la main droite, il fit un geste en direction de l'escorte qui le suivait. Deux frères se placèrent devant l'autel et déposèrent sur la dalle un coffre de bois ouvragé.

Le regard de l'assistance se fixa aussitôt sur les ferronneries d'or qui fermaient le coffre.

Le Maître du Passage monta les marches et se dirigea vers un des deux fauteuils devant l'autel. Il s'assit et, d'un signe, pria le commandeur de prendre place à ses côtés. Un par un, les chevaliers se mirent debout et posèrent leur main droite à plat sur le cœur.

Le Maître du Passage leva alors les yeux sur eux. Il vit ces visages burinés par le soleil d'Orient, ces corps droits malgré la torture et surtout ces regards de braise. Il avait devant lui les hommes qu'il fallait.

— Mes frères, je viens ce soir parmi vous parler de nous, de l'arbre abattu. Il est au sol, son tronc est meurtri, ses branches brisées. Chacun le croit mort et apprête la hache et la scie pour le découper. Bientôt, il n'en restera rien qu'une souche stérile et des débris d'écorce qui pourriront dans le sol.

L'assistance s'était figée. Suspendue à cette voix qui montait droite et vibrante de sous la capuche de laine rêche.

— Mes frères, l'arbre que vous avez connu ne revivra pas. Le géant dont l'ombre s'étendait d'Occident en Orient ne se réveillera pas. Il est mort, décapité par l'envie, la jalousie et la haine. La cupidité des rois, l'aveuglement des papes.

Un murmure se répandit dans la salle. La déception gagnait chaque frère.

— Non, jamais plus nous ne serons cet arbre au-dessus des nations. Nous avons fait trop d'ombre et nous sommes montés trop haut. Et c'est notre orgueil, d'abord, qui nous a fait tomber.

Le bruit de fond s'amplifia. Le Maître du Passage s'attendait à cette réaction, il haussa imperceptiblement le ton.

— Et pourtant en ce jour où chacun nous croit détruits, où tous s'enrichissent et se délectent de notre chute, moi, je viens vous dire que nous allons revivre sous une autre forme.

Assis à côté de l'orateur, Jordi Perena se pencha pour ne perdre aucune de ses paroles.

— Mes frères, nous avons été accusés de tout. De ne pas croire en Dieu, de ne pas respecter l'autorité royale et même d'adorer une idole venue du fond des âges.

Des frères hochèrent la tête. Sous la torture, on les avait obligés à avouer qu'ils crachaient sur la croix du Christ, qu'ils complotaient contre le roi, qu'ils adoraient une tête en forme de chat, le Baphomet.

— Mes frères, je vous le dis, tout ce dont on nous a accusés va devenir vrai.

Plusieurs frères se levèrent. L'éclair de la vengeance brûlait dans leurs yeux.

— Nous renierons Dieu et combattrons le pape jusqu'à sa chute !

Un cri de haine parcourut l'assemblée.

— Nous pénétrerons et pervertirons toute autorité. Nous creuserons le tombeau de tous les rois de la Terre.

Des insultes fusèrent. Des malédictions roulaient sous les voûtes. Le Maître du Passage tendit la main droite pour réclamer le silence.

— Mes frères, ce soir, chacun de vous partira vers son destin. Partout où il ira, il créera dans le secret des assemblées comme les nôtres. Partout, il recevra et formera de nouveaux frères auxquels il inculquera la vraie doctrine.

Le commandeur se jeta aux pieds de l'orateur.

— Merci, maître, merci de nous indiquer la voie. Vous avez sauvé nos corps et vous redonnez vie à nos âmes.

Le Maître du Passage le repoussa doucement.

— Mes frères, votre mission ne s'arrête pas là. Regardez ce coffre posé sur l'autel. Il contient un secret que nul ne possède plus.

Des deux mains, il fit coulisser lentement les ferronneries latérales. Le panneau frontal tomba dans un bruit sec.

Un crâne stigmatisé apparut.

— Mes frères ! Honorez le maître véritable !

Tous les Templiers se mirent à genoux.

— Rendez grâce au Grand Ancêtre ! Celui qui ne connaît ni le bien ni le mal. Ni la douleur ni la pitié !

Jordi Perena contemplait le crâne avec stupéfaction. Il fixait les orbites vides, la mâchoire saillante, le front bas, totalement fasciné.

— On a dit que nous adorions une idole ? Eh bien, voilà le vrai Baphomet, l'archange de la connaissance qu'il nous faut à tout prix retrouver. Celui qui nous fera égaux à Dieu !

Un rugissement s'éleva et résonna sous les voûtes. Le visage tendu, le regard allumé, tous étaient galvanisés.

— Mes frères, il vous faut à présent partir en quête de l'antique secret. Ce crâne, cette relique est la preuve qu'il a existé. Et il n'a pu se perdre en entier.

Tendant les mains, le Maître du Passage désigna les deux symboles gravés qui l'entouraient.

— Prenez l'équerre et le compas comme signes pour vous guider, car ils sont les instruments du savoir. Désormais, ils remplaceront la croix du Temple.

Tous les yeux étaient tournés vers le crâne sacré et, derrière lui, vers le Maître qui venait de réaliser le Passage.

— Mes frères, la quête est en vous. Vous devez retrouver le secret des hommes anciens. Vous devez reformer la chaîne qui nous rendra à notre destin. Jurez avec moi que vous ne connaîtrez ni repos du corps ni paix de l'esprit avant que nous ne soyons ce que nous devons être, et cela pour des siècles et des siècles !

— Nous le jurons, maître !

— Alors, sachez dépasser votre condition humaine ! répliqua le Maître, qui fit tomber sa capuche.

Un hurlement d'effroi répondit à la vue de son visage.

108

Brésil
État de Bahia
La Résidence
De nos jours

La flamme du briquet éclaira fugitivement le visage de Di Licio, lui donnant un aspect un peu théâtral. Il alluma sa cigarette et rejeta la fumée vers le ciel.

— Aurélia, tu es magnifique dans ta robe. Vous formez un joli couple d'amoureux tous les deux. Deux membres de la loge, unis et heureux, j'en ferais presque une publicité. Je suis navré de vous déranger, mais le dîner commence à 20 heures précises.

— Nous voulions profiter un peu de cette vue sublime, dit Aurélia en se détachant de Marcas.

— Vous avez raison, plus jeune, j'ai aussi... profité d'instants de ce genre. Antoine, tu as juste le temps de te changer, nos règles sont très strictes et un peu vieux jeu. S'habiller avec élégance est un devoir pour nos membres.

Une forte brise se mit à souffler en provenance de la mer. Di Licio leva les yeux vers les gros nuages qui se profilaient à l'horizon, au-dessus de l'océan. Une énorme barre noire s'avançait vers le rivage.

— Nous aurons de la pluie dans deux heures tout au plus, dit-il sur un ton neutre. Il est temps de rentrer. Heureusement, la soirée se passe à l'intérieur de la Résidence.

Ils repartirent vers le jardin, laissant derrière eux les vagues qui grondaient de plus en plus.

— On m'a dit que tu te sentais mieux. Que penses-tu de notre hôpital, mon cher Antoine ? demanda Di Licio.

— C'est... superbe. Qui y soignez-vous ?

Leurs pas crissaient sur le gravier.

— Tout le monde ! Surtout des pauvres, des indigents, des enfants abandonnés et Dieu sait s'il y en a dans ce pays. C'est la création du professeur Cavalcanti, membre fondateur avec Barsac et moi de la loge Kadosh Kaos. Grâce à lui, l'organisation est installée ici depuis des décennies et bénéficie du soutien des autorités. São Paulo, Brasilia, Rio... Nous avons ouvert des antennes aux abords des grandes villes brésiliennes pour soulager la misère endémique. Je crois que tu as rencontré aussi le docteur de Suza, elle fait un travail admirable ici. Elle a passé la journée à chercher des miséreux dans les rues de Bahia. Malgré sa fatigue, elle sera parmi nous pour le dîner.

Ils arrivèrent en face de la Résidence. Marcas tenait Aurélia par la main. Dans la nuit, il trouvait le bâtiment étrangement menaçant.

— Pourquoi le Brésil ?

— Tu le sauras tout à l'heure. Lors du dîner, nous ferons une présentation de l'Ordre pour nos nouveaux arrivants. C'est une histoire magnifique. Je vous laisse, à tout à l'heure. João vous attendra dans le hall pour vous conduire à la salle de réception.

Il s'éloigna dans un halo de fumée.

— Tu crois qu'il nous a entendus ? chuchota Aurélia.

— Je ne sais pas, nous parlions à voix basse. Mais il faut rester sur nos gardes.

Tous deux rejoignirent leurs chambres. Marcas se changea rapidement, enfila une chemise blanche, un pantalon et une veste noirs pendant qu'Aurélia ajoutait une touche discrète de rouge sur ses lèvres. Moins de dix minutes après, ils retrouvèrent le métis, vêtu de blanc.

La salle de réception était aménagée dans un grand patio de style colonial, protégé par une verrière, situé de l'autre côté du corps du bâtiment. Des palmiers plantés dans de grandes jarres couleur granit étaient placés aux quatre coins. Une immense bannière, frappée de la croix templière rouge, tombait d'un des balcons et descendait jusqu'au sol.

La grande salle était noire de monde. Une centaine d'hommes et de femmes, vêtus avec élégance, devisaient gaiement, assis autour de grandes tables richement décorées de bouquets de roses écarlates. Marcas et Aurélia furent installés à la table centrale, celle où se trouvait déjà Di Licio. Les autres convives les saluèrent poliment.

Marcas reconnut la femme assise en face de lui, dans une robe rouge, en train de sourire à son compagnon de table. Son sang se glaça, c'était la même femme qui maniait le fouet sur ce pauvre vieillard dans la salle interdite de l'hôpital. Di Licio fit les présentations.

— Mes chers amis, je vous présente Antoine Marcas et Aurélia de Crécy, deux nouveaux chevaliers. Ils sont passés dans la chapelle, cet après-midi.

Le maître de la loge leur présenta en retour les autres convives. Leurs titres suffisaient à donner le tournis. Dirigeants de société, hauts fonctionnaires. La femme en robe rouge s'inclina quand Di Licio la nomma, Carola de Lint, directrice adjointe de l'Organisation mondiale de la santé. La tortionnaire dirigeait la plus prestigieuse et puissante institution mondiale dans le domaine de la santé ! Il la salua en essayant de ne pas perdre contenance.

Puis Di Licio monta sur l'estrade éclairée, frêle silhouette devant l'immense écran blanc tendu derrière lui.

Alors que les lumières baissaient d'intensité, le brouhaha cessa.

— Mes amis, merci à tous d'être venus. Nous sommes tous réunis pour partager l'idéal templier qui a réussi à traverser les siècles. Je voudrais saluer en notre nom à tous nos frères brésiliens qui nous ont toujours soutenus et accordé leur protection, en des temps parfois difficiles. Cela avait déjà été le cas de leurs ancêtres portugais en 1307, qui avaient recueilli nos frères persécutés. Je vous demande de leur rendre hommage, comme chaque année.

Un projecteur éclaira la table où étaient assis une dizaine d'hommes en tenue de gala militaire. Les galonnés se levèrent en souriant et saluèrent sous les applaudissements nourris. Di Licio demanda le silence.

— Avant de passer à table, je vous propose de visionner, comme le veut la tradition, ce merveilleux film. Que la croix soit avec vous.

La lumière s'éteignit totalement, et une croix pattée apparut sur l'écran blanc. Marcas sentit l'étrange magnétisme exercé par le symbole, le même qu'il avait éprouvé pendant la cérémonie dans le temple.

Une musique se répandit des haut-parleurs. Marcas reconnut tout de suite *Carmina Burana*.

La croix s'estompa. Des scènes de batailles et de chevauchées s'enchaînaient dans un montage saccadé. Des chevaliers templiers en armure galopaient en rangs serrés dans les sables du désert, d'autres combattaient des musulmans sur les remparts d'un château. L'image suivante montrait onze hommes dans une crypte. Ils formaient un cercle, une épée entre les deux mains. Des flammes apparaissaient en surimpression. Le portrait de Jacques de Molay s'imposa à l'écran puis celui de Philippe le Bel et enfin, celui du pape Clément V, accompagnés des hurlements de douleur des malheureux condamnés en train de brûler.

Marcas reconnut les éléments clés de l'histoire des Templiers, avec une impression de déjà-vu.

Une autre scène envahit l'écran. Un convoi de chariots avançait à travers des chemins pluvieux, dans un port, des bateaux appareillaient à la hâte. La tempête. Une carte indiquait la progression des navires le long de l'Atlantique, du golfe de Gascogne, longeant les Asturies, jusqu'à Lisbonne, baignée de soleil. Des portraits de dignitaires du Temple se succédèrent, dont les visages et les noms en surimpression ne disaient rien à Marcas. Une forteresse, celle de Tomar au Portugal, puis des bateaux dont les voiles gonflées étaient frappées de la croix templière. Une autre carte montra de multiples tracés à travers l'Atlantique dont un qui arrivait au Brésil, à Bahia. De nouveau, des portraits d'hommes à l'air sévère, vêtus du manteau blanc du Temple. Tout s'accélérait, des aciéries, des grues, des navires à vapeur, des trains, des images de la Première et Seconde Guerre mondiale et toujours des portraits ou des photos d'hommes en manteau blanc. Une date s'afficha en lettres rouges : 1964. Des séquences d'actualités montraient des chars en position dans des grandes villes, des militaires haranguant des foules en liesse, l'image d'un général en cape blanche, la construction d'un bâtiment qui ressemblait à l'hôpital où il avait été soigné, des enfants rieurs se faisant vacciner à la file, et des miséreux tendant leur main vers des Occidentaux qui leur distribuaient de la nourriture – et, en surimpression, la croix pattée et la figure hiératique de Jacques de Molay. Le film s'acheva sur des images d'hommes et de femmes en costume-cravate ou en tailleur, penchés sur des écrans d'ordinateur. Enfin, le globe terrestre se leva devant un ciel étoilé, et la croix templière réapparut quelques secondes.

Un vrai film de propagande, songea Marcas, un mélange de spots de pub américain pour la scientologie et de superproductions hollywoodiennes. Les lumières se rallumèrent, la présentation avait duré à peine plus de deux minutes. L'écran remonta vers le haut du plafond. Di Licio reprit la parole :

— Je vous souhaite d'excellentes agapes en compagnie des onze nouveaux chevaliers qui nous ont rejoints. La cérémonie dans le temple est prévue à 22 h 30, n'abusez pas de ces nourritures terrestres, même si ce ne sont que des légumes bio. Bon appétit.

Des rires fusèrent pendant qu'il regagnait sa table. Un ballet de serveurs apportait les entrées, des assortiments de légumes grillés. Di Licio posa sa main sur celle d'Aurélia.

— Ne sois pas surprise, le repas sera composé exclusivement de légumes et de fruits. Il est interdit de manger de la viande avant un rituel de purification.

— Du même genre que celui de cet après-midi ?

— Pas tout à fait. Il est réservé aux membres plus anciens. Les nouveaux en sont dispensés. Vous pourrez profiter de la soirée pour faire ce qu'il vous plaira, dit-il en lui adressant un clin d'œil.

Marcas goûta aux plats, les légumes grillés étaient délicieux. En dépit de son côté kitsch, le film l'avait intrigué. Il accréditait la thèse d'une survivance de l'ordre du Temple via le Portugal puis le Brésil au moment de la conquête du Nouveau Monde. Il s'adressa à Di Licio :

— Un film très intéressant. Est-ce qu'on peut consulter les archives de l'Ordre ? Comme tu le sais, ce sujet me passionne.

— Elles sont consultables dans notre bibliothèque, tu pourras t'y plonger à loisir. En résumé, le roi du Portugal Dinis Ier a protégé les Templiers en créant de toutes pièces l'ordre de la Milice du Christ, et en laissant une entière liberté aux chevaliers pour structurer leur nouvelle organisation. Un convoi de plusieurs nefs appartenant à l'Ordre avait appareillé en catastrophe du port de La Rochelle, avec à son bord une partie du trésor du Temple.

— Le fameux ?

— Trois coffres en tout et pour tout ! Les fonds des commanderies de Bretagne, de Normandie et du Poitou, réunis par l'un des sénéchaux de l'Ordre Molay. La somme a néanmoins permis à l'Ordre de s'implanter durablement au Portugal et de remercier au passage ce royaume. Un nouveau Grand Maître a été nommé pour diriger la Milice du Christ, mais la tragédie avait servi de leçon, dorénavant, l'Ordre devait se structurer de façon plus clandestine. Le Portugal n'était pas à l'abri de l'arrivée sur le trône d'un émule de Philippe le Bel. Une direction parallèle a été constituée avec un Grand Maître secret, auquel celui de la Milice du Christ était subordonné. C'est l'un de ses successeurs qui a eu cette idée de génie.

Marcas croisa les bras. En dépit du caractère criminel de la loge Kadosh Kaos, il était fasciné par les explications de Di Licio.

— Laquelle ?

— La conquête du Nouveau Monde et le partage de ses fabuleuses richesses ! La Milice du Christ a acheté des bois entiers, créé l'École royale de navigation et le plus grand chantier naval de l'époque. Tous les vaisseaux armés qui ont découvert les Amériques nous appartenaient. Souviens-toi des caravelles de Colomb, la Pinta, la Santa María et la Niña, elles portaient toutes une croix templière sur leurs voiles. Vasco de Gama était membre de l'Ordre, ainsi que le beau-père de Colomb.

— Et le Brésil ?

— Cabral, le navigateur qui a découvert le Brésil, était aussi membre de l'Ordre. Mais quand la Milice du Christ a pris trop d'importance, la couronne du Portugal en a progressivement récupéré le contrôle. Voyant le danger se profiler de nouveau, l'Ordre secret a transféré ses activités dans la future République du Brésil et ses Grands Maîtres se sont établis dans ce pays. Les tableaux qui se trouvent dans vos chambres représentent deux de ces grands hommes.

— Pourquoi cette date de 1964 dans le film ?

— Le 31 mars de cette année-là, l'armée, soutenue par les classes moyennes, a renversé le régime corrompu et discrédité de João Goulart. Il fallait stopper l'infiltration communiste qui menaçait le pays. Ce fut une sorte de révolution nationale pour faire repartir le pays sur de bonnes bases. Le Grand Maître de l'époque, comme d'ailleurs certains francs-maçons, a été l'un des inspirateurs du coup d'État.

Marcas sentit la colère monter en lui. Depuis quand les maçons soutenaient-ils les dictatures militaires ? Ce type racontait n'importe quoi. Mais il devait se contrôler.

— Les maçons, tu le sais, ont toujours été les ennemis des dictatures, surtout en Amérique du Sud. Au Chili, Salvador Allende l'était et l'a chèrement payé.

L'un des hommes présents autour de la table, un juge brésilien, intervint :

— Je suis désolé de te contredire. Tu te trompes lourdement. Rien n'est simple. Pinochet avait lui aussi été initié et cela ne l'a pas empêché de faire assassiner ce communiste d'Allende pour de bonnes raisons. C'est pareil au Brésil. Ici, la maçonnerie a toujours joué un rôle clé dans la vie politique du pays depuis son indépendance. Réformes libérales, abolition de l'esclavage, insurrection pour faire tomber le roi, les maçons étaient présents. Andrade e Silva, père de l'indépendance était un initié lui aussi. Et en 1964, une partie des obédiences a applaudi au coup d'État militaire.

Marcas était effaré, tous ses repères basculaient. On lui avait toujours appris que la maçonnerie, même si elle recelait des brebis galeuses, n'avait jamais pactisé avec les dictatures. Son écœurement était total. Est-ce que ce juge fouettait aussi des pauvres gens ?

L'un des militaires vint taper sur l'épaule de Di Licio, qui se leva et s'entretint rapidement avec lui l'air soucieux, avant de regagner la table. Marcas se pencha vers lui.

— Que se passe-t-il ?

— Le colonel Dos Santos commande la police militaire de toute la région. Ses troupes sont chargées du maintien de l'ordre. Il m'a signalé un incident dans l'un des dispensaires de l'ONG, situé dans Bahia même. C'est le cinquième cette année et ce sont toujours les mêmes fauteurs de troubles.

— Quel type d'incident ? demanda la directrice adjointe de l'OMS.

— Les adeptes du candomblé, le vaudou local, ne nous aiment pas trop. On leur fait perdre de leur influence et ils se vengent en montant les gens contre nous. C'est toujours la même histoire, ces sectes obscurantistes refusent les bienfaits du progrès et viennent empêcher les familles de se faire soigner dans nos centres. Cette fois, la police de notre cher colonel les a chassés sans prendre de gants. Le problème, c'est que l'un de leurs membres a succombé à un coup de matraque un peu trop appuyé. Nous allons avoir droit à une nouvelle enquête de la justice, c'est assez déplaisant.

— Comme cela est triste, les gens sont ingrats. Nous connaissons bien le problème à l'OMS. Le mois dernier, l'une de nos antennes d'éradication de la dengue au Nigeria a été attaquée par des sorciers locaux qui ont découpé à la machette un médecin et une infirmière.

Marcas n'en croyait pas ses oreilles, cette femme torturait un vieillard et se permettait de faire des leçons de morale. Il frissonna en se demandant si la centaine d'invités présents s'étaient livrés aux mêmes barbaries que celles auxquelles il avait assisté. Personne ne le croirait s'il racontait ce qu'il avait vu, il fallait absolument qu'il mette la main sur des preuves. Il murmura à l'oreille d'Aurélia :

— Il faut que je trouve des preuves de ce complot. Occupe Di Licio.

La jeune femme acquiesça. Marcas s'excusa et sortit de la salle bruyamment animée. Il s'assura qu'il n'y avait personne dans les couloirs, traversa un vestibule où il croisa l'un des serviteurs et lui dit, dans un mauvais espagnol, qu'il avait oublié quelque chose dans sa chambre. Il monta directement au dernier étage. Au fond du couloir se trouvait le bureau de Di Licio protégé par deux caméras braquées sur la porte. Il redescendit à l'étage de sa chambre, et se rendit sur son balcon pour voir s'il pouvait escalader la façade. La distance entre les rambardes était trop importante, il risquait de se rompre le cou. Il changea d'avis, c'était trop risqué. La mort dans l'âme, il redescendit. Ils devaient s'enfuir et tant pis pour les preuves.

109

Paris
18 mars 1314

Le garde, qui somnolait, se redressa brutalement. Un pas lourd descendait l'escalier à vis. Un pas à la cadence régulière que n'arrêtait ni le sang coagulé sur les dalles, ni l'odeur de pourriture qui montait des cachots.

— Le confesseur, pensa le garde, il est l'heure.

Une fin de jour coulait par la meurtrière à hauteur de la Seine. Les dernières embarcations traversaient le fleuve et le cri des bateliers résonnait dans le brouillard.

La silhouette d'un homme encapuchonné apparut sur le parvis du sous-sol. Le garde rectifia sa position et annonça :

— Mon père, le prisonnier dort encore.

— Peu importe, fais ton office !

La voix, quoique assourdie, siffla comme la lanière d'un fouet. Le soldat se précipita et fit tourner ses clés dans les trois verrous qui fermaient le cachot réservé aux prisonniers d'État.

Sitôt la porte ouverte, une odeur pestilentielle envahit le sous-sol.

— Je suis désolé, mon père, balbutia le garde, mais les inquisiteurs l'ont interrogé jusqu'à hier…

Le confesseur contempla le cachot. Une pièce sombre et étroite, bordée par un banc de pierre. Dans le fond, on devinait l'ombre menaçante d'un échafaudage en bois d'où pendaient des cordes tressées. Au sol, de la paille rance achevait de pourrir au milieu d'excréments séchés.

Le prêtre tressaillit.

Un rat venait de sauter d'une table de pierre où reposait une forme, une ombre humaine.

— Je n'ai pas eu le temps de nettoyer avant que…

Lentement le prêtre fit pivoter sa capuche. Le garde recula aussitôt. À la place du visage, un masque de cuir surgit de l'obscurité.

— Tais-toi !

Muet d'effroi, le garde hocha la tête. Il ne pouvait détourner son regard du masque où brillaient deux yeux clairs et froids comme une aube d'hiver.

— Mon visage ne te convient pas ?

Une sueur glacée envahit l'échine du soldat.

— Non, mon père, je vous jure ! Mais j'attendais le confesseur habituel.

Le masque se retourna vers l'entrée du cachot.

— Crois-tu que ton prisonnier soit un prisonnier habituel ?

— Non, bien sûr, c'est le Grand Maître des…

— *C'était*, le coupa le confesseur, l'ordre du Temple n'existe plus.

— Si, mon père, il n'existe plus, répéta le factionnaire, bien sûr, il n'existe plus.

— Alors maintenant, va me chercher une torche.

À pas lents, le prêtre pénétra dans le cachot. Sous ses pieds, la paille souillée crissa. Un tremblement parcourut la silhouette abandonnée sur la table de pierre. *Il* était encore vivant. Un miracle après ce qu'il avait subi.

Les reflets de la torche apportée par le garde se rapprochèrent. Le prêtre tendit la main vers l'angle du mur où se trouvait un croc dégoulinant de cire fondue.

— Fixe-la ici.

Une lueur mouvante se répandit dans la salle. Le soldat jeta un coup d'œil rapide au prisonnier, mais il ne vit qu'un amas sombre et tremblant, recroquevillé sur la dalle. Comme du gibier avant la curée.

— Si vous avez besoin d'autre chose…

— Sors !

Le garde s'inclina et disparut dans l'obscurité.

110

Brésil
État de Bahia
La Résidence
De nos jours

Les invités attaquaient avec entrain leur dessert. Une tarte baignant dans un bol de lait de coco citronné. Marcas regarda le mets d'un air peu enthousiaste et s'assit sous l'œil acéré de Di Licio.

— Tout va bien ?

— Non, je n'ai pas récupéré. Léger problème de digestion. Ça va passer.

— Il faut du temps pour s'acclimater à la nourriture.

Marcas se tourna vers Aurélia et murmura :

— Fais semblant de rire à mes propos, les convives nous observent. Je n'ai pas pu rentrer dans son bureau, il faudra profiter de leur cérémonie pour y retourner et nous barrer d'ici. Nous aurons une heure devant nous, pas plus, quand ils seront dans leur temple.

Elle éclata de rire.

La directrice adjointe de l'OMS et l'un des autres convives les écoutaient avec attention. Marcas haussa la voix.

— La seule fois où j'ai voulu mettre les pieds dans cette boîte, je me suis fait jeter. Il est plus difficile de rentrer chez Castel un samedi soir que de se faire initier en maçonnerie. Le monde a perdu le sens des valeurs. J'espère que l'adhésion à la loge Kadosh Kaos me donnera table ouverte dans les boîtes de la jet-set parisienne.

Le repas dura encore un peu plus d'une heure puis, au signal du Grand Maître, les invités sortirent de la salle pour revêtir leur cape afin de participer à la cérémonie de la nuit. Di Licio prit congé de Marcas et d'Aurélia.

— Le rituel commencera à deux heures du matin, nous devons méditer en attendant qu'il commence. Et il va durer une bonne partie de la nuit. Nous ne nous reverrons plus avant demain matin. Profitez-en pour vous reposer. Demain, un autre rituel vous attend.

— Une dernière question… Les invités de ce soir forment-ils l'essentiel des membres de la loge ? demanda Marcas.

— Nous comptons à peu près deux mille membres de par le monde. Tous triés sur le volet, tous passés ici, à la Résidence de Bahia, après leur initiation.

— Je ne comprends pas. Ils ont aussi été initiés dans ton château en région parisienne ?

— Non, il existe trois centres d'initiation analogues à celui du château. Un en Europe, un sur le continent américain et un autre en Russie.

— Combien de temps resterons-nous dans ce paradis ? Je n'ai pas forcément envie de retourner dans la grisaille parisienne, mentit Marcas.

Di Licio sourit.

— Quatre jours maximum. Ensuite, vous serez suivis à Paris par un membre de la loge, psychanalyste, qui vous aidera à progresser sur le long chemin de l'enseignement templier, et lors des épreuves que vous passerez cette année.

— Lesquelles ? s'enquit Aurélia.

— La patience est une vertu capitale, ma chère amie. À demain.

Il lui baisa la main et s'éloigna. Au moment de sortir de la salle, il se retourna.

— Au fait, profitez de la plage si vous le souhaitez, mais ne vous égarez pas, les gardes sont assez nerveux en ce moment à cause des fauteurs de troubles qui viennent perturber les soins. La nuit, ils ont tendance à avoir la gâchette facile.

Il les salua d'un signe de la main. Marcas et Aurélia se dirigèrent vers le jardin tropical. La lune pleine baignait la propriété de sa clarté spectrale. Les effluves de jasmin embaumaient le chemin qui menait à la plage. Marcas prit Aurélia par le bras.

— Le message est clair, il nous a toujours à l'œil. Je ne crois pas que cela soit une bonne idée finalement de ne pas assister à la cérémonie. D'autant que j'aimerais beaucoup y assister car je suis sûr qu'elle a un lien avec la séance de fouet dans l'hosto.

Aurélia le coupa, l'air contrariée.

— Tu l'as entendu, nous n'y sommes pas conviés. Moi, c'est niet. Je veux qu'on s'en aille, Antoine, maintenant. Je ne veux pas recommencer comme cet après-midi où j'ai perdu tout contrôle sur moi. Ça me fait peur.

Il la serra dans ses bras et l'embrassa longuement.

— Nous allons partir, mais plus tard dans la nuit. Il faut attendre deux heures, le début de leur rituel. Voilà ce qu'on va faire.

111

Paris
18 mars 1314

Le corps sur la pierre bougea faiblement, comme si la flamme hésitante de la torche venait enfin de le sortir des ténèbres de douleur où les inquisiteurs l'avaient plongé. Le confesseur remarqua que les mains comme les pieds du prisonnier étaient entravés par des cordes qui le retenaient à chaque angle de la table. Un coup d'œil sur les nœuds révéla un travail de professionnel : d'abord on avait laissé suffisamment de longueur pour que le malheureux se blesse en se débattant, ensuite chaque nœud était constellé de minuscules cristaux qui brillaient sous la lumière.

Avec précaution, le prêtre en recueillit quelques échantillons qu'il porta à sa bouche. Un sourire amer tordit ses lèvres. Du sel ! Comme il l'avait prévu. Il connaissait bien cette torture. Il l'avait déjà rencontrée, ailleurs, au-delà des mers. On trempait la corde dans un bain d'eau salée de façon à en imprégner les nœuds. Quand la souffrance devenait trop vive, le supplicié tirait sur ses liens, jusqu'à entamer profondément sa chair. Le sel, alors, entrait en contact avec la plaie et une autre douleur commençait, lancinante, horrible, sans espoir ni remède.

L'homme n'avait plus de visage. Les cheveux noircis de sueur, la barbe souillée de salive, il avait recouvert le visage d'un masque de crasse. Un instant, le confesseur tendit la main vers l'endroit où devaient se trouver les yeux, puis se ravisa. *Il* n'avait pas besoin de le voir.

Il fallait seulement qu'*il* l'entende.

La flamme de la torche vacilla. Un courant d'air venait de traverser la pièce souterraine. Le prêtre se tourna vers un tas de paille posé contre un mur. C'est là que dormaient les aides du tourmenteur quand on interrompait l'interrogatoire. Le temps seulement que le prisonnier reprenne un semblant de force pour subir de nouvelles tortures.

D'un coup de pied, il décapita le tas de paille. Un orifice à demi bouché apparut. D'une main, il dégagea l'ouverture. Un souffle de vent glacé balaya la salle.

Sur la dalle de pierre, le corps réagit. Un gémissement monta comme un cri caverneux que la douleur ne parvenait plus à étouffer. Puis un bruit faible, mais strident, raya le silence du cachot.

Le masque de cuir se retourna. Une main tremblante s'agitait et griffait la pierre d'un geste convulsif.

— Messire, vous m'entendez ?

Le crissement des ongles sur la pierre s'accéléra.

Comme mu par une idée subite, le confesseur s'avança et se pencha sur le corps. Il se saisit d'une paire de gants à sa ceinture, écarta les cheveux en broussaille et explora la surface du visage. Le front n'était plus qu'une croûte purulente. Le nez, une plaie au cartilage pendant.

Sa main buta sur la ligne brisée de la bouche. Il desserra les lèvres et plongea ses doigts entre les dents restantes. Le prisonnier, pris de panique, se débattit, puis d'un seul coup, épuisé, cessa toute résistance. D'un geste lent, presque caressant, la main gantée de cuir se retira, sa vérification accomplie.

La langue n'avait pas été arrachée.

Il pouvait parler.

Mais d'abord il fallait qu'*il* entende.

— Condamné, le jour est arrivé.

Une voix terrorisée s'éleva de la pierre.

— Quel jour ?

Derrière le masque de cuir, un sourire invisible s'épanouit.

— Celui de votre mort.

112

Brésil
État de Bahia
La Résidence
De nos jours

La procession des Templiers montait vers la colline illuminée par les rayons lunaires. La file formait un serpentin de lumière, chaque chevalier portant un flambeau dans sa main droite. À plat ventre sur le sol, caché par un buisson, Marcas en compta une soixantaine qui passa à vingt mètres de lui.

Il avait laissé Aurélia dans la chambre. Persuadés de la présence de micros, ils avaient simulé une partie de jambes en l'air. Elle poussait de faux cris d'extase à merveille. Elle avait continué, toute seule, pendant qu'il s'était enfui par le balcon.

Il n'attendit pas que la procession arrive au temple, il se leva d'un bond et courut en lisière du champ pour remonter vers l'édifice. Trois gardes armés étaient debout devant l'entrée. Il jura et fit un grand détour pour rejoindre l'arrière du bâtiment. Une trentaine de mètres le séparait du temple. Il s'assura qu'aucun garde ne rôdait dans les parages et fonça comme un dératé. L'initiation de la loge Kadosh présentait au moins un aspect positif, il tenait une forme incroyable, il n'était même pas essoufflé en arrivant près du mur de pierre. Il marcha le long du temple et trouva ce qu'il cherchait. Une petite porte en bois, fermée par un cadenas. Il prit une pierre et frappa d'un coup sec. Il attendit quelques secondes et recommença, l'anneau de métal accroché au bois céda. Il entra.

Il se retrouva dans une sorte de débarras où étaient entreposés des tables, des sièges et des outils. Il distingua dans la pénombre une autre porte et l'entrebâilla. Une forte odeur d'encens flottait dans l'air. Il aperçut l'intérieur du temple et put se repérer. Il entrouvrit la porte un peu plus. Des lamentations résonnaient, comme un choral ralenti. Intrigué, il s'avança. Un gros pilier lui masquait la vue, mais il réussit à voir un groupe d'hommes et de femmes attachés à des poteaux juste devant le grand mur du fond. Celui-ci n'était plus orange, mais blanc. D'une lividité sépulcrale. Au centre, la croix pattée était toujours rouge. Rouge sang. Marcas remarqua qu'elle était illuminée par deux projecteurs postés de chaque côté du toit de l'église. Cette croix le fascinait, il se souvint de l'extraordinaire sensation éprouvée dans l'après-midi et sentit sa volonté fléchir. La croix l'appelait de nouveau. Il se ressaisit et détourna son regard. Il sentit une douleur fugace à l'arrière de son crâne et ferma un instant les yeux, c'était comme si la croix avait voulu pénétrer son esprit. Il la chassa.

Il vérifia qu'aucun garde ne se trouvait dans cette partie du temple et se faufila le long des piliers pour se cacher dans un recoin près de l'entrée.

Il reconnut tout de suite les visages des malheureux attachés. C'étaient ceux qu'il avait vus dans la salle de l'hôpital. Ils étaient nus, le corps marbré par les meurtrissures du fouet. Ils avaient l'air drogués. Leur regard était absent, et ils gémissaient sourdement. Marcas sentit la colère monter en lui, pas la compassion ou la pitié, mais la fureur de ne pouvoir rien faire. S'il les détachait, les pauvres bougres tomberaient lamentablement par terre. Le temps s'écoulait avec lenteur.

Tout d'un coup, un grondement d'orgues résonna dans tout l'édifice. La procession des Templiers entra lentement, Di Licio en tête, le visage extatique. Marcas s'enfonça dans le recoin. Les hommes et les femmes en cape se placèrent en demi-cercle autour des poteaux, en trois rangs. Les orgues invisibles crachèrent leurs décibels puis s'estompèrent. Une voix retentit.

— De minuit à midi, frères et sœurs de la loge Kadosh Kaos, nous sommes ici pour célébrer le baptême de vie de nos membres qui vont passer le grade de maître. Ils ont suivi deux années d'enseignement. Ils ont porté le glaive dans la chair au moins trois fois et en sont sortis victorieux. Ce soir, ils ont le droit d'offrir leur présent de vie. Approchez, compagnons.

Une poignée d'hommes et de femmes sortirent des rangs et se placèrent face aux victimes ligotées. Marcas reconnut la directrice adjointe de l'OMS. Chacun d'entre eux brandissait un poignard.

— Adonaï Kaos, lança Di Licio.

— Adonaï Kaos, répondit en chœur le groupe.

— Quelle arme symbolise le combat ?

— Le glaive, le glaive flamboyant de saint Michel, la lame inflexible de saint Georges, celui qui accorde le pouvoir au fort.

Marcas réalisa qu'il assistait à un rituel maçonnique dévoyé. « De minuit à midi », le contraire de la phrase répétée dans toutes les loges. Comme ces messes sataniques qui renversaient tous les symboles. Le fort était le juste, le faible, celui qu'il fallait châtier. Le mal devenait le bien.

— Donnez-moi le mot sacré.

— Shaitan Bealim Adonaï, gronda le chœur.

Les victimes parurent sortir de leur torpeur, leurs yeux s'écarquillèrent de terreur en reconnaissant leurs bourreaux. Un jeune homme hurla, un vieillard pleurait et implorait pitié. Une autre femme tentait de se détacher. Marcas se sentait complètement impuissant devant cet odieux spectacle.

— De minuit à midi. Les agneaux sont offerts. Ils retourneront dans la lumière de la croix éternelle. J'ai dit.

Un coup résonna. Puis un deuxième. À intervalles de dix secondes, le bruit se reproduisit de plus en plus fort.

Le ballet de mort commença.

Les Templiers s'avancèrent d'un pas vers leurs victimes au rythme des coups, abaissant leurs poignards. Chaque chevalier se pencha et embrassa sa proie sur les lèvres. Puis recula, à l'unisson des battements diffusés par les haut-parleurs. Les malheureux lançaient des regards d'espoir comme s'ils croyaient que cela n'était qu'une mauvaise farce. Les chevaliers brandirent de nouveau les poignards en un mouvement qu'ils avaient dû répéter des heures pour présenter une synchronisation parfaite. Ils firent encore un pas en avant et leur main gauche se posa sur le front de leur victime.

Ils enfoncèrent leurs couteaux tous ensemble.

Marcas détourna les yeux. La fureur l'envahissait. Jamais il n'avait assisté à une scène aussi atroce. De l'abattage, ces pauvres gens étaient bien des agneaux. Au-dessus d'eux, la croix maléfique semblait vibrer d'une lueur malsaine, comme une entité maléfique qui se gorgeait du sang des innocents immolés devant elle.

Les chevaliers s'étaient reculés d'un pas et contemplaient leur œuvre sans manifester la moindre émotion. La femme de l'OMS avait la main droite tachée de sang, le bas de sa cape était maculé d'une constellation de gouttes écarlates.

Les coups cessèrent de résonner. La voix retentit une nouvelle fois :

— Le Kadosh a franchi les portes de la mort. Il entre dans le sanctuaire de la vie et nous l'accueillons parmi nous.

Un à un, les tueurs lâchèrent leur poignard sur le sol. Les autres chevaliers passèrent devant eux et leur donnèrent l'accolade. Derrière, les victimes agonisaient dans leur sang.

Écœuré et fasciné, Marcas vit les Templiers continuer le rituel en psalmodiant en latin des mots qu'il ne comprenait pas. Il fallait s'enfuir. Maintenant. Il se faufila dans le fond du temple, traversa l'appentis et poussa la porte de sortie. L'air était frais, il respira à pleins poumons comme pour chasser les miasmes viciés de la cérémonie. Au moment où il refermait la porte, il entendit un raclement de bottes sur le sol, derrière lui. Il eut juste le temps de se retourner, mais ne put éviter le coup brutal dans le ventre.

113

Paris
18 mars 1314

Le confesseur était sorti sur le palier pour appeler le garde. Ce dernier redescendit de la cour où transitaient les prisonniers avant d'être conduits au supplice.

— Le chariot est prêt ?

— Il vient d'arriver avec l'escorte.

— Et le bûcher ?

Le soldat se signa. Périr par le feu était la pire des morts violentes. Et comme l'ancien Grand Maître était un condamné d'État, on ne lui accorderait aucune grâce, surtout pas celle de l'étrangler avant que les flammes ne le dévorent.

— Il est prêt. On n'attend plus que la venue du roi.

Son interlocuteur hocha la tête et revint dans la cellule.

Sur la dalle de pierre humide, Jacques de Molay s'était tu, épuisé par les quelques mots qu'il venait de prononcer. Sa respiration devenue haletante se cristallisa en de minces flocons de buée dans l'atmosphère glacée. Encore quelques heures et le corps, épuisé, allait céder. Inquiet, le confesseur saisit le poignet osseux du prisonnier. Sept ans, cela faisait sept ans que le Grand Maître croupissait en prison.

Lui qui avait dirigé un ordre de chevalerie s'étendant dans toute l'Europe, lui qui avait commandé la plus grande organisation militaire de la chrétienté, lui qui avait été le banquier généreux des princes et l'ami redouté des rois, lui, le Grand Maître, pourrissait en prison comme un lépreux, méprisé par tous et abandonné des siens. Il n'était plus qu'un débris humain roué de coups, au corps malade, rongé par la vermine et dont l'esprit partait en lambeaux.

Sept ans qu'il ne mangeait plus à sa faim, qu'il survivait dans la crasse et la fange, sept ans qu'il subissait la torture, sept ans depuis que l'ordre du Temple avait été mis à bas et détruit.

Sous son masque de cuir, le confesseur se sentit presque ému à la vue de ce vieillard décharné qui grelottait de froid et dont le cœur battait la chamade. Dieu donne et Dieu reprend, songea le prêtre, mais la formule évangélique le fit sourire. Dieu était si souvent aidé par les hommes !

Des hommes qui n'avaient reculé devant rien : ni la torture ni le bûcher. Ni l'arrestation arbitraire ni le faux témoignage. Ainsi le roi de France, Philippe le Bel, dont la haine froide et tenace n'avait eu de cesse d'abattre l'Ordre. C'était lui qui avait déclenché l'immense rafle d'octobre 1307. Des milliers d'arrestations en une seule matinée. Un modèle du genre qui avait laissé ahuris et admiratifs tous les souverains d'Europe. Même le pape Clément V n'avait pu résister à la justice royale et avait permis la condamnation de l'ordre du Temple qui, durant deux siècles pourtant, était allé et tombé au combat au nom du Christ.

Le confesseur ne quittait pas des yeux le cadavre en sursis qui tremblait sur la dalle constellée de taches de sang. C'était bien lui le puissant Grand Maître que le roi, la veille de son arrestation, avait encore embrassé en l'appelant son frère. Le lendemain, Molay était accusé de sodomie, d'hérésie et d'idolâtrie. Des chefs d'accusation qui menaient droit à la torture et au bûcher.

Le confesseur fit le signe de croix. Il se rappelait ces anciens soldats du Temple en moignons qui faisaient la quête aux portes des églises, une petite caisse de bois où s'entassaient les restes carbonisés de leurs pieds.

— Qui êtes-vous ?

La voix chevrotante monta d'un coup de la dalle de pierre.

— Le confesseur que Dieu vous a donné avant de vous rappeler près de Lui si vous avouez et regrettez vos fautes.

— Mes fautes ?

En se penchant, le prêtre crut entendre comme un ricanement, vite étouffé par un gémissement de douleur.

— Oui, vos fautes. Celles que tous vos frères ont reconnues et que vous-même avez...

— Je n'ai jamais rien avoué si ce n'est sous la contrainte et la torture de vos semblables.

— Je suis confesseur et non inquisiteur. Je viens pour sauver votre âme. Vous pouvez me parler en toute sincérité et confiance.

— Alors, pourquoi portez-vous un masque ?

Les yeux pâles du Grand Maître contemplaient le visage de cuir incliné au-dessus de lui.

La veille, on l'avait brutalement transféré dans cette geôle. Il avait réclamé une explication, mais ses gardiens étaient restés muets. Il n'avait compris que quand il avait vu la dalle de pierre, la rouille du sang et les charbons ardents.

— Je n'ai pas à répondre à vos questions, messire. Parlez-moi plutôt de vos péchés.

— Rien. Je n'ai rien fait ! (La respiration se fit plus heurtée.) Dieu m'en est témoin. Je n'ai pas péché !

Un coup ébranla la porte. Des gardes du roi entrèrent. L'heure était venue.

Le confesseur s'écarta pendant qu'on détachait Molay. L'ancien Grand Maître ne tenait plus sur ses jambes. On lui passa une robe blanche immaculée.

Un des gardes ricana :

— Comme ça, on te verra mieux...

Le Grand Maître, hébété, le regarda sans comprendre.

— ... quand tu brûleras pour aller en Enfer.

114

Brésil
État de Bahia
La Résidence
De nos jours

Marcas essaya de se relever, mais un coup de botte le frappa dans les côtes et le projeta contre le mur du temple. Le garde le prit par le haut du col, le redressa contre lui et lui envoya un coup de genou sur le visage. Marcas ne ressentit pas de douleur, aveuglé par la colère. Il tomba à terre. Le garde avait sorti son portable et contemplait Marcas, d'un air méprisant. Celui-ci sentit ses forces décupler. D'un geste précis il frappa de son poing l'entrejambe de son agresseur qui lâcha son téléphone et vacilla. Marcas prit une pierre qui traînait à ses pieds et frappa le genou droit du garde qui s'écroula. Marcas cogna de nouveau, comme pour punir cet homme de toutes les atrocités de la loge Kadosh. Il fallait qu'il paye. Il s'assit à califourchon sur le ventre du type et s'acharna sur sa tempe avec la pierre. Le sang s'étala sur les cheveux gominés du garde. Marcas ne se contrôlait plus. Ce n'était pas lui, mais un autre qui démolissait consciencieusement la tête du Brésilien. Il aimait ça et il eut peur.

Il se releva. Le garde était mort, le visage en bouilli. Marcas sortit de sa transe meurtrière et reprit son sang-froid. Il fouilla les poches du mort et récolta un badge en plastique, ainsi que son portefeuille. Il arracha le pistolet accroché à la ceinture et récupéra le portable jeté à terre. Il regarda sa montre. Trois heures et demie du matin, il ne s'était même pas rendu compte du temps qui s'était écoulé.

Il reprit son souffle, traîna le corps dans l'appentis et referma la porte. Il fallait qu'il décampe au plus vite pour rejoindre Aurélia. Tôt ou tard, les autres gardes découvriraient le cadavre et la chasse commencerait.

Marcas courut à perdre haleine à travers les massifs de végétation luxuriante. Les branchages lui griffaient le visage, le sol humide se déroba trois fois sous ses pieds mais il continua sans s'arrêter. Il arriva sous les balcons de la Résidence. Tout était silencieux. Il grimpa au premier étage et passa sur la rambarde. Les rayons de lune inondaient la chambre. Aurélia était couchée, tirant nerveusement sur sa cigarette, les volutes de fumée flottant au-dessus du lit. Il frappa à la fenêtre, elle se leva brusquement et vint lui ouvrir.

— Mon Dieu, que t'est-il arrivé pendant tout ce temps ? Tu as du sang partout.

— Vite, il faut se tirer d'ici tout de suite. J'ai dû tuer un des gardes. Habille-toi. Je te raconterai en chemin.

Il passa dans la salle de bains. Le visage qu'il découvrit dans le miroir l'effraya. Des traces de sang maculaient son menton, ses cheveux étaient hirsutes, des cernes noirs encerclaient ses yeux rougis. Ses mains étaient trempées du sang du garde qu'il avait massacré. La tête d'un dément, songea-t-il en se passant de l'eau froide sur la peau.

Aurélia avait enfilé une chemise sur sa robe et l'attendait devant le balcon.

Il la suivit et ils furent dans le jardin en moins d'une minute.

— J'ai cru comprendre que la sortie de la Résidence est située à deux kilomètres du bâtiment principal. On peut y arriver. Entre le moment où ils vont découvrir le corps, le moment où ils vont donner l'alerte et celui où ils s'apercevront que notre chambre est vide, on aura eu le temps de quitter le domaine.

Elle le regarda avec une curieuse lueur dans les yeux et l'embrassa brusquement. Il sentit ses lèvres chaudes sur les siennes et sa langue s'insinuer dans sa bouche.

— On s'en sortira. Je le sais, dit-elle en reculant.

Ils coururent dans la direction opposée au rivage, parmi des palmiers qui ployaient sous la lune. Marcas se sentait plus rassuré avec le pistolet qui brinquebalait dans la poche de son pantalon. Des gouttes commencèrent à perler des feuillages, une ondée fraîche balaya les palmes. Les gouttes se firent rapidement de plus en plus grosses, la pluie s'abattit comme un torrent, transformant la terre en boue glissante. Ils ralentirent le pas pour éviter de glisser. Soudain, une sirène se déclencha, puis une deuxième.

— Ils ont découvert le corps. Ça n'a pas traîné.

Ils recommencèrent à courir.

Un étrange grondement résonna dans le lointain. Ils levèrent la tête vers le ciel. À côté de la lune qui disparaissait par intermittence entre les nuages, un rond de lumière jaillit. Le bruit se fit plus perceptible pour se transformer en vrombissement.

— Un hélico, vite sur le côté, cria Marcas.

Ils se jetèrent derrière le gros tronc d'un palmier. L'hélico passa au-dessus d'eux comme un oiseau malfaisant. Son cercle de lumière balayait le sol.

Antoine et Aurélia se blottirent l'un contre l'autre. La cacophonie infernale des pales déchira l'espace autour d'eux puis s'éloigna. Ils se relevèrent et reprirent leur course folle. La pluie battante les empêchait de voir distinctement devant eux. Ils finirent par arriver devant le mur d'enceinte de la propriété, qui s'élevait à plus de trois mètres du sol.

— Merde, c'est trop haut, lança Marcas, on n'y arrivera pas.

— Il faut suivre le mur, dit Aurélia d'un ton décidé.

Ils accélérèrent le pas et, au bout d'une centaine de mètres, parvinrent devant une porte grillagée fermée par une chaîne rouillée.

Marcas sortit le pistolet et tira sur la chaîne qui vola en éclats. Ils ouvrirent la grille et s'engagèrent sur une piste qui longeait la propriété. Au-delà de la piste, derrière un champ d'environ un kilomètre de large, des lumières de lampadaires alignés à l'infini indiquaient la présence d'une grande route. Des maisons se profilaient à l'horizon. Ils se remirent à courir. L'averse les ralentissait, les éléments naturels semblaient se déchaîner pour interrompre leur progression. Ils entendirent de nouveau le grondement de l'hélicoptère dans le lointain. Ils atteignirent enfin la route, les jambes maculées de boue et se réfugièrent sous une tôle qui abritait des poutres de bois. Marcas prit le portable et appuya sur les touches. Il ne s'alluma pas. Il inspecta le contenu du portefeuille. Des papiers d'identité, un permis, la photo d'une femme et d'un enfant souriants, une carte de membre d'un club de foot, l'Esporte Clube Vitória, avec son blason rouge et noir, et une poignée de billets de cinq et dix réals. Il empocha l'argent, cacha le portefeuille derrière une poutre.

— Pourquoi tu fais ça ? demanda Aurélia.

— Si on se fait choper par des flics, je ne veux pas qu'ils nous trouvent avec ces trucs.

— Et le pistolet ?

— Je le garde, au moins jusqu'à ce qu'on soit dans un endroit plus civilisé. On n'a pas le choix, il faut qu'on prenne un bus. Il doit bien y avoir des arrêts sur cette route.

Ils étaient trempés. Ils marchèrent le long de la route, s'écartant du bas-côté à chaque fois qu'une voiture passait. Ils finirent par trouver un arrêt à une cinquantaine de mètres plus loin. Marcas savait que le temps jouait contre eux et que la loge sauvage leur ferait payer leur trahison.

115

Paris
Île aux Juifs
18 mars 1314
Le soir

Le chariot qui amenait les condamnés avançait lentement. La foule se pressait, nombreuse, pour voir ces deux hommes que la roue de la fortune avait précipités dans l'abîme. À côté du Grand Maître, le regard perdu dans le vide, le dignitaire Geoffroy de Charnay portait sur son crâne rasé le signe de l'abjection : la mitre en papier, parodie de celle des évêques, dont on coiffait les hérétiques promis au bûcher. La populace montrait du doigt ces deux criminels rejetés à la fois par Dieu et les hommes. Certains s'enhardissaient même à cracher sur les condamnés en marquant leur haine séculaire des puissants, surtout quand ils étaient tombés dans la fange de l'infamie.

Le bûcher avait été élevé à la hâte tant le roi et ses conseillers voulaient désormais en finir avec une affaire qui bouleversait le royaume depuis sept ans. Les aides du bourreau étaient allés chercher du bois dans les maisons voisines, mais les fagots qu'on leur avait donnés étaient encore verts, et donneraient bien plus de fumée que de flammes. Or le peuple comme le roi voulait un vrai spectacle digne de l'Enfer, où l'on verrait les condamnés se tordre et hurler de douleur dans un brasier.

Pour ne pas décevoir le public, le bourreau et ses aides lardaient les fagots de bois de sarments de vigne bien secs et faisaient discrètement couler de l'huile de noix sur les croix où seraient attachés les suppliciés. L'huile imbiberait leurs chemises et le spectacle n'en serait que plus réussi.

Les deux condamnés étaient si faibles que les gardes durent les porter jusqu'au bûcher. Ces deux hommes, à la barbe souillée, aux yeux hagards, titubant sur leurs jambes décharnées, provoquèrent la joie de la populace. Quolibets et insultes fusèrent. Tout le long du trajet, une vague d'obscénités et de mépris déferla sur le cortège qui avançait vers le lieu du supplice. Seul le confesseur, le visage englouti dans sa capuche, semblait échapper à la vindicte populaire. Sa silhouette sombre, son pas lent rappelaient à tous qu'à l'ultime moment, c'était lui qui allait ouvrir ou non les portes de l'au-delà.

Le bourreau venait de placer une dernière gerbe de sarments quand les condamnés arrivèrent au pied du bûcher. Deux croix avaient été dressées. On hissa d'abord Geoffroy de Charnay qui n'opposa aucune résistance, puis vint le tour du Grand Maître. Deux aides le saisirent par les pieds et sous les aisselles puis gravirent le bûcher jusqu'à la croix. Là, le bourreau lui lia les poignets et les chevilles.

Un silence se fit.

Lentement, le confesseur monta auprès de l'ancien Grand Maître. Au pied du bûcher, des prêtres commencèrent à prier pour la conversion *in extremis* de l'hérétique.

Le confesseur s'approcha du Templier qui paraissait inconscient. Au moment où il se penchait vers son visage, toutefois, la voix du Grand Maître murmura :

— Jamais je ne me repentirai de crimes que je n'ai pas commis ! Jamais !

— Mais qui te le demande ?

La surprise se dessina sur les traits ravagés de Molay.

— Tu ne viens plus pour sauver mon âme ?

— Ton âme, tu l'as perdue il y a déjà longtemps.

Un frisson parcourut l'échine du condamné. Il balbutia.

— Tu es le Diable, c'est ça ? Je suis damné !

D'un geste d'une grande douceur, le confesseur lui caressa le front de sa main gantée.

— Non, je ne suis pas le Malin.

La capuche s'approcha jusqu'à frôler les lèvres du Grand Maître.

— Je suis pire que ça. Je suis ton passé.

Désespéré, le Grand Maître secoua la tête. Tout se confondait dans sa tête. La torture, les aveux, son élection, ses années en Terre sainte...

— Tu ne te souviens pas de moi, Jacques ?

— Non, s'écria Molay, non !!!

— Alors, regarde-moi !

Le confesseur baissa sa capuche. Un hurlement retentit jusqu'à la Seine.

Guy d'Aynac sauta à terre et fit un signe au bourreau.

La torche transforma le bûcher en brasier.

CINQUIÈME PARTIE

La souffrance enfante les songes comme une ruche ses abeilles.
L'homme crie où son fer le ronge et sa plaie engendre un soleil
plus beau que les anciens mensonges.

Aragon. *Les poètes.*

116

Brésil
État de Bahia
Sur la route
De nos jours

Marcas consulta sa montre. 4 h 10. Une dizaine de passagers s'étaient réfugiés sous l'abri pour attendre le bus. La route était longue pour rejoindre leur travail à Salvador. Antoine et Aurélia se mêlèrent aux Brésiliens, ignorant les regards curieux qu'on jetait sur leurs habits sales et humides. Un homme en blouson marron, bodybuildé à souhait, et qui parlait dans un portable, détailla les courbes d'Aurélia en souriant. Elle détourna les yeux et se glissa derrière Marcas, sachant pertinemment que sa robe et sa chemise mouillées ne cachaient pas grand-chose de son anatomie.

Le groupe vit le bus surgir de la pluie et le héla avec de grands gestes. Il s'arrêta dans un grincement de freins terrible. Marcas et Aurélia montèrent à l'arrière du bus sous le regard goguenard du culturiste. Un petit vieux avec une casquette défraîchie sur la tête faisait office de contrôleur devant un tourniquet fatigué.

— Bus, Salvador ? dit Marcas en montrant la route.

— *Si senhor.*

Marcas donna quatre réals au contrôleur, qui reluqua Aurélia. Ils passèrent le tourniquet. Marcas jeta un coup d'œil pour voir s'ils n'étaient pas suivis. Il ne vit personne.

À cette heure matinale, le bus était rempli d'employés somnolents, peu pressés d'arriver à leur travail dans des hôtels pour touristes de la côte. Le bus s'ébranla et prit rapidement une vitesse impressionnante compte tenu de la pluie battante. Le chauffeur faisait craquer la boîte de vitesses avec entrain. On n'y voyait pas à dix mètres et pourtant des voitures doublaient le bus à toute allure. Marcas posa son bras autour des épaules d'Aurélia qui frissonnait. La plage qui bordait la route n'était même pas visible, noyée sous la bourrasque.

— Si on oublie les palmiers, on se croirait en banlieue parisienne. Dire qu'hier on se prélassait sur une plage de rêve. On fait quoi maintenant ? On n'a plus rien, ils ont gardé nos papiers et on n'a presque pas d'argent. En plus, ils doivent déjà être en train de nous chercher.

Marcas regarda la route derrière eux pour voir s'ils n'étaient toujours pas suivis mais les trombes d'eau lui masquaient la vue. Ce qui était aussi un avantage pour eux.

— Je vais aller demander au contrôleur dans combien de temps on arrivera à Bahia.

— Tu parles le portugais ?

— Non, un peu espagnol, ça ressemble.

Il se leva en essayant de ne pas tomber à cause de la conduite chaotique du chauffeur. Aurélia aperçut sur le côté de la route, au-dessus du rivage, une succession de paillotes truffées de publicités pour boissons. Un panneau indiquait la station balnéaire d'Itapoa à deux kilomètres. Marcas revint s'asseoir.

— Il m'a montré un plan de la ville de Salvador de Bahia. C'est très grand. Le bus ne va pas jusqu'au centre, mais s'arrête à la gare routière dans un autre quartier. Il nous indiquera l'endroit où descendre pour prendre un autre bus.

— Tu as piqué à peine une poignée de billets dans le portefeuille du gardien. Il te reste combien ?

Marcas prit les billets humides dans sa main. Soixante-trois réals.

— En effet, ce n'est pas beaucoup, dit-il. Il nous reste la possibilité d'aller dans un consulat français, s'il y en a un ici. Ce qui n'est pas gagné. On peut aussi aller dans le premier commissariat, mais vu les galonnés brésiliens aperçus à la sauterie d'hier soir, je n'en ai aucune envie.

Il enleva ses chaussures pour faire couler l'eau qui stagnait à l'intérieur et retira ses chaussettes trempées. La jeune femme étira les bras d'un air las.

— Et si tu allais demander asile à tes potes francs-macs, il doit bien y avoir des loges dans le coin.

— J'y ai pensé, mais à cette heure elles sont fermées, et de toute façon il faudrait aller dans un cybercafé pour les trouver. J'ai du mal à mettre de l'ordre dans mes idées. Profitons du trajet pour essayer de dormir, on devrait arriver vers 6 heures, on verra sur place.

Aurélia se cala contre son épaule et glissa sa main à l'intérieur de sa chemise humide.

— C'est curieux. Je crève de peur et pourtant je me sens presque… invincible.

— Tu peux remercier les médecins de la loge, c'est grâce à eux. Ils nous ont transformés. Du moins en partie.

— En monstres, oui. Je ne veux pas rester comme ça. Comme un robot humain. C'est un cauchemar. Regarde le petit vendeur de confiseries, en survêtement jaune, assis devant nous. Son corps est tout tordu, ses jambes sont frêles comme s'il avait eu la polio. Il a à peine quinze ans.

Marcas jeta un coup d'œil à l'adolescent qui rangeait consciencieusement le gros panier qu'il portait en bandoulière.

— Et alors ?

— Tu ne comprends pas. Je n'éprouve rien pour lui. Je me connais, avant, j'aurais eu de la compassion, de la gêne, je me serais imaginé plein de choses sur sa souffrance du fait d'être différent des autres. Là, rien. Je le regarde comme s'il était quelqu'un... d'ordinaire. C'est horrible comme sensation.

— Dors un peu, dit Marcas qui sentait monter en lui la même angoisse irrépressible qu'Aurélia.

Elle ferma les yeux. La pluie ne cessait de battre les vitres. Le bus traversait la ville d'Itapoa, ralentissait et accélérait au rythme des feux bicolores.

Marcas n'arrivait pas à dormir et regardait le paysage qui défilait sous ses yeux.

— C'est étonnant, je...

Il n'eut pas le temps de finir sa phrase, le bus décéléra brusquement, entraînant les voyageurs vers l'avant.

Le chauffeur ralentit encore et finit par s'arrêter. Les passagers s'étaient levés pour voir ce qui se passait. Un petit embouteillage s'était formé devant le bus. À une cinquantaine de mètres, des lumières tournoyantes barraient la route.

— *Policia !* lança le conducteur.

117

Brésil
État de Bahia
Sur la route
De nos jours

Les gyrophares des deux véhicules de police blanc et vert garés sur le bas-côté éclairaient par intermittence la file de voitures arrêtées. Deux policiers contrôlaient les passagers des véhicules, tandis que deux autres restaient postés contre leur voiture, la main sur leur fusil-mitrailleur. L'inscription « *Policia militar do Estado da Bahia* » apparaissait sur la porte d'une des voitures. La circulation s'écoulait lentement. Le bus avança de quelques mètres et stoppa de nouveau. De l'autre côté de la barrière un pont enjambait la coulée verte.

Le vieux contrôleur maugréa et cracha par terre.

— *Policia.*

Marcas retrouva ses réflexes professionnels et estima à moins de cinq minutes le temps qu'il faudrait aux policiers pour arriver à leur bus. Il remarqua qu'à sa gauche, sur l'autre voie, en sens inverse, il n'y avait pas de contrôle.

Il passa la tête par la vitre et vit les policiers inspecter les papiers des occupants des véhicules et ouvrir les coffres.

— Que fait-on ? demanda Aurélia sur un ton inquiet.

— Je ne sais pas. Il y a souvent des barrages de police dans les pays d'Amérique du Sud, entre les trafiquants de drogue et les racketteurs, ils ne chôment pas ici. Seulement... je ne vois pas de chiens renifleurs et le flux des voitures contrôlées s'écoule un peu trop vite à mon goût. Ils ont l'air de chercher quelque chose de précis. Ça ne me plaît pas du tout.

Marcas hésita, il avait du mal à croire que le barrage, à cette heure, soit une coïncidence. Le bus roula de nouveau pour se rapprocher des contrôles, il ne restait plus que six voitures devant eux. Soudain, il aperçut une moto parquée derrière l'une des voitures de police, dont la vue était restée masquée jusqu'à présent. Marcas reconnut sans hésitation son conducteur, qui fumait une cigarette en surveillant les contrôles : c'était l'un des gardiens de la Résidence.

— Il faut filer tout de suite, lança Marcas à Aurélia. Suis-moi.

Il la prit par la main puis tendit la moitié de ses billets au contrôleur en indiquant la porte d'entrée bloquée par le tourniquet. Le vieux le dévisagea, jeta un œil au barrage et sourit de toute sa bouche édentée en empochant les billets. Il cria au chauffeur qui ouvrit la porte. Les deux fuyards se faufilèrent discrètement derrière le bus. Audessus d'eux, des passagers les regardaient en leur faisant de grands signes d'encouragement, tout comme le conducteur de la Ford qui attendait derrière.

— Sympas les Brésiliens, dit Aurélia. Pas très portés sur la délation.

— J'ai tablé sur l'impopularité des flics locaux. Heureusement que nous ne sommes pas en Suisse, jeta Marcas.

Il réfléchissait à toute allure sur la façon dont ils pouvaient s'extraire de cet étau. L'endroit était peu éclairé, essentiellement par les phares des voitures qui poireautaient. Le plus facile aurait été de se faufiler sur le bord de la route qui longeait les hôtels, mais les policiers armés étaient postés de ce côté. En revanche, entre les deux voies, à peine à quelques mètres d'eux, s'étendait un fossé plein de végétation. Le problème, s'aperçut Marcas, c'était qu'il était essentiellement planté d'énormes cactus, dont les épines risquaient de les piquer de la tête aux pieds.

— La seule façon d'éviter la police, c'est de s'enfuir par là, dit-il en indiquant la coulée verte, mais on va être obligé de se prendre les cactus. Protège-toi le visage.

Elle respirait fort, le dos plaqué contre le bus.

— Je m'en fous, tout sauf remettre les pieds chez ces tarés. Ils nous tueraient.

Le bus redémarra. Ils allaient être à découvert. Marcas souffla un grand coup et courut vers les petits massifs, suivi par Aurélia. Il faillit déraper sur les flaques, mais réussit à plonger entre deux amas de cactus. Il rampa laborieusement, se retournant pour s'assurer que la jeune femme était derrière lui. À sa grande surprise, il n'avait pas été blessé. Au bout de cinq ou six mètres, elle arriva à ses côtés. Les lampadaires qui bordaient la plage de l'autre côté de la coulée jetaient une faible clarté sur le terrain qu'ils avaient à traverser. Ils devaient descendre vers un ruisseau gonflé par les pluies puis remonter pour déboucher sur la route.

— Tu vas bien ? Pas d'éraflures ?

— Non, les cactus sont mous dans ce pays.

— Il faut qu'on passe de l'autre côté, sur la plage, pour arriver à contourner le barrage. Tu es prête à traverser ?

— Oui, qu'on en finisse, mais à l'odeur, ça m'a l'air bien dégueulasse.

Une senteur de vase putride montait du fond du ruisseau. Marcas descendit le premier et tendit la main à Aurélia qui se laissa dégringoler. Leurs pieds s'enfoncèrent dans la terre imbibée d'eau et rapidement ils furent immergés jusqu'à la taille. Ils marchaient difficilement, tout était sombre autour d'eux, les lampadaires leur servaient de repère devant ; derrière, les lumières tournoyantes des gyrophares jetaient des traits de lumière bleue, par intermittence. Ils finirent par remonter sur le talus opposé et entamèrent leur ascension. Leurs mains s'accrochaient à la terre humide, leurs ongles griffaient l'entrelacs des plantes rampantes mais ils n'avaient qu'une hâte, enlever leurs vêtements humides et souillés. Ils rampèrent de nouveau dans des massifs de palmiers et de cactus et passèrent sur l'autre voie. Pleins phares, quelques rares voitures passaient à toute allure. Devant eux, juste après la route, apparaissaient les toits des paillotes. Le ressac de l'océan était perceptible. Ils allaient traverser, quand Aurélia prit la main de Marcas.

— Ne bouge plus, il y a un flic à côté du feu de signalisation.

À une dizaine de mètres devant eux, un homme en tenue de la police militaire se tenait face à la mer.

— Merde. On est coincés, lança Marcas avec dépit. Ne me dis pas que ce con admire le paysage à cette heure.

Le policier semblait absorbé par l'océan. Marcas enrageait. Il leur fallait attendre qu'il s'en aille ou revenir derrière les massifs et avancer pour l'éviter.

— Je suis claquée et j'ai froid. Je ne sais pas si j'aurai la force de continuer, dit Aurélia.

— Attends, le type se barre. On est obligés de continuer, sinon ils nous retrouveront. Courage.

L'homme se retourna, referma sa braguette, l'air satisfait, et traversa la route pour rejoindre le pont. Les fuyards attendirent que l'homme disparaisse de leur vue pour traverser la route en courant puis ils descendirent un large escalier de bois brinquebalant et s'agenouillèrent sur le sable mouillé. Le bruit du ressac des vagues occupait tout l'espace.

La pluie avait cessé de tomber brusquement.

— J'ai besoin de reprendre mon souffle, dit-elle d'une voix faible. Je fais de l'hypoglycémie. Ça m'arrive parfois. Je vais... tomber dans les pommes si je n'avale pas quelque chose.

— Ne bouge pas, je vais essayer de te trouver ça.

Aurélia s'étendit sur le sable pendant qu'il inspectait les lieux. Il avait aussi faim et soif. Dans la pénombre, il repéra l'entrée d'une paillote, mais elle était bouclée par un gros cadenas. Il fit le tour et remarqua une grande planche de plus d'un mètre de large, mal clouée. Il revint sur ses pas et aperçut un amas de transats et de parasols pliés, entourés d'une chaîne et d'un cadenas. À côté, gisaient deux pieux de parasol qui n'avaient pas été enchaînés. Il en prit un et retourna à la paillote, à l'endroit le plus vulnérable. Il inséra le pieu dans l'interstice et appuya de toutes ses forces. La planche bougea très légèrement. Une odeur d'urine lui sauta au visage.

Un craquement sinistre retentit et secoua toute la paillote. Il passa la tête, puis le haut du corps et comprit d'où venait l'odeur, il se trouvait dans les W-C du bar. Il suivit la porte et traversa un tout petit couloir jusqu'à un comptoir garni de bouteilles d'alcool de toutes marques. Il aperçut tout de suite le frigo constellé d'autocollants d'équipes de foot. Il prit une bouteille de bière, Brahma, en se demandant quel rapport il pouvait y avoir avec la divinité indienne, un soda à l'orange pour Aurélia et trouva sur le comptoir un assortiment de barres chocolatées. Il attrapa un sac en plastique sale et le remplit avec les provisions.

Il repéra, sur un siège, un tee-shirt jaune frappé du drapeau du Brésil, une serviette de plage constellée de taches rouges et une chemise kaki délavée qu'il engouffra prestement dans le sac.

Un poster représentant un homme et une femme enlacés était affiché sur le mur, avec l'inscription « Fiesta Copernic » ainsi qu'une note manuscrite griffonnée d'un certain Vigo Ravel. Ce nom disait quelque chose à Marcas, à propos d'un attentat en France, mais ses souvenirs étaient embrouillés. C'était peut-être le propriétaire du bar, un Français qui avait tenté sa chance dans ce paradis.

Marcas sortit par où il était entré et remit avec soin la planche à sa place, comme si elle était toujours clouée puis retourna auprès d'Aurélia. La jeune femme était blottie en position fœtale. Il s'assit à côté d'elle et lui passa la canette.

— Bois, ensuite sèche-toi avec le drap de bain. Et si tu es sage, tu pourras mettre ce magnifique tee-shirt ou cette superbe chemise griffée au choix.

Un claquement métallique résonna derrière l'oreille de Marcas. Un objet froid et dur se posa sur son crâne. Un homme de haute taille se tenait debout, derrière lui, avec un fusil à la main.

118

Brésil
État de Bahia
De nos jours

Blottis l'un contre l'autre, à l'arrière du pick-up, Marcas et Aurélia regardaient défiler au-dessus d'eux le ciel rougeoyant, lourd de nuages. Une odeur de poisson les enveloppait mais ils n'y faisaient pas attention. Quand l'homme était apparu, les menaçant avec son fusil, il s'en était fallu de peu pour qu'il ne prévienne les policiers en poste sur la route. Le vigile, chargé de surveiller les paillotes, avait été alerté par le craquement de la planche. Ils avaient eu de la chance, l'homme comprenait l'anglais et Aurélia lui avait expliqué qu'ils se cachaient après avoir été rackettés par des policiers. Ce qui arrivait couramment dans le pays. Comme ils ne ressemblaient pas à des voleurs, l'homme s'était radouci. Aurélia lui avait donné son bracelet en or et ils lui avaient promis une belle récompense s'il les aidait à gagner Salvador de Bahia.

Le pick-up roulait à toute allure, ralentissant et accélérant au gré de la circulation. L'océan avait disparu, remplacé par du béton. Selon les estimations de Marcas, ils se dirigeaient vers l'intérieur des terres, mais il ne connaissait pas la géographie du coin, et ils pouvaient donc se trouver n'importe où, et même être en train de retourner à la Résidence. Il se redressa plusieurs fois pour voir s'ils n'allaient pas retomber dans la gueule du loup. L'homme leur avait expliqué, dans un anglais approximatif, qu'il les déposerait chez l'une de ses sœurs, pour qu'ils se reposent et se changent. Ils pourraient appeler leurs amis en France de là-bas.

Le véhicule ralentit et s'engouffra dans une sorte de lotissement hétéroclite. Puis il gravit une pente douce et se gara devant un petit immeuble de deux étages en briques peintes en noir, dont le toit était constitué d'un amas de tôles. Le vigile aida Aurélia à descendre puis il les fit pénétrer dans l'immeuble mais, au lieu de rentrer dans l'un des appartements, il les fit ressortir par l'arrière, traverser une petite cour qui servait de jardin potager et, au détour d'un passage en coude, ils se retrouvèrent devant l'entrée d'une vieille villa coloniale à la façade ravalée. Un homme barbu, en chemise blanche, était assis devant le perron et fumait une énorme cigarette d'où dépassaient quelques brins d'herbe qui n'avaient pas grand-chose à voir avec du tabac. Une longue machette pendait à sa taille. Le vigile le salua, l'homme détailla longuement Aurélia, de haut en bas, insistant sur sa taille et ses seins. La porte s'ouvrit et laissa apparaître une grande métisse, habillée d'une robe bleu nuit, et coiffée d'un foulard de même couleur. Elle devait avoir une petite cinquantaine d'années, son visage aux pommettes saillantes et aux yeux en amande semblait avoir été ciselé. Elle les regarda d'un air grave, presque hostile, pendant une longue minute. Puis s'inclina légèrement et ouvrit les bras.

— Je suis Mae Marta Yemanja. Soyez les bienvenus dans ma demeure.

Marcas fut surpris d'entendre la Bahianaise parler français. Ils entrèrent dans un salon où il n'y avait que des coussins par terre groupés autour d'une table basse. Marcas et Aurélia s'effondrèrent sur les coussins. Le vigile disparut tandis que sa sœur venait s'asseoir à côté d'eux. Une autre femme, plus jeune, vêtue de la même robe, arriva en silence portant un plateau avec des tasses, une théière et des gâteaux secs. Les deux fuyards acceptèrent les tasses chaudes et avalèrent le breuvage. La maîtresse de maison prit la main d'Aurélia en la scrutant longuement.

— Je n'étais pas sûre de vous faire rentrer dans cette maison.

— La crainte de la police ? demanda Marcas, étonné.

— Non. Je sens le mal en vous. Vous avez été possédés.

Aurélia et Marcas n'osèrent pas échanger de regards.

— Vous parlez très bien notre langue, dit Marcas pour détourner la conversation.

— J'ai fait mes études au lycée français et j'ai été bibliothécaire dans une fondation culturelle. Mais ne me mentez pas. Vous avez subi une terrible épreuve. Je perçois et les formes et les voix du monde invisible, je suis aussi prêtresse de candomblé.

Marcas se souvint de sa rencontre avec la danseuse brésilienne dans l'appartement d'Anaïs. Il expliqua à Aurélia :

— J'ai eu un cours en accéléré il n'y a pas longtemps. C'est une religion issue des croyances des esclaves et des enseignements catholiques importés par les missionnaires. Les disciples adorent un dieu principal, entouré de nombreuses divinités auxquelles sont attribués des pouvoirs et des manifestations, comme l'eau, la terre, le feu ou l'air. Ces divinités possèdent les corps de leurs adorateurs au cours de danses sacrées.

Aurélia posa sa main sur celle de Marcas, sa tête tournait.

— Antoine, je ne me sens pas bien. Ça doit être la fatigue.

Lui aussi se sentit flageolant, sa vue se brouillait. Le visage de la femme s'éloignait et se rapprochait, ses yeux devenaient presque lumineux dans la pénombre. Sa voix était distendue, comme si elle parlait au ralenti. Marcas s'écroula à côté d'Aurélia, juste au moment où sa conscience captait les dernières paroles de la métisse.

— Nous savons très bien qui vous êtes. Et pour ça, vous devez mourir.

119

Brésil
Salvador de Bahia
De nos jours

Soudain, il la vit.

Devant lui. Rouge sang, immobile. Au milieu de nulle part. La croix pattée des Templiers. Scintillant par pulsation, comme animée d'une vie propre. Elle semblait réelle, ou plutôt elle était la réalité. Elle l'attirait à lui. Il tendit la main pour la toucher, mais il n'y arriva pas. Il fallait qu'il la prenne. Comme si sa vie en dépendait. Pourtant elle lui faisait peur. La croix s'agrandit, ses bras grossirent pour l'envelopper. Il recula, mais elle l'avait déjà enserré. Il se fondit dans un océan écarlate.

Marcas cria et se réveilla en sursaut. Aurélia lui passait une main dans les cheveux.

— J'ai fait un rêve étrange. Je voyais une croix qui voulait… me posséder. Que s'est-il passé ?

— Je crois qu'on a été drogués. Nous sommes dans l'une des chambres de la villa de cette étrange bonne femme, au premier étage.

Des bruits de tambour résonnaient dans le lointain, mêlés à des cris d'enfants plus proches.

— Les gens de… Kadosh Kaos ?

— Non. J'ai regardé par la fenêtre, on est au milieu d'une sorte de bidonville. Le soleil est presque couché. Si c'étaient des membres de Kadosh Kaos, ils nous auraient déjà ramenés à la Résidence. Et puis, cette fois, notre chambre n'est pas verrouillée. Si nous allions jeter un œil ?

Marcas se sentait reposé, il se leva presque d'un bond et suivit Aurélia. Leur chambre donnait sur un patio fleuri, à l'ambiance très coloniale. Au rez-de-chaussée, cinq enfants jouaient à se poursuivre en riant. Quand ils virent les deux Français se pencher au-dessus du balcon, ils se figèrent sur place puis s'enfuirent par l'une des portes. Marcas et Aurélia longèrent la balustrade et tombèrent nez à nez avec une petite fille, de moins de dix ans, habillée d'une robe du même bleu que celle de la propriétaire des lieux, et coiffées de nattes qui descendaient jusqu'à sa taille. Son visage d'ébène était magnifique, mais ses yeux étaient blancs comme la mort. La petite aveugle sourit à Aurélia, sans dire un mot, lui prit la main et la tira vers elle comme si elle voulait l'emmener quelque part.

— Suivons-la, dit Marcas. Autant que je me souvienne, la loge Kadosh n'initie pas des enfants.

Ils empruntèrent un couloir étroit et se retrouvèrent dans un petit salon aux murs décorés avec des instruments de musique locaux, tambours et cordes. Les rideaux étaient tirés, la pièce plongée dans la pénombre était éclairée par trois lampes à huile disposées sur une table. La femme qui les avait accueillis était assise dans un grand fauteuil de bois sombre. Elle leur sourit, fit signe à l'enfant de s'asseoir à ses côtés et leur indiqua des sièges posés contre le mur.

— Avez-vous bien dormi ?

— Oui, mais il n'était pas utile de nous mettre un somnifère dans le thé, répondit Marcas.

— Vous étiez trop fatigués. Au fait, vos poursuivants vous cherchent partout. Que faisiez-vous dans la Résidence ?

— Comment savez-vous que nous étions là-bas ? se raidit Marcas.

— Vous croyez vraiment que João vous a trouvés par hasard sur la plage ? Qu'il s'est laissé acheter par une babiole ? Vous êtes bien naïfs. Nous vous avons repérés au moment de votre fuite de la Résidence quand ils ont envoyé les hélicoptères. João et d'autres vous ont suivis quand vous avez pris le bus.

Des bruits de pas se firent entendre dans le couloir. Le vigile et l'homme à la machette se postèrent de chaque côté de la porte pour bloquer l'entrée. Deux Noirs arrivèrent à leur tour. Marcas reconnut l'un des deux sans hésitation, c'était le grand costaud qui matait Aurélia à l'arrêt de bus. Il croisa les bras et riva son regard sur les Français.

— Qui êtes-vous donc ? demanda Marcas.

La femme tapa sur le dossier de son fauteuil d'un air agacé. Les hommes avancèrent et se mirent debout derrière Aurélia et Marcas. La petite fille jouait avec une poupée de chiffon, indifférente à la scène. Elle balançait la tête comme si elle récitait une comptine silencieuse. Les yeux de la prêtresse se firent plus durs, sa voix plus tendue.

— C'est moi qui pose les questions, ici. Je suis Mae Marta Yemanja, j'ai droit de vie et de mort dans ce domaine. À mes yeux, vous n'êtes rien. Des étrangers qui peuvent disparaître du monde en l'espace d'une minute. Mes gardes ici présents se feront un plaisir de vous trancher la gorge avant même que vous ne vous leviez de votre siège. Je vous répète ma question, pourquoi les diables de la Résidence vous poursuivent-ils ? Toi, la femme tu m'as l'air plus sincère.

Aurélia prit la main de Marcas.

— Nous avons été enlevés par eux. Ils nous ont forcés à faire des choses cruelles et nous nous sommes enfuis.

Nous devons contacter les autorités pour les alerter du danger qu'ils représentent.

— Ici, les autorités, comme vous dites, ne sont jamais du côté du plus faible. Que vous ont-ils fait précisément ? Vous êtes marqués de leur sceau. Je l'ai vu dès que vous être entrés dans ma maison.

Marcas intervint, la perspicacité de cette femme le mettait mal à l'aise. Il eut l'intuition qu'il ne fallait pas lui mentir.

— Ils nous ont fait subir une sorte d'opération chirurgicale qui nous a transformés. C'est aussi un rituel d'ordre spirituel. Mais malsain.

Mae Marta esquissa un sourire. Elle sembla se détendre un peu.

— *Ordem dos Templarios*… Ils font tant de mal ici. Nous sommes seulement à dix kilomètres de leur résidence. C'est la deuxième fois que je rencontre des Blancs qui ont été initiés là-bas et qui n'ont pas voulu aller jusqu'au bout.

— La deuxième fois ?

— Oui, il y a vingt ans, un couple comme vous s'est échappé de leurs griffes et nous les avons recueillis, des Hollandais, je crois. Ils nous ont raconté des choses affreuses. Affreuses… Eux aussi avaient été transformés.

— Que sont-ils devenus ? demanda Aurélia.

— Nous avons essayé de les soigner mais en vain. L'homme s'est pendu un matin, deux semaines après son arrivée ici. La femme est devenue folle et s'est échappée deux mois plus tard. On ne l'a jamais revue.

— Cela fait combien de temps que l'organisation est ici ?

— Je vais vous raconter ce qui s'est passé et comment ils ont introduit le mal.

120

Brésil
Salvador de Bahia
De nos jours

Les tambours devinrent plus audibles, comme s'ils étaient sous les fenêtres. Marcas et Aurélia avaient la sensation d'être hors du temps. Mae Marta se cala dans son siège, les yeux dans le vague. La fillette aveugle murmurait à sa poupée.

— La petite ne comprend pas le français et c'est tant mieux. Tout a commencé en 1970, six ans après l'instauration de la dictature militaire dans le pays. Rien à voir avec celle de Getúlio Vargas, notre caudillo des années 1940, non. Ces militaires étaient bien plus féroces, ils ont mis le pays sous une chape de plomb. Partis, syndicats, presse, tout était interdit et les opposants envoyés directement en prison. Tortures, rackets, répression brutale, ils ont utilisé toute la panoplie des dictatures modèles.

Marcas se souvint de ce qu'il avait vu à la télévision quand il était un ado révolté. Les dictatures sud-américaines, les manifs, les rapports d'Amnesty International, *État de siège*, le film de Costa-Gavras...

— Vos militaires étaient de vrais pionniers. Au Chili, Pinochet n'a fait son coup d'État qu'en 1973 et Videla en Argentine en 1976.

— La même engeance de mort... C'est donc au printemps 1970 que l'organisation des Templiers s'est installée dans la région, en rachetant un immense terrain de plusieurs centaines d'hectares. C'étaient des étrangers, des Italiens je crois, et quelques Français. Dès le début, ils ont été extrêmement généreux, ils ont construit un dispensaire, puis un hôpital, financé des écoles et envoyé à l'université les enfants les plus méritants. Ils ont contacté les organisations catholiques locales et ont même participé à la rénovation de nos temples de pratique du candomblé. Les autorités les ont laissés faire dans la mesure où l'organisation finançait généreusement les bonnes œuvres de la police, de l'armée et remplissait les poches de potentats locaux. Et puis des choses bizarres se sont produites.

— C'est-à-dire ? demanda Marcas qui sentait la main d'Aurélia se crisper dans la sienne.

— Un an après leur arrivée, des enfants et des clochards ont commencé à disparaître. Au départ, personne n'a fait le rapprochement, la mort fait partie de la vie quotidienne des gens ici. C'étaient des enfants d'opposants emprisonnés, pas de la ville, non des gens simples ou sans famille, qui traînaient comme un peu partout dans le pays et qui profitaient des soins médicaux gratuits dispensés par les médecins de la Résidence. Les gens du coin ont commencé à s'inquiéter et ont prévenu la police militaire, mais ces salauds ont vite classé l'affaire. Alors, ils sont venus nous en parler au *tereiro*. De tout temps, dans tout le Brésil, mais surtout ici dans la province de Bahia, nous avons été le seul contre-pouvoir face aux Blancs qui tenaient tout. Lors des cérémonies, les *orixas,* nos dieux, nous ont aussi alertés, les âmes des morts criaient vengeance. Nous avons commencé à observer soigneusement les allées et venues dans la Résidence. Il a fallu beaucoup de patience et de ruse, de nombreux militaires haut gradés venaient périodiquement en retraite ici et nous ne voulions pas risquer de représailles. En 1973, l'un de nos hommes a réussi à s'infiltrer dans la garde de la Résidence. Il est revenu quelque temps plus tard et nous a raconté des choses horribles. Il avait vu des enfants et des pauvres rentrer dans l'hôpital et ne jamais en ressortir. Ils restaient quelque temps dans un bloc à part et disparaissaient. Il nous a parlé de certaines soirées où les Blancs qui venaient par bateau ou par avion se groupaient dans leur grande église et portaient de longues capes blanches. Ils s'appelaient eux-mêmes les Templiers. *Templarios*. Et puis, il y avait un médecin, un Portugais avec une barbe blanche, qui faisait peur à tout le monde. Nous avons prévenu les familles de ne pas aller là-bas, mais sans grand succès, les soins médicaux étaient d'excellente qualité.

— Pourquoi ne pas avoir prévenu les journalistes ? demanda Marcas.

— Nous avons essayé, mais ils ne pouvaient rien faire et les disparitions n'étaient pas massives. Une vingtaine dans l'année sur quatre cent mille habitants qui vivent dans le coin, c'était rien du tout. Et puis, je vous le répète, l'organisation jouissait d'une grande notoriété grâce à ses bienfaits. Ils ont même installé ici le premier scanner du Brésil. Encore une fois, l'immense majorité des gens qui allaient se faire soigner ne risquait rien, ils organisaient les enlèvements à la nuit tombée à l'extérieur de leur Résidence.

— Qu'a fait votre taupe, alors ?

— Il a disparu après nous avoir prévenus. Nous ne l'avons jamais revu. Nous avons fait d'autres tentatives, mais en vain, les gardes locaux venaient tous des bas-fonds de São Paulo ou de bandes de paramilitaires de Rio et n'avaient aucune sympathie pour des nègres comme nous... En revanche, nous nous sommes organisés, tous nos temples ont été mis en alerte pour les surveiller dans leurs déplacements. Nous contrôlons une bonne partie de la ville et sa région. Rien ne nous échappe, mais notre pouvoir n'était pas suffisant.

— Et lors de la chute de la dictature ? dit Aurélia.

— En 1985, tout le monde a cru que ces salauds allaient payer, mais rien n'est arrivé. Ils ont acheté le silence des nouvelles autorités. Les temps changeaient quand même, des policiers plus intègres ont commencé à mettre leur nez dedans, un juge s'est chargé de l'affaire, appuyé par un petit groupe de journalistes. Il y a eu une perquisition qui n'a rien donné. Les responsables de l'organisation ont même lancé une journée portes ouvertes pour que tout le monde puisse visiter le domaine. Les enlèvements ont subitement cessé pendant quelques années. Plus aucun enfant d'ici n'a disparu et les indigents ne risquaient plus rien à traîner sur la plage et dans les rues. Ils ont versé d'énormes sommes d'argent pour rénover des quartiers entiers, si bien qu'au fil du temps, les rumeurs se sont éteintes d'elles-mêmes. Mais nous savions que les pratiques continuaient, plus discrètement. Les tereiros de régions plus reculées vers l'Amazonie nous faisaient part d'enlèvements qui ressemblaient étrangement à ceux que nous avions connus.

— Mais avec Lula, vous avez un président proche des petites gens ? Il n'a pas été alerté ?

— Si, et le gouverneur de l'État a diligenté une enquête discrète avec une équipe de policiers triés sur le volet, qui sont venus directement de Brasilia. Tout a été stoppé en l'espace de deux mois, ces gens ont infiltré des hommes et des femmes à eux un peu partout. L'un des policiers avec qui nous avions de bons rapports était écœuré.

— Ça doit quand même attirer l'attention, une secte avec une église et des moyens financiers de cette ampleur ? observa Marcas.

— Vous plaisantez ? Depuis dix ans, le Brésil est devenu une terre de prédilection pour les sectes évangéliques. Elles construisent même leurs églises devant les centres commerciaux. Je vous dis tout ça pour que vous compreniez que même si vous alliez voir la police, ils ne feraient rien. Mais...

Marcas la vit hésiter, son attitude avait brusquement changé. Elle les regardait bizarrement.

— Vous avez été transformés vous aussi et vous n'avez pas idée du sort qui vous attend... João, Manoel, Alonso, Celso !

Tout alla très vite. L'un des hommes enserra le cou de Marcas avec son bras pendant que les deux autres immobilisaient chacun une jambe. Le quatrième sortit un couteau et le plaqua sur la gorge d'Aurélia. Les deux Français tentèrent de se débattre, mais sans succès. Plus Marcas bougeait, plus le Brésilien serrait sa prise. Les bras d'Antoine s'agitaient dans le vide. Il vit le moment où il allait étouffer et cessa de résister.

— Mon fils Celso est champion de grappling et l'un des meilleurs élèves de la famille Gracie, les combattants les plus redoutables du Brésil. Il peut vous briser le cou en cinq secondes. Je vous conseille de rester calme.

Mae Marta se leva et se dirigea vers le mur à côté de la fenêtre, qui n'était pas éclairé par les bougies. Elle prit un objet que Marcas n'arriva pas à identifier et revint vers lui. Aurélia écarquilla les yeux. La prêtresse brandit une longue paire de pinces d'acier bruni, dont l'intérieur des mâchoires était en forme de coquille. Elle se posta devant Marcas.

— Ceci est un instrument qui date du XVIIe siècle. Il a été conçu spécialement par les négriers blancs quand ils voulaient éduquer leurs esclaves les plus récalcitrants. Je l'ai baptisé... *suculento do Pascoa.*

— *Pascoa, Pascoa,* reprirent en chœur les Brésiliens, excités.

Elle s'agenouilla devant Marcas. Les hommes écartèrent brusquement ses jambes. Mae Marta regarda Antoine, droit dans les yeux.

— La partie la plus sensible des hommes français est-elle la même que celle des Brésiliens ?

121

Brésil
Salvador de Bahia
De nos jours

La petite aveugle s'était arrêtée de jouer avec sa poupée de chiffon, ses yeux vides regardaient en direction des Français. Dehors, des bruits de tambour avaient recommencé, sur un rythme plus rapide et profond, plus distincts cette fois. Marcas avait l'impression que les battements se calquaient sur ceux de son cœur. Il vit avec horreur la pince s'approcher de son entrejambe.

— Laisse-le. Il n'a rien fait, dit Aurélia d'une voix étrangement calme.

Ce qu'elle voyait la révulsait, mais elle n'arrivait pas à éprouver de compassion pour Marcas. Et ça la troublait. Exactement comme avec le môme du bus, comme avec la petite aveugle.

Le visage de la prêtresse se ferma.

— C'est sans danger. *Suculento do Pascoa* va te prodiguer sa caresse.

— Quoi ? cria Marcas qui sentit la main de la femme passer sur son pantalon, à l'endroit où ses testicules se recroquevillaient sous l'effet de la peur.

Mae Marta baissa les yeux vers la zone qu'elle allait mutiler et cala les pinces de chaque côté des organes. Marcas se débattit de nouveau, mais l'étau se resserra encore plus autour de son cou. Il était terrorisé.

— C'est sans danger... Plus jeune, je suis allée à New York, j'aimais bien voir leurs films policiers. Il y en a un qui m'a marquée. *Marathon man*, Laurence Olivier jouait un dentiste nazi qui n'arrêtait pas de répéter une phrase pendant qu'il torturait avec sa fraise : « C'est sans danger. » Je remplace la roulette par le *suculento do Pascoa.*

Elle prit la pince entre ses mains et leva les yeux vers Marcas.

— Les négriers s'amusaient à lire la peur dans les yeux de nos ancêtres. Un larcin, un regard de travers, une tentative de fuite, tout était prétexte pour se servir de cet outil. Ils pouvaient attendre des minutes entières et soudain appuyer d'un coup sec. Ou alors, ils dosaient la pression simplement pour voir croître la souffrance. Les plus gentils propriétaires préféraient la deuxième option car, en s'arrêtant à temps, les testicules se remettaient en place et les mâles pouvaient reprendre leur fonction de reproducteurs. J'aime que la peur change de camp. Que le Noir devienne le bourreau et le Blanc éprouve... Viens goûter au *suculento.*

L'homme qui tenait Marcas fit pencher sa tête vers le bas pour qu'il ne rate rien du spectacle. Mae Marta rapprocha lentement les manches des pinces sous les yeux médusés de Marcas. Il crispa ses mâchoires, les muscles de ses cuisses se durcirent. Ses poings se contractèrent violemment. La peur irriguait ses nerfs. Il imagina ses testicules broyés par ces pinces de fer. Il ferma les yeux, espérant de toute son âme qu'il perdrait conscience quand la douleur deviendrait intenable.

Rien ne se passa.

Il ne ressentit aucune souffrance, juste une pression marquée, comme si ses nerfs avaient oblitéré la douleur.

Il ouvrit les yeux. Mae Marta avait relâché les pinces et s'était relevée. L'homme qui tenait Marcas avait desserré sa prise, les autres avaient libéré ses jambes.

— Ce n'est pas possible... souffla-t-il, effaré. Vous ne m'avez rien fait.

— Si, le *suculento do Pascoa* te les a légèrement comprimés, mais tu n'as rien ressenti. À ta place, un homme normal aurait pleuré de douleur. Toi, tu es resté de marbre.

— Mais pourquoi ?

— Tu ne comprends pas... C'est pourtant simple, en vous opérant, ils vous ont enlevé la douleur. C'est exactement ce qui est arrivé au couple avant vous et qui arrive depuis des années à certains de mes compatriotes sur qui ils font leurs expériences médicales. Je suis désolée de vous avoir fait peur, mais il fallait que vous compreniez... Toi aussi, ma belle, tu es devenue insensible.

Les quatre hommes s'étaient reculés et se tenaient debout contre le mur. Marcas reprit son souffle, il n'avait jamais eu aussi peur de sa vie. Il fit jouer ses articulations.

— Ça veut dire quoi *suculento de Pascoa* ?

La prêtresse sourit.

— Quelque chose comme le délicieux ou le succulent de Pâques. À cause des œufs... Nous autres Bahianais aimons les expressions imagées. Je vais vous dire pourquoi nous allons vous aider. Si tant est que cela soit possible.

Mae Marta reposa l'instrument de torture sur son crochet et revint s'asseoir. La petite fille aveugle tira Mae Marta par le bas de sa robe en pouffant. La femme lui caressa les cheveux et la mit sur ses genoux. Aurélia et Marcas s'étaient rapprochés l'un de l'autre sans oser se regarder. Ils n'arrivaient pas à réaliser ce qu'ils étaient devenus.

Soudain Aurélia serra son poing et frappa le bord de la chaise. Ses coups devinrent de plus en plus violents. La peau tendue de ses jointures devint rouge vif, l'épiderme commença à se déchirer, le sang macula le bois. Des larmes jaillirent au coin de ses yeux.

— Non, ce n'est pas vrai... Ce n'est pas possible.

Marcas la regardait, hébété, incapable d'éprouver la moindre pitié pour la jeune femme qui basculait dans l'abîme. Il se dégoûtait lui-même.

Elle contempla sa main ensanglantée et éclata en sanglots.

— C'est dégueulasse, les salauds.

— Mae, Mae !

Le barbu, posté à l'entrée, brandit son portable et l'apporta à la prêtresse d'un pas rapide. Il avait l'air excité. Il lui murmura des paroles à l'oreille. La femme les regarda, le visage tendu.

— Des *Templarios* ont été repérés tout près d'ici.

122

Brésil
Salvador de Bahia
De nos jours

La camionnette remplie de cageots de fruits passa le barrage policier puis rejoignit la route principale qui menait au centre-ville de Salvador de Bahia. Mae Marta avait réussi à transférer ses protégés vers une destination plus sûre, dans le vieux quartier colonial. Une demi-heure s'écoula avant qu'ils n'atteignent leur destination.

Ils entendirent trois coups contre la tôle. La porte arrière s'ouvrit, puis le chauffeur les aida à descendre sur la chaussée. Le soleil était presque aveuglant, éclaboussant les façades bleues et jaunes des petites maisons. Mae Marta les héla :

— Par ici, vite. On n'a pas beaucoup de temps. Je ne suis pas certaine qu'on ne nous ait pas suivis.

Ils remontèrent la rue, des dizaines d'enfants jouaient au football pendant que des adultes installaient des tableaux d'inspiration naïve sur les trottoirs.

— Où sommes-nous ? demanda Aurélia.

— Dans le quartier du pelourinho, la vieille ville coloniale, on pourrait dire notre Montmartre local. D'ici une heure ou deux, ce sera bondé de touristes. Nous allons à... l'église.

Un coup de klaxon les fit sursauter. Une vieille Chevrolet les dépassa en pétaradant, le conducteur fit un signe à Mae Marta qui agita la main.

— C'est mon fils, Carlo. Il fait les livraisons dans le quartier.

Ils prirent la rue Ladeira do Campo et arrivèrent sur un terre-plein devant une grande église de style baroque dominant la ville baignée de soleil.

Devant l'entrée abritée du soleil, un homme jeune à la fine barbe, en polo vert pomme, assis derrière une table sur laquelle était posé un petit rouleau de tickets, discutait avec un touriste.

— Mae !

— C'est aussi mon fils, Gilberto, un bon petit. C'est le dernier, il finit ses études d'histoire de l'art à São Paulo. Nous sommes dans l'une des trois cent soixante-cinq églises de la ville, une par jour. *La Igreja do Monte di Carmo.* Le Mont-Carmel, pour vous.

— Vous en avez combien, de fils ? Entre le champion de lutte, le livreur et l'universitaire, je m'y perds, dit Aurélia en s'avançant dans l'église.

De chaque côté du couloir, des statues baroques de saints montaient la garde. Un moine tonsuré, le visage exalté, brandissait un doigt vengeur vers le ciel et adressait un regard courroucé aux visiteurs.

La prêtresse se mit à rire.

— Douze comme les signes du zodiaque. La déesse de la fertilité m'a gâtée. On ne peut en dire autant des hommes qui se sont succédé.

— Je n'ose vous demander le nombre...

— Le même. Douze. Ça aide, d'être une prêtresse du candomblé... Nous y voilà.

Ils débouchèrent sur un vieux patio, tout envahi de végétation. Les murs du déambulatoire étaient rongés par l'humidité, des motifs en relief s'estompaient sous l'usure du temps. Ils passèrent dans une salle où reposait, dans un rectangle de verre, la sculpture en bois d'un Christ au visage ravagé de souffrance. Des perles de sang constellaient son visage et son corps.

— C'est une relique sacrée pour les Bahianais. Ce Christ a été sculpté par un ancien esclave, O Cabra, les gouttes de sang sont des rubis. Il a mis vingt ans pour achever cette œuvre.

Elle se dirigea vers le mur du fond, poussa une porte masquée par un rideau.

— Attention aux marches, c'est très glissant. Vous savez, l'écrivain Jorge Amado est venu ici et il a écrit une nouvelle dans la pièce où nous allons.

Ils descendirent un escalier de pierre et débouchèrent dans une large pièce, aux murs blancs, éclairée par une grande fenêtre rectangulaire, taillée dans l'épaisseur imposante du mur. Deux cercueils de bois noir, ouverts, capitonnés, étaient posés au centre. Comme dans la maison de Mae Marta, les tableaux des dieux décoraient les murs, mais leur facture était beaucoup plus ancienne. Bien qu'Antoine ne soit pas un spécialiste de la peinture, il en avait suffisamment étudié dans son travail, pour estimer que ces toiles remontaient sans doute au XVIIIe siècle. Les cadres en bois noirci, le contraste entre les teintes sombres de l'arrière-plan et la couleur patinée des habits des divinités donnait à chaque œuvre un charme étrange.

Mae Marta mit ses mains sur ses hanches.

— Pendant que le maître travaillait à sa sculpture, des prêtresses peignaient ces tableaux à la gloire des Orixas. Le Christ, dans la nef aux yeux de tous, et les divinités d'Afrique cachées en dessous, dans les entrailles de l'église. Une image vivante de ce qui est arrivé dans ce pays et du mélange des deux cultes par nos ancêtres. Et encore, l'essentiel vous échappe. Certaines nuits, sous un angle précis, quand la lune jette ses rayons par la fenêtre, les visages des tableaux prennent des expressions différentes. Surtout celui de Lansa, dans sa robe sombre. Il faudrait revenir...

— La prochaine fois... dit Marcas, l'air énigmatique. La Lune, déesse de la nuit. Qui révèle une réalité autre. J'ai lu un livre passionnant où il était question du tableau d'une femme qui changeait d'aspect sous les rayons lunaires et du sang de l'artiste contenu dans la peinture.

— Le coup de lune, dit Mae Marta, c'est l'expression que nous attribuons ici à notre divinité Oxum, ou saint Marc... Mais si je vous ai emmenés ici, ce n'est pas pour parler peinture.

Elle fit un geste rapide.

— Allongez-vous dans ces cercueils.

123

Brésil
Salvador de Bahia
Igreja do Monte di Carmo
De nos jours

La cérémonie allait commencer. Des participants silencieux descendirent l'escalier et se regroupèrent autour des cercueils.

Marcas et Aurélia s'embrassèrent longuement comme s'ils ne se reverraient plus. Mae Marta leur tendit une coupe de cristal remplie d'un liquide sombre. Autour d'eux s'asseyaient des femmes en robe blanche dont le haut du visage était masqué par une sorte de filet en métal. Deux hommes en chemise et pantalon jaunes se tenaient debout, un tambour entre les jambes. Mae Marta lissa ses cheveux en arrière.

— Ce breuvage va se diffuser dans votre corps pendant quatre heures environ. Au début, vous aurez très mal, je ne vous le cache pas. Ça voudra dire que la douleur revient. Criez tant que vous voudrez, les officiants ici présents vous accompagneront de leur prière. Vous ferez ensuite des cauchemars, mais le son des tambours restera toujours présent dans votre tête. Ce sera le seul lien avec la réalité. Quoi qu'il arrive, restez toujours concentrés sur ces battements. Vous verrez Lansa, la déesse de la nuit éternelle, ne la suivez pas, sinon vous êtes perdus. L'Orixa qui prendra possession de votre esprit vous aidera à la combattre.

Marcas eut du mal à cacher son scepticisme.

— Je suis désolé, je ne crois pas à ce genre de pratiques, comment savez-vous que ce rituel va annihiler ce que la loge Kadosh Kaos nous a infligé ?

— Je vous ai parlé de ce couple d'étrangers qui avait trouvé refuge chez nous. La femme n'est pas devenue folle. Je vous ai menti. Regardez.

Elle pencha la tête en avant et souleva sa lourde chevelure, laissant à découvert à hauteur de la tempe, une bosse de couleur marron. Marcas et Aurélia comprirent de suite. La prêtresse se redressa.

— Mon mari était hollandais, premier secrétaire à l'ambassade. Moi, j'étais sa jeune épouse et je travaillais au ministère de l'Information. La loge Kadosh Kaos nous a initiés. Notre position sociale les intéressait. Au début, il nous a semblé que nous étions les maîtres du monde, la future élite dirigeante de ce pays qui en avait tant besoin.

Mae soupira.

— Mais quand nous nous sommes aperçus que les militaires fournissaient à la loge des prisonniers politiques pour des expériences dévoyées, nous avons pris la fuite, abandonnant tout ce qui avait été notre vie et nos espoirs. Nous nous sommes réfugiés dans les favelas les plus pauvres, des quartiers où même l'armée n'ose pénétrer. Là, nous avons été recueillis par une prêtresse, Mae Ovieda, qui nous a aidés. Un des enfants du quartier, devenu médecin – une exception dans ce milieu – s'est lancé dans des recherches sur les médicaments traditionnels. C'est lui qui a mis au point cet antidote. Ça a marché sur moi.

La prêtresse baissa la voix, hantée par le souvenir.

— Pas sur mon mari.

— Donc, vous n'êtes pas certaine du résultat ? demanda, anxieuse, Aurélia.

— Non, mais ça m'a sauvée. Je suis devenue prêtresse à mon tour et j'ai pris la succession de Mae Ovieda.

— Mais pourquoi nous mettre dans un cercueil ? interrogea Antoine.

— On ne peut pas être ensemble ? renchérit Aurélia.

— Vous allez sombrer dans le néant puis vous débattre, griffer, mordre, devenir presque enragés. Pour expulser l'esprit mauvais qui est en vous. Si vous restez ensemble, vous vous ferez du mal. L'esprit de la croix est impitoyable. Je l'ai vécu moi aussi, je connais son attirance et sa férocité. Il est presque aussi puissant qu'Ogum. Il faut vous décider rapidement, chaque seconde d'attente va rendre la réversion de la transformation plus difficile.

Aurélia et Marcas se serrèrent l'un contre l'autre.

— J'ai peur, murmura-t-elle.

— On va s'en sortir. Ensemble.

Ils prirent la coupe à tour de rôle et burent le liquide amer jusqu'à la dernière goutte. La boisson d'amertume, songea Marcas. Celle que l'on absorbe lors de l'initiation maçonnique. Ils entrèrent dans les cercueils et échangèrent un dernier regard. Les hommes posèrent les couvercles puis les clouèrent. Marcas repéra des ouvertures grillagées laissant entrer un peu d'air et de lumière de chaque côté des panneaux de bois.

Les tambours se mirent à gronder. Sur un rythme lent, profond, grave. Des cris retentirent, et il vit des jambes de femmes qui ondulaient devant lui. Il essaya de se détendre mais l'angoisse montait. Il se sentit tomber dans un puits sans fond puis, après une éternité, un creux se forma dans son estomac et se mua en spasme d'une violence inouïe.

— Aurélia, tu m'entends ?

Mais sa voix semblait s'éteindre comme sa raison.

Il crut entendre un « oui » étouffé. Il tourna la tête sur le côté et vit à travers le petit grillage l'œil affolé de sa compagne.

Un coup de poignard transperça son ventre de haut en bas. Il se cambra et se cogna la tête sur le couvercle capitonné du cercueil. La douleur irradia ses intestins comme un acide brûlant. Il entendit un hurlement provenant de l'autre cercueil.

Il suffoquait tant il souffrait. Le temps se dilatait dans les affres provoquées par le poison.

Les femmes dansaient autour du cercueil, Mae Marta était plongée dans une transe qui la rendait méconnaissable. Son visage avait rajeuni de dix ans, ses yeux lançaient des éclairs. Les officiants la regardaient avec crainte, Yemanja avait pris possession de son esprit et de son corps. Elle tournait autour d'elle-même en déployant ses bras avec une agilité surprenante. Les tambours accélérèrent la cadence.

Soudain l'esprit de Marcas s'évada du cercueil, il planait dans une nuit profonde et sans étoiles. La croix templière apparut. Rouge, animée d'une vie propre. Ses bras sanglants se rapprochaient comme pour le happer. Il voulut lutter et se raccrocha au son des tambours. Les battements augmentèrent de puissance. La croix cessa sa progression.

Les femmes en robe bleu et blanc dansaient de façon de plus en plus saccadée.

— Yemanja, crièrent les officiants.

Mae Marta avait cessé de tourner et était tombée à terre. Elle tressautait, possédée par l'esprit de la déesse.

Antoine vit une femme apparaître à côté de la croix. Belle à couper le souffle, vêtue d'une longue robe noire dont les plis faisaient corps avec les ténèbres qui l'entouraient. Ses yeux verts étincelaient dans l'obscurité, elle souriait tendrement. Il savait qu'il était en plein délire, mais il n'avait qu'une envie : la rejoindre pour la prendre dans ses bras, se perdre dans son corps. Les battements de tambour résonnèrent de nouveau, il vit la femme se raidir, son sourire se transformer en grimace. Un homme vêtu d'une cuirasse dorée jaillit dans un éclair aveuglant. Il tenait à la main une épée flamboyante. Les images se succédaient à toute vitesse, tout ce qu'il voyait semblant sombrer dans le chaos. Un crâne menaçant remplaça le visage de la femme. Il se sentit misérable, aussi impuissant qu'un brin d'herbe face à un fleuve en crue.

Sa tête explosa.

124

Paris
Ministère de l'Intérieur
De nos jours

La pluie tombait dru sur le jardin du ministère. Une pluie grise et lourde qui envahissait tout jusqu'à masquer les bosquets et effacer les arbres. Le Brésil désormais était loin. Cela faisait plus d'une demi-heure qu'ils attendaient dans l'antichambre, assis côte à côte sur une banquette de vieux cuir jauni. Durant ce temps, ils avaient vu passer deux déménageurs les bras chargés de cartons et cinq secrétaires emportant des piles de dossiers. Certaines avaient les yeux rougis et semblaient en partance pour un avenir incertain. Le couloir bruissait de chuchotements, un ballet incessant de fonctionnaires se déroulait sur trois étages du ministère.

Marcas se tourna vers Aurélia et lui prit la main.

— J'ai l'impression que tout ce que l'on a vécu ensemble se fond dans une sorte de rêve comme cette pluie qui dissout tout.

Une secrétaire passa, ses talons hauts claquaient sur le parquet tandis que sa jupe noire suivait en cadence le déhanchement calculé de ses hanches. Marcas reprit :

— Regarde-les. Ils sont tous plongés dans la contemplation de leur propre monde. Ils ne voient plus que leur ego. Et ils ne souhaitent qu'une chose, c'est qu'on ne les réveille pas de leurs illusions.

— Bon sang, Antoine, tu ne vas pas te décourager ! Tu veux d'un monde où ces tarés tiennent toutes les commandes ?

— Moi non, mais elle ? demanda Antoine en haussant le visage vers la secrétaire qui repassait en les ignorant superbement, toute concentrée sur sa seule apparence. Elle se fout complètement qu'une élite secrète dirige en sous-main notre pays. Pourvu que la société de consommation continue de satisfaire sa vanité narcissique...

— Tu ne vas pas te mettre à philosopher à cause de cette perche montée sur talonnettes, non ? Il faut que ces ordures plongent – tu m'entends – en France comme au Brésil. Et j'espère que ton copain du bureau d'à côté va se bouger. D'ailleurs, il nous aurait pas oubliés ?

Marcas ne sut que répondre. Ils n'étaient arrivés à Paris que depuis la veille et Antoine avait demandé un entretien urgent avec le directeur de cabinet qui lui avait confié cette enquête.

Deux jours plus tôt, ils étaient encore à Brasilia, grâce aux bons soins du réseau du candomblé. Quand ils s'étaient réveillés dans leurs cercueils, les adeptes les avaient transportés dans le dispensaire d'un médecin sympathisant. Mae Marta les avait accompagnés pour assister aux examens.

Et c'est cette scène que Marcas revoyait avec difficulté. Le médecin les avait fait asseoir pour tester leur perception de la douleur. Il avait crié quand le praticien avait enfoncé une aiguille dans son avant-bras. Jamais, il n'avait eu autant de bonheur à ressentir la douleur, comme une vieille amie perdue de vue qui soudain vous reconnaît et vous accueille à bras ouverts.

Mais la joie avait été de courte durée.

Aurélia, elle, n'avait pas bougé quand le médecin avait tenté l'expérience sur elle. Il avait recommencé, en vain.

Marcas lui avait pris la main, elle avait tourné la tête vers lui, le visage inondé de larmes, comme si on lui avait annoncé qu'elle souffrait d'une maladie incurable.

Mae Marta leur avait pourtant redonné une lueur d'espoir. Marcas se souvenait précisément de ses paroles.

— Pour toi, Aurélia, le rituel n'a pas marché. Alors, je vais te donner quelque chose de précieux.

Elle lui avait tendu une grosse bague à cupule, dont elle avait fait coulisser l'anneau. Une demi-coque s'était ouverte, remplie de liquide brun.

— Ceci est un concentré de la boisson que tu as bue. Ainsi, tu pourras essayer encore une autre fois, mais je te préviens, ce sera peut-être la dernière...

Mae Marta essuya une larme sur sa peau grise.

— ... Mon mari, lui, est mort après la deuxième absorption.

Aurélia avait pris la bague en silence.

Tout était allé très vite ensuite. Les adeptes avaient tout prévu ; de la teinture des cheveux aux faux papiers, en passant par les billets sur le prochain vol Brasilia-Roissy.

— Je vous en prie, prévenez vos amis de France, eux seuls peuvent nous délivrer du pouvoir de la loge, les avait suppliés la prêtresse de Yemanja en les serrant dans ses bras.

Et maintenant, ils se trouvaient tous les deux dans ce bureau du ministère de l'Intérieur, attendant qu'on veuille bien les recevoir. Marcas se sentait las et désemparé. Il n'avait aucune preuve à présenter de leurs aventures rocambolesques.

La porte s'ouvrit, le directeur de cabinet leur fit signe d'entrer. Le bureau était encombré de cartons, les deux armoires étaient vides, comme si des cambriolages venaient d'avoir lieu.

— Je ne m'attendais pas à vous revoir, Marcas. Vous aviez complètement disparu de la circulation, dit le fonctionnaire. Mais je suppose que vous allez me parler de votre ami Di Licio ?

— Oui et de beaucoup d'autres ! J'ai, ou plutôt nous avons découvert un... un complot sur le plan international. C'est incroyable, mais c'est la stricte vérité.

Tout en cherchant ses mots, Antoine fixait les cartons qui encombraient le parquet.

— Mais, que se passe-t-il ici. Vous déménagez ?

Le directeur de cabinet le regarda avec stupéfaction.

— Vous descendez de la lune ? Je vous rappelle qu'il y a eu une élection pendant que vous faisiez du tourisme !

Aurélia allait répliquer, mais le fonctionnaire continua d'une voix désabusée :

— Résultat des courses, mon ministre va être débarqué. Quant à moi, je quitte la place Beauvau dès la passation des pouvoirs. Alors, votre frangin Di Licio, c'est devenu le cadet de mes soucis !

— Ce que nous avons à vous révéler est très grave et met en danger la sécurité des institutions et du monde, dit Aurélia d'une voix blanche.

Le directeur lui jeta un œil compatissant.

— *Le monde et la sécurité des institutions,* rien que ça ? Vous avez des preuves ?

— C'est-à-dire... commença Antoine, mais Aurélia le coupa aussitôt :

— Une preuve, mais je vais t'en donner une, moi, de la preuve, connard !

Avant même qu'Antoine ne réagisse, elle prit la paire de ciseaux sur le bureau et, sans ciller, elle en passa le bord tranchant sur son avant-bras tout en fixant le fonctionnaire. Le sang jaillit de la plaie et souilla les papiers administratifs posés en vrac sur le sous-main en cuir.

— Arrêtez, vous êtes folle !

Elle appliqua les ciseaux à deux centimètres de la blessure et recommença à trancher la chair. Un deuxième filet de sang se répandit sur un numéro du *Parisien* plié en deux.

Le directeur l'observait, incrédule, comme hypnotisé par l'avant-bras en sang. Antoine intervint :

— Ça suffit, Aurélia, je crois que monsieur en a assez vu. De toute façon, il est déjà au chômage. Partons.

Marcas se leva et prit l'écharpe en cachemire du directeur de cabinet qui traînait sur une chaise pour panser la plaie de la jeune femme. Elle toisa l'homme assis en face d'elle et brandit la paire de ciseaux devant lui.

— Je suis devenue l'une des leurs. Je pourrais te trancher la gorge, ici, et te voir pisser le sang sans que cela me fasse le moindre effet. Je ne sais plus ce que sont la pitié et la compassion, je peux tuer et rire en même temps. Je peux même buter un môme de cinq ans ou une petite vieille et partir m'envoyer en l'air dans la foulée. Tu comprends ? Mais non, tu es vraiment trop con !

Une lueur de terreur passa dans les yeux du directeur de cabinet, qui s'était reculé contre la cheminée.

Antoine entraîna Aurélia vers la sortie. Elle se retourna sur la porte. Ses yeux étaient froids comme la mort.

— Et des comme moi, il y en a des milliers dans le monde...

— Je... je vous crois, dit le directeur d'une voix blanche.

Ils sortirent du ministère, sous un simple crachin à présent. Un planton salua le commissaire quand ils franchirent la grille.

— Marchons vers le Grand Palais, ça nous fera du bien, dit Marcas d'un air qui se voulait apaisant.

— Que va-t-il se passer ?

— Rien. Ou alors il va transmettre l'info à son successeur qui s'empressera de l'oublier.

— Ces salauds vont donc s'en sortir !

Une limousine blanche s'arrêta brusquement à leur hauteur. Marcas se retourna en entendant le bruit d'une portière qui s'ouvrait. Un homme de haute taille sortit du véhicule et pointa son arme dans leur direction.

— Montez, tout de suite. Je peux vous abattre sans hésiter.

Dans le véhicule, ils reconnurent tout de suite l'occupant assis sur le siège en cuir blanc.

125

Paris
De nos jours

La limousine s'était engouffrée dans le tunnel de Saint-Cloud. À l'arrière, Di Licio tendit deux coupes de champagne à ses invités forcés pendant que le garde du corps les tenait constamment en joue.

— Vous m'avez surpris tous les deux. J'avoue que votre fuite m'a laissé perplexe et... admiratif. Comment avez-vous pu contacter ces frappés du candomblé ? Je n'ai toujours pas la réponse. Un vrai tour de passe-passe. Enfin... Maintenant c'est une tout autre question qui se pose : que vais-je faire de vous... ?

— L'Intérieur est prévenu. Tu es un mort en sursis, Di Licio, bluffa Antoine.

Le Grand Maître de la loge Kadosh Kaos but une gorgée et sourit.

— Je m'en doutais. D'ailleurs, je suis revenu faire un bref séjour en France pour solder certains comptes. À l'heure qu'il est, par exemple, le château de l'Oise doit être un tas de ruines fumantes, suite à une fuite de gaz malencontreuse... Vraiment regrettable, un tel monument historique.

Aurélia l'interrompit :

— Une question m'obsède. Que nous avez-vous fait subir exactement ?

Di Licio posa son coude contre la portière recouverte de cuir immaculé.

— Une opération précise qui inhibe définitivement une aire cérébrale, commandant à la fois la perception de la douleur et l'empathie. Un processus qui rend invulnérable et inaccessible aux faiblesses humaines comme la pitié ou la compassion. Le professeur Cavalcanti a localisé cette zone au niveau du cortex limbique et a travaillé des années sur des cobayes pour perfectionner ses techniques. Un homme qui n'éprouve aucune douleur n'a plus de pitié, ne souffre plus du malheur des autres, c'est la clé. Il s'est libéré de ses chaînes. Des milliers de personnes importantes de par le monde ont subi tout comme vous l'initiation et l'opération.

— C'est délirant. La loge P2 puissance mille ! s'exclama Marcas.

Di Licio soupira.

— Cela nous fait un point commun avec ceux de la P2, dont j'ai d'ailleurs été membre quand j'étais plus jeune. Une épopée remarquable. Vous auriez pu faire partie de cette élite vouée à transformer le monde ! Dirigeants d'entreprises, politiciens, banquiers, journalistes, conseillers de l'ombre, policiers, juges, militaires... Tous nos chevaliers occupent des postes clés et leur influence ne cesse de croître. Pour gouverner la masse d'agneaux bêlants. Nous sommes parmi vous depuis longtemps.

La voiture filait en direction de Versailles, la chaussée était trempée.

— Et dire que tu as été initié, comment as-tu pu trahir ton idéal maçonnique ? jeta Marcas d'un air méprisant.

Di Licio éclata d'un rire maladif. Il vida sa coupe de champagne.

— Le couplet du maçon vertueux. Laisse-moi rire. Kadosh Kaos n'a fait que copier la maçonnerie dans son système de cooptation. Tu crois que tes loges ne sont pas élitistes, drapées dans une pseudo-vertu républicaine ? Et tes notables qui viennent se goinfrer aux agapes, tu crois qu'ils restent pour le seul plaisir d'écouter des planches à deux balles sur les bienfaits de la Sécurité sociale ou l'influence de l'alchimie sur la symbolique. Nous n'avons fait que pousser à l'extrême la logique de la maçonnerie. Nous offrons directement le pouvoir à nos chevaliers. Aujourd'hui la loge Kadosh Kaos dépassera en influence tout ce qu'ont pu imaginer les Templiers ou les maçons.

— Vraiment ? Les Templiers seraient fiers de l'héritage qu'ils ont transmis et de leur idéal dévoyé ! cracha Aurélia.

Di Licio ricana à nouveau.

— Allons, ma chère. Vous croyez vraiment que toute cette histoire de résurgence templière au Brésil était sérieuse ? Avec le professeur Cavalcanti, le médecin qui vous a opérés, nous avons monté cette légende de toutes pièces pour appâter les gogos, pour qu'ils se sentent inspirés par les illustres chevaliers. La vanité humaine est sans limite. La Milice du Christ a bien existé au Portugal, les Templiers avaient bien un secret, mais ça s'arrête là.

Marcas était interloqué.

— Mais les tableaux des Grands Maîtres ? L'argent dont vous disposez ?

— Des copies exécutées par un faussaire. Il fallait donner une authenticité à notre filiation. L'ordre du Temple solaire en a fait autant à l'époque en usant d'autres subterfuges, d'ailleurs je peux te le dire, son fondateur a été un de nos initiés, mais il a fait cavalier seul et a dérapé. Cela arrive avec certains de nos membres, le processus n'est pas entièrement fiable. Quant à l'argent, il se trouve si facilement quand vous offrez le pouvoir.

— Mais le rituel, l'absence de douleurs ? Vous n'avez pas pu l'inventer.

— C'est la seule partie authentique de l'histoire. En 1963, j'ai trouvé le manuscrit d'un certain Guy d'Aynac dans les archives poussiéreuses d'une loge de Bahia dépositaire d'un fonds ayant appartenu à la Milice du Christ. Un manuscrit étonnant au sujet du secret d'une secte musulmane : *les Assassins*. Mais s'il décrivait en partie l'initiation, Guy d'Aynac et les siens avaient échoué à retrouver le secret dans sa totalité. De notre côté, nous disposions de tout le matériel humain pour recommencer.

Marcas le regardait, horrifié.

— C'est alors que j'ai rencontré le professeur Cavalcanti, à l'époque, un frère qui travaillait comme médecin dans les prisons militaires. Il ne manquait pas de cobayes pour expérimenter les enseignements d'Aynac. Il y a eu beaucoup de déchets. Nous avons perfectionné la technique, recruté dans les couches les plus aisées, et organisé un enseignement graduel basé sur le meurtre et l'absence d'émotions. Nous avons même des psychanalystes qui suivent nos élèves.

— Combien de malheureux as-tu assassinés ? Comme le frère hôtelier dans le sud de la France ? demanda Marcas.

— Trop curieux à mon goût, tout comme le Grand Inspecteur de l'obédience dont tu as porté la tête décapitée sous une fine couche de cire, lors de ton initiation dans le château.

Marcas sentit de nouveau la colère et le dégoût monter en lui. Le pauvre Saragosse.

La limousine ralentit et stoppa derrière une file de voitures qui s'écoulait au ralenti. Des feux clignotants tournoyaient sur le bas-côté. Des corps étaient posés à terre, sous une bâche. Di Licio regarda la scène.

— C'est exactement comme eux. Tu passes en voiture devant ces accidentés, mais tu ne les connais pas, ils ne sont rien pour toi. Tu accélères et ces gens disparaissent de ta vie aussi vite qu'ils y étaient entrés. Et puis, il s'est passé quelque chose d'inattendu. De totalement incroyable.

La limousine redémarra. La pluie avait cessé brusquement de tomber. Au loin, un rayon de soleil perça une trouée dans les nuages.

— L'opération du cerveau, selon le rite templier, a une autre conséquence : elle déchire un voile dans la conscience. Elle ouvre la capacité à ressentir les symboles. Et la croix pattée possède un véritable pouvoir pour ceux qui ont subi l'intervention, elle leur ouvre les portes d'un autre univers. Il a fallu que je relise des jours et des jours le rituel maçonnique du chevalier Kadosh pour comprendre le sens de l'expression : *« le chevalier a franchi les portes de la mort, il entre dans le sanctuaire de la vie »*. La croix du Temple aide à vaincre la mort et à la contempler en face. Je l'ai vue, c'est une splendeur, plus rien n'a d'importance à côté.

— D'où ces hallucinations avec la croix et la tête de mort, dit Marcas.

— Ce ne sont pas des hallucinations. Le docteur Yarker, notre psychiatre, est persuadé que ce rituel met en contact avec ce que Jung nomme des archétypes. Mais des archétypes de mort et de pouvoir. La déesse de la mort existe réellement, c'est elle qui nourrit nos actes et qui gouvernera à travers nous. Nous avons perfectionné notre enseignement pour créer une race d'hommes et de femmes comme l'humanité n'en a jamais connu. L'élite de l'avenir.

— Une élite de monstres ! cria Aurélia.

Soudain, elle se jeta sur le garde du corps qui, fasciné par le discours de son chef, avait abaissé son arme. Un coup de feu retentit. Marcas plongea sur Di Licio et le plaqua contre la portière. Aurélia, comme une furie, avait saisi la bouteille de champagne et frappait la tête de l'homme. Le chauffeur, alerté par la détonation, avait abaissé la vitre qui le séparait de l'habitacle, mais restait impuissant face à la lutte. Di Licio se débattait. Aurélia ne sentait pas les coups que lui assénait le garde du corps et elle récupéra son arme. Elle la posa sur la tempe de l'homme et appuya sur la détente. La cervelle vola en éclats contre la vitre. Puis elle visa le conducteur en hurlant :

— Prenez la première bretelle et quittez l'autoroute.

Le chauffeur actionna le clignotant et tourna sur la droite. Aurélia braqua le pistolet sur le crâne de Di Licio.

— Tu sais ce dont je suis capable. Et rien ne me ferait plus plaisir.

— Non, dit Marcas. Ne deviens pas comme eux.

— Je suis déjà comme eux, ma vie est foutue, je suis une horreur.

— Et la bague de Mae ? Il reste une chance de t'en sortir. Ne la fous pas en l'air.

La limousine longeait un bois désert.

— Arrête-toi, cria Marcas au chauffeur.

Le véhicule stoppa en lisière de la forêt.

Profitant de l'arrêt, le conducteur ouvrit sa portière et s'enfuit en courant.

— Tu es seul, maintenant. Ça te fait quoi de savoir que tu vas mourir ? susurra Aurélia d'une voix douce, à l'oreille de Di Licio.

— Non, ne fais pas ça ! hurla Marcas. Il nous faut la liste des noms des membres de la loge. Lui seul la connaît.

La jeune femme abaissa le pistolet. Di Licio leur jeta un regard méprisant.

— Je ne dirai rien. Jamais, même sous la torture. Vous savez que je suis un homme sans douleur. Ça ne me ferait rien. C'est trop drôle. Il se passe en ce moment des choses qui vous dépassent, nous sommes à la veille de réussir notre plus belle opération du siècle.

Marcas prit un ton menaçant.

— La torture est dépassée. Il y a d'autres méthodes pour faire cracher la vérité quand il s'agit d'un complot d'État. Certains départements de la DGSE seront ravis d'expérimenter quelques nouveautés chimiques sur toi.

Di Licio esquissa une grimace.

— Nous sommes partout, je te l'ai dit. Nous avons déjà le pouvoir et nous voulons plus. Qui te dit que la DGSE n'a pas des gens à nous dans ses services ? De toute façon, mon temps est achevé.

Il saisit la main d'Aurélia et enfonça son doigt sur la détente. Le coup de feu partit. La tête de Di Licio explosa sur la vitre.

Ils sortirent de la voiture. Aurélia regarda Antoine, les yeux secs.

— Je n'arrive pas à pleurer. Je ne ressens rien. Ni haine ni pitié pour ces deux hommes morts. Je ne veux pas vivre comme un robot.

Marcas la serra dans ses bras, comme s'il avait peur qu'elle s'enfuie à jamais. Il s'entendit parler, mais ses paroles démentaient ce qu'il pensait au fond de lui.

— Il reste le remède.

— Je risque de mourir...

Ses yeux cherchèrent une lueur d'espoir dans ceux d'Antoine, mais elle n'y vit que de la compassion, ce sentiment qui lui était étranger.

Ils se regardèrent longuement puis elle l'embrassa. Leurs lèvres s'unissaient, se cherchaient avec avidité. Il sentit des larmes couler sur sa joue. Il ne voulait pas la perdre, il l'aimait. Ils allaient trouver des médecins compétents, faire des analyses, identifier la lésion et tenter une opération. La science faisait des progrès incroyables.

Elle se détacha de lui et sourit. Le soleil illuminait l'entrée de la clairière où ils se trouvaient. Elle recula d'un pas.

— Je t'aime moi aussi...

D'un geste vif, elle leva la main à hauteur de son visage et porta la bague à ses lèvres. Avant même qu'il ne se précipite pour l'empêcher d'accomplir son geste, elle avait déjà avalé la poudre. Son visage rayonnait d'une énergie inconnue, presque surnaturelle. Il la prit dans ses bras alors qu'elle s'affaissait.

— Non... Aurélia ! hurla Marcas.

La tête de la jeune femme tomba en arrière, ses yeux partirent à la dérive.

— N'aie pas peur, Antoine... un jour, nous serons réunis... à jamais.

126

Paris
De nos jours
Économie News

Lundi, 8 h 39

Le directeur général de la Stone Corporation France, Victor Léandre, a annoncé son départ de la société en accord avec les actionnaires du groupe. Dans un communiqué de presse, la Stone Corporation remercie Victor Léandre pour son travail, son engagement et son dévouement. Son action aura permis à l'entreprise d'accroître ses positions sur un marché particulièrement concurrentiel. Très apprécié par l'ensemble des salariés du groupe, Victor Léandre laissera l'image d'un jeune dirigeant dynamique et reconnu pour son sens du contact. La nomination du nouveau directeur sera rendue publique à la fin de la journée. Adepte de la transparence, Victor Léandre a annoncé lui-même qu'il avait levé ses stock options de la Stone Corporation, pour une valeur de trois millions d'euros.

Le flash d'économie. Radio plus.

Mercredi, 9 h 52

Victor Léandre a été nommé hier président-directeur général du groupe Omnium Plus, deuxième groupe d'audiovisuel européen, qui possède deux chaînes de télévision en France, trois radios, deux sites d'information générale sur le Net et des participations minoritaires dans quinze titres de la presse écrite. Âgé de quarante-trois ans, ce diplômé d'HEC était précédemment le directeur général de la Stone Corporation France. L'homme est réputé pour sa personnalité atypique et dynamique. Des rumeurs au sein du groupe font état d'un plan social en préparation et d'une recapitalisation du titre. Interview exclusive.

— *Victor Léandre, bonjour. Vous devenez P-DG d'une des plus grosses sociétés de l'information en Europe et vous allez prendre vos fonctions dès demain. Comment abordez-vous ce challenge ?*

— Avec confiance et détermination. Omnium Plus est une belle société qui s'est peut-être un peu endormie sur ses lauriers. Ma tâche principale sera de motiver les équipes pour arriver à l'excellence. Vous savez, le véritable trésor d'une entreprise, ce sont ses salariés.

— *À ce propos, on fait état de la possibilité d'un plan social au sein d'Omnium Plus, en particulier parmi les équipes de rédaction...*

— Je démens formellement. Il n'est pas question de plan social, je comprends les journalistes inquiets, leur profession est en train de muter et ils doivent s'adapter. À nous de les convaincre. J'ai d'ailleurs une belle surprise pour eux.

— *Vous pouvez la dire à nos auditeurs ?*

— Oh, ce n'est pas grand-chose. Je vais les réunir pour parler de nos métiers et de ma vision de l'avenir. Je les emmène dans trois semaines en voyage à... Louxor. Je vous l'ai dit, je crois en l'homme.

ÉPILOGUE

Paris

Prendre les rênes, enfin. Le pouvoir ultime était maintenant à sa portée, il avait tant de projets dans la tête, tant de mécanismes complexes à mettre en place quand il occuperait son nouveau poste dans les prochaines minutes.

Le claquement des talons des deux hommes résonnait sur le parquet ciré. Il marchait un peu trop lentement à son goût mais il était obligé, par politesse, la dernière, de caler son pas sur celui de son prédécesseur, plus âgé que lui, qui l'avait accueilli à l'entrée. Il savait qu'il devait dompter son caractère impétueux, on le lui répétait depuis des années, à commencer par le grand maître de la loge.

La loge Kadosh Kaos. Elle l'avait aidé dans son ascension au-delà de ses rêves les plus fous. Il lui rendrait son dû, il ne serait pas un ingrat même si la nouvelle du suicide de Di Licio dans sa voiture l'avait ébranlé. D'un autre côté, il n'avait plus de comptes à rendre à personne, les autres responsables de la loge avaient moins de poids ; même le psy, le docteur Yarker, pouvait être traité comme quantité négligeable. Il devrait régler ce dossier, en temps utile. Di Licio, avant sa mort, avait fait disparaître toute trace de l'existence de la loge. La structure, elle, s'était mise en sommeil et lui seul, désormais, possédait la liste nominative des Chevaliers, dont il se servirait un jour prochain.

Au fur et à mesure qu'il avançait vers son futur bureau, il sentait une joie indicible l'envahir. Il observa le reflet de son prédécesseur dans le miroir mural qu'ils longeaient. Le contraste était saisissant, il eut tout d'un coup l'impression fugitive d'être un gamin, accompagné par son père pour aller dans le bureau du proviseur. L'effet était amusant.

— Cher ami, nous y sommes, annonça l'homme plus âgé.

On leur ouvrit la porte avec déférence puis elle se referma derrière eux. Il trouva le mobilier trop vieillot à son goût, il allait refaire la déco sitôt que l'autre aurait déguerpi.

Ils s'assirent dans des fauteuils. Comme on le lui avait appris, il se tut respectueusement pour écouter avec attention le petit discours de son hôte. Son prédécesseur reprit la parole, avec une pointe de suffisance dans la voix :

— Je vous félicite pour votre accession à ce poste. Comme le veut la coutume je dois évoquer devant vous les dossiers les plus urgents, nos adjoints se transmettront toutes les informations, plus en détail. Je suis convaincu de vous laisser une… *entreprise*… en bonne santé. Et il est clair que…

Il goûta l'ironie du propos, le vieux boss avait encore le sens de l'humour, ce n'était pas si mal à son âge. Il se massa la tempe en continuant d'écouter le discours. Les minutes s'écoulaient pour lui avec une lenteur exaspérante.

— … et je ne peux que vous souhaiter bonne chance en vous confiant ce pli avec tous les accès informatiques au système, conclut l'homme aux cheveux gris.

Il tendit à son successeur une petite enveloppe scellée. Son geste n'était pas assez assuré et l'enveloppe glissa. Le nouveau propriétaire des lieux se baissa par politesse pour récupérer le document. En la ramassant, le dos de sa main accrocha une pointe de clou tapissier qui dépassait sur le pied du fauteuil.

Une entaille apparut, puis un filet de sang.

L'homme âgé s'excusa.

— Désolé, c'est un fauteuil Empire, je l'avais gardé par sentimentalisme. Il est un peu mal en point. Je suppose que vous allez vous en débarrasser, j'ai cru comprendre que vous étiez plus porté sur le médiéval et le contemporain ? Je vais appeler le permanent du service médical pour votre blessure.

L'homme aux cheveux foncés leva la main et sortit un mouchoir de sa poche.

— Ne vous inquiétez pas. Ça passera.

Un sourire mystérieux éclaira son visage.

— De toute façon, je ne sens rien...

— Pour cette fonction, au vu des responsabilités, c'est une force, ironisa son interlocuteur. Voulez-vous me raccompagner ?

— Avec plaisir.

Le trajet retour se fit deux fois plus vite qu'à l'aller. Ils débouchèrent sur le perron. Un soleil éclatant inondait la cour pavée.

Une première rafale de flashs crépita. Des caméras se pointèrent sur eux. Des salves d'applaudissements éclatèrent tandis qu'il serra une dernière fois la main de son prédécesseur, sur cet escalier qui avait vu passer tant de grands hommes. Puis, l'homme descendit vers la voiture noire qui l'attendait, laissant seul sur les marches le nouvel occupant des lieux.

Plus loin, au fond de la cour, derrière les grilles, au niveau de la rue, une masse compacte et enthousiaste scandait son prénom. Devant les barrières où s'agitaient des mains frénétiques, les gardes du corps, aux lunettes noires, tentaient de canaliser la joie populaire.

Le nouveau maître du palais de l'Élysée leva la main et salua la foule avec un sourire carnassier.

ANNEXES

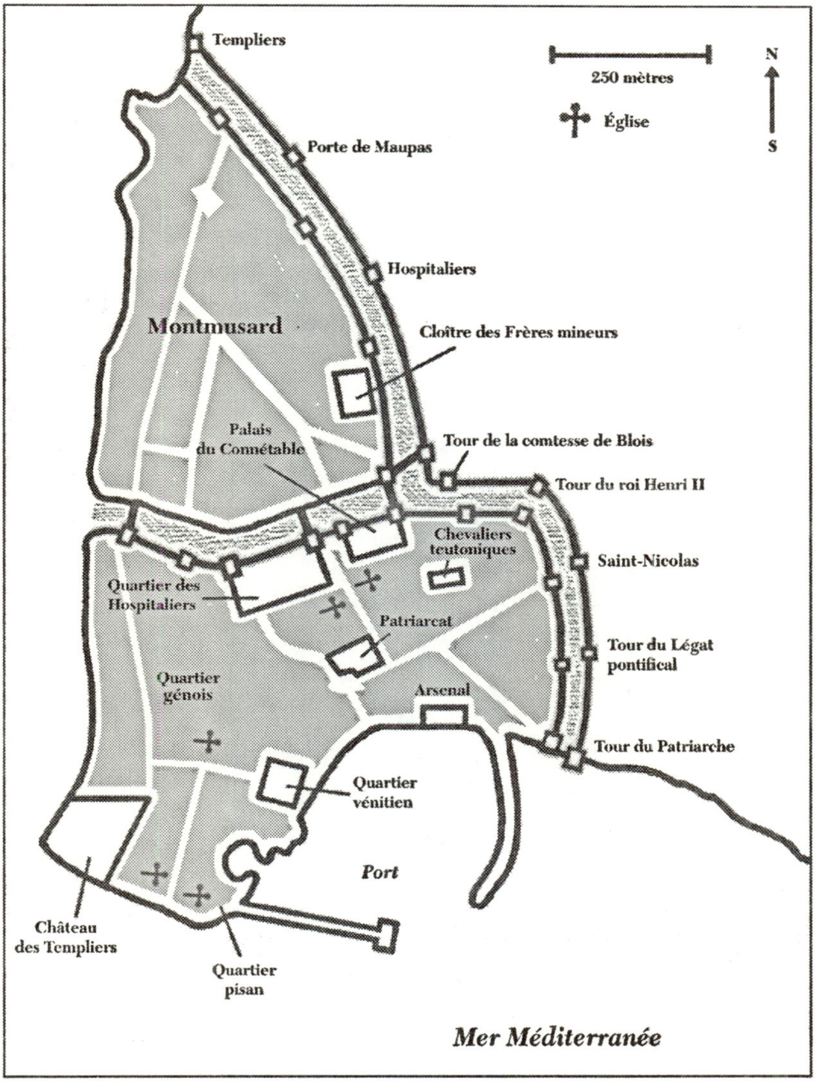

Acre à la fin du XIIe siècle

Collection Du Seuil

De nos jours, Acre se situe en Israël, au nord d'Haïfa.

Les États latins en Orient

De l'art de discerner le vrai du faux

Comme dans toutes les enquêtes d'Antoine Marcas, nous indiquons en fin d'ouvrage les références des éléments qui ont nourri notre récit. Si l'ensemble du roman est une fiction, en revanche, de nombreux faits rapportés sont véridiques. Cette fois, les annexes sont un peu moins importantes, vous trouverez la suite sur le site www.polar-franc-macon.com avec des développements plus importants sur chacun des chapitres suivants ainsi que les récits de voyage, l'un imaginaire en Terre sainte du temps des Templiers par Jacques, l'autre, bien réel, à Salvador de Bahia par Eric.

Templiers et Francs-Maçons

Dès la disparition de l'ordre du Temple, des rumeurs ont couru sur la survivance d'une organisation secrète chargée de perpétuer le flambeau de l'ordre dissous. Aucune preuve sérieuse ne permet de justifier cette supposition. En revanche, dès l'apparition de la franc-maçonnerie en France au XVIIIe siècle, de nombreux rites vont se constituer en faisant appel à l'héritage templier. Jusqu'à peu, les francs-maçons ont toujours considéré cet *héritage* comme strictement symbolique. De récentes recherches archéologiques, en Israël et en Écosse, apportent cependant un éclairage nouveau.

Ainsi, au Château Pèlerin, dernier réduit des Templiers en Terre sainte, des chercheurs ont mis au jour de nombreuses tombes frappées de l'équerre et du fil à plomb. Ce qui laisse supposer que des liens étroits existaient, bien avant la chute de l'Ordre, entre Templiers et confréries de bâtisseurs. De même, plusieurs tombes templières ont été découvertes dans le comté d'Argyll en Écosse, datant pour la plupart d'après la dissolution de l'Ordre. Comme à Château Pèlerin, nombre de ces tombes sont ornées de symboles maçonniques, en particulier l'équerre et le maillet.

Comme on sait que l'Écosse est le premier berceau de la franc-maçonnerie moderne, il est permis de s'interroger sur une possible filiation…

À consulter, pour mieux connaître l'influence et l'héritage templiers dans la franc-maçonnerie, le livre de référence de J.J. Gabut : *Les Survivances chevaleresques dans la franc-maçonnerie du Rite Écossais Ancien et Accepté.*

La secte des Assassins

Issue d'un des nombreux schismes qui affecta la succession du Prophète, la mouvance des Assassins est restée dans l'histoire par ses méthodes hors norme pour imposer son pouvoir et ses convictions religieuses. Retranchée dans ses châteaux de Perse et de Syrie, la secte n'a jamais recruté qu'un petit nombre d'adeptes réputés pour leur fanatisme. À la différence des autres courants de l'Islam qui s'appuyaient sur une base populaire, un pouvoir politique et une hiérarchie militaire, les Assassins ont préféré des actions terroristes toujours solitaires et souvent spectaculaires. Selon une tradition, le dévouement des Assassins à leur secte provenait de la consommation rituelle d'une drogue à base de cannabis. Après leur formation de combattants, les futurs Assassins étaient drogués et amenés dans des jardins luxuriants où des cohortes de jeunes filles leur procuraient les plaisirs les plus variés. À leur réveil, on expliquait aux initiés que, par la grâce infinie de Dieu, ils avaient eu un avant-goût du Paradis qu'ils pourraient retrouver s'ils sacrifiaient leur vie à la cause.

Une manipulation qui engendra des centaines de tueurs fanatiques frappant aussi bien chrétiens que musulmans, jusqu'au XIIIe siècle, époque où cette secte fut définitivement éradiquée.

Quelque peu oubliée par les spécialistes, l'histoire des Assassins est redevenue d'actualité avec l'apparition du terrorisme moderne.

À lire pour mieux découvrir ces tueurs impitoyables, l'excellent roman de Vladimir Bartol, *Alamut*, du nom de la principale forteresse de la secte en Iran.

Roger Flor

Que nos lecteurs se rassurent, le vrai Roger Flor, quoique blessé, n'est pas mort sur le parvis de la Citadelle !

De son vrai nom, Rutger Von Blum, ce Templier est devenu, après Saint-Jean-d'Acre, une légende de la chevalerie et un héros national... en Catalogne.

Après avoir quitté le Temple pour des raisons obscures, il devient chef de mercenaires pour le compte du roi Pierre II de Catalogne qui lui confie le commandement de ses troupes d'élite : les redoutables compagnies catalanes. Après avoir victorieusement guerroyé en Espagne et en Sicile, Roger Flor décide, avec ses hommes, de se rallier au service de l'empereur de Byzance dans sa lutte contre les Turcs. Auréolé de sa réputation de combattant intrépide, Roger Flor écrase et repousse les Infidèles à plusieurs reprises, ce qui lui vaut la main de la nièce même de l'empereur. Un vrai roman de chevalerie pour cet ancien Templier dont l'appétit de pouvoir n'eut dès lors plus de bornes. Après avoir pris le titre de César de l'Empire et tenté de régner en souverain indépendant sur les terres qu'il avait conquises, Roger Flor envisagea sérieusement d'évincer l'empereur de son trône. Cette dernière ambition lui fut fatale : il fut assassiné le 5 avril 1305 avec cent trente de ses officiers lors d'un banquet donné en son honneur et où il s'était rendu sans arme.

La Milice du Christ

Le royaume du Portugal a toujours considéré les Templiers comme des alliés précieux au moment des guerres de reconquête contre les Maures. Quand l'ordre du Temple a été démantelé par le roi Philippe le Bel, les Templiers n'ont pas été inquiétés par le roi du Portugal, Dinis Ier, qui a créé de toutes pièces la « Milice du Christ », en 1318-1319. Ce nouvel ordre a permis aux Templiers de trouver refuge et accessoirement de tenir tête à l'ordre des Hospitaliers de Saint-Jean. Comme il est dit dans notre roman, c'est cet ordre de la Milice du Christ qui s'est lancé dans la conquête du Nouveau Monde, en construisant les bateaux et formant géographes et navigateurs. Reprenant la vocation ultramarine de l'ordre du Temple, la milice a colonisé d'immenses territoires pour la couronne du Portugal. Pedro Alavares Cabral, le navigateur qui a découvert le Brésil en 1500 à la tête de treize caravelles était chevalier de l'ordre du Christ, de même que Vasco de Gama. Christophe Colomb s'est marié avec la fille du Grand Maître. La croix rouge sur les voiles des caravelles est bien celle de l'ordre du Christ, et donc des Templiers.

L'homme sans douleur

Des êtres humains insensibles à la douleur et à la compassion, c'est authentique. Le docteur Nicolas Danziger, neurologue à l'hôpital de la Pitié-Salpêtrière, a étudié le cas incroyable d'Alain B., un homme dont une infime partie du cerveau a été lésée à la suite d'un accident de moto. L'homme vit normalement mais il ne ressent aucune douleur. Piqué par une aiguille, frappé avec un marteau, électrocuté, Alain n'éprouve absolument rien. Quand on lui fait voir une scène intense dans laquelle des personnes souffrent, il ne ressent aucune empathie. Les travaux, toujours en cours, du docteur Danziger font apparaître que la zone lésée se situe au niveau du cortex limbique. La portée de ces recherches est immense : elle pourrait permettre de supprimer temporairement la douleur dans le cadre d'opérations ou le traitement de maladies et peut-être un jour expliquer pourquoi certaines personnes (tueurs, tortionnaires, etc.) ne ressentent aucune empathie envers leur prochain. Les travaux du docteur Danziger ont donné lieu à un documentaire de Ruth Zylberman et Muriel Coulin, diffusé sur Arte, *L'Homme sans douleur*, téléchargeable sur le site de la chaîne. Voir aussi le numéro de janvier 2008 de *Ça m'intéresse* avec un dossier très clair sur ce sujet.

Les Chevaliers Kadoshs

Si la loge Kadosh Kaos décrite dans cet ouvrage est une pure invention, ainsi que son rite basé sur l'assassinat et la trépanation, il existe bien en maçonnerie un grade de chevalier Kadosh, symbolisé par les lettres CKS. Il correspond au trentième degré du Rite Écossais Ancien et Accepté et pratique un rituel dit du chevalier Kadosh (saint ou sacré en hébreu). Que les titulaires de ce grade nous pardonnent d'avoir utilisé cette dénomination, ils n'ont rien à voir avec les turpitudes de nos protagonistes et qu'ils conduisent paisiblement leurs travaux ! Pourquoi avons-nous choisi ce grade ? Simplement parce qu'il fait référence de façon explicite aux Templiers ! « Avec les Kadoshs, c'est la milice du Temple qui entre dans l'atelier maçonnique... et c'est une histoire », écrit avec malice Pierre Mollier, directeur de la bibliothèque et du musée du Grand Orient de France dans son remarquable livre *La Chevalerie maçonnique*, aux éditions Dervy. Et il ajoute : « La légende templière apparaît pour la première fois dans un rituel maçonnique, dans une version ancienne du grade de chevalier Kadosh, attestée en 1750. » L'auteur a publié en annexe de son ouvrage ce rituel tiré du manuscrit Saint-Domingue 1764 (Bnf Baylot BM 15), lui-même copie du manuscrit Francken. Selon l'auteur, le Kadosh a commencé à être pratiqué dans les ateliers de Paris en 1761, importé des loges de Metz. Le blason reproduit dans notre livre est véridique. Pour la petite histoire, le premier roi des Belges, Léopold Ier, a été fait chevalier Kadosh, selon un document du Grand Orient de Belgique, daté du 11 décembre 1865, et il existe une grande statue du souverain avec son cordon CKS (bien qu'une polémique perdure entre historiens de la maçonnerie sur ce grade).

Pour en savoir plus sur les chevaliers templiers et la maçonnerie anglo-saxonne, il est utile d'aller sur le site de la loge William Preston (loge nationale française) réputée pour ses recherches historiques maçonniques :

www.logenationalefrançaise.org/wp/Presentation.htm

La loge P2

Tous les faits et anecdotes rapportés à la loge Propaganda masonica Due sont vrais. Cette loge, fer de lance de la lutte contre Mussolini entre les deux guerres a été par la suite prise en main par Licio Gelli, lui-même ancien fasciste. En dehors de tout contrôle du Grand Orient d'Italie, cet homme d'une intelligence redoutable a fait initier à partir des années 1960 deux mille personnes (au minimum) à des fins qui n'avaient rien à voir avec la maçonnerie mais tout simplement... avec la prise du pouvoir. Mêlée à tous les scandales des années 1970 et 1980 (banco Ambrosiano, réseaux Gladio, attentats de la gare de Bologne, assassinat à Londres du banquier du Vatican, etc.), la loge P2 a fait l'objet d'une commission d'enquête parlementaire et a été dissoute. Bien qu'il l'ait démenti, Silvio Berlusconi apparaissait sur la liste secrète des membres de la P2, saisie lors d'une perquisition dans la villa de Gelli. Le site d'enquêtes www.amnistia.net livre un dossier remarquable sur cette affaire et ses prolongements dans l'ombre des réseaux Gladio. Amnistia.net publie régulièrement des enquêtes sur différents sujets sensibles, et compte parmi ses collaborateurs l'écrivain Didier Daeninckx. Licio Gelli a été arrêté à Cannes, alors qu'il était sous la protection de maçons fançais, après une cavale rocambolesque. L'homme se définit lui-même comme un poète et possède toujours un puissant réseau d'amis fraternels. Il est toujours président d'honneur d'un rite Menphis Misraïm français.

Brésil et Franc-Maçonnerie

Si l'on sait que Simon Bolivar, le père de l'indépendance de l'Amérique du Sud, a été franc-maçon, on connaît moins l'influence de la maçonnerie dans l'histoire des différents pays de ce continent et en particulier au Brésil. Le premier roi du Brésil, Pedro Ier a été Grand Maître du Grand Orient brésilien, la régence qui lui a succédé était composée de maçons, dont le père de l'indépendance, José Bonifácio de Andrada. L'un des soulèvements les plus marquants du pays, celui dit *de Tiradentes*, a été impulsé par les maçons, dont un sous-lieutenant, José da Silva Xavier. Beaucoup d'historiens estiment que le sentiment national brésilien a été forgé dans les loges. « L'indépendance ou la mort », le cri patriotique du pays a été lancé par le maçon Joaquim Ledo. La maçonnerie a aussi joué un rôle très important dans le processus d'abolition de l'esclavage. En 1871, le vicomte Rio Branco, Grand Maître du Grand Orient, a institué la loi dite du « ventre libre », selon laquelle tous les enfants nés de mères esclaves ne l'étaient plus. Mais il est aussi exact qu'une petite partie des dignitaires maçonniques se sont rangés aux côtés des militaires putschistes de 1964 qui ont plongé le pays dans vingt ans de dictature implacable. Une figure nous a servi de modèle dans notre récit, l'énigmatique général Golbery do Couto e Silva, théoricien du coup d'État militaire, haut dignitaire maçonnique, animé d'une vision géostratégique basée sur un anticommunisme forcené. Il estimait que le contrôle d'une population passe certes par un régime fort mais surtout par une élite dite « organique », triée sur le volet et infiltrant tous les secteurs clés du pouvoir économique et politique. Chef de cabinet du président Figueiredo, il est limogé en 1981, victime d'un complot de militaires plus extrémistes que lui. À lire, disponible en langue portugaise, l'équivalent brésilien d'*Historia*, un numéro spécial sur les francs-maçons et le putsch de 1964. Et aussi l'ouvrage remarquable et très complet sur la franc-maçonnerie brésilienne de Henri Medioni aux éditions Dualpha, avec un avant-propos de Pierre Mollier, et une préface d'Eduardo Carvalho Monteiro : *La Franc-maçonnerie au Brésil.*

Le Candomblé

Religion afro-brésilienne pratiquée plus particulièrement dans la région de Bahia, issue des croyances des esclaves africains importés en masse au Brésil par les Portugais au XVIIIe siècle pour travailler dans les champs de canne à sucre. Les adeptes vénèrent des divinités, les Orixàs, chacune associée à un pouvoir, une couleur, une fonction précise. S'il existe un dieu créateur, Olorum, le culte du candomblé prévoit que chaque être humain est placé sous l'influence de deux Orixàs qui veilleront sur lui toute sa vie. Dans ce panthéon, émergent des divinités plus importantes :

Yemanjà, déesse de la mer, vêtue de bleu, fêtée le 31 décembre lors de processions en bord de mer avec des offrandes jetées de bateaux.

Ogum, dieu de la foudre et de la guerre, vêtu de bleu sombre.

Lansa, déesse des orages et de l'esprit des morts, porte le rouge et parfois le bleu nuit.

Xangô, divinité de la paix, porte toujours une hache.

Les cultes se pratiquent dans les terreiros, des maisons dirigées par des prêtres et des prêtresses (Maé), à l'aide de chants et de danses. Les officiants entrent en transe et communiquent ave les divinités. L'écrivain Jorge Amado a été l'un des protecteurs de ce culte, souvent menacé par les régimes politiques. À lire : *Le Candomblé de Bahia*, de Roger Bastide, collection Terre Humaine, Plon, 2000.

Barbouzes et Templiers

Dans les années 1970, le SAC, Service d'action civique, officine de barbouzes gaullistes, prend la tête de l'Ordre souverain et militaire du Temple de Jérusalem, OSMTJ. Ces curieux templiers, qui paradaient en cape blanche et glaive à la ceinture, comptaient dans leurs rangs beaucoup de militaires et de policiers français. Jacques Massie, responsable du SAC, dont la famille a été exécutée (Affaire de la tuerie d'Auriol), était chevalier templier de cet ordre. L'OSMTJ a aussi été évoqué dans le cadre de l'affaire des réseaux Gladio, liés à la CIA.

Bill Clinton, Templier

La Demolay Organisation existe et dispose même d'un site Internet de recrutement où l'on apprend que l'ex-président des États-Unis, ainsi que d'autres célébrités en ont été membres.

Le Rituel des voyous

Elle s'est déroulée le jeudi 19 janvier 2006 dans un temple du Grand Orient de France, grâce aux loges « L'homme libre » et « Léo Campion » pour rendre hommage à l'humoriste du même nom selon le RPDA, Rite Pierre Dac Actualisé. Les termes utilisés dans l'ouvrage sont exacts. Une petite plaquette sur cette tenue a circulé chez les frères des deux loges.

Sites recommandés

www.hiram.be. Le blog maçonnique favori des deux auteurs. Construit et géré par le frère belge Jiri Pragman, qui apparaît souvent dans les aventures du commissaire Marcas. Des infos publiées chaque jour sur tout ce qui a trait à la maçonnerie et à ses adversaires dans le monde entier. Revues de presse, études, calendriers de manifestations, humour de rigueur, le blog est ouvert aux maçons et aux profanes. Jiri Pragman a publié aussi *Hiram et après*, publié chez Memogrammes et *L'Internet est-il maçonnique ?*

http://entrelescolonnes.canalblog.com/ Blog très réactif sur l'actualité maçonnique, mais pas seulement, avec des promenades virtuelles fort intéressantes. Dans le même ordre d'idées, www.jturbet.net, le sympathique blog notes de Jean-Laurent ouvert sur le monde.

Concernant les Templiers, l'incontournable Projet Beaucéant, le site le plus riche sur l'ordre du Temple, avec des dossiers complets et une foule de liens, www.templiers.org/. Les auteurs précisent bien qu'il ne s'agit pas d'une pseudo-organisation templière.

GLOSSAIRE MAÇONNIQUE

Accolade fraternelle : accolade rituelle discrète qui permet aux frères de se reconnaître.

Agapes : repas pris en commun après la *tenue*.

Atelier : réunion de francs-maçons en *loge*.

Attouchements : signes de reconnaissance manuels, variables selon les grades.

Capitation : cotisation annuelle payée par chaque membre de la loge.

Chaîne d'union : rituel de commémoration effectué par les maçons à la fin d'une *tenue*.

Colonnes : situées à l'entrée du *temple*. Elles portent le nom de Jakin et Boaz. Les colonnes symbolisent aussi les deux travées, du *Nord* et du *Midi*, où sont assis les frères pendant la *tenue*.

Compas : avec *l'équerre* correspond aux deux outils fondamentaux des francs-maçons.

Constitutions : datant du XVIIIe siècle, elles sont le livre de référence des francs-maçons.

Cordon : écharpe décorée portée en sautoir lors des *tenues*.

Cordonite : désir irrépressible de monter en grade maçonnique.

Couvreur : officier qui garde la porte du *temple* pendant la *tenue*.

Debbhir : nom hébreux de l'*Orient* dans le *temple*.

Delta lumineux : triangle orné d'un œil qui surplombe l'*Orient*.

Droit humain : obédience maçonnique mixte. Environ 11 000 membres.

Équerre : avec le *compas*, un des outils symboliques des francs-maçons.

Frère couvreur : frère, armé d'un glaive, qui garde la porte du temple maçonnique et vérifie que les participants au rituel sont bien des maçons.

Gants : toujours blancs et obligatoires en *tenue*.

Grades : au nombre de trois. Apprenti. Compagnon. Maître.

Grande Loge de France : obédience maçonnique, qui pratique principalement le Rite Écossais.

Grande Loge féminine de France : obédience maçonnique féminine. Environ 11 000 membres.

Grande Loge nationale française : seule obédience maçonnique en France reconnue par la franc-maçonnerie anglo-américaine, n'entretient pas de contacts officiels avec les autres obédiences françaises.

Grand Orient de France : première obédience maçonnique, adogmatique. Environ 46 000 membres.

Grand Expert : officier qui procède au rituel d'initiation et de passage de grade.

Haut Grade : après le grade de maître, existent d'autres grades pratiqués dans les ateliers supérieurs, dits de perfection. Le Rite écossais, par exemple, comporte 33 grades.

Hekkal : partie centrale du *temple*.

Hiram : selon la légende, l'architecte qui a construit le temple de Salomon. Assassiné par trois mauvais compagnons qui veulent lui arracher ses secrets pour devenir maître. Ancêtre mythique de tous les francs-maçons.

Loge : lieu de réunion et de travail des francs-maçons pendant une *tenue*.

Loges rouges et noires : loges dites « *ateliers supérieurs* » où l'on confère les hauts degrés maçonniques.

Loge sauvage : loge libre constituée par des maçons, souvent clandestine, et qui ne relève d'aucune obédience.

Maître des cérémonies : officier qui dirige les déplacements rituels en loge.

Obédiences : fédérations de loges. Les plus importantes, en France, sont le GODF, la GLF, la GLNF, la GLFF et le Droit Humain.

Occident : *Ouest* de la *loge* où officient *le premier* et *le second surveillant* ainsi que *le couvreur.*

Officiers : maçons élus par les frères pour diriger l'*atelier.*

Orateur : un des deux officiers placés à l'*Orient.*

Ordre : signe symbolique d'appartenance à la maçonnerie qui ponctue le rituel d'une *tenue.*

Orient : *Est* de la *loge.* Lieu symbolique où officient le *Vénérable,* l'*Orateur* et le *Secrétaire.*

Oulam : nom hébreu du *parvis.*

Parvis : lieu de réunion à l'entrée du *temple.*

Pavé mosaïque : rectangle en forme de damier placé au centre de la *loge.*

Planche : conférence présentée rituellement en *loge.*

Poignée maçonnique : poignée de reconnaissance rituelle que s'échangent deux frères.

Rite : rituel qui régit les travaux en *loge.* Les deux plus pratiqués sont le Rite français et le Rite écossais.

Rites Égyptiens : rites maçonniques, fondés au XVIIIe siècle et développés au XIXe, qui s'inspirent de la tradition spirituelle égyptienne. Le plus pratiqué est celui de Memphis Misraïm.

Rite Pierre Dac : rituel maçonnique parodique, créé par l'humoriste et frère du même nom.

Salle humide : lieu séparé du *temple* où se passent les *agapes.*

Secrétaire : il consigne les événements de la *tenue* sur un *tracé.*

Sulfure : simple presse-papiers... maçonnique.

Surveillants : premier et second. Ils siègent à l'*Occident.* Chacun d'eux dirige une *colonne,* c'est-à-dire un groupe de maçons durant les travaux de l'*atelier.*

Tablier : porté autour de la taille. Il varie selon les *grades.*

Taxil (Léo) : écrivain du XIXe siècle, à l'imagination débridée, spécialisé dans les œuvres antimaçonniques.

Temple : nom de la *loge* lors d'une *tenue.*

Tenue : réunion de l'atelier dans une *loge*.
Tracé : compte rendu écrit d'une *tenue* par le *secrétaire*.
Vénérable : maître maçon élu par ses pairs pour diriger l'*atelier*. Il est placé à l'*Orient*.
Voûte étoilée : plafond symbolique de la *loge*.

REMERCIEMENTS

Au fil des livres, le nombre des personnes à remercier ne cesse de s'accroître. Amis, lecteurs, frères (de Jacques), presque chaque jour, au hasard d'une rencontre ou sur notre mail, des proches ou des inconnus viennent nous faire partager leurs impressions de lecture, leurs critiques et leurs suggestions. Qu'ils en soient tous remerciés ici. Et comme nous ne pouvons tous les citer, nous avons décidé, depuis *Conjuration Casanova,* d'en choisir certains pour donner leur nom à nos personnages. Ainsi une blonde jeune femme s'est retrouvée sous les traits du sinistre baron de Rhenac, un vieil ami dans la peau d'un dominicain à Venise et bien d'autres qui, tous, nous l'espérons, ont apprécié leur nouvel avatar.

Amis lecteurs, et amis tout court, qui sait, ce sera peut-être bientôt votre tour ?

Et plus particulèrement de la part d'Éric, merci à Christophe, en souvenir d'un séjour provençal à Séguret où il m'a fait découvrir les travaux scientifiques sur l'homme sans douleur de son ami Nicolas. Et à Umberto Eco pour *Le Pendule de Foucault.*

Achevé d'imprimer sur les presses de

BUSSIÈRE
GROUPE CPI

à Saint-Amand-Montrond (Cher)
en mai 2008

Composé par Nord Compo
à Villeneuve-d'Ascq

FLEUVE NOIR
12, avenue d'Italie
75627 Paris Cedex 13

— N° d'imp. : 081606/1. —
Dépôt légal : mai 2008.

Imprimé en France